国家出版基金项目
NATIONAL PUBLICATION FOUNDATION

文学故乡的多维空间建构

福克纳与莫言的故乡书写比较研究

陈晓燕　著

作家出版社

丛书总序

张志忠

一

呈现在读者面前的这部九卷本丛书，是笔者主持的国家社科基金重大招标项目"世界性与本土性交汇：莫言文学道路与中国文学的变革研究"的最终结项成果。从 2013 年 11 月立项，其间在青岛和高密几次召开审稿会，对项目组成员提交的书稿几经筛选，优中选优，反复打磨，历时数载，终于将其付梓问世，个中艰辛，焦虑纠结，真是不足为外人道也。

"世界性与本土性交汇：莫言文学道路与中国文学的变革研究"课题内含的总体问题是：作为从乡村大地走来、喜欢讲故事的乡下孩子，到今日名满天下的文学大家莫言；作为拨乱反正、改革开放的伟大时代之情感脉动的新时期文学；作为在被西方列强的坚船利炮打开国门，被动地卷入现代性和全球化，继而变被动适应为主动求索，走上中华民族独立和复兴之路的三千年未有之大变局的描述者和参与者的百年中国新文学这三个层面上，在其发生和发展的过程中，做出哪些尝试和探索，结出哪些苦果和甜果，建构了什么样的文学中国形象？百余年的现代进程所凝结的"中国特色中国经验"，如何体现在同时代的文学之中？在讲述中国故事的同时，百年中国新文学塑造了怎样的自身形象？它做出了哪些有别于地球上其他国家、其他民族文学的独特贡献而令世界瞩目？

针对上述的总体问题，建构本项目的总体框架，是莫言的个案研究与中国新时期文学、百年中国新文学的创新变革经验和成就总结相结合，多层面地总结其中所蕴涵的"中国特色中国经验"，通过个案研究与宏观研究相结合的方式展开，研究重点突出，问题意识鲜明。我们认为，莫言的文学创新之路，是与个人的不懈探索和执着的求新求变并重的，是与新时期文学和百年中国乡土文学的宏大背景和积极助推分不开的，而世界文化的激荡和本土文化的复兴，则是其变革创新的重要精神资源。反之，莫言的文学成就，也是新时期文学和百年中国乡土文学的重大成果，并且以此融入中外文化涌动不已的创新变革浪潮。

本项目的整体框架，是全面考察在世界性和本土性的文化资源激荡下，莫言和中国文学的变革创新，总结新时期文学和百年中国乡土文学所创造的"中国特色中国经验"。这一命题包括两条线索，四个子课题。

两条线索，是指百年中国新文学面临的两大变革。百年中国新文学，其精神蕴涵，是向世界讲述现代中国的历史沧桑和时代风云，倾诉积贫积弱面临灭亡危机的中华民族如何置之死地而后生，踏上悲壮而艰辛的独立和复兴之路，以及与之相伴随的民族情感、社会形态的跌宕起伏的变化的。百年中国新文学自身也是从沉重传统中蜕变出来，在急骤变化的时代精神和艺术追求中，建构具有现代性和民族性特征的审美风范。前者是"讲什么"，后者是"怎么讲"。这两个层面，对于从《诗经》《左传》《楚辞》起始传承甚久的中国文学，都是"数千年未有之大变局"，表现内容变了，表现方式也变了，都需要从古典转向现代，表述现代转型中的时代风云和心灵历程。

所谓"中国特色中国经验"，并非泛泛而言，是强调地指出莫言和新时期文学对中国形象尤其是农民形象的塑造和理解、关爱和赞美之情。将目光扩展到百年中国新文学，自鲁迅起，就是把中国乡土和广大农民作为自己的重要表现对象。个中积淀下来的，是以艺术的方式向世界传递来自古老而又年轻的东方国度的信息，显示了正在经历巨大的历史转型期的"中国特色和中国经验"，其中有厚重的历史底蕴，就是中国农民在现代转型中一次又一次地迸发出强悍蓬勃的生命力，在历史的危急关头展现回天之力，如抗日战争，就是农民组成的武装，战胜了装备精良的外来强敌。改革开放的新时期，农民自发地包产到户，乡镇企业的勃兴，和农民工进城，都具有历史的标志性，根本地改变社会生活的面貌，改变中国的命运，也改变了农民自身——这些改变，恐怕是近代以来中国最为重要最为普遍的改变。

文学自身的变革，也是颇具"中国特色"的。古人云，若无新变，不能代雄。今人说，创新是文学的生命。这是就常规意义而言。对新时期文学而言，它有着更为独特的蕴涵。新时期文学，是在"文革"造成的文化断裂和精神荒芜的困境中奋起突围。这样的变革创新，不是顺理成章的继往开来，而是在很大程度上另起炉灶，起点甚低，任重道远。由此，世界文化和本土文化资源的发现和汲取，就成为新时期文学能够狂飙突进、飞速发展的重要推力。百年中国新文学的起点，五四新文学运动，同样地不是有数千年厚重传统的古代文学自然而然的延伸，而是一次巨大的断裂和跳跃，它是在伴随着现代资本主义的政治经济扩张汹涌而来的世界文化、世界文学的启迪下，在对传统文学、传统文化的彻底审视和全面清算的前提下，在与传统文化的紧张对立之中产生，又从中获得本土资源，破土而出，顽强生长，创建自己的现代语言方式和现代表达方式的（有人用"全盘性反传统"描述五四新文学，只见其对传统文化鸣鼓而攻之的一面，却严重地忽略了五四那一代作家渗入血脉中的与传统文化的联系）。

我们的研究，就是以莫言的创新之路为中心，在世界性与本土性的中外文化因素的交汇激荡中，充分展现其重大的艺术成就，揭示其与新时期文学和百年中国乡土文学的内在联系和变革创新，为推进二十一世纪中国的文化创新和走向世界提出新的思考，作出积极的贡献。

为了使本项目既有深入的个案研究，又有开阔的学术视野，在个案考察和宏观研究的不同层面都作出新的开拓，本项目设计由点到面、点面结合，计有"莫言文学创新之路研究""以莫言为中心的新时期文学变革研究""莫言及新时期文学变革与中外文化影响研究""从鲁迅到莫言：百年中国乡土文学叙事经验研究"四个子课题。

二

本项目相关的阶段性成果计有报刊论文 400 余篇，学术论著 10 部，分别在多所大学开设"莫言小说专题研究"课程，并且在"中国大学慕课"开设"走进莫言的文学世界"和"莫言长篇小说研究"课程，在"五分钟课程网"开设"张志忠讲莫言"30 讲，多位老师的研究论著分获省市级优秀学术成果奖，可以说是成果丰厚。作为结项成果的是专著 10 部，论文选集 1 部，共计 280 万字。一并简介如下（丛新强教授的《莫言长篇小说研究》已经由山东大学出版社出版，论文集《百年乡土文学与中国经验》因为体例问题未收入本丛书）：

（一）子课题一"莫言文学创新之路研究"包括 3 部专著。

张志忠著《莫言文学世界研究》。要点之一是对莫言创作的若干重要命题加以重点阐释：张扬质朴无华的农民身上生命的英雄主义与生命的理想主义；一以贯之地对鲁迅精神的继承与拓展，对"药""疗救"和"看与被看"命题的自觉传承；大悲悯、拷问灵魂与对"斗士"心态的批判；劳动美学及其对现代异化劳动的悲壮对抗等。要点之二是总结莫言研究的进程，提出莫言研究的新的创新点突破点。

李晓燕著《神奇的蝶变——莫言小说人物从生活原型到艺术典型》，对莫言作品人物的现实生活原型索引钩沉，进而探索莫言塑造人物的艺术特性，怎样从生活中的人物片断到赋予其鲜活的灵魂与秉性，完成从蛹到蝶的神奇变化，既超越生活原型，又超越时代、超越故乡，成为世界文学殿堂中熠熠生辉的典型形象，点亮了神奇丰饶的高密东北乡，也成就了世界的莫言。

从新强《莫言长篇小说研究》指出，莫言具有自觉的超越意识，超越有限的地域、国家、民族视野，寻求人类的精神高度。莫言创作中的自由精神、狂欢精神、民间精神等等无不与其超越意识有关。它是对中心意识形态话语所惯有的向心力量的对抗和制衡，是对个体生存价值和人类生命意识的全面解放。

（二）子课题二"以莫言为中心的新时期文学变革研究"的2部书稿，城市生活之兴起和长篇小说的创新，一在题材，一在文体，着眼点都在创新变革。

二十世纪七十年代末期开始的社会—历史的巨大转型，是从农业文明形态向现代文明和城市化的急剧演进，成为我们总结莫言创作和中国文学核心经验的新视角。江涛《从"平面市井"到"折叠都市"——新时期文学中的城市伦理研究》将伦理学引入文学叙事研究，考察新时期以来城市书写中的伦理现象、伦理问题、伦理吁求，揭示文本背后作者的伦理立场，具有青年学人的新锐与才情。

新世纪以来，长篇小说占据文坛中心，风云激荡的百年历史，大时代中形形色色的人物命运与心灵悸动，构成当下长篇小说创作的主要表现对象。王春林《新世纪长篇小说叙事经验研究》就是因应这一现象，总结长篇小说艺术创新成就的。作者视野开阔，笔力厚重，对动辄年产量逾数千部的长篇作品做出全景扫描，重点筛选和论述的长篇作品近百部，不乏名家，也发掘新作，涵盖力广博，尤以先锋叙事、亡灵叙事、精神分析叙事、边地叙事等专题研究见长。

（三）子课题三"莫言及新时期文学变革与中外文化影响研究"的成果最为丰富，有4部书稿。

樊星教授主编《莫言和新时期文学的中外视野》立足于全面、深入地梳理莫言在兼容并包世界文学与中国本土文学方面表现出的个性特色与成功经验，莫言创作与后期印象派画家凡·高、高更色彩、意象和画面感之关联，莫言与影视改编、市场营销、网络等大众文化，莫言的文学批评，莫言的身体叙事等新话题，对作家和文本的阐释具有了新的高度。

张相宽《莫言小说创作与中国口头文学传统》指出，从口头文学传统入手，才能更好地理解莫言小说。大量的民间故事融入莫言文本，俚谚俗语、民间歌谣和民间戏曲选段的引用及"拟剧本"的新创，对说书体和"类书场"的采用、建构与异变，说书人的滔滔不绝汪洋恣肆，对莫言与赵树理对乡村口头文学的借重进行比较分析，深化了本著作的命题。

莫言与福克纳的师承关系，研究者已经做了许多探讨。陈晓燕《文学故乡的多维空间建构——福克纳与莫言的故乡书写比较研究》独辟蹊径，全力聚焦于福克纳的约克纳帕塔法文学领地和莫言的高密东北乡文学王国的建构与扩展，采用空间叙事学、空间政治学等空间理论方法，从空间建构的角度切入，刷新了莫言与福克纳之比较研究的课题。

李楠《海外翻译家怎样塑造莫言——〈丰乳肥臀〉英、俄译本对比研究》，将莫言《丰乳肥臀》的英俄文两种译本与原作逐行逐页地梳理细读，研究不同语种的文字转换及其中蕴涵的跨文化传播问题，中文、英文、俄文三种文本的对读，文学比较、语言比较和文化比较，界面更为开阔，论据更为丰富，所做出的结论也更有公信力说服力。

（四）子课题四"从鲁迅到莫言：百年中国乡土文学叙事经验研究"是本项目中界面最为开阔的，也是难度最大的。百年中国的现代进程，就是乡土中国向现代中国、农业化向城市化嬗变的进程。百年乡土文学，具有最为深厚的底蕴，也具有最为深刻的中国特色中国经验。从研究难度来说，它的时间跨度长，涉及的作家作品众多，要梳理其内在脉络谈何容易。现在完成并且提交结项的是1部专著，1部论文集，略显薄弱。

张细珍《大地的招魂：莫言与中国百年乡土文学叙事新变》从乡土小说发展史的动态视域出发，发掘莫言乡土叙事的新质与贡献，探索新世纪乡土叙事的新命题与新空间，凸显其为世界乡土文学所提供的独特丰富的中国经验与审美新质，建构本土性与世界性同构的乡土中国形象。

张志忠编选的项目组成员论文集《百年乡土文学与中国经验》，基于 2018 年秋项目组主办"从鲁迅到莫言：百年乡土文学与中国经验"国际学术研讨会的会议成果，也增补了部分此前已经发表的多篇论文。它的要点有三：其一，勾勒百年乡土文学的轮廓，对部分具有代表性的重要作家和作家群落予以深度考察。其二，对百年乡土文学中若干重要命题，作出积极的探索。其三，在方法论上有所探索和创新。这部论文集选取了沈从文、萧红、汪曾祺、赵树理、浩然、陈忠实、贾平凹、路遥、张炜、莫言、刘震云、刘醒龙、李锐、迟子建、格非、葛水平等乡土文学重要作家，以及相关的山西、陕西、河南、湖南、四川、东北等乡土文学作家群落，从不同角度对他们提供的文学经验予以深度剖析，并且朝着我们预设的建立乡土文学研究理论与叙事模型的方向做积极的推进。

三

在提出若干学术创新的新命题新论点的同时，我们也在研究方法上有所探索和创新。务实求真，文本细读，大处着眼，文化研究、精神分析学、城市空间与地域空间理论、城市伦理学、比较文学研究、民间文学研究理论、文化领导权理论、生态批评、叙事学、文学发生学、文学场域等理论与方法，都引入我们的研究过程，产生良好的效果，助推学术创新。

本项目成果几经淘洗，炼得真金，在莫言创作和中国现当代文学的创新经验研究上，都有可喜的原创性成果。它们对于增强文化自信、以文学的方式向世界讲述中国故事和促进中国文学走出去，都有极好的推动作用。对于当下文坛，也有相当的启迪，鼓励作家在世界性与本土性交汇中创造文学的高原和高峰。

我要感谢本项目团队的各位老师，在七八年的共同探索和学术交流中，我们进行了愉快的合作，沉浸在思想探索与学术合作的快乐之中。我要感谢吴义勤先生和作家出版社对出版本丛书的鼎力支持，感谢李继凯教授和陕西师范大学人文社科高等研究院对丛书出版的经费资助，感谢本项目从立项、开题以来关注和支持过我们的多位文学、出版、传媒界人士。深秋时节，银杏耀金，黄栌红枫竞彩，但愿我们这套丛书能够为中国文学的繁荣增添些许枝叶，就像那并不醒目的金银木的果实，殷红点点，是我们数年凝结的心血。

2020 年 11 月 5 日

目　录

绪　论

福克纳是二十世纪杰出的美国作家，他的小说以"它们不断改变的形式、不断深化和愈发深刻的心理洞察力以及不朽的人物形象"[1]而荣获 1949 年的诺贝尔文学奖，在二十世纪世界文学中享有独特的地位。福克纳的小说被介绍到中国之后，一批中国作家从福克纳的小说中获得了重要启发，他们将福克纳小说中的一些构思、文学技法等运用到自己的创作实践中，在一定程度上改变了自己的创作面貌。莫言便是其中比较典型的一位，他受福克纳小说的启发开始将眼光投向自己的故乡，文学创作出现了可喜的变化，"高密东北乡"的开疆拓土便是一个重要标志。随着一大批优秀小说的相继问世，莫言顺利摘得 2012 年度诺贝尔文学奖，他用率性洒脱的文字、天马行空的构思、深沉朴实的思想和浑厚深挚的情感将"高密东北乡"这座独属于他的文学故乡有力地落户在世界经典文学的版图之上。莫言坦言自己是在福克纳的启发下开辟了"高密东北乡"这片专属领地，两人的作品也因此建立起有趣的联系——虽然福克纳与莫言之间横亘着时间和空间的距离，但他们的作品之间却出现了一些相似之处，同时又透显出某些区别——这种有趣的联系既向读者展示了文学的神奇，同时也为我们提供了一个新的比较文学研究领域：福克纳与莫言的比较研究。

---

① （瑞典）古斯塔夫·哈尔斯特隆:《诺贝尔文学奖授奖词》，李文俊编，《福克纳的神话》，上海译文出版社 2008 年版，第 229 页。

一、福克纳与莫言比较研究的历史与现状

福克纳与莫言都是从乡村走出来的作家，他们都以故乡为蓝本创造自己的文学故乡，也都在小说中使用了现代派艺术手法，这就使得福克纳与莫言的比较研究成为一座蕴藏丰富的学术矿藏，尤其是2012年莫言获得诺贝尔文学奖之后，这两位世界级文学大家之间的比较研究就更具有值得开掘和探讨的学术价值和文学意义。目前，学界对福克纳的研究和对莫言的研究都已非常广泛、深入，在主题、人物形象、艺术方法等传统视阈的研究已经很成熟，取得了可观的研究成果。以此为资源，福克纳与莫言的比较研究得以不断灌注生气和活力，其研究成果也蔚为大观。

从现有可查阅的资料来看，较早将莫言与福克纳联系在一起的学者当属雷达和朱向前。雷达发表于1986年1月的文章《游魂的复活——评〈红高粱〉》引述了李文俊评说福克纳小说"神话模式"的两段文字，并指出"红高粱""自然非'神话'，它更接近中国诗歌的'比兴'，但用上面的话返求诸小说《红高粱家族》，大约仍然有助于我们解开莫言之谜吧"①。这年12月朱向前发表的文章《深情于他那方小小的"邮票"——莫言小说漫评》借用了福克纳"邮票般那样大小的故乡本土"的说法来描述莫言如何"把他笔下那块'邮票'大小的故乡本土命名为'高密东北乡'"②。雷达和朱向前虽未具体展开对两位作家的比较研究，但他们敏锐目光下的只言片语和巧妙借用却引导出福克纳与莫言比较研究这样一个广阔而富有延展性的学术空间。

此后福克纳与莫言的比较研究渐次铺开，九十年代的研究重点主要着眼于福克纳对莫言的影响，进入新世纪以后的研究则主要集中于福克纳与莫言的平行比较研究，尤其是莫言摘得2012年度诺

---

① 雷达：《游魂的复活——评〈红高粱〉》，《文艺学习》，1986年第1期。
② 朱向前：《深情于他那方小小的"邮票"——莫言小说漫评》，《人民日报》，1986年12月8日。

莫言与当代中国文学创新经验研究

贝尔文学奖之后，关于两者的平行研究更是成为该论题的主流。这些研究涉及话题十分广泛，也取得不错的成绩，具体来看，研究主要集中在两方面。

（一）影响研究

起初，研究者常将福克纳和马尔克斯放在一起来研究两位作家对莫言产生的影响，指出莫言主要是在观念上受到福克纳和马尔克斯的"重要启迪"，福克纳和马尔克斯的故乡观念、历史观念和艺术手法唤醒了莫言的故乡记忆，影响了莫言对历史的认识，也让莫言认识到现代叙事艺术的重要作用。张志忠的专著《莫言论》指出："莫言在建立高密东北乡的艺术世界的过程中，受到美国作家威廉·福克纳和哥伦比亚作家加西亚·马尔克斯的影响是很明显的。"[1] 张卫中的《论福克纳与马尔克斯对莫言的影响》指出影响主要集中在两方面："一是在观念方面给予莫言以重要启迪，二是为莫言大胆的艺术探讨提供了一个必不可少的心理依托。"[2] 此外张学军的《莫言小说与西方现代主义文学》、陈春生的《在灼热的高炉里锻造——略论莫言对福克纳和马尔克斯的借鉴吸收》也都有独到的见解。

后来，研究者开始专门研究福克纳对莫言的影响，同时也肯定了莫言在吸取中国文化营养基础上而取得的创新。比如朱世达的《福克纳与莫言》认为莫言小说从意境、叙事艺术、荒诞感、魔幻色彩、象征主义等具有现代派特征的表现都或多或少地受到福克纳的影响，同时也指出莫言的创作"既不纯粹是中国的，也不是外国的，而是他融中外之精华，坚实地踩在自己的基石上，走自己的路"[3]。美国学者 M. 托马斯·英奇的《比较研究:莫言与福克纳》指出福克纳叙事技巧上的革新、独特而深邃的历史观、人物的怀旧情绪、用叙述家族历史的方法反映历史的方法、叙述方式都对莫言有

① 张志忠:《莫言论》，中国社会科学出版社 1990 年版，第 37 页。
② 张卫中:《论福克纳与马尔克斯对莫言的影响》,《徐州师范学院学报》1991 年第 1 期。
③ 朱世达:《福克纳与莫言》,《美国文学研究》, 1993 年第 4 期。

影响，但莫言小说使用的意识流和超现实主义的手法"与其说是完全仿照福克纳还不如说是莫言在叙事技巧上的自我创新"①。李迎丰的《福克纳与莫言：故乡神话的构建与阐释》认为"莫言的'故乡神话'脱胎于福克纳，但无论从主题、形式乃至内在精神上，都与福克纳的创作之间发生了一定的'位移'"②。樊星指出莫言受福克纳影响"在'寻根'的浪潮中创造了一个'高密东北乡'"③，但是莫言的"怀旧""更具有张扬个性的现代色彩"，并且在风格上"《红高粱家族》系列写得神采飞扬，痛快酣畅，与福克纳式的沉思、叹息风格迥异，从而自成一格"④。此外赵树勤、龙其林的《〈喧哗与骚动〉与中国当代家族小说的故乡叙事》，胡铁生、夏文静的《福克纳对莫言的影响与莫言的自主创新》，尹建民的《莫言的寓言化写作及其对福克纳的接受》等也都注意到莫言力图摆脱福克纳影响的自觉意识和文学创新的努力。

（二）平行研究

当影响研究开展到一定程度，随着莫言小说创作产量越来越丰富、个人风格越来越鲜明、本土特色越来越突出，研究者逐渐将研究重点从影响研究转移到平行研究，既研究莫言与福克纳在创作上的相同之处，也比较两者的不同之处，形成的研究热点大多集中在如下几方面：一是比较情爱、死亡、审恶等主题；二是比较女性形象、弱势群体人物形象、白痴形象、家族小说人物形象、母亲形象、恶人形象等，其中杜翠琴的《福克纳与莫言作品中的悲剧女性形象比较研究》较有代表性；三是比较两位作家笔下的乡土情结，其中盛平娟的《莫言与福克纳笔下故乡神话比较》从地理角度比较

① （美）M.托马斯·英奇：《比较研究：莫言与福克纳》，《当代作家评论》，2001年第2期。
② 李迎丰：《福克纳与莫言：故乡神话的构建与阐释》，《解放军外国语学院学报》，2002年第1期。
③ 樊星：《中国当代文学与美国文学》，中国社会科学出版社2009年版，第107页。
④ 樊星：《中国当代文学与美国文学》，中国社会科学出版社2009年版，第108页。

了两位作家笔下的故乡神话，比较有特色；四是比较两位作家的叙事手法，尤其是多角度叙事、狂欢化叙事受到较多的关注。

除了上述这些成果繁多的研究领域之外，研究者们还从创伤叙事、创作动因、创作流变、地域文化、父子关系、酒神精神、审父范式、时间叙事、文学观、意象、历史书写、英雄情结、传播与接受、修辞动机等角度梳理福克纳和莫言之间的异同，比如姜德成的《重述、重构与反思：福克纳与莫言的历史书写比较》认为福克纳和莫言的历史书写"折射出作家对历史时空的政治权力和等级秩序重新审视与干预的创作意图"①。还有一些研究者使用认知视角下的隐喻观、文学疆界、文学伦理学等新的文艺理论方法进行比较研究，比如刘向辉的《莫言与福克纳小说的伦理学对比》用文学伦理学的理论方法来比较两位作家的作品。无论是新视角的切入还是新方法的运用，都是从新的角度开拓福克纳与莫言的比较研究疆域，其研究成果都具有值得重视的学术价值。

尽管福克纳与莫言比较研究已经取得不少成果，但到目前为止仅有一本研究专著出版，即朱宾忠的《跨越时空的对话——福克纳与莫言比较研究》。这本书从平行比较的角度对福克纳和莫言的创作历程、文艺思想、主题、人物形象、创作特色等方面进行了整体的鸟瞰、细致的审视和深入的探讨，对两者多方面的异同做了细致的梳理和辨析，指出他们在创作流变过程、作品主题、人物形象、创作艺术多方面表现出许多相同性或类同性，同时也指出两者之间的一些细微区别。朱宾忠的研究拓宽了福克纳与莫言比较研究领域的视野，丰富和深化了该领域的研究成果，不仅为后来的研究者提供了厚实、可靠的研究资料，而且其研究视角和观点都为后来者提供了宝贵的启示和有价值的参考视野。

（三）研究现状的反思

无论是影响研究，还是平行研究，研究者们均做了不少切实、

---

① 姜德成：《重述、重构与反思：福克纳与莫言的历史书写比较》，《南京邮电大学学报》（社会科学版），2016 年第 2 期。

有意义的探索，为学界进一步深化对福克纳和莫言文学创作的认识、进一步了解世界各国文学相互之间的影响与融合打下了坚实基础。但是，我们也必须认识到，目前的比较研究工作仍存在一些较为突出的问题，主要表现在以下几点：

首先，当前的平行研究仍然是相对集中在挖掘福克纳与莫言小说创作的相同之处，发掘两者不同点及其深层原因的研究工作虽有一定的开展，但在广度和深度上都还远远不够，这与当前莫言创作表现出来的丰富性和创新性并不匹配。尤其是比较两位作家不同点的研究，由于对文本的切入点偏于单一化，除了存在研究成果重复、缺乏创新的问题之外，还存在研究浮于表面的倾向，甚至因而出现研究者被作家之言误导的情况。

其次，由于莫言的创作还在持续不断地进行，那么福克纳与莫言的比较研究也应呈开放状态，但学界的研究似乎还没有表现出应有的开放与从容，急于做判断、下结论的心态在相当程度上影响了持论的公允与合理。

再者，福克纳和莫言小说都在世界文学版图上建构起一座引人注目的文学故乡，虽是虚拟空间，在文坛上却享有盛名，但是至今没有研究者从空间的角度对这两座文学故乡给予全面、系统的考察，两位作家如何建构这一文学故乡以及建构过程中呈现出来的各自的特色与风格，这些都是未曾被研究者触及的问题，留下了一段亟待填补的空白。

本研究以为，对于莫言这样一位始终坚持不懈地进行创作、不断学习借鉴，尤其是不断探索创新的作家，我们的研究不能仅仅停留在一般性的、常规的研究视阈中，而应该更多地从新的研究视角切入，由此才能带来新的视阈、形成新的问题群和学术增长点。而且，由于莫言对于学习和创新的追求从未停歇，所以他的每一部作品都不是简单的量的累积，而总是带有质的变化，与他相关的比较研究论题也就始终处于动态的变化之中，譬如莫言与福克纳之间的区别将随着莫言的创作越来越丰富、个人风格越来越鲜明而显得愈加突出，此时的比较研究更应该凸显两者之间的区别以及追溯形成区别的原因，也才能体现出研究的与时俱进和开放姿态。

二、文学故乡空间研究的方法和意义

福克纳与莫言都走过了一条从现实故乡到文学故乡的寻找之路、建构之路，而莫言以一座"高密东北乡"向前辈福克纳致敬，更是以文学故乡空间建构过程中诸多与福克纳迥然不同的表现来宣示了自己的独特性。但人们却极少关注两位大师是怎样完成文学故乡的空间建构，亦极少注意到两位大师在文学故乡的空间建构方面客观存在的异同。这倒给我们提示了一条新的研究思路，即从空间的角度观照福克纳与莫言文学故乡的空间建构，进而比较两位作家空间建构的异同，以此来寻找福克纳与莫言比较研究进一步拓宽与深化的可能。

何谓"空间"？人们通常是从地理学意义上认识空间："空间"指地表空间，即"侧重于对地表物质体系的总体认识或概括。地表空间就是关于地球表面的空间概念"①。显然这是一个指称对象很具体的概念。但是，实际上由于"在不同的抽象层次上，都会出现关于空间的概念的相互分离与相互关联"②；人们会根据不同的观点以及不同的思维模式来生成不同的空间概念，同时也就会给出不同的释义，所以古往今来不同学科如地理学、物理学、哲学、建筑学、社会学、艺术学、心理学等学科领域的研究者都给空间做出了各种解释、定义和分类，不管是梅洛·庞蒂提出的"身体空间、客观空间和知觉空间"，还是卡西尔提出的"有机体空间、知觉空间、神话空间和抽象空间"，都是基于研究者自己的理论体系而形成的空间认知和分类，正如法国哲学家列斐伏尔所说："关于空间的问题，

① 郑冬子、郑慧子：《区域的观念》，天津人民出版社1997年版，第6页。
② （美）萨克：《社会思想中的空间观：一种地理学的视角》，黄春芳译，北京师范大学出版社2010年版，第5页。

有很多种方法，很多种进入方式。"①因而对于"空间"概念的使用应视自己的研究需求来灵活择定。而在众多的分类法中，更有参照意义的当是挪威的建筑理论家诺伯格·舒尔兹的分类。舒尔兹将空间分为五类："肉体行为的实用空间（Pragmatic Space）""直接定位的知觉空间（Perceptual Space）""环境方面为人形成稳定形象的存在空间（Existential Space）""物理世界的认识空间（Cognitive Space）""纯理论的抽象空间（Abstract Space）"，他认为"实用空间把人统一在自然、'有机'的环境中；知觉空间对于人的同一性来说是必不可少的；存在空间把人类归属于整个社会文化；认识空间意味着人对空间可进行思考；最后，理论空间则是提供描述其他各种空间的工具"②。通常，地理学关注的是可触摸、可感知的前两类空间——"实用空间"和"知觉空间"，人们从各种感官获得的感觉联合起来建立起对这两类空间的认识，诚如地理学家段义孚所说："人类空间依赖于视觉，其他感觉扩大并丰富了视觉空间。"③而"存在空间"则是指人们所处的人文环境，即"整个社会文化"。

按照诺伯格·舒尔兹的空间分类，福克纳的家乡密西西比州的牛津镇和莫言的家乡山东高密县大栏乡，既是有着具体地理位置和各种自然环境的"实用空间"，也是人类可以直接通过各种感官传达的感觉来确认的"知觉空间"，同时又业已形成了自己独特的文化体系，因而还是"环境方面为人形成稳定形象的存在空间"。舒尔兹又指出："人类自古以来，不只在空间中发生行为、知觉空间、存在于空间、思考空间，为了作为现实的世界形象表现自己世界的结构，还在创造空间。所创造的空间可称为表现空间或艺术空间（Expressive or Artistic Space），它同认识空间一同占据着仅次于顶

① （法）亨利·列斐伏尔：《空间与政治》（第二版），李春译，上海人民出版社2015年版，第17页。
② （挪威）诺伯格·舒尔兹：《存在·空间·建筑》，尹培桐译，中国建筑工业出版社1990年版，第7页。
③ （美）段义孚：《空间与地方——经验的视角》，王志标译，中国人民大学出版社2017年版，第12页。

点的位置。"①舒尔兹所说的"创造空间"，就建筑师而言，就是设计、建筑新的具象空间，而就文学家来说，却是用文字在文学作品中建构起来的虚拟空间。福克纳和莫言以现实故乡为原型在文学中绘制出来的文学故乡，既像投影一样将作为"实用空间""知觉空间"和"存在空间"的现实故乡投射到文学世界中，同时也将他们从现实故乡中感知并蕴藉而来的情与思都创造性地涵纳于文学世界中，从而创造出一个神似于现实故乡却又与之不完全相同的文学故乡。当然，这也意味着，福克纳和莫言也都需从"实用空间"层面上的地理条件、自然环境、实有存在物和"知觉空间"层面上的人、事，以及"存在空间"层面上的情感、文化、历史等全面描写、深入刻画他们的文学故乡，也即建构他们的文学故乡。

尽管人们从不同学科角度展开的对"空间"的认识活动早已有之，但是将"空间"概念引入文学研究领域还是二十世纪以来的事情。在国外，约瑟夫·弗兰克发表于 1945 年的文章《现代文学中的空间形式》较早在文学研究中导入"空间"概念，还有杰罗姆·科林柯维支、詹姆斯·M.柯蒂斯、埃里克·S.雷比肯等人也都有积极的尝试。西摩·查特曼的《故事与话语——小说和电影的叙事结构》分析了文字叙事中的故事空间，强调文学叙述中的"谁的空间感"问题；米克·巴尔的《叙述学：叙事理论导论》重视人物与空间之间的关系，认为人物完成每一个行动都离不开空间，并且总结出空间在故事中具有的两种作用；加斯东·巴什拉在《空间的诗学》里从现象学的角度，具体分析了家宅、地窖、阁楼、鸟巢、贝壳、角落等特殊空间的象征意义及其在文学中的含蕴；浦安迪的《中国叙事学》则立足于空间的结构意义，具体分析了中国古典长篇小说《金瓶梅》《水浒传》《红楼梦》中的空间布局与小说结构之间的密切联系。在国内，其实也有一些学者尝试从空间角度研究文学，例如肖明翰的《大家族的没落——福克纳和巴金家庭小说比较研究》

---

① （挪威）诺伯格·舒尔兹：《存在·空间·建筑》，尹培桐译，中国建筑工业出版社 1990 年版，第 8 页。

分析了福克纳小说中的"黑房子"和巴金小说中的大公馆，并指出"福克纳的一系列'黑房子'形象象征着南方的奴隶制、种族主义、等级制度和清教主义。而巴金那些高大围墙围起来的大公馆则代表了中国封建专制和礼教传统"①。肖明翰的研究显示了借由文本描写的特定空间深入到文本深层内涵的可能性，给后来的研究者提供了一条有价值的研究思路。又如赵园在《北京：城与人》②里从北京胡同作为一个特殊的居住空间所具有的文化内涵来探讨胡同对于老舍文学的影响，这种研究视角显示赵园已经具有较为明确的空间意识，也许正是出于这种空间意识的潜在影响，她才选择了"城与人"这样独特的课题。再如杨义的《文学地图与文化还原——从叙事学、诗学到诸子学》曾谈到文学地理学要"借用地理空间的形式，展开文学丰富层面的时间进程"③。虽然其主要落脚点在于地理背后的地域文化，还不是更细化的空间研究，但对大的地理空间的关注也是值得借鉴的思路。再如丹珍草的《差异空间的叙事——文学地理视野下的〈尘埃落定〉》④从地理空间的角度切入阿来的《尘埃落定》，这也是一次有意义的尝试。此外，还有一些论文篇什提及小说中的空间，可惜都还没有形成深入的、系统化的研究成果。需要指出的是，龙迪勇的《空间叙事研究》（再版时书名改为《空间叙事学》）是"国内外第一部全面论述空间叙事问题的学术专著"⑤，该书较为系统地讨论了空间叙事相关的若干问题，为以后的研究者提供了有价值的理论参照。

　　总体看来，在国内，从空间的角度研究文学，无论是文本研究

---

①　肖明翰：《大家族的没落——福克纳和巴金家庭小说比较研究》，《威廉·福克纳研究》，广西师范大学出版社1994年版，第102页。

②　赵园：《北京：城与人》，北京大学出版社2002年版。

③　杨义：《文学地图与文化还原——从叙事学、诗学到诸子学》，北京师范大学出版社2011年版，第61页。

④　丹珍草：《差异空间的叙事——文学地理视野下的〈尘埃落定〉》，中国藏学出版社2014年版。

⑤　龙迪勇：《空间叙事学》，生活·读书·新知三联书店2015年版，第570页。

方面，还是理论研究方面，都还处于起步阶段，尽管有研究者开始了一些先头工作，但是大规模、系统性的研究尚未真正铺展开来。问题比较突出地体现在：地理空间文化内涵的研究有之，地理空间建构方式及其叙事功能的研究有待深入开展；空间意象叙事功能的研究有之，空间意象文化内涵与叙事功能相互作用的研究有待深入；就单篇作品单一叙事空间展开的研究有之，以作家作品为单位或以流派作品为单位的叙事空间群的研究尚需进一步系统开展；可视可感的实体空间研究有之，缺乏物质实体支撑的虚化空间的系统研究尚有待深入；单一视角、零散化的空间研究有之，多视角、系统化的空间研究尚需进一步开展。尤其是在理论领域，关于文学空间研究的相关问题群落尚未成型，亟待完善补充，这也在一定程度上影响了文学文本解读在深度和广度上的开掘和拓展。

尽管文学的空间研究还未充分展开，但已经为文学研究开拓出一片崭新的领域，尤其是给福克纳与莫言的比较研究提供了一个独特的比较视角，使之有了一个可逐步掘进、拓展的研究向度。福克纳与莫言都在自己的文学世界中描写了一个文学故乡、建构了一个虚拟空间，为学界提供了两个非常适于开展空间研究的文学范本，但是目前学界较为注重从思想内涵和叙事艺术方面展开研究，在空间研究方面有所疏忽，还没有研究者将两位作家笔下文学故乡的空间建构进行点对点的对照比较，在地理空间建构方式、叙事空间的丰富含义、情感空间的内在构成和历史空间的建构方式等方面的比较研究均没有铺展开来，给福克纳与莫言的比较研究领域留下了一段尚待开发与拓展的研究空间，这也是本书希望能够有所作为、有所突破的地方。

针对福克纳与莫言比较研究已经取得的丰硕成果和有待进一步开发与拓展的研究空间，本书首先依照舒尔兹的空间分类、遵循删繁就简的原则，从福克纳与莫言各自的文学故乡析出地理空间、叙事空间、情感空间、历史空间四个维度，考察并概括两位作家对于文学故乡多维空间的建构方法和策略；然后运用地理学、社会学、叙事学等理论研究方法来分析文学故乡与现实故乡之间的对照、映射关系，概括两位作家通过文学故乡多维空间的建构所传达的关于社会、历史、民族和艺术方面的多重思考；最后在此基础上，对照、比较福克纳与莫言在四维空间的建构过程中存在的异同，剖析形成异同的深层原因，总结莫言在学习外国文学的过程中坚持本土化、发展个性化、走向世界化的策略和经验。在空间视阈下，对福克纳与莫言在文学故乡建构方面的比较研究具有如下价值和意义：

第一，就文学故乡的空间建构而言，梳理、整理出福克纳与莫言地理空间的建构方法和历史空间的建构方式，分析、挖掘出两位作家笔下叙事空间的丰富含义，从新的角度梳理两位作家情感空间的内在构成，进一步提炼两位作家故乡情感的丰富内容，这些针对空间开展的研究成果可以为以后的相关研究提供一定的研究资料和研究基础。

第二，就福克纳与莫言的比较研究而言，在分析文学故乡空间建构的基础上开辟福克纳与莫言比较研究的新视角，进一步拓宽该课题的研究空间，找到两位作家之间的深层区别，为福克纳与莫言比较研究的纵向深入探索一条可能的路径。

第三，就莫言研究而言，在分析比较福克纳与莫言之间异同点的基础上，进一步梳理、总结莫言学习借鉴外国文学、不断创新、不断超越的创作经验，锤炼其将世界化与本土化相融合的方法和策略，为以后的莫言研究及相关论题提供丰富、详实的研究资料。

三、空间视阈下福克纳与莫言比较研究的前景

虽然莫言创造"高密东北乡"确实受到了福克纳的影响，但同时要看到他也受到马尔克斯的影响，此外他还坦承自己也受到海明威、川端康成等外国作家的影响，他不断地从外国文学那里学习、借鉴艺术构思和现代派手法，这在改变他的创作面貌的同时，也为之烙上了世界化的烙印，或曰"世界性因素"[1]。后来莫言宣称"大

---

① 陈思和：《中国文学中的世界性因素》，复旦大学出版社 2011 年版。

踏步的撤退"，很多研究者据此认为莫言是要"向传统回归"。但事实未必如此。如果从空间建构的角度来考察，那么与其说莫言是大踏步地向传统撤退，不如说莫言是更加坚定地沿着他自己的方向向前走，他的"大踏步的撤退"并不能理解为"转向"，而是莫言更加明确了自己的风格与方向。因为，早在莫言受福克纳影响而创造"高密东北乡"的初始，莫言在空间建构之路上所踏出的第一步就与福克纳截然不同，这种不同远远超越了两者地形、地貌、文化习俗等表层意义上的不同，而是体现为文学故乡的空间建构上思想、审美、文化等深层次不同，在莫言留下的建构轨迹里隐约可见一条来自本土文化的脉络，这条脉络的前端并不在莫言宣称"大踏步的撤退"的那个时刻，甚至都不在他说要逃离"两座灼热的高炉"的那个时刻，而是在莫言踏上空间建构之路所迈出的第一步，这第一步里就带着明显的本土基因，他对于文学故乡的地理空间、叙事空间、情感空间和历史空间的建构就清晰地标记了他力图将"世界性因素"本土化的努力。所以，空间是借以找到莫言那条脉络前端的一柄手杖、一把密钥，当然，这里也含蕴着福克纳与莫言比较研究进一步开掘的可能，蕴藏着丰富的研究前景。

福克纳在小小的约克纳帕塔法县安置了几个大家族由盛而衰的故事，以此为镜折射出美国南方传统社会的历史与现实，历史上的南方既有可敬可佩的优秀精神传统，也伴生有种族主义和奴隶制的毒瘤，福克纳既赞扬南方历史上的荣耀，也批判南方历史上的污点，更表达了对南方现实情况的担忧，约克纳帕塔法县里的人物和故事，汇聚了福克纳对于美国南方的美好与丑恶、历史与现实的清醒认识和多方省思，因而使得约克纳帕塔法县成为整个南方的传奇，所以马尔科姆说福克纳"精心制作了一部又一部的小说，构筑成这样的一个总体，以至于他的作品已经成为南方的一部神话或传奇"[1]。

① （美）马尔科姆·考利：《福克纳：约克纳帕塌法的故事》，李文俊编选，《福克纳评论集》，中国社会科学出版社1980年版，第34页。脚注尊重1980年版原著封面用"约克纳帕塌法"，内文所据版本较多，统一为"约克纳帕塔法"。

不仅如此，由于作品渗透着美国历史发展进程、揭示了种族主义思想这一美国社会的深层痼疾、流露出对现代文明的普遍反思和省察，所以福克纳的小说甚至被视作是整个美国的传奇："这传奇不仅仅是南方的传奇，而且也是我们大家的苦难和问题的传奇。"① 福克纳"邮票般大小"的约克纳帕塔法县与"我们大家的苦难和问题的传奇"这样深厚的历史内容之间形成了"小地方大容量"的奇崛对照，而这在莫言的文学故乡建构里有着奇迹般的复现。同样地，莫言笔下那块也是"邮票般大小"的"高密东北乡"上演着一个个生命的悲怆故事，深藏着一个民族的命运、几段历史的印痕、无数农民的悲欢，"在高密东北乡的方寸之地拉开历史风云和人物命运长卷"②。这个高密东北乡以其对于中华民族的美好与丑陋、历史与现实的交织映现而成为整个华夏大地的象征，这里面也暗含着一个"小地方大容量"的强烈对照。

为了打造一个足以承载文明与历史"大容量"的"邮票般大小"的"小地方"，福克纳和莫言在文学故乡地理空间的建构工作上费尽了心力。福克纳采用写实性书写将现实故乡的地貌如实地呈现在"约克纳帕塔法县"，一部小说写一个家族，一个家族占据约克纳帕塔法县里的一个小角落，这样福克纳的小说就像点灯一样，每写一个家族就点亮一盏灯，就照亮约克纳帕塔法县的一个小角落，当灯光连接成一片时，一个独特而闪亮的约克纳帕塔法县便呈现了出来，而且始终以杰弗生小镇为中心，呈现为中心辐射式布局。莫言却是采用浪漫性书写描述"高密东北乡"的地貌，同样是一部小说写一个故事，莫言写故事的时候不断地为"高密东北乡"添加地貌，于是盐碱滩地、沼泽、沙漠、荒野等现实中完全没有的地貌便一点点出现在"高密东北乡"的版图之上，每写一个家族就增加一点特别的地貌，故事还在延伸，这个"高密东北乡"也在不断地扩大面

① （美）罗伯特·潘·沃伦：《威廉·福克纳》，李文俊编，《福克纳的神话》，上海译文出版社 2008 年版，第 57 页。

② 朱向前：《深情于他那方小小的"邮票"——莫言小说漫评》，《人民日报》，1986 年 12 月 8 日 。

积、增加地貌，并且没有什么固定的中心，呈现为散点式布局。可见，虽然都是"邮票般大小"，福克纳的"小地方"是一点一点地照亮的，而莫言的"小地方"却是一点一点地扩容的，其中的差异饶有趣味，也别有深意，显示了文学的多样可能性。

"小地方大容量"的出现意味着两位作家都试图以一方小"邮票"寄托一份大"情怀"，这份"情怀"都与民族精神紧密相连，又都通过叙事空间得以呈现。福克纳非常怀念南方传统社会的优秀精神传统，在"约克纳帕塔法县"世系小说里多次写到已经老去、逝去的内战前和内战中的南方人，除了有克制地赞扬南方传统社会中人们的创业精神，比如昆丁从与父亲的交谈中得知的祖先创下的辉煌功绩、科德菲尔德小姐与昆丁的交谈中透显出来的萨德本①的创业精神，福克纳更多地赞颂南方人的勇敢、荣誉、悲悯、责任心等优秀精神传统，《永垂不朽》中福克纳借彼得母亲为患有老年痴呆症的彼得爷爷的辩护词深情地赞扬："在他们英勇奋斗改造自然使这些地方成为宁静的可以生活、热爱的家园过程中，甚至这些男女英雄的名字都体现这种精神。这些人是不朽的，他们吃苦耐劳，顽强作战，不屈不挠。他们失败了仍然继续战斗，因为他们的词汇里没有'失败'二字。他们征服荒野，越过高山沙漠，虽死犹生，永远前进。"②福克纳对于南方传统社会的优秀精神传统如此重视，而且将宣扬、赞美它视作是自己的本分："诗人和作家的职责就在于写出这些东西。他的特殊的光荣就是振奋人心，提醒人们记住勇气、荣誉、希望、自豪、同情、怜悯之心和牺牲精神，这些是人类昔日的荣耀。"③也正是因为这一点，福克纳的小说呈现出一种"向后看"的历史意识。莫言的小"邮票"里也寄托着他对于民族历史的回望和对于民

---

① Sutpen 音译，有版本译为"塞德潘少校"，有版本译为"萨德本上校"。本书统一为后者。

② 世界文学编辑部编，《福克纳中短篇小说选》，中国文联出版公司1985年版，第224页。

③ （美）威廉·福克纳:《在接受诺贝尔文学奖时的演说》，李文俊编选，《福克纳评论集》，中国社会科学出版社1980年版，第255页。

族精神的赞扬。他的笔下时常涌现出一幕幕带着血和泪的悲怆场景：高粱地里的野合、行刑架上的怒骂、阎罗殿前的喊冤、墨水河里的奔逃、饥馑大地上拖儿带女的母亲背影……这一幕幕令人屏息凝气的悲怆场景写出了中国农民丰富驳杂的生命感受、悲恸难抑的生命体验，呈现出中国农民强烈的生命意识，"突现着外敌凭陵、横暴袭来、血与火炙烤着大地的时刻，炎黄子孙的无比坚韧、气吞山河的伟大生命潜能"[1]。然而正是在中国农民强烈的生命律动、生命潜能里莫言发现了民族精神的激越旋律——被压倒的红高粱还会挺起腰杆、被践踏的生命会坚韧不屈地抬起头颅——这就是中华民族坚韧不屈、历险不改的民族精神，蕴蓄在中国人强烈的生命意识里、传承在中国人的生命基因里，生命不息，民族精神不灭。在八十年代的以回望历史、揭示民族精神丑陋为主流的"寻根文学"大潮中，莫言也在回望历史，但莫言的"怀旧""更具有张扬个性的现代色彩"[2]，他还将这"张扬个性的现代色彩"注入民族精神，以"一束沉甸甸的红高粱""一片血红的高粱地"坚定地竖起了一杆弘扬民族精神优秀传统的大旗。

但是，莫言对于民族精神的热烈赞扬与福克纳对于美国南方传统社会优秀精神的宣扬并不相同。首先就表现在赞颂方式上明显不同。福克纳是在昆丁的哀叹里、康普生先生的回忆中、科德菲尔德小姐的怨怼中、彼得母亲的辩词中呈现南方社会诸如"勇气、荣誉、希望、自豪、同情、怜悯之心和牺牲精神"等优秀精神品德。于是我们看到在福克纳的小说里，几乎被世界遗忘的破落庄园里，幽灵般的未亡人回忆、悼念着开拓时期的盛景繁华，在历史与现在的强烈对比中仿佛能听见福克纳的一声长叹。而在莫言笔下聚族而居的村落里，纷至沓来的各种力量交缠用力，抵死相拼的壮烈中血与火的故事次第展开，那一句"坑坑洼洼的嗓门"吼出来的"妹妹你大胆地往前走"仿佛一道惊雷在枪林弹雨的纷乱之中破空而来。一样

---

① 雷达：《游魂的复活——评〈红高粱〉》，《文艺学习》，1986 年第 1 期。

② 樊星：《中国当代文学与美国文学》，中国社会科学出版社 2009 年版，第 108 页。

是在对历史的回望中寄托对民族精神传统的赞扬，在庄园的落寞静寂里，福克纳的叙述流露出叹息般的感伤之美；在村落的嘈杂喧闹中，莫言的叙述却张扬着豪情一般的壮烈之美。他们赞颂方式的不同最终落实到不同的叙事空间，并进而影响到作品，使之呈现出来的美学风格也截然不同。

而且，两位作家赞扬民族精神的落脚点也有着微妙的不同。福克纳赞扬南方社会的精神传统，但他小说中"现在"时间中的白人住宅总是颓败的、荒凉的，总是幽居着一位历史遗迹般的南方老淑女，在他的笔下，白人住宅是叙事空间，更是时间的隐喻，凝结着历史的丰富内容，更喻示着曾经辉煌、美好的南方历史永远成为历史。他怀着借"约克纳帕塔法县"来回望曾经乐园般美好的现实故乡的美好心愿来写作，却又不得不面对现实中真正的颓败，于是美好的心愿与颓败的事实交织在一起便化成他笔下那破落的宅院、被侵蚀的荒野，用文学故乡的颓败来映射现实故乡的颓败。莫言不像福克纳那样将房屋作为时间的隐喻和历史的凝聚，而是描述房屋里的祖先们壮怀激烈的往事，关注房屋所交织的种种社会关系的意义指向，要用祖先的故事为现在的"故乡"补钙、补血、补气，正如他自己所说："我创造一种非常理想的生活，好像是往后看，实质上是向前看。"[1]莫言其实是在借文学故乡"复活那些游荡在他的故乡红高粱地里的英魂和冤魂"[2]、呼唤民族"精神元阳"的回归。从这个意义上来看，房屋这一叙事空间无疑是区别两位作家历史意识的分界点。这似乎也在提示我们，叙事空间是更深入地解读、认识福克纳和莫言作品的途径，更是展开两位作家之间比较研究的新角度、新方法。

莫言虽然盛赞中国农民从生命意识里迸发出来的民族精神，但同时也批判了中国农民体现出来的民族劣根性。《枯河》里虎子父亲的懦弱与残暴交织一体的病态性格，《丰乳肥臀》里上官家根深

① 莫言、陈薇、温金海：《与莫言一席谈》，孔范今、施战军主编，《莫言研究资料》，山东文艺出版社2006年版，第17页。
② 雷达：《游魂的复活——评〈红高粱〉》，《文艺学习》，1986年第1期。

蒂固的重男轻女思想,《红蝗》里四大爷、九大爷们的贪婪自私,《生死疲劳》里农业合作社里农民们的盲目跟风、缺乏独立精神,《灵药》里华老栓式的愚昧,《祖母的门牙》里婆婆霸凌儿媳的病态心理,《牛》里杜大爷爱耍滑头的狡黠性格……中国农民身上集合的种种民族劣根性,莫言毫不客气地暴露了出来,并给予毫不留情的嘲讽和批判。这方面莫言显然是继承了鲁迅开创的国民性批判主题,不过与鲁迅不同的是,莫言虽然看到了国民性里卑劣部分,但有时还会通过对时势环境的描写来呈现人物卑劣行径里暗藏的某些无奈,如《枯河》里虎子父亲面对乡村土皇帝一样的村干部为求保全家庭而暴打孩子,这里面暗含着人在极左政治生态环境下的恐惧和无奈;年岁已大却还得熬夜照顾病牛的杜大爷爱耍滑头,无非是为了能在政治威压之下为自己争取片刻的休息;《生死疲劳》里盲目跟风的合作社农民在一定程度上也是迫于社会形势的压力;《祖母的门牙》里要霸凌媳妇的婆婆也有一段凄惨的被霸凌的可怕记忆,她是为了占据家庭主导地位而先出手对付媳妇。从莫言描写的这些农民卑劣行径背后的无奈里,我们看到的不是鲁迅式的哀其不幸,而是莫言作为一个农民对于农民艰难处境的感同身受,他的描写里有对农民某些卑劣行径的批判,也有对农民处境的理解,他是真正站在一个农民的角度来体察他们的痛苦,同时又能站在比农民略高的地方来批判他们的劣根性,他还原了一个农民的身份,又添加了一个知识分子的视角,所以他写出来的国民性批判就与鲁迅不完全相同。莫言曾说:"真正伟大的作品必定是'作为老百姓的创作',是可遇不可求的,是凤凰羽毛麒麟角。"[1]如何"作为老百姓的创作",那就是"要求你丢掉你的知识分子立场,你要用老百姓的思维来思维"[2],莫言未必完全丢掉了知识分子的立场,但至少他已经在"用老百姓的思维来思维"。正因为此,他的笔下还会写到

---

① 莫言:《作为老百姓写作》,《用耳朵阅读》,作家出版社 2012 年版,第 67 页。

② 莫言:《作为老百姓写作》,《用耳朵阅读》,作家出版社 2012 年版,第 70 页。

农民在时势、命运面前的无奈，如《白狗秋千架》里曾经漂亮灵气的暖被命运捉弄的无奈，《枣木凳子摩托车》里木匠父亲的精巧手艺被时代抛弃的无奈；他的笔下还会写到具有劣根性的农民在卑劣、凶恶之外的某些温情表现，如有着重男轻女思想、强悍凶恶的上官吕氏面对饱受难产折磨的儿媳也是忧心忡忡、偶露温柔，《灵药》里取人胆为娘治病的"我爹"内心中无疑存有一份孝心。这就是莫言与鲁迅的不同，他写出了农民的多面性和复杂性，写出了他们带着几分懦弱、残酷、愚昧、贪婪、狡黠的劣根性，也写出了他们于乱世中求生存的几分无奈和生存智慧，还写出了他们在峥嵘岁月里某些特定时刻流露出的温情一面，就像《红高粱家族》里的那一排排密密实实、整齐站立着的"在雾洞里忧悒地注视着我父亲"的高粱，莫言笔下的农民形象因此显得更加生动，更加具有生活气息和现实意味，更加贴近中国农民的真实，给读者带来一份有别于以往农村题材小说的、关于农民的新的认识。

　　莫言与鲁迅的这份区别更是拉开了他和福克纳的距离。福克纳清醒地认识到南方历史上的沉疴痼疾，他看到种族主义和奴隶制带来的丑恶之态和撕裂之伤像基因一般一代代传递，尤其是种族主义思想并没有随着内战的结束而寿终正寝，相反，种族主义思想流毒还在现代社会里继续蔓延，于是他用一个个令人压抑、窒息的家族故事去揭示种族主义和奴隶制的罪恶，通过故事情节的营构、人物形象的塑造，通过白人住宅与黑人小木屋的隔离与对峙来寄寓自己对于种族主义和奴隶制的严肃批判。生活于种族主义社会中的人从环绕自己的社会环境中习得种族主义思想，也习得对黑人的厌恶和蔑视，如果自己的妻子孩子有黑人血统，也一定要抛弃他们，如萨德本上校、老麦卡斯林；哪怕自己本来也有黑人血统，也无法接受与黑人一起生活的现实，如克里斯默斯只能一遍遍追问自己的血统，带着永不停止的怀疑和不确定性终结一生。这些被种族主义思想腐蚀的人，自己深受其害，再接着加害他人，福克纳塑造了一批像萨德本上校这样的集种族主义思想受害者与施害者于一体的人物形象，他避免了将这些人物形象单一化、扁平化的偏颇，而是写出了他们自身的复杂性，既蕴含了福克纳对他们的深刻、严厉批判，也蕴含着福克纳对他们的深切同情和关怀。在描写这批人的时候，福克纳表现出一种近乎精神圣者一样的悲悯情怀，像基督一样俯视着他们的罪恶和他们的悲苦。福克纳在《熊》里描写的那个荒野教导出来的孩子艾萨克就是这种悲悯情怀的典型代表，他放弃一切罪恶家产、将钱送达祖父的有黑人血统的后代手里，最后自己回归荒野，他的思、言、行带着基督一样的悲悯和博爱，谨遵自由原则、恪守平等思想，直到进入老境，艾萨克抛却一切物质的重负，坚守自己精神的富足，保持一颗博爱、平和的心。而与孩子艾萨克相互映衬的就是那"伛下身子"俯视人类的荒野。荒野里优雅而从容的公鹿、强大而高贵的大熊"老班"、勇猛而孤傲的大狗"狮子"，它们与那位超越种族、血统的高贵老人山姆一起构成荒野的精神谱系，引导、教导着孩子艾萨克，以质朴的方式让孩子领悟到自然、社会、人类等诸多命题的真谛，孩子最终回归自然，意味着荒野的引导是成功的，也意味着福克纳将荒野之博爱、自由、平等内化为一份悲悯、高贵的情怀，而这也就是福克纳多次强调的"勇气、荣誉、希望、自豪、同情、怜悯之心和牺牲精神"①等"昔日的荣耀"。恰恰是在这里我们看到了莫言与福克纳的区别，莫言站在农民的角度写中国农民民族性的多面性、复杂性，他笔下的高粱地象征着沉默而坚韧、多面而忧郁的中国农民；福克纳是从文人的视角出发，怀着基督般的悲悯情怀写南方的痼疾与罪恶，他笔下的荒野象征着高贵、悲悯、博爱的上帝。莫言写自然，是将自然人格化，是为了用自然去表现农民，福克纳写自然，是将自然神格化，是为了用自然去讴歌他内心崇尚的精神要旨、南方传统社会"昔日的荣耀"。可见，在描写作为叙事空间的自然空间时，这两位作家各自都有自己的坚守。

莫言与福克纳的这种不同，让我们看到在文学故乡的建构之

---

① （美）威廉·福克纳:《在接受诺贝尔文学奖时的演说》，李文俊编选，《福克纳评论集》，中国社会科学出版社1980年版，第255页。

路上活跃着的是两个截然不同的创作主体：一个带着农民的身份进入写作，另一个带着文人的情怀进入写作；一个重视作为农民的生命体验和生命意识，另一个强调文人的精神探索和历史反思。而这一点在叙事对象的选择与处理方法上有着清晰的投射，并且进一步凸显于他们对于文学故乡情感空间的建构上。譬如莫言的小说经常描写一些暴力、血腥、污秽、性爱场面，以白描的笔法描述令人瞠目结舌的事物，以细腻的笔触勾画令人毛骨悚然、恶心厌弃的场景，这样的描写常常被称为"重口味"叙事。早在 1985 年的《枯河》里莫言就写了虎子父亲满眼是"绿色的眼泪"，"脖子上的血管像绿虫子一样蠕动着"，这意味着重口味叙事初现端倪。接着在《秋水》里莫言细致地描写了一具腐烂尸体以及恶臭、苍蝇，正式拉开了"重口味"叙事。此后，在《苍蝇·门牙》《罪过》《养猫专业户》《球状闪电》《红高粱家族》里诸如描写苍蝇、毒疮、烂肉、剁猫头、吃蜗牛、杀人、尸臭等污秽之物、暴力血腥事件便开始粉墨登场，及至到了《欢乐》《红蝗》，"重口味"叙事更是浓墨重彩地上演。在《酒国》里，莫言以沉稳老练的笔触叙述如何宰杀鸭嘴兽、击杀活驴，怎样烹婴，用"毫无节制"的语言叙述丁钩儿的呕吐物、展示充满暴力血腥的性爱场面，重口味叙事几乎成为这部作品的常态内容。

表面上看，"重口味"叙事好像是将诉诸人之感官的生活场景进行极端化处理之后的结果，它以极端的野气、粗鄙的面貌示人，简单粗暴地冲击着读者的视觉、嗅觉、味觉、触觉等各种感官系统，强烈的感官刺激直击读者在以往的文学阅读经验中培养起来的清淡优雅的审美味蕾，让人好像在阅读过程中突然遭到一记重拳。然而，细细想来，苍蝇、毒疮、烂肉、杀人、尸臭、粪便……这些原本就是人类生活中实有的，并非莫言想象的，只是过去的文学通常自觉地回避描写令人作呕的场面，或者对其作避重就轻、删繁就简的处理，以符合人们对于文学应该是"审美"艺术而不是"审丑"艺术的期待视野，尤其是在反映农村生活的文学作品中，作家们迎合读者审美期待的表现最多。乡土中国，因为多年屈辱和贫弱的历史重负，早已是满目疮痍，肮脏、丑陋、死亡、屠戮等场景绝非鲜见，但被写进文学的并不多，描写农村的文学家因为种种原因有意或者无意间忽略了这些生活实景，因而提供给读者的农村图景多多少少带有"滤镜"后的效果。且不说唐代以来的田园诗歌流派，单就现代文学而言，鲁迅的未庄、蹇先艾的贵州乡村、王鲁彦的湖南乡下、沈从文的湘西、沙汀的川西、废名的黄梅、师陀的果园城等都没有出现过莫言笔下这样粗鄙、丑陋的场景，他们在描写乡村时多少有一点喜好美化乡村、诗化乡村的中国士大夫趣味。倒是女作家萧红的《生死场》、丁玲的《太阳照在桑干河上》曾经写到过一点农村的脏乱、粗鄙、令人作呕的场面，但她们是抱着知识分子的眼光观照乡村，与莫言农民视角下的乡村又有不同。客观地说，莫言摒弃了中国士大夫诗化农村的美学趣味，以重口味叙事慢慢扭转了之前人们对于乡村的不切实际、偏离现实的想象，让乡村回归到它真实的样子，以其客观性、真实性为文学赢回大众的关注和更富现实意义的审视，这是重口味叙事值得肯定的地方。

　　莫言"重口味"叙事的形成与他的农民出身以及多年的乡村生活经历密切相关，同时也间接折射出莫言强烈的生命意识。不能否认，莫言重口味叙事的出现也与中国当代社会文化消费主义的出现有关，但与文化消费主义市场化的粗口、暴力、色情又不同，他不以迎合大众低俗趣味为目的，写世俗却不媚俗，取材民间却不取悦民间，在审丑的视野中传达对审美的追求。这又透显出莫言的文学底蕴。莫言小的时候读过《聊斋志异》《封神演义》《水浒传》等民间性、世俗性很强的文学作品，他尤其爱读蒲松龄《聊斋志异》里面的神仙鬼怪、花妖狐魅的故事，所以他对民间、世俗、大众有发自内心的亲近感，但是恰恰也是这些作品在写民间、写世俗的同时保有相当的文人气质，从主题、叙事内容到语言修辞都有一种介于文人之雅与民间之俗的进退空间，在庙堂文学、高雅文学之外建构起一脉雅俗共赏的文学传统。莫言接受了这一文学传统的熏陶，同时他的创作也因其秉持"作为老百姓写作"的立场和写世俗的重口味叙事而极大地丰富了这一传统。

福克纳的小说中就没有这样直接粗暴地冲击人各种感官系统的描写。他很少写丑陋、粗俗、令人作呕的场面，也很少写暴力，即使写了暴力行为的发生也从不渲染暴力，比如写伊凯摩塔勃毒死两只小狗和印第安头人父子、写斯诺普斯杀害罗莎小姐，福克纳都是仅写有限的动作和结果，并没有具体的细节描写，更没有血腥、令人恶心、让人感官紧张的画面。《纪念爱米丽的一朵玫瑰花》是福克纳小说中最具哥特小说风格的作品，一位老小姐杀死了自己的情人，把情人的尸体放在深宅卧房的床上，并且好像情人从未死去一样地天天守着这具尸体，在这样令人惊悚的故事情节里没有出现对于暴力杀戮、尸体的描写，略去了那些可能会令人作呕或者使人恐惧的场面，福克纳的处理显得非常克制、简洁。值得注意的是，福克纳在这篇小说里更多地描述了爱米丽小姐与世隔绝的幽居状态，带着一点评论的意思，还带着一点引人深思的意味，比如："见到她的身影，像神龛中的一个偶像的雕塑躯干，我们说不上她是不是在看着我们。她就这样度过了一代又一代——高贵，宁静，无法逃避，无法接近，怪僻乖张。"[①] 福克纳不仅描述她的身影，还要描述身影给人的感觉，而"高贵，宁静，无法逃避，怪僻乖张"这样的感觉描述显然不是诉诸感官的，而是诉诸精神的。重口味叙事的出现，意味着莫言关注诉诸感官层面的感觉，更关注生命层面的内容，其源头是莫言强烈的生命意识；福克纳描写诉诸精神层面的感觉，则意味着福克纳更关注精神层面的内容，其源头是福克纳精神求索的自觉意识。这里我们可以看到同是写乡村、写故乡的两位作家的分界点，福克纳更重视精神层面，而莫言更重视生命层面。

福克纳与莫言之间的这些区别固然与他们的家世、童年生活、受教育背景、创作的时代背景息息相关，但也在相当程度上取决于他们的个人气质。对于精神的关注，是福克纳身上的文人气质自内而外地散发使然；而对于生命的关注，则是莫言身上农民本色的体

---

① （美）威廉·福克纳：《纪念爱米丽的一朵玫瑰花》，杨岂深译，世界文学编辑部编，《福克纳中短篇小说选》，中国文联出版公司 1985 年版，第 110 页。

现。个人气质甚至进而还影响到他们的创作风格，福克纳的小说多有沉思、思辨式的对话，连描述话语都带着简评的意味，如《去吧，摩西》里艾萨克与麦卡斯林的对话、对于荒野的描述。而莫言的小说则多为动作、声音、画面的直接描写、叙述式的对话，少有沉思与思辨，若哪个地方出现了大段描写心理活动的文字，那大多是一个饶舌的孩子在聒噪不停地絮叨，更像是一个孩子喷薄的生命能量的宣泄，如《四十一炮》《野骡子》《牛》都是如此。这些在两位作家对于情感空间的建构中有着清晰的体现。

文学故乡无疑是深厚的、富有历史底蕴的，不可能只有单薄的"今天"，所以福克纳和莫言都倾力建构文学故乡的历史空间，而且他们都是借助于家族史的叙述来建构，但是福克纳主要是通过内向型的建构方式来叙述家族史，莫言则主要是通过外向型的建构方式来叙述家族史；在叙述家族史的过程中他们都表现出对家族未来的希冀，但体现在作品中，福克纳所描写的是家族中的救赎现象，而莫言所描写的则是家族中的抗争现象，两者又有所不同。福克纳和莫言都描写了家族的创始人，福克纳以原罪式书写来刻画家族创始人，莫言却是以传奇化书写来塑造家族创始人，人物身份一样，形象却大不相同，显示出两位作家不一样的爱恨感情。在家族女性形象塑造上，福克纳与莫言同样显示出各自独特的见解、认识，也在其中寄放了他们各自的童年记忆和人生体验。

"后起的强盗总比前辈的强盗更大胆！"这是莫言戏说想象中福克纳给他的评语，但细想一下倒也未必全无道理，至少有一点是准确的，"后起的强盗"只有敢于不邯郸学步、不亦步亦趋，才可能达到"更大胆"的效果，在这一点上，莫言何尝不是？莫言虽然学习、借鉴了福克纳建构"约克纳帕塔法县"的文学创意和构思，但是具体到两座文学故乡的地理空间、叙事空间、情感空间、历史空间的建构上，莫言却并没有按照福克纳的路数写作，而是遵循自己的文化底蕴，调动自己的文学资源，结合自己的时代和生活体验来展开写作，同时莫言还善于从拉丁美州的马尔克斯、略萨、科塔萨尔，美国的沃尔夫、海明威、辛格，日本的川端康成、大江健三郎，俄罗斯的肖洛霍夫等诸多外国作家那里多方学习和借鉴，只要于己有用，便大胆拿来为我所用。但在学习借鉴的时候，莫言特别注意保持自己作为中国人的本色，将世界化与本土化紧密结合起来，以海纳百川的气度多向吸收，兼容并包，借他山之石以锤炼自己，以吐故纳新的魄力不断地追求新的方法、新的艺术构思，从而渐渐塑成他风格多变、文风驳杂、多姿多彩的文学故乡。当然，莫言不断进行艺术探索的坚持不懈的精神，他在世界化与本土化的融合方面所做的努力、所走的路径和所采用的策略，也为中国当代文学的变革提供了一份宝贵的文学经验。

第一章　童年生活与历史文化背景

　　1984 年 12 月的那个大雪纷飞的下午莫言第一次翻开福克纳小说的时候，不会想到有一天人们会把他的小说与福克纳的小说放在一起进行比较。虽然如今已经无从考证那个具体的日子，但是这段稀松平常、与以往毫无二致的在阅读中缓缓流过的午后辰光，注定要因为两位诺贝尔文学奖得主的相遇以及两座用文字建构起来的文学故乡而成为文学历史上一段具有特定意义的时光。这个午后莫言第一次接触到福克纳的小说，那位穿着旧西服、叼着烟斗、带着美国南方泥土气的老先生带着莫言在他的小说里巡视了约克纳帕塔法县的一小块地方，拜访了这里的几位居民，然而还没有走出几步远，莫言这位来自异域的来访者就悄悄甩下烟斗先生开始摸索自己的路径，还一板一眼地拿起笔"开辟一个属于自己的领地"①。仅仅是两年后，在莫言的小说里，一个拥有大片红高粱地、激荡着墨水河的浪花、起伏着高山峻岭的高密东北乡就有模有样了。当人们流连于莫言的小说世界的时候，一方面会惊讶于莫言小说与福克纳小说的某些令人称奇的神似，另一方面却又为两者之间难以言尽的不同而感慨文学的奇妙。

　　莫言从不讳言福克纳给他的影响。1986 年时他就把福克纳和马尔克斯比作是两座灼热的高炉，指出福克纳在书写乡村生活、建构约克纳帕塔法县等方面的艺术成就对他的写作有着很大的启示。在福克纳的启发之下，他甚至等不及完整地读完一篇福克纳的小说就急迫地开始了自己的写作。在新世纪之初的一次演讲里，莫言比较详细地讲述了他与福克纳的"相遇"过程和福克纳给他的启发：

①　莫言：《两座灼热的高炉》，《世界文学》，1986 年第 3 期。

……许多人都认为他的书晦涩难懂，但我却读得十分轻松。我觉得他的书就像我的故乡那些脾气古怪的老农的絮絮叨叨一样亲切，我不在乎他对我讲了什么故事，因为我编造故事的才能绝不在他之下，我欣赏的是他那种讲述故事的语气和态度。他旁若无人，只顾讲自己的，就像当年我在故乡的草地上放牛时一个人对着牛和天上的鸟自言自语一样。在此之前，我一直还在按照我们的小说教程上的方法来写小说，这样的写作是真正的苦行。我感到自己找不到要写的东西，而按照我们教材上讲的，如果感到没有东西可写时，就应该下去深入生活。读了福克纳之后，我感到如梦初醒，原来小说可以这样地胡说八道，原来农村里发生的那些鸡毛蒜皮的小事也可以堂而皇之地写成小说。他的约克纳帕塔法县尤其让我明白了，一个作家，不但可以虚构人物，虚构故事，而且可以虚构地理。[①]

从这段话里，我们可以大概梳理出福克纳对莫言产生影响的几个方面：其一，莫言认识到农村生活可以成为小说的素材，尤其是那些"鸡毛蒜皮的小事"；其二，莫言发现小说虚构的对象范围竟然这么广阔，除了人物、故事之外，还有地理也可以虚构，拓宽了莫言对于"虚构"的认识；其三，小说讲故事的语气和态度非常重要，应随意、自由、不拘律令。

其实在与福克纳相遇之前，莫言的小说已经开始涉及乡村生活。莫言出身农民，祖辈是在山东高密县里勤恳劳作的农民，莫言直到二十一岁当兵才离开家乡，他的童年、少年的时光都是在农村度过，关于农村的记忆堪称刻骨铭心。他"从《售棉大路》《民间音乐》开始，莫言尝试着在作品中加入一些对故乡生活的经验记忆，到了《大风》《石磨》和《五个饽饽》就全然是对自己童年记

① 莫言：《用耳朵阅读》，作家出版社 2012 年版，第 25 页。

忆的回溯与书写了"①。《大风》《石磨》和《五个饽饽》大概创作于1984年9月到10月间，这三部作品接连讲述乡村故事，说明作为一个创作主体的莫言已经隐约意识到童年记忆与乡村故事蕴藏的文学价值，这个时刻遇见惯于书写美国南方乡村、农庄生活的福克纳小说，无异于一场美丽的"邂逅"。对于福克纳这个美国老头，莫言是"一边读一边欢喜"，"感到很亲切"，觉得他就像故乡"那些脾气古怪的老农的絮絮叨叨一样亲切"，而他更欣赏福克纳"那种讲述故事的语气和态度"。福克纳对于杰弗生小镇上人们生活的叙述，以及那些不断泛起美国南方农庄泥土气息的书写，坚定了莫言书写童年记忆和乡村生活的模糊想法，而莫言关于乡村生活与故乡记忆的文学价值的认识，也因此终于从混沌一团状态而顿时走向清晰化、明确化——"原来小说可以这么胡说八道，原来农村里发生的那些鸡毛蒜皮的小事也可以堂而皇之地写成小说。"后来，取材于农村生活和童年记忆的《透明的红萝卜》得到文坛的肯定，莫言找到了"强大的自信：我什么都可能缺乏，比如才华，但就是不会缺乏素材。二十多年的农村生活，就像电影连环画一样，一部接一部地纷至沓来。它们都可以写成小说，都可以用语言描述出来"②。

另一方面，他对于家乡的书写开始有了更具文学地域意识的设计与建构。1985年4月创作的《秋水》和《白狗秋千架》中出现了"高密东北乡"这个地名，这说明莫言已经开始有意识地书写家乡高密的故事，并且开始有意识地以家乡高密县大栏乡平安庄为基点描述一个名为"高密东北乡"的文学区域。莫言将福克纳那里学到的"虚构"用在了"高密东北乡"的建构上，从人物虚构、故事虚构，再到地理虚构，莫言洞晓了虚构的秘密，不断地将他所获取的各种素材叠加在"高密东北乡"的土地上，在随后发表的《红高粱家族》《丰乳肥臀》《生死疲劳》《檀香刑》等作品中，一段段悲喜交加的人生，一场场生死相依的命运交织，各色人等的传奇故事

① 李桂玲:《莫言文学年谱》(上),《东吴学术》,2014年第1期。

② 莫言:《我写农村是一种命定——莫言访谈录》,孔范今、施战军主编,《莫言研究资料》,山东文艺出版社2006年版,第80页。

相继在"高密东北乡"这块同样是"邮票般大小"的土地上粉墨登场，齐鲁大地上的一个小乡村竟然惊人地折射出华夏土地上一代代人民演绎着的悲喜历史。

与此同时，很欣赏福克纳讲述故事时的"语气和态度"的莫言，也开始了叙事风格的探索之旅。在之后的讲述农村故事的小说中，他揣摩福克纳讲故事时的那种老农般的随意和自由，机敏地利用自己非凡的讲故事才华，大刀阔斧地改变传统小说的叙事风格，在小说中渐渐出现令人眼花缭乱的叙事的交替与转接、恣肆张扬的语言风格，还有那些色彩鲜明、形态各异、充盈着生命感觉的描写，而这些都纷纷标识出一种独具强烈的生命感、鲜明的现代感的个性独特的叙事风格，也令莫言很快成为中国当代文坛杰出的小说艺术家。诚如论者所言："对莫言来说，福克纳和他的'约克纳帕塔法县'，就是阿里巴巴的那个著名的咒语：芝麻开门！"① 与福克纳的相遇，确实为莫言打开了一扇崭新的文学大门。

也正是基于福克纳影响莫言和莫言学习福克纳这一基本事实，人们常常将两人的作品放在一起进行比较。事实上，受到福克纳影响的莫言，其小说确实在很多方面与福克纳具有相当的可比性，两人在家族书写、故乡书写和历史书写方面都有着很多相似之处，都表现出作家们对于人性问题的关切，表现出对于历史的强烈的参与意识。

然而，尽管莫言坦承受到福克纳深刻的影响，尽管两人的作品确实有着很多相似之处，可是莫言提到的一个现象也是值得注意的——莫言说他至今没有完整地读完一部福克纳的小说，包括第一次接触福克纳小说时拿到手的那部《喧哗与骚动》。如果莫言所说属实，那么在没有完整地读完福克纳小说的前提下，福克纳就能够对莫言产生那么深的影响，那就意味着这种文学的影响是发生在具有很多相似点的主体之间，或者说，在两者接触之前、影响发生之

① 叶开：《莫言：在高密东北乡上空飞翔》，孔范今、施战军主编，《莫言研究资料》，山东文艺出版社2006年版，第78页。

前，作为影响与接受的两个主体之间就存在着很多可以引发相同或类似行为的基点。而对于来自两个完全不同的大洲、两个完全不同的国度的两个创作主体来说，也许我们可以从童年生活记忆和历史文化背景中找到这些可能存在的基点。

第一节　童年生活记忆

福克纳和莫言尽管分别处于不同的时代和不同的国度、浸染在不同的文化氛围里，尽管他们拥有截然不同的出身，但是两位作家的童年却出现不少令人惊讶的、值得审视的奇妙的相似之处。

一、幼时的孤独体验

福克纳和莫言在学业上都不太顺利，他们都是学业未成便离开学校踏入了社会。福克纳上到十一年级就不想再去上学了，莫言则是在"文革"期间写了一首类似于大字报的诗而激怒了老师，最后只好退学了事。就福克纳而言，认真学习带有讨好、取悦母亲的成分，但从小学四年级开始他似乎厌倦了这种讨好母亲的念头，福克纳开始出现厌学的表现，随后愈演愈烈始终没有好转，有时甚至干脆逃学，我行我素，他沉浸在自己的世界里："即使在上课，他也不声不响，自顾自地，心不在焉。坐在课桌前，对身边发生的一切概不理会，高兴怎样就怎样，念书、画图或者写些什么。站在操场上，他也仿佛完全生活在自己的小天地里。"[1] 这样的状态一直持续到福克纳读了两个十一年级，显然福克纳沉浸并享受着自己的孤独。

但对莫言来说，辍学实在是出于面对当时紧张的政治空气的一

---

① （美）戴维·明特:《骚动的一生——福克纳传》，顾连理译，知识出版社1994年版，第14页。

种无奈选择。辍学后莫言没有了同学也没有了玩伴，他得给生产队放牛，经常独自在田野里待一上午而看不到一个人，这种类似于被放逐的日子、被冷落的生活令这颗小小的心灵很早就尝到了孤独的滋味，他甚至有时会再去学校里看过去的同学们的校园生活，尽管这些同学并没有认真学习，可是他小小的心灵仍然"很感寂寞，非常痛苦"[1]，莫言因此变得沉默起来。

在两段截然不同的童年时光里，茕然独立着两个孤独的小男孩的身影，他们都带着几分沉默甚至几分沉思的气质，而世界也许正是在这奇特的一点上产生了某种深刻的联系。

不过，事情都有两面，这两个男孩虽然较早地远离了校园，他们的生活却有了另一种富足的可能，世界向他们开放了另外一个更加广阔、更具纵深感的领域，他们之间的又一层相似点因而浮现：与土地紧紧相连的童年。

二、与土地相连的童年

福克纳和莫言都有一个与土地紧紧相连的童年。福克纳出生在密西西比州的新奥尔巴尼，一岁后随父母迁居里普利，五岁时福克纳的父亲默里·福克纳又举家迁往牛津镇。默里·福克纳虽然没能在牛津镇找到一份如意的工作，但是对于福克纳和他的兄弟们来说，牛津镇却给小兄弟几个提供了一个快乐的天地："他家西面和南面，也只相距几条马路，有几处树林，福克纳家的男孩子都爱去树林里玩。北边 10 到 15 英里处，就在蒂帕河和塔拉哈奇河汇流的地方，福克纳家有着一幢宽敞的两室小木屋，叫作'家庭俱乐部会所'。他们躲在那儿捕捉浣熊、松鼠、狐狸和麋鹿。东边 30 英里就是三角洲，层层梯地，猎物众多。另一名门斯通家族在那儿有一间狩猎小屋。往南几英里处，有一条河，牛津镇的人管它叫约科纳

---

① 莫言：《碎语文学》，作家出版社 2012 年版，第 95 页。

河，在老一点的地图上标为约科纳帕塔法河。"① 这样一个有着几条河、几处树林、几间小木屋、一个三角洲和各种猎物的牛津镇对于福克纳和他的几个弟弟来说"几乎是一片完美的天地：它提供了奇遇险境，既易征服，又易于脱逃"②。而在这个"完美的天地"里，他常跟弟弟们和其他一些玩伴一起追踪小动物、玩各式打仗游戏、捉迷藏。有时他们的"捏泥巴姥姥"会带着他们利用各种手头上可以找到的材料在前院里搭建有人行道、街道、教堂、商店的"小村落"。这个游戏是福克纳建造一个小世界的最初起源。福克纳的那个在牛津镇没找到工作、过得并不如意的父亲喜欢带着他们去树林里骑马打猎，去河边钓鱼，还会在晚上一边喝酒一边给他们讲故事。这位父亲也许没想到这些无意中带着孩子们参与的、充满生趣的活动有一天会成为儿子小说里的一项重要内容。

莫言出生在农村，十岁就辍学在家当了农民，一直到二十一岁当兵的时候他才离开农村。他的童年是满满的农村生活记忆。他会做各种农活，在生产队里放牛，一个人的时候就看苍蝇，看蛤蟆捕食，看胶河涨水，农村生活为他后来的创作积累了大量丰富的写作素材。可以说，莫言和福克纳在这个方面是极为相似的，虽然他们处在不同的时代、不同的国度，但是童年生活在某些方面却有着极为相似的内容，即和土地亲近、与自然为伴。来自人生之初的这份经历建立起他们与土地之间的那份朴实、本真而亲切的情感，也为他们此后在文学中以一方土地为基点建构文学王国的文学设想播撒下神奇的种子。这份特别的土地之缘不仅向他们展开了一个丰富而奇特的自然界，也不仅培养了他们细腻的观察力和超凡的想象力，而且赋予他们神奇而敏锐的文学感受力，使他们在成年之后即使面对庸常世界里的种种琐碎、烦恼时，也同样能用文笔建构起一个小路在森林里延伸、芦苇在黄昏里泛着淡金色彩、鸟鸣犬吠熊吼在树

---

① （美）戴维·明特：《骚动的一生——福克纳传》，顾连理译，知识出版社 1994 年版，第 10 页。

② （美）戴维·明特：《骚动的一生——福克纳传》，顾连理译，知识出版社 1994 年版，第 10 页。

林里回荡、破旧宅院在小镇边沿的树林里悄悄隐蔽、河流在原野上奔腾、白鸽在红高粱地上空盘旋不去的神奇曼妙的文学世界。

三、听故事的男孩

除了与土地亲近之外，福克纳和莫言的童年生活里还都有一项令他们着迷的内容，那就是听故事。福克纳是醉心于听故事的，他听的故事来源很多，有时是来自他的父亲，搬到牛津镇后，父亲会带着福克纳兄弟几个到他的"会所"里："儿子们围住他时，他讲了不少故事，有的关于他猎获的狼豹，有的关于他热爱的铁路。"[①]有时是来自他父亲的朋友们："在他父亲办公室的炉边，他一边看着父亲的朋友们喝威士忌，一边听他们讲故事。在县政府大楼里，他听老人们讲南北战争的故事。"[②]还有很多故事则来自福克纳家里的黑人仆人卡罗琳·巴尔奶妈。这位黑人佣妇将福克纳兄弟们养大成人，给予了他们宽厚的母爱，她虽然不识字却很擅长讲故事，福克纳经常坐在她的小屋壁炉边，听她讲旧时的人和事："讲奴隶制的，讲南北战争的，讲三K党的，讲福克纳家族的。"[③]即使很多年后，福克纳犹记得当年听卡罗琳大妈讲故事时的"惊叹和乐趣"。有时是来自他的祖父小上校约翰·福克纳，小上校讲的是关于福克纳曾祖父威廉·克拉克·福克纳的传奇故事，通常与老上校的女儿、小上校的妹妹——那个"脑子里装满了老人们给她讲的故事"[④]的巴玛姑奶所讲的老上校故事参差互现，令年轻的福克纳无比着迷。

听故事同样也是过早辍学在家放牛放羊的莫言孤独生活中一种

① （美）戴维·明特:《骚动的一生——福克纳传》，顾连理译，知识出版社 1994 年版，第 11 页。
② （美）戴维·明特:《骚动的一生——福克纳传》，顾连理译，知识出版社 1994 年版，第 15 页。
③ （美）戴维·明特:《骚动的一生——福克纳传》，顾连理译，知识出版社 1994 年版，第 15 页。
④ （美）弗莱德里克·R.卡尔:《福克纳传》（上），陈永国等译，商务印书馆 2007 年版，第 40 页。

无可取代的乐趣。莫言生于一个多子女的大家庭，从祖父母到他这一代的十多口人居住在一起，大人们都忙着干农活，没人管他，辍学回家之后更是没有了同学也没小伙伴，除了蹲在地上观察蚂蚁和苍蝇，就是躺在草地上望着天上的蓝天白云自言自语。这个时期，莫言最大的乐趣就是听故事，可以给他讲故事的人非常多，他曾说："我除了有一个会讲故事的老祖母之外，还有一个会讲故事的爷爷，还有一个比我的爷爷更会讲故事的大爷爷——我爷爷的哥哥。除了我的爷爷奶奶大爷爷之外，村子里凡是上了点岁数的人，都是满肚子的故事，我在与他们相处的几十年里，从他们嘴里听说过的故事实在是难以计数。"① 无论是在田间地头，还是在草鞋窨子里，人群聚集的地方总有人讲故事，莫言常常会凑在这里竖着耳朵凝神听故事，就像小说《草鞋窨子》里喜欢窝在草鞋窨子里听故事的孩子一样。

不过，虽然都是听故事，莫言和福克纳听到的故事却有着极大的差别，福克纳听到的故事通常是三类，一类是有关南北战争时的故事，另一类是有关福克纳家族祖辈的故事，尤其是曾祖父威廉·克拉克·福克纳的传奇故事，还有一类是有关森林打猎的故事。而莫言听到的故事则大概分两类，"一类是妖魔鬼怪，一类是奇人奇事"。② 这两类故事标示出莫言故乡的文化属地，他生于斯长于斯的高密地处山东东南部，距离大海不远，离蒲松龄的故乡仅三百里，一直浸淫于多奇幻色彩的齐文化之中，所以妖魔鬼怪的故事流传也特别多，一个孩子可以从不同渠道听到那么多妖魔鬼怪故事。然而，这类妖魔鬼怪的故事在福克纳的童年记忆里显然是没有的，这是两位作家童年生活相同的听故事生活里隐藏着的不同，此后在两位作家的创作中显现出来。福克纳的小说虽然常用各种新奇的带有现代主义风格的叙事手法，但是其中讲述的故事内容却都富有实实在在的现实性，而莫言的小说除却那些带有现代意味的叙事形式

---

① 莫言:《用耳朵阅读》，作家出版社 2012 年版，第 56 页。
② 莫言:《超越故乡》，《莫言散文新编》，文化艺术出版社 2010 年版，第 16 页。

莫言与当代中国文学创新经验研究

之外，其讲述的故事内容有相当一部分却远离了现实主义属性而自带魔幻的色彩，强化了小说的现代性，反倒和拉美文学有着几分神似。不仅如此，幼时听到的故事类型的不同，也极大地影响了两位作家此后的思维方式，面对文学的创新问题，两位作家所走的是两条完全不同的路径。

回过来看，无论听的是哪一类故事，都让福克纳和莫言受益终身。如果眼界所及的原野、河流、森林、山岭给予他们的是一个多姿多彩的视觉可见的现实世界，那么回响在成人嘴边的那些关于祖先、鬼神的故事就为他们展现出另外一个神奇的诉诸听觉并需要用想象去填补的虚幻世界。这些生动、精彩、传奇的故事给童年带来乐趣的同时，也给他们日后的创作预备了大量的、活色生香的素材，并同时培养了他们丰富的想象力。而且，在听故事的时候，他们都是默默地听故事，并不发言，似乎在蓄积着什么，随后福克纳和莫言都曾试着自己编故事给别人听，还编得挺像，有时候甚至让人真假难辨，从这个角度来看，听故事不仅仅是为他们积累了大量的创作素材，甚至还刺激了他们讲故事的欲望，激发了他们想要把故事讲得更加栩栩如生的欲望，这应该就构成两位小说家不断追求新的叙事技巧、探索新的叙事艺术的最初发端吧。

四、自卑感与家族传奇

与土地亲近的童年尽管回荡着听故事的乐趣，可同时也潜藏着某种令人不悦的感觉，这就是自卑感。福克纳和莫言小时候都曾为自己身体的缺陷或者不足而感到自卑。福克纳遗传了他母亲莫德·福克纳娇小的身材，他的几个弟弟却都统一得到了父亲高大身材的良好基因，他们一概长得高高大大，却唯独福克纳个头矮小，为此福克纳一直苦恼不已。莫言则认为自己在家族里是长得最丑的那个，幼小的他一直为自己的相貌感到自卑。他们眼中的身体缺陷令那些童年时代从土地和听故事那里获取的快乐打了很大的折扣，很多时候他们会不自觉地缩回内心，一面小心地包藏自己，一面悄悄地、仔细地观察着外在的世界，敏锐地捕捉来自这个世界的讯息。

自卑感深深地影响着他们的创作，又以一种折射的方式曲折地呈现出来。这就是福克纳和莫言都不约而同地将眼光投向家族历史中曾经创造过辉煌事业并赢得赫赫功名的祖辈的原因，而且他们都在自己的小说中以这样或那样的形式来描写这些富有英雄传奇色彩的祖辈。这种创作在某种意义上是因自己身体不够完美而滋生的自卑情绪的一种宣泄，当然这里面也有一种对自我的暗示，即"我其实并不是那么差劲"。

当然，关注并书写家族传奇故事，这样的创作选择其实还有一个重要原因，那就是他们的另外一个相似之处：福克纳和莫言的家族历史里都曾出现过富有传奇色彩的人物，他们小时候听到的故事很多围绕着家族里的传奇人物展开。福克纳的曾祖父老上校曾经在好几个领域创造出传奇："有关家庭出身和个人风采的骑士传奇，有关内战前'黄金时代'的种植园传奇，有关撤掉战后从北方来到南方的投机政客的议院席位的光荣的拯救者传奇。"[①]莫言祖辈里也有不少富有传奇色彩的人，比如他的大爷爷"是个风流人物，识字很多，毛笔字写得很好，……晚年时，童山濯濯，明明亮亮的，真像南极仙翁，很有风度的白胡须……"[②]除了这么一个仙风道骨的大爷爷之外，莫言的爷爷也是乡村里的一个能人："干农活是很能干、非常厉害的，无论是推，还是割，所有农村的技术活，他都干得非常好，非常出色，尤其是割麦子。"[③]在莫言的眼里，爷爷这个"农民老把式"不仅农活做得好，"还是一个非常好的木匠"。"什么样的材料他就给你搞出一个精致的小家具来，一块弯弯木头他可以给你做出一个小凳子来。"[④]此外，莫言家乡高密很多家族里都有着诸

① （美）戴维·明特：《骚动的一生——福克纳传》，顾连理译，知识出版社1994年版，第4页。
② 莫言：《碎语文学》，作家出版社2012年版，第74页。
③ 莫言：《碎语文学》，作家出版社2012年版，第61页。
④ 莫言：《碎语文学》，作家出版社2012年版，第65页。

莫言与当代中国文学创新经验研究

如此类的传奇："整个高密东北乡的每一个家庭都带传奇色彩。"[1] 比如《红高粱家族》中曾经写到的单家父子等。传奇人物的故事重重地撞击着福克纳和莫言幼小的心灵，他们对传奇人物因而产生了好奇、崇拜、敬仰的情感，并且深深地驻守在他们心中，这是长大成人后他们都会用笔来书写家族传奇人物的传奇历史的心理基础，也奠定他们笔触走向的情感基础。

其实，任何一个地方、任何一个民族、任何一个家族都会流传各式各样故事，但是故事背后却隐藏着这个地区和民族的经济、文化内容。故事是否成为故事、故事能否被流传、故事能否被作家吸纳，这却取决于故事的发生地的经济发展程度和文化面貌。福克纳成长于不乏传奇色彩的美国南方社会，而且，从遥远的英伦远涉重洋来到北美大陆并与当地印第安人抢夺地盘的祖辈们每个人都有传奇故事，因为这是一个刚刚建立还没有多长历史的年轻的国度，这个国家的年轻及其建国的奇特经历决定了这里的人们会更关注家族、事业开创期祖先们的事迹，因为能够成功地在尚未得到开发的、原始的北美大陆上立足，这本身就是值得铭记的。关于祖辈开创家族的事迹因此得以成为故事并向下流传，福克纳则是家族历史向下流传过程中的一个环节，福克纳因此吸纳了家族开创期祖辈的很多故事。此外，福克纳所处的生活环境里，家园周围的森林很多，野生动物很多，打猎成为当时、当地的一项重要的生产经济活动，打猎技艺的优劣决定了一个猎人的荣誉和收入，所以关于打猎的故事就会成为人们嘴里讲述和流传的故事，成长于这样的环境里，在福克纳眼里每一位善于打猎的猎人都有一长串值得听一听的精彩故事。

有趣的是，莫言听到的故事里也有相当一部分是属于开辟新家园的祖辈。莫言的家乡高密县大栏镇，其实在很早以前是一片荒地，民国初年莫言的老爷爷输了官司后就带着全家搬到这个离县城五十多里路的高密东北乡落户。彼时的高密东北乡还是一个很荒凉

① 莫言：《碎语文学》，作家出版社 2012 年版，第 78 页。

的地方，莫言家所在的三份子村只有三户人家，而且这个地方是"平度、胶县、高密三县交界，三不管地带，河的北边是平度，河的南面是胶县，河的这边就是高密"①。这里荒地多，租地便宜，很多县城里混不下去的、输了官司或者杀了人的，还有一些外地的流民，都会聚到这个地方住下，这里渐渐形成了村落和集镇，莫言的老爷爷就移居到此地，成为莫言家族在这个地方最早的祖先。从这个角度来看，莫言的家族历史与福克纳家族历史还有不少神似的地方，都是曾祖父为了寻找新的生机而来到一个新的地方开辟天地、开创家业，这或许可以解释为什么两位作家的小说都会叙述家族开创者故事这一现象。而家族历史经过三代人的沉淀之后，往往会在第四代人的文字里以文学的方式表现出来。穿插在家族开创者的故事之外，莫言的小说里还散布着很多做农活的故事。在农村，农民赖以生存的技能是做各种农活，在工业机械技术不甚发达的时代，农业经济发展的关键就是农民做农活的技术，所以农村里生活的人也就特别关注谁的农活技术好，而农活技术好的人通常也可以得到人们的尊敬，莫言称之为劳动模范："这种劳动模范，在农村是很受尊重的。"②福克纳和莫言小时候的这些故事似乎也说明了这个道理，那就是故事的形成与流传其实取决于人们的生活。而这些传奇和故事，也决定了一位作家创作的方向。

第二节　历史文化背景

对于作家来说，影响他们创作的因素除了童年生活之外，还有他们所处的地区和时代。地区和时代共同决定了作家们身处其中的历史文化环境，历史文化环境都会在作家的创作中留下深刻的印迹。福克纳和莫言的小说就分别展现了两种历史文化环境的深刻影

① 莫言:《碎语文学》，作家出版社2012年版，第69页。
② 莫言:《碎语文学》，作家出版社2012年版，第65页。

响，因此对于两位作家的比较，在某种意义上来说其实也是两种历史文化环境之间的比较，从中我们更能准确地把握两位作家之间的同与不同。

一、历史转型时期

福克纳1897年出生于美国密西西比州，后来虽然随父母几次迁居，但始终没有离开过南方，他是典型的美国南方人。他的童年时期，正值美国南北战争结束后三十余年，在这场因奴隶制度而引发的内战中，实行奴隶制的南方作为战场遭到北军的蹂躏和掠夺，战后由于美国政府没能拿出适宜而有力的废奴政策和南方重建措施，不仅南方的蓄奴和种族主义问题没有得到真正的解决，而且南方的经济也受到极大的打击。此时北方凭借着工业和商业快速推进而获得经济的迅猛发展，而南方建构在种植园基础上的农业经济却因为战争和黑奴的解放而受到严重影响，北方的投机者也不时地来到南方掠夺资源，南方经济始终处于发展滞缓状态，"当这个国家的其他地区正在蓬勃发展，并为自己的成功而陶醉的时候，南方却独自处在屈辱、痛苦和贫困之中"①。这种状况对南方人的思想意识和南方社会产生了深刻的影响，南方人更加怀念战前的南方，即通常所说的"旧南方"，旧南方的美好被一再神话，形成了所谓的"南方神话"。

经济贫困、发展滞缓状态持续到第一次世界大战，美国南方的经济才开始出现转机。这时一部分南方人走出南方，开始接触到新的世界，得以拥有新的视角、新的思想观念和新的眼光，他们重新审视南方，惊觉南方自身存在的种种问题，比如以白人优越论为核心的种族主义思想、战前南方所奉行的奴隶制，还比如南方社会中压抑人性、漠视女性的清教传统，这些已然成为阻滞南方发展的沉

---

① 肖明翰:《大家族的没落——福克纳和巴金家庭小说比较研究》，广西师范大学出版社1994年版，第27页。

重历史负担。他们意识到，当别的地区已经飞速发展的时候，南方还背负着那些错误褊狭的思想观念，还沉溺在"旧南方"神话中负重前行是没有出路的，此时的南方面临着一个历史性的社会转型时期。

莫言所处的地区和时代虽然和福克纳有着天壤之别，但其中某些因素倒是颇有神似之处。在莫言出生之前，苦难的中国刚刚结束了长达一百余年的战乱，这一百年来中国经历了两次鸦片战争、中法战争、中日甲午战争、八国联军侵华战争、日本侵华战争，国内清朝政府的昏庸无能导致军阀连年混战，国民党建立政权后战乱并没有停息，直到 1949 年中国共产党领导下新中国成立，才最终结束了这一百多年外辱不断、内战频仍的混乱状况。在这一百年的战乱中，几乎全中国都曾经成为战场，莫言家乡高密所在的山东也经常作为战场而沦为战火肆虐下的焦土。在战争的摧残下，土地荒芜，房屋被毁，老百姓流离失所，民不聊生，国家经济一蹶不振。1949 年新中国成立后中国共产党集中力量清算政治，开展了多次政治运动，稳定了政治局面，但国家经济却没有大的起色。"文化大革命"期间国家经济发展更是几乎处于停滞状态，人民生活仍非常贫穷，直到党的三中全会确定了改革开放的国策之后，中国稳步推进改革开放，国家经济全面复苏，这才真正步入国家全面发展阶段。莫言 1955 年出生于山东省高密县，到二十一岁参军之前莫言一直生活在高密县乡下，刚好经历了百年战乱结束之后国家最为贫穷落后的阶段，而他所生活的农村也是中国社会结构里经济最为薄弱的一个层次，莫言常说小时候对饥饿印象深刻："恐怖、饥饿伴随我成长"①，这正是对国家经济落后最具体最深切的体验。

"文化大革命"结束，中国开始走改革开放的道路，中国人得以打开国门看看外面的世界。改革开放政策给中国带来了巨大而深刻的变化，这个变化不仅仅在于经济得到极大的发展，更重要的是

① 莫言:《超越故乡》,《莫言散文新编》, 文化艺术出版社 2010 年版, 第 10 页。

打开国门之后国人获得了新的眼光、新的视野，开始正视本国本民族存在的各种问题，此时一大批西方思潮涌入中国，给国人的反思反省提供了新的思想参照系和新的思路，中国进而迎来一个前所未有的以改革开放为基本指导思想的历史时期，中国社会也进入一个向现代化、工业化社会转型的新的历史阶段。恰逢这一特殊历史时期，莫言离开高密来到了部队，年方二十出头，他得以凭着一个年轻人的心态去接触家乡以外的广阔世界，尤其是获得了比农村社会开阔得多的视野。他的眼界拓宽了，同时他也能够更近距离地感受时代变革、社会转型所暴露出来的中国社会在思想意识、传统文化、道德、人性等各个层面上积存已久的各种积弊、问题和矛盾，也能更加深刻地感受到整个社会所洋溢的那种上进、浮躁又近乎疯狂的气氛。

　　诚然，莫言所处的时代环境与福克纳所处的时代环境虽不相同，但他们生于斯长于斯的国家或地区在历史演进过程上却有着某些不期然的神似之处：他们所植根的国家或者地区都曾经历过惨烈的战争，在战争的摧残下，土地被蹂躏、人民生活受到极大的损害，更重要的是这个国家或地区的经济都因战争而遭受重创，并且在随后的几十年间始终没能复苏、好转，在这个贫弱的阶段中，人们也都把贫穷落后的原因归咎于外部世界，把怨怼的情绪指向外界，中国始终认为帝国主义对新中国的仇视和打击没有停止过，而美国南方则一直认为北方佬的废奴政策和工商业经济是导致南方贫穷的根本原因。直到睁开眼睛放眼世界之后，人们获得了新的思想、新的视野之后，才真正意识到问题的根源在于自身，于是都开始了艰难的转型。在经历了长达几十年的发展滞缓后，中国主动打开国门全面实施改革开放的国家战略，着力建设现代化、工业化国家，从国家经济结构、社会结构、思想观念等各个层面都开始进行艰难的转型。美国南方在经历了长达三四十年的经济发展滞缓状态后，也开始从农业经济向现代化的工商业经济的艰难转型。两位作家的时代环境在不期然间竟都走过了这么一段极为相似的"战争蹂躏—贫穷落后—痛苦转型"的历史演进过程，虽然其中某些具体的历史动因和问题要素并不相同，但这个相似的演进过程却对置身其中的人们产生了同样深刻、极为相近的人生影响，比如赋予他们渴望突破、渴望改变的时代情绪，赋予他们重审传统、重审故乡的远见卓识，也赋予他们借重于批判来寻求进步的创新思路。如此相似的历史境遇似乎在冥冥之中建立起两位作家的内在精神联系，令莫言就那么自然而然地接受了福克纳的影响。

二、文学变革时代

文学艺术就是时代的一面忠实的镜子，时代的变迁、社会的转型总会在文学艺术领域有所映射，福克纳和莫言各自面对的时代变迁和社会转型都在文学艺术上获得历史性回应。

如前所述，一战结束后美国南方经济出现转机，北方的工商业经济开始大量渗透到南方社会，南方社会进入历史性的转型时期。一部分南方人在眼界打开之后不再沉醉于南方神话之中，开始以新的眼光来重新审视南方存在的问题和痼疾，并且对南方展开自觉的批判。其时，相当一批作家、诗人涌现出来，如福克纳、华伦、兰塞姆、沃尔夫、泰特、威尔迪，还有历史学家和社会学家奥登、戈拉哈、卡什等人也参与了进来，这些作家、诗人、学者纷纷撰文从不同角度深入剖析南方的内在问题和矛盾，尤其是对南方社会、历史、宗教、道德观念、思想内涵、文化传统等痼疾展开了深刻的检讨和尖锐的批判，他们"以自我剖析代替自我辩护"[1]，同时也以"同自己争吵"来代替"同他人争吵"。勇敢的自我批判和正视历史与现实的反省意识为南方文学带来新转机，一大批优秀的文学作品涌现，从而形成了美国文学史上著名的南方文艺复兴。

南方文艺复兴是"对南方文化传统的反叛"[2]，也是身处南方传

---

[1]　肖明翰：《威廉·福克纳研究》，外语教学与研究出版社 1997 年版，第 109 页。

[2]　肖明翰：《威廉·福克纳研究》，外语教学与研究出版社 1997 年版，第 109 页。

莫言与当代中国文学创新经验研究

统之中的南方人在从外界获得新思想新视角之后回望南方所产生的反叛性情绪和批判性情绪在文学中的反映。这意味着尖锐而深刻的自我批判性是南方文艺复兴运动的一个重要特点，文艺复兴运动的作家们在自己的创作中展开对旧南方传统的批判，是在不断地强化运动的自我批判性特点，反之，作家们也受到这种自我批判性的影响，将自我批判、向内审视内化成他们的一种习惯性思维方式。福克纳是南方文艺复兴运动的中坚力量，也是最能体现这种自我批判性的作家，他的小说大多是围绕着批判南方种族主义、奴隶制的主题来展开，还有不少作品对南方的清教传统冷嘲热讽，流露出清醒的自我批判、内向反省的意味。

　　然而，这种积极的自我批判性和以"同自己争吵"来代替"同别人争吵"的做法中本身也蕴藏着南方作家们的另一种心态，即他们对南方的深爱。他们是用自我批判的方式来寄望于南方的彻底改变，而不是像南方传统文学那样用不切实际的"南方神话"去进行自我辩护。这种深爱还体现在他们对于南方某些生活方式、某些传统价值观的眷念，在批判南方的同时也不忘批判北方现代工业化、商业化对环境、生态和人的道德观念的损害，有时不免怀念南方传统农业经济模式下未经工业化污染、践踏的自然生态图景，从而表现出向后看的历史意识。这就生成南方文艺复兴的另一个特点，即对南方的爱恨交织的复杂感情。南方文艺复兴运动中的很多作家的作品中流露出这种爱恨交织的复杂情感，福克纳是其中相当典型的一位，《押沙龙，押沙龙》最后那段昆丁和施里夫的对话非常经典，施里夫问昆丁："你为什么恨南方？"而昆丁的回答是："我不恨它，我不恨它，""我不。我不！我不恨它！我不恨它！"这个经典的回答，可以说既代表了福克纳对于南方的爱恨交织，也代表了南方文艺复兴运动中的每一位南方作家对于南方的爱恨交织。这种复杂情感无疑也渗透在他们的小说中，导致他们的小说形成一种特殊的文学景观，像福克纳的笔下，既有以破落老房子为代表性景观的南方由战前繁盛到战后逐渐没落的衰败图景，也有以森林、荒野等自然景观所代表的南方未经现代化破坏的美丽家园图景，从而构成了一幅关于南方的极富历史感和沧桑感的图画。

伴随着"文革"结束、改革开放政策的确立，中国当代文学也迎来了一个全新的发展阶段——"新时期文学"发展阶段。"文革"之后，文学上最早出现的变化是以反映"文革"创伤的伤痕文学横空出世，在痛陈政治创伤的控诉性情绪里也酝酿着文学的变革因子。继而涌现的诸多反思文学显示文学中的控诉性情绪开始逐渐转变为理性的反思行为，当反思从追讨政治运动发生的现实外因转向探查内在深层原因，反思和批判的锋芒就进而指向中国历史和传统文化，形成了重新审视中国传统文化的强烈意愿，由此掀起了中国继五四新文化运动以来的又一次深层次的民族历史文化的大反思。其时正值西方文艺思潮大量涌入，给中国思想界、文艺界提供了新的视角、新的思想理念和新的理论方法，尤其是二十世纪三十年代就已经传入中国并取得大量文学成就的现代主义文学在时隔半个世纪后再一次进入人们的视野，给人们带来的不仅是现代主义写作方法，还有新的文学观念，国人反思传统文化的强烈意愿与现代主义文艺思潮的相遇在文艺界掀起了惊人的浪潮，折射在文学领域就是1985年出现的"寻根文学"。一大批作家用他们的小说来追寻中华文化之根，像韩少功的《爸爸爸》、阿城的《棋王》、王安忆的《小鲍庄》、贾平凹的《商州三录》、李杭育的《最后一个渔佬儿》等都是这方面的代表作品。莫言也以他的小说《秋水》和《红高粱家族》系列小说参与到寻根文学中来了，并成为新时期文学的一个重要组成部分。

莫言1976年参军之后就笔耕不辍，1981年终于发表了他的第一个作品《春夜雨霏霏》，从此踏入文坛。1984年考入解放军艺术学院文学系，学习期间他接触到大量的文学作品，尤其是外国文学作品令他眼界大开，他自己的创作也非常活跃，仅1985年发表中短篇小说就达十三篇之多，其中《透明的红萝卜》《球状闪电》《爆炸》已经有了较为明显的现代派文学的特征。1984年冬天的"一个大雪纷飞的下午"，莫言从同学那里借到了一本福克纳的小说《喧哗与骚动》，这是莫言第一次阅读福克纳。福克纳的约克纳帕塔法系列小说开启了莫言的故乡高密乡村生活的记忆，促使他开始向故乡寻找创作素材。1985年发表的《白狗秋千架》《秋水》等作品，莫言尝试引入"高密东北乡"的地理概念，《大风》《石磨》《五个饽饽》等作品也"全然是对于自己童年记忆的回溯与书写"①，莫言开始在写作上回归他的故乡高密。莫言的家乡高密，地处山东胶州半岛，正是齐鲁文化腹地，以崇尚务实的儒家思想为核心的鲁文化对此地影响很深，同时又有好浪漫、富想象、"闳大不经""迂怪"的齐文化覆盖此地，高密同时浸润在鲁文化、齐文化的泽润之中，形成了独特的高密文化，既有崇尚务实、上进的精神，又不乏浪漫清奇的风度。这次写作上的回归对莫言而言意义重大，他从自己的家乡发现了一个取之不竭的素材库，进而发现了自己的精神"血地"，高密云集的齐文化和鲁文化以厚实的内涵和各种灵动的形式为他源源不断地输送素材、灵感、情感、信念、感觉、语言甚至思维方式等创作所需要的精神和物质的各种营养，故乡再次哺育莫言，这一次是以无形却厚重的文化营养滋养着他的写作他的小说。莫言的"向故乡的回归"也因此颇有回望中国传统文化的意味，随后1986年发表的《红高粱家族》系列小说被评论者视为是"'寻根'的一个意外收获"②，莫言的小说遂成为"寻根文学"的一个重要组成部分。

但是，人们也发现莫言的《红高粱家族》系列小说与寻根文学浪潮中其他作家的寻根小说有一些微妙的不同，即莫言"从来不作形而上的思考，他对'寻根'的反叛和超越，完全出自他对一种生活状态的认同，出自对个人生活经验的发掘"③。韩少功笔下的"丙崽"形象所批判的是中国传统文化中"自私""愚蠢"的鄙陋一面，王安忆《小鲍庄》里所倡导的是儒家的"仁义"，阿城《棋王》所谈的是道家思想的"无为""淡泊"，这些作品无论是批判还是颂扬，都是将笔触指向中国传统文化，都具有形而上的哲学意味。而《红

---

① 李桂玲：《莫言文学年谱》（上），《东吴学术》，2014年第1期。

② 陈晓明：《中国当代文学主潮》，北京大学出版社2009年版，第334页。

③ 陈晓明：《中国当代文学主潮》，北京大学出版社2009年版，第335页。

高粱家族》系列小说中所提到的是人种退化问题，是关乎生命的主题，无关形而上的哲学问题，而是对生命意识的回归。莫言的创作是基于"深植于他的记忆深处"[1]的经验，是从生活体验出发，他在创作前并没有像韩少功那样非常明确的寻根意识，更没有预设一个批判或者颂扬的文化对象，而是凭着他从生活得来的体验、凭着他从故乡获得的一种记忆来写作，所以他的小说不经意间将理念定格在"人种的退化"而不是指向传统文化的某个特殊内容，这也使他的小说以其"真实性和传奇性"[2]而在整个寻根文学中独树一帜。莫言这种深植于记忆和生活体验的创作方式和福克纳非常相似。在南方问题上，福克纳多是凭着自己关于南方的记忆来写作的，并没有事先预设好什么观念，他只是写这个作为南方人的他自己，因为南方已经是"他的呼吸、血液、肌肉以及别的一切"[3]。所以，他只要写出他自己，就写出了南方，就写出了南方的积弊、矛盾和危机，而不需要另外抱定某种观念去写作。从这个方面来看，莫言和福克纳显示出令人惊讶的相似，他们都有丰富的生活经验，也拥有故乡所赋予的复杂多样的人生体验，他们离开家乡的时候已然是一个从经历到情感都相当丰富的生命个体，那些得之于故乡的人生体验和情感内容被书写出来后，故乡的风物与历史、文化与创痛便从其笔尖蜂拥而出，所以他们是故乡的书写者，更像是故乡的代言者。就创作个体而言，他们身上都显示出自己本土文化的独特气质，写作时的自我随性散漫，颇具浪漫之风，却又在文字中深藏一个沉思苦虑的自我，自有一番沉思者的韵致。

　　莫言与寻根文学还有另一个微妙的不同。寻根文学的普遍表现是寻找民族文化之根，在"寻根"的过程中往往流露出强烈的批判性，而且其批判性主要体现为挖掘中华文化根源上丑陋、恶劣的内容，是寻找文化之根上长出的毒瘤，像韩少功《爸爸爸》中的

---

① 　陈晓明：《中国当代文学主潮》，北京大学出版社2009年版，第335页。
② 　陈晓明：《中国当代文学主潮》，北京大学出版社2009年版，第335页。
③ 　（美）威廉·福克纳：《〈喧哗与骚动〉一九三三年前言》，《福克纳随笔》，上海译文出版社2008年版，第313页。

丙崴，一直被视作是中华文化中卑劣部分的象征。这种批判方向远承五四新文化运动中大力批判中国传统文化的革新精神，近取八十年代中国社会掀起的以反思与自省为核心的传统文化批判思潮，势头很猛。这一点与美国的南方文艺复兴非常相似。然而莫言与这类寻根小说作家并不相同。莫言虽然也是在从源头上寻根，虽然他把批判的矛头直指人种退化问题的架势颇有要上溯到人之发端、家族之发端的势头，但是莫言追溯到源头上所获得的发现却是人种的退化。"退化"一词包含有"后辈劣于先辈"的意味，莫言多次在小说中提及人种的退化，有时还谈及狗的品种的退化（《白狗秋千架》提及高密东北乡狗的品种已经不纯了），这就显示出莫言向源头上溯之后的发现并不是中华文化的丑陋、卑劣的内容，而是发现祖先人种优越于今人，与祖先相比，是今人的人种退化了，甚至连狗的品种都退化了。这种感觉就像鲁迅笔下九斤老太常叨叨的那句"一代不如一代"，莫言是发现了祖辈的强悍、精明和智慧，他笔下的"我爷爷"余占鳌虽然野蛮、粗俗，却强大、坚毅、智慧，充满了男性阳刚之美，与如此超拔不凡的祖先相比，今人严重匮乏一些非常重要的品质。显然，莫言的小说也是具有批判性的，但是他的批判性是指出今人比祖先少了一些重要的东西，这和韩少功《爸爸爸》里的批判方向很不一样。莫言与寻根文学中其他作家在批判方向上的区别，也表现为他和福克纳之间的一种不同。作为南方文艺复兴的代表性作家，福克纳始终致力于挖掘南方社会中毒瘤一般的思想观念和制度，种族主义、奴隶制度、清教主义、阶级压迫等等都是福克纳倾力批判的对象，他批判故乡南方所存在的问题，是要将这些毒瘤一般的东西给呈现出来，扫除过去南方传统文学虚构出来的那种所谓南方天堂、乐园的虚幻美感，将南方历史中所存在的活生生的惨剧、悲剧给真实地呈现出来。福克纳是在竭力批判故乡内涵中那些已经存在的、但不该有的东西，而莫言则是在竭力批判故乡内涵中那些有价值的部分丧失了、消逝了，他的立足点是为祖先招魂。这种方向性的区别令他们的创作表现出许多饶有趣味的差异。

从文学发展的逻辑路径上看，"寻根文学"可谓反思文学发展到一定程度的产物，因为如前所述，当反思文学的笔触深入到中国历史和传统文化来探寻政治悲剧、闹剧得以发生的深层原因时，文学就开始向寻根文学的方向演化，反思为寻根提供了一个背景和路径，寻根则将人们的思路从政治性反思转而引领"进入文化性反思"[1]，寻根为作家们的反思行为提供了一个文学性的结果。从这一内涵倾向上来看，寻根文学内部的表现是一致的。但是从文学艺术来看，寻根文学内部却并不是铁板一块，有的寻根小说仍然是现实主义格局，而有的寻根小说却流露出现代主义文学的某些气质，显示出现代派文学的影响，莫言的《红高粱家族》"重述历史"，它的"主观化的叙述""狂放、绚丽以及抒情化的叙事"，都使其成为寻根文学中一个特殊文本，尽管研究者非常谨慎地称之为"靠近现代派"[2]，但事实上作品中的现代派文学意味是非常浓厚的，而且此后莫言在其他作品中也比较多地使用了现代主义文学手法，像《酒国》就是一个典型。福克纳也采用了现代主义手法，他采用多角度叙事，随意性叙事角度切换，还有意识流手法，这些都是典型的现代主义文学的手法，在艺术方法上莫言与福克纳再一次走到了同一条道路上，虽然两者之间也有着有意思的区别。

福克纳和莫言无疑是两棵生长在迥然不同的环境中的大树，他们的脚下是两块土质完全不同的土地，他们的枝叶伸展在不同的气候空间里，所沐浴的阳光和迎接的风雨冰霜也是完全不同的，但是当我们将两位作家放在一起比较的时候，还是会发现其中有这么多相近、相似甚至是相同的地方，他们之间的相似宣示着这个世界的神奇之处，也悄然宣示着文学令人惊奇的一面。他们来自不同的国度、不同的民族和不同的时代，他们是如此不同，他们又是如此相

---

① 刘再复:《论新时期文学的主潮》,《论中国文学》,作家出版社 1988 年版,第 264 页。

② 这个观点,以及前面的"重述历史""主观化叙述""抒情化叙事"等概念均来自陈晓明的文章《乡土中国、现代主义与世界性——对 80 年代以来乡土叙事转向的反思》,《文艺争鸣》,2014 年第 7 期。

似。然而，这些并不是最令人惊叹的部分，最精彩的地方却是——你以为两棵树这么相似，那么它们一定会结出一样的果子，可是两位作家的作品又轻悄地告诉你，别想多了，相同的只是"结果子"这个事情，至于结出的果子，那却是不同的。尤其是对于后学者莫言来说，在学习福克纳的同时如何超越福克纳，是一个严峻的挑战，也决定了他的这棵文学之树能否从自己的土壤中汲取营养结出独特的果子。事实上，这也是许多中国作家在面对外国文学的影响时共同面对的课题。下面将从地理空间、叙事空间、情感空间、历史空间四个角度来考察福克纳和莫言的故乡空间建构，以此为基点来比较福克纳与莫言在故乡书写方面的异同。

第二章　故乡地理空间建构

福克纳以他的邮票般小小的家乡——坐落在密西西比河三角洲一带的牛津小镇为蓝本建构起约克纳帕塔法县，用文字建构起一个属于他的文学王国，同时也在文学中完成了他的故乡书写。这一文学上的伟大创举，对后来的文学产生了深远的影响，莫言就是在福克纳的启发下开始建构自己的文学王国。1985年，莫言短篇小说《白狗秋千架》开篇第一句"高密东北乡原产白色温驯的大狗，绵延数代之后，很难再见一匹纯种"[①]，就此拉开了"高密东北乡"的帷幕。1986年莫言在文章《两座灼热的高炉》里明确宣称要"开辟一个属于自己的领地"。可见，在福克纳的启发下，莫言对于开掘"高密东北乡"这一文学领地有着清晰的思路和坚定的追求。这是福克纳的故乡书写在中国的回响，也是中国文学发展中的福克纳因素。不过，随着莫言笔下的"文学领地"从一块名不见经传的小地方区域在文字的堆积下逐渐发展成雄踞文学界的"文学王国"，人们也将惊奇地发现，福克纳的"约克纳帕塔法县"与莫言的"高密东北乡"虽然都源于相同的以"自己的文学王国"为核心旨归的文学梦想，却最终有着太多的不同，而且这不同并不仅仅因为他们所依凭的蓝本不同，而是因为在很多方面显示出的创作个体的明显差异，以及时代和文化的巨大差异。

福克纳出生于美国密西西比州的新奥尔巴尼，后随父母迁居里普利，五岁时又再次随父母搬至牛津镇，不过这两次迁徙都没有越出密西西比河的庇护圈，"福克纳一家住在密西西比河三角洲之东，

---

① 莫言:《白狗秋千架》,《白狗秋千架》,作家出版社2012年版,第219页。

处于密州北部的丘陵地带。三角洲的平坦的黑土地是本州最富饶之地。而丘陵地的土壤也很有肥力，大水泛滥的威胁又少，收成更为可期。这一地区值得称颂的是，据福克纳后来所说，上帝照顾它，远比人为它出的力多"[①]。这样一片富饶的土地给予福克纳的不仅是物质上的供养，还有远比物质更加丰富的精神上的营养。这里有大片近乎原始状态的茂密森林，适合打猎，福克纳继承了他父亲对户外打猎活动的热爱，打猎是他童年时代一件极有趣味的事情。密西西比三角洲属于美国南方腹地，是美国南方文化的核心区域，南北战争前"把英国乡绅和地主老财的生活方式移植过来的梦想"[②]和在这里盛行的种族主义思想、奴隶制度，共同造成美国南方社会中白人奴役黑人的社会现实。尽管在福克纳出生前三十年时南北战争就已经结束，但南方在战争中的惨败不仅令南方承担战败的沉重负担，而且让战前各种被掩盖着的危机问题完全浮现出来，北方白人投机者也大量拥向南方，那些曾经沉浸在种植园主梦想、以贵族自居的南方富白人无奈地目睹这股现代性的强劲冲击而无所适从。而且南北战争结束三十年后，南方的矛盾和问题远未得到实质性的解决，福克纳在这个时候出生，南方沉重的历史、凝滞的社会状态、现代性冲击下产生的社会问题都通过他的家庭和他家生活着的小镇涌向了他。曾祖父显赫的声名、祖父成功的事业和父亲不断失败的人生，就像那从过去流到现在的密西西比河的河水，从清澈灵动的样子逐渐变得浑浊不堪，还有小镇上的各种家族故事，都令福克纳沉默又疯狂。福克纳小说中的约克纳帕塔法县就是以这样的三角洲、小镇和各种家族故事为蓝本建构起来的，蓝本的形与神在相当大程度上决定了福克纳文学王国的形貌与故事。

和福克纳相似，莫言的"高密东北乡"也是在莫言家乡高密的基础上建构起来的。高密地处山东半岛东侧，"北望莱州湾，南觑

① （美）戴维·明特:《骚动的一生——福克纳传》，顾连理译，知识出版社1994年版，第2页。
② （美）戴维·明特:《骚动的一生——福克纳传》，顾连理译，知识出版社1994年版，第2页。

胶州湾","东临胶莱河太古河之流淌，西有峡山水库之高悬。土地肥沃，作物丰饶，江河密布，高粱丛生，百姓善良，人民彪悍"[①]。山东是鲁文化中心，但是地处山东半岛东侧的高密县却是处于齐文化区域，同时又兼有鲁文化的影响，这就造就高密独特的文化面貌。莫言家所在的高密县大栏乡平安村很多年前还是一片洼地，"民国初年的时候，高密东北乡很荒凉，只有几户人家"[②]。莫言的老爷爷是比较早一辈的拓荒者。1955年莫言出生的时候，这里正在如火如荼地开展农村合作化运动，莫言一出生就进入这种具有当代乌托邦性质的政治语境中。不过，在当时的农村政策的影响下，这片富饶的土地并没有获得释放其养育之功的机会，同时，由于家庭政治成分过高，莫言和他的家人在贫困、饥饿和对于随时可能降临政治厄运的胆战心惊中小心翼翼地生存，如履薄冰。

福克纳直到二十出头的时候才第一次离开家乡牛津镇，莫言也是二十一岁当兵才第一次离开家乡高密，他们都在自己的故乡度过了人生中自我意识、情感、思想形成的关键时段——童年和少年时期，密西西比河三角洲和胶莱河畔的高密土地分别给予这两个年轻人厚实的生活体验和多姿多彩的故事，赋予他们各种或快乐或忧伤的情感记忆，也包裹起他们隐秘的创痛，忧伤的甜蜜，无可言传的孤独、忧郁和简单的梦想，这些密密实实的故乡记忆日后化成他们建构故乡空间时的全部有形、无形的材料。而且，他们成年后离开故乡的行为又拉开了他们与故乡之间的距离，反倒令他们获得一种反观故乡的新视角，以前关于故乡的各种感觉和认识反而因为这拉开的距离而变得更加具体，逐渐浮现并清晰起来，在异乡的睡梦中他们更多地萦怀于曾经非常希望离开的故乡，对于故乡的眷念、反观与重新审视，促成了他们笔下以故乡为蓝本的虚构空间的出现，反之，虚构文学空间也成为他们传达眷念家乡情愫的一个恰切的方式。于是以密西西比州的牛津小镇为模本的约克纳帕塔法县和以高

---

① 叶开:《莫言：在高密东北乡上空飞翔——莫言传》，孔范今、施战军主编，《莫言研究资料》，山东文艺出版社2006年版，第68页。

② 莫言:《碎语文学》，作家出版社2012年版，第69页。

密县大栏乡为模本的高密东北乡先后出现在世界文学版图，而当这两个空间被建构起来之后，它们所传递的就不仅仅是一个文学创作个体曾经的生活图景，也不仅仅是一个小地方的爱与恨，而是一个大区域乃至一个国家的历史与现在，是一个大族群的生命体验及其面向未来的思考。不过，两位作家之间的区别也相当明显，其中在故乡地理空间建构方面的一些区别很值得关注。

第一节　写实性书写与浪漫性书写

一、福克纳：写实性书写

福克纳的文学王国是以杰弗生小镇为中心的约克纳帕塔法县，福克纳在多部小说中写到这个小镇，包括《沙多里斯》《喧哗与骚动》《我弥留之际》《八月之光》《押沙龙，押沙龙》《没有被征服的》《村子》《去吧，摩西》等主要作品。按照福克纳在多部小说中的描画，约克纳帕塔法县处于密西西比河三角洲地带，这里有小山，山脚下就是一望无际的平原：

> 那最后一座小山（山脚下肥沃、绵延的冲积平地朝前伸展，就像大海从巉岩脚下展开一样）在十一月不紧不慢的雨丝底下在远处消溶，就像大海本身在远处消失那样。①

在这个密西西比河冲积出来的三角洲平原上，最令人惊异于自然伟力的是那一片生长着原始森林的荒野：

> 岁暮的一个正在消逝的黄昏，那些高高大大、无穷无

① （美）威廉·福克纳：《去吧，摩西》，李文俊译，上海译文出版社2014年版，第295页。

尽的十一月的树木组成了一道密密的林墙，阴森森的简直无法穿越（他甚至都不明白他们有什么办法、能指望从什么地方进入这森林，虽然明知道山姆·法泽斯带着大车正在森林里等候他们），马车在最后一片开阔地的棉花和玉米的残梗之间移动，这儿有人类一小口一小口地啃啮原始森林古老的腹侧的最新印记，马车走着走着，在这背景的衬托下，用透视的眼光一看，简直渺小得可笑，好像不在移动（这感觉也是后来才变得完善的，那是在他长大成人看到大海之后），仿佛是一叶扁舟悬浮在孤独的静止之中，悬浮在一片茫无边际的汪洋大海里，只是上下颠簸，并不前进，直到一片海水以及它正以难以察觉的速度接近着的难以穿透的陆地慢慢地转过来，露出一个逐渐开阔的小湾，那就是泊地了。于是他进入了大森林。[①]

约克纳帕塔法县拥有沼泽、平原、荒野、森林和小山，密西西比河的洪水给这个冲积平原带来肥沃的黑土，无论是庄稼还是棉花都能长得很好。杰弗生镇坐落在密西西比河三角洲上，从亚拉巴马州过来的路上会经过一个瓦尔纳小店铺，从这个店铺再走上十二英里就可以到达杰弗生镇。（据《八月之光》的描述）往田纳西州的道路会经过这座小镇，越过山谷对面山岭的城镇望过去，就可以看到这个小镇。小镇最初"不过是一排杂乱无章的用泥巴堵缝的原木平房，这房子既是那位管理契卡索人的小官儿的官邸，又是他的贸易货栈"[②]。"一个苏格兰逃亡者的孙子"、康普生家的第三代杰生·利库格斯用一匹小母马从印第安人酋长伊凯摩塔勃手上换来整整一平方英里的土地，这就是"康普生领地"，"这块地方几乎占着杰弗生镇的正中心。当时，土地上还覆盖着原始森林，二十年后也

---

① （美）威廉·福克纳：《去吧，摩西》，李文俊译，上海译文出版社2014年版，第166页。

② （美）威廉·福克纳：《喧哗与骚动》，李文俊译，漓江出版社2013年版，第317页。

仍然有树木，但是那时与其说这是一片森林，不如说是一个公园。
这里有奴隶住的小木屋，有马厩，有菜园，有规规整整的草坪、林
荫路和亭台楼阁，这些都是营造那座有石柱门廊的大宅的同一位
建筑师设计的，种种装备都是用轮船从法国与新奥尔良运来的。"[1]
这块地方一直到 1866 年以前还一直保持着完整，直到以斯诺普斯
家族为代表的从新英格兰来的暴发户们不断地从康普生家族置换土
地，康普生将军"零打碎敲地把田地逐块卖掉"[2]，新的小镇区渐渐
开始发展起来。当萨德本上校第一次来到杰弗生镇的时候，杰弗生
镇当时"有霍尔斯顿旅社、法院、六家商店、一个设有铁匠铺的车
马大店、一家牲口贩子和小商贩经常光顾的酒店、三座教堂以及大
约三十座民宅"[3]。杰弗生小镇后街有一栋房舍深深地隐藏在树木之
中，那是海托华牧师的房子，海托华原本在小镇教堂里任牧师，后
来他的据说不够检点的妻子去世之后，海托华被迫辞掉教职但死活
赖在杰弗生镇，即使人们用造谣、诋毁、武力等办法驱赶他，他也
不离开这里。镇上那条如今拥挤着汽车间和棉花车而当年却是"最
考究的街道上"坐落着"一幢过去漆成白色的四方形大木屋"，这
里就是老淑女爱米丽小姐的屋子。从杰弗生小城镇出城有一条乡村
公路，道路的两旁散落着黑人居住的小木屋，在出城两英里的地方
有一座古老的殖民地时代的庄园，"这所住宅隐蔽在一丛树林中间，
显然一度是惹人注目的地方"。这就是独居的中年未婚女人伯顿小
姐一直独居的庄园，后来这幢大宅子被克里斯默斯放火烧掉了。沿
着这条道路再往前走"差不多三十英里"就会到下一个镇。距杰
弗生小镇十二英里的地方就是有名的"萨德本百里地"，当年萨德
本从印第安人那里弄到了"本地最肥沃的未开垦的洼地中的一块"

---

① （美）威廉·福克纳:《喧哗与骚动》，李文俊译，漓江出版社 2013 年
版，第 321 页。
② （美）威廉·福克纳:《喧哗与骚动》，李文俊译，漓江出版社 2013 年
版，第 322 页。
③ （美）威廉·福克纳:《押沙龙，押沙龙》，李文俊译，中央编译出版
社 2014 年版，第 40 页。

文学故乡的多维空间建构

一百平方英里的土地，并在上面建了一幢全县最大的房子，几乎比镇上的法院面积还要大，"隐藏在雪松和橡树丛里"[①]。后来萨德本还带着黑人开辟出了种植园。麦卡斯林家族在这里也拥有大量的土地，麦卡斯林家族的庄园坐落在杰弗生镇周围，老卡洛瑟斯的儿媳妇索凤西芭的娘家、休伯特家大宅子则坐落在约克纳帕塔法县界另一边。麦卡斯林家族第三代人艾萨克·麦卡斯林尚是懵懂少年时，就已经感受到荒野和森林"正一小口一小口地"渐渐地被人们用犁头和斧子蚕食，进入二十世纪以来，约克纳帕塔法县的沼泽和森林不断地被现代工业挤占，面积越来越小，艾萨克这位年近八十的老人再次走进森林打猎时惊讶地发现这里发生的变化太大："今天，一个人从杰弗生出发，得开车走上二百英里，才能找到可以打猎的荒野。"[②]即使来了，"这片土地上现在听不到美洲豹的吼啸，却响彻了火车头拖长的叫鸣"[③]。

以上是根据福克纳在多部小说中的叙述而描述出来的约克纳帕塔法县概貌，由此可见福克纳笔下的这个约克纳帕塔法县以及它的中心杰弗生小镇，虽然是作家虚构出来的一个地方，然而却有着比较清晰的坐标，说明福克纳心中就存在这样一幅约克纳帕塔法县的地图。有趣的是，1936年《喧哗与骚动》完工时，福克纳还亲手绘制了一幅约克纳帕塔法县的地图，并在地图下面标明：

密西西比州的约克纳帕塔法县杰弗生镇，面积：2400
平方英里。人口：白人，6298；黑人，9319。

威廉·福克纳，唯一的业主与产权所有者。

---

① （美）威廉·福克纳：《押沙龙，押沙龙》，李文俊译，中央编译出版社2014年版，第49页。
② （美）威廉·福克纳：《去吧，摩西》，李文俊译，上海译文出版社2014年版，第300页。
③ （美）威廉·福克纳：《去吧，摩西》，李文俊译，上海译文出版社2014年版，第300页。

福克纳用他诸多短篇、长篇小说绘制了一幅清晰具体的杰弗生镇地貌图，这里的沼泽、平原、荒野、森林、河流、小山记忆着居住在这里的几个家族、几代人的生活。假如我们将每一个作品都视作是一帧关于约克纳帕塔法县的照片的话，那么这些照片拼接在一起就构成一幅约克纳帕塔法县的整幅地图，一个作品讲一个家族的故事，一个家族占据约克纳帕塔法县的一个角落，当这些角落连接在一起，那么约克纳帕塔法县就拼合在一起，这就构成约克纳帕塔法县的一幅完整的地图，难怪福克纳完全可以为这个虚构的地方绘制一幅像模像样的地图。有意思的是，每一个家族都与杰弗生镇有着这样那样的联系，或者他们生活在杰弗生镇（如海托华牧师、爱米丽小姐），或者他们的庄园就坐落在杰弗生镇周围（或离镇 2 英里如伯顿小姐，或离镇 12 英里如萨德本上校，离镇 17 英里外则是麦卡斯林的农庄），他们如果要去其他地方比如田纳西州、孟菲斯等地就必须穿过杰弗生镇（比如麦卡斯林家族的布克要去县界那边的休伯特家族就必须经过杰弗生镇），总之他们的生活与杰弗生镇联系在一起，于是这些家族就因为杰弗生小镇的存在而连接一起，他们因杰弗生镇而产生各种交集，所以杰弗生镇实际上就构成这个虚构空间的中心。

这个约克纳帕塔法县虽然是作家虚构出来的地方，却有着比较清晰的方位和坐标，地貌与福克纳从小生活的密西西比河三角洲基本一致。福克纳的家乡牛津镇也有各式店铺、广场，而且"他家西面和南面，也只相距几条马路，有几处树林，福克纳家的男孩子都爱去树林里玩。北边 10 到 15 英里处，就在蒂帕河和塔拉哈奇河汇流的地方，福克纳家有着一幢宽敞的两室小木屋，叫作'家庭俱乐部会所'。他们躲在那儿捕捉浣熊、松鼠、狐狸和麋鹿。东边 30 英里就是三角洲，层层梯地，猎物众多。另一名门斯通家族在那儿有一间狩猎小屋。往南几英里处，有一条河，牛津镇的人管它叫约克纳河，在老一点的地图上标为约克纳帕塔法河"①。杰弗生镇的格局、

---

① （美）戴维·明特:《骚动的一生——福克纳传》，顾连理译，知识出版社 1994 年版，第 10 页。

地貌与现实中的牛津镇大体一致，甚至此地后来的变化也与密西西比三角洲的变迁基本一样，这说明福克纳基本上按照牛津镇及其周围环境的样子来建构他的约克纳帕塔法县，他是在文学中对故乡进行比较忠实的复制，他笔下的杰弗生镇应是完成了一种写实性的故乡建构。

二、莫言：浪漫性书写

莫言在福克纳的启发下创造了高密东北乡这个文学王国，这个王国当然也得有自己的地理空间。莫言最早是在短篇小说《白狗秋千架》（1985.4）中使用"高密东北乡"这个地理概念，后来他连续在《秋水》（1985.4）、《草鞋窨子》（1985.10）、《红高粱家族》（1986）、《罪过》（1987）、《弃婴》（1987）、《红蝗》（1987）、《人与兽》（1988）、《遥远的亲人》（1989）、《奇遇》（1989）、《野种》（1990）、《白棉花》（1991）、《良医》（1991）、《神嫖》（1991）、《铁孩》（1991）、《翱翔》（1991）、《食草家族》（1993）、《丰乳肥臀》（1995）、《檀香刑》《生死疲劳》《蛙》等作品中使用了"高密东北乡"这个地理坐标。只不过，在短篇小说中，高密东北乡仅仅是作为一个概念化的地理名词出现，以标示故事发生在"高密东北乡"这个地方，并没有关于"高密东北乡"的具体描述，像《秋水》《白狗秋千架》《罪过》《草鞋窨子》《遥远的亲人》等作品中都仅仅是出现了"高密东北乡"这个字眼，没有关于"高密东北乡"的具体描述。如《秋水》中只有一句："那个时候高密东北乡还是蛮荒之地，方圆数十里，一片大涝洼，荒草没膝，水汪子相连"①，最初也就是爷爷在洼地中央的一座小土山上搭了一个窝棚。《白狗秋千架》中也不过是在开篇第一句"高密东北乡原产白色温驯的大狗"，之后全篇都没有关于高密东北乡更加详细的描述。也许是因为这两篇只是短篇小说，所以没有具体的描述，但或许也是因为刚开始使用

① 莫言：《秋水》，《白狗秋千架》，作家出版社 2012 年版，第 204 页。

"高密东北乡"这个地理概念的时候，莫言对如何建构高密东北乡暂时还没有一个清晰的轮廓，虽然故乡的影像早已印刻在心中。

但是1986年发表的《红高粱家族》中，"高密东北乡"就比较清晰了："胶平公路修筑到我们这里时，遍野的高粱只长到齐人腰高。长七十里宽六十里的低尘土洼平原上，除了点缀着几十个村庄，纵横着两条河流，曲折着几十条乡间土路外，绿浪般招展着的全是高粱。平原北边的白马山上，那块白色的马状巨石，在我们村头上看得清清楚楚。"[①]这是自"高密东北乡"在《秋水》中横空出世后第一次出现这么清晰的轮廓图。其景观至少包括"土洼平原""几十个村庄""两条河流"和"几十条乡间土路""高粱地"以及一座白马山。而就九儿所住的村庄而言，其布局也还算清晰："出村之后，队伍在一条狭窄的土路上行进"[②]，"从路两边高粱地里飘来的幽淡的薄荷气息和成熟高粱苦涩微甘的气味"[③]，"适才走过的这段土路是由村庄直接通向墨水河边的唯一的道路。这条狭窄的土路在白天颜色青白"[④]。日本鬼子当年是在墨水河的南边修公路，又准备在河的北边修公路。墨水河上则跨着一座十四孔的大石桥。待到《红蝗》（1987）时，高密东北乡有了沼泽地，"南临沼泽，北有大河，东有草甸子，西有洼地，形成了独特小气候，每到秋天，往往大雨滂沱，旬日不绝，河里洪水滔天，沼泽里、草甸子里、洼地里水深盈尺，一片汪洋"[⑤]，特别是高密东北乡南端有"五千多亩与胶县的河流连通的沼泽地"[⑥]，而在沼泽地的对岸，是"万亩高粱'红成汪洋的血海'，看去又似半天红云"[⑦]。"从我们村到流沙口子村，要越过那条因干旱几乎断流的运粮河，河上有一道

文学故乡的多维空间建构

---

① 莫言：《红高粱家族》，作家出版社2012年版，第12—13页。
② 莫言：《红高粱家族》，作家出版社2012年版，第4页。
③ 莫言：《红高粱家族》，作家出版社2012年版，第4页。
④ 莫言：《红高粱家族》，作家出版社2012年版，第5页。
⑤ 莫言：《食草家族》，作家出版社2012年版，第21页。
⑥ 莫言：《食草家族》，作家出版社2012年版，第15页。
⑦ 莫言：《食草家族》，作家出版社2012年版，第16页。

桥，桥墩是松木桩子，桥面是白色石条。"①到《丰乳肥臀》（1995）里上官家所在的村子边上是蛟龙河，一道大堤把蛟龙河拦在堤外，堤内是有着胡同、农舍、大街、教堂的村庄，一条车马大道横贯村子。蛟龙河北岸是盐碱荒滩。《檀香刑》（2001）里，故事转移到高密东北乡上的马桑镇，这里除了"春水汹涌的马桑河"之外还有茫茫辽阔的原野。《生死疲劳》（2005）讲西门屯的故事，西门屯的村外也有一条河，"从西门屯到郑公屯这片旷野里，有一条河流横贯其中，河堤两边，有十几道蜿蜒如龙的沙梁，沙梁上生满红柳，丛丛簇簇，一眼望不到边际。"②在西门驴的疯狂奔跑中，高密东北乡的一些景观也大致随之呈现出来，比如运粮河上的石桥，村庄外面一家很大的国营农场、麦田和白杨树林等等。《蛙》里高密东北乡有了"十八个村庄"，村子"往南五十里是胶州机场，往西六十里是高密机场"③。一条胶河从村边穿过，胶河北岸"原本是一片洼地，后来，为了保证下游安全，在胶河堤坝上修建了滞洪闸，每当夏秋季节胶河行洪时，就开闸放水，使这片洼地，成了一个湖泊"。"洪水过后，滞洪区一片汪洋，成了一个方圆十几里的湖泊。"④

　　这就是莫言笔下的"高密东北乡"。根据这些作品的描述，我们大概可以拼凑出高密东北乡的基本情况：这个地方地处高密县东北部，辖内有十几到几十个不等的村庄，每一个村庄外面几乎都有一条河流，有时是墨水河，有时是蛟龙河，有时是胶河，有时是马桑河。这里有一片血海似的高粱地，也有葵花地，有小山，还有因滞洪区而生成的湖泊，此外三万亩地瓜地，盐碱荒滩、沙漠、草甸子分布在东北乡各处，一望无际的荒野铺展着，当然还有五千亩堆积着红色淤泥的沼泽地。莫言声称是根据自己的故乡来写这个"高密东北乡"，但事实上他现实中的故乡高密大栏乡并没有这么多的地貌，比如盐碱荒滩、沙漠、地瓜地、荒野等，这些显然都是莫言

---

①　莫言：《食草家族》，作家出版社2012年版，第43页。
②　莫言：《生死疲劳》，作家出版社2012年版，第49页。
③　莫言：《蛙》，作家出版社2012年版，第31页。
④　莫言：《蛙》，作家出版社2012年版，第65页。

根据自己的想象添加进去的景观地貌，莫言并不讳言："到了《丰乳肥臀》就突破了所谓的'真实'。即便是在一些技术性的问题上，像小说里面描写的一些植被啊、动物啊、沙丘啊、芦苇啊，这些东西在真正的高密乡里是根本不存在的。"[①]事实上，莫言的"突破真实"的做法早在1987年写《红蝗》时就开始了，《红蝗》里那五千亩反复出现的沼泽地在现实中的高密大栏乡是完全没有的。文学中的"高密东北乡"与现实中的高密大栏乡在地貌、景观上的显著差异说明，莫言是用一种基于自我想象的浪漫性书写来完成故乡的地理空间建构，而不是像福克纳那样用忠实于现实的写实性书写来完成故乡的地理空间建构。这种差异至少显示了两位作家性格的不同，一个较为平实，一个趋于浪漫。

第二节　中心辐射式布局与散点式布局

虽然莫言明确地说他是在福克纳的影响下把眼光投向自己的故乡，也希望像福克纳那样"开辟一个属于自己的领地"，但是当他的"高密东北乡"真的出现的时候，我们发现学生开辟的领地与老师建构的王国完全不同。如前所述的故乡地理空间建构的写实性书写与浪漫性书写，并不是福克纳与莫言之间在地理空间建构上的全部区别，两位作家的建构还有更大的区别。这种不同倒不仅仅是因为学生与老师所用的材料不同，而是因为两个人所走的思路完全不同。

一、福克纳：中心辐射式布局

尽管福克纳是在他的多部作品中陆陆续续地描写而不是整体性、一次性描写这个"约克纳帕塔法县"，但是当我们汇集每一部

---

① 莫言：《与王尧对谈》，孔范今、施战军主编，《莫言研究资料》，山东文艺出版社2006年版，第60页。

作品，将小说中涉及描述"约克纳帕塔法县"和杰弗生镇的零散文字搜集出来，像拼图一样拼接出约克纳帕塔法县的全貌时，我们会发现，这个虚构的约克纳帕塔法县还是可以拼接出一个完整的地图来，这幅地图显示约克纳帕塔法县以杰弗生镇为中心、向四周的森林和荒野辐射的样式，那些在福克纳小说中出现的大家族的庄园则散布在杰弗生镇周围四英里、十二英里、十七英里不等的荒野或者森林边上，福克纳甚至自己手绘了一幅约克纳帕塔法县和杰弗生镇的地图如下：

这幅地图呈中心向外辐射状，把福克纳的《喧哗与骚动》《去吧，摩西》《押沙龙，押沙龙》《八月之光》《没有被征服的》《我弥留之际》《圣殿》《熊》等几部重要的作品都涵盖进去了，而且忠实地反映了小说中所描述的基本方位，比如地图上标注《八月之光》

离杰弗生镇比较近，小说中伯顿小姐的老宅离镇四英里，而地图上标注《押沙龙，押沙龙》距杰弗生镇较远些，小说中著名的"萨德本百里地"就是在距镇十二英里的地方。尽管写作前福克纳这位"业主"并没有对"约克纳帕塔法县"做出明确的规划，但这样一幅中心辐射式的地图还是在无形中慢慢形成了。

这个约克纳帕塔法县有两点值得注意。一是，无论这里地盘多大，森林多么茂密幽深，荒野多么广袤无际，约克纳帕塔法县的"中央是先通了铁路后又建起了飞机场的杰弗生镇"[1]，杰弗生镇始终是一个共有的中心，小镇承载着管理、交通、信息交换与传播、文化制造等多项使命，是约克纳帕塔法县的政治、经济、文化核心，而且"斯诺普斯、康普生、萨德本、沙多里斯以及其他的大小家族的全部利益都汇集在这儿"[2]。二是，大家族的庄园都散落在森林边和荒野上，在距离上与杰弗生镇保持一定的路程，但它们又环绕在杰弗生镇周围，其行政管理和人际交往都归属于杰弗生镇。这样的位置也就意味着，庄园居住者也就是那些大家族的成员们比之镇上居民们，既享有一定的相对独立、自由的空间，又拥有必要的社会关系网络，家族故事的发生发展也因此获得了时间的维度和空间的维度。

二、莫言：散点式布局

相比之下，高密东北乡的布局就大不一样。莫言多篇关涉"高密东北乡"的中短篇作品里，东北乡大多只是一个模糊的地理背景，但以高密东北乡为背景的长篇小说通常都有对东北乡地貌景观和整体情况的介绍，描述的详略程度虽不尽相同，却有一个共同的特点，即每一部长篇小说都是写高密东北乡某个村庄的故事，只是这些村庄之间几乎没有联系。不仅如此，高密东北乡没有一个中心

① （苏）巴里耶夫斯基：《福克纳的现实主义道路》，李文俊编选，《福克纳评论集》，中国社会科学出版社1980年版，第144页。
② （苏）巴里耶夫斯基：《福克纳的现实主义道路》，李文俊编选，《福克纳评论集》，中国社会科学出版社1980年版，第144页。

点，全乡恍若一盘散沙，村庄散落在旷野上、河流边，各自为政，疏散地匍匐在东北乡的沃土之上，完全没有一个像杰弗生小镇那样的中心。尽管小说里偶尔会出现一个高密县（高密县衙）在行政上管辖着高密东北乡，但是由于县衙与高密东北乡距离遥远，加之东北乡民风彪悍不易管理，所以高密县衙的管理功能并没能得到较好的落实和维护，"整个高密东北乡缺乏有组织的中心管理，村村各自为政，高粱地里土匪猖獗出没"[①]。像《红高粱家族》中先有花脖子后有余占鳌，先后盘踞着一大片高粱地和芦苇丛聚众为匪，高密县令曹梦九为此伤透脑筋也难根除，只能睁只眼闭只眼，因而高密县与高密东北乡之间实际上是保持着一种游丝般的关系，时有时无、似有实无。种种迹象显示，莫言的高密东北乡呈现出一种散点式布局，与约克纳帕塔法县的中心辐射式布局迥然不同。

也正因为此，福克纳可以给他的约克纳帕塔法县绘制出比较完整、精密的地图，而如果想给高密东北乡绘制一幅地图，却几乎是一件不可能实现的事情。因为首先没有一个中心点作为坐标来倚重，其次村庄与村庄之间联系非常松散，除了少数提到的村庄之间有一定的距离描述之外，一般来说，这一部作品中出现的村子在下一部作品中常常就不再出现，按照《丰乳肥臀》的描述，高密东北乡有十八个村庄之多，这就很难在一幅地图上为某个村庄标示出准确的位置。那么，能否按照现实中高密大栏乡的样子来标示呢？莫言可是说过的，他给高密东北乡添加过很多现实中完全没有的地貌，比如沼泽、沙漠等，所以从这个途径来绘制地图也完全行不通："《丰乳肥臀》的日文翻译者到高密去，画了很详细的地图，找沙丘，找沼泽，但来了一看，什么也没有，只有一块平地，一个萧瑟的村庄。"[②] 这就意味着，我们无法像福克纳给他的约克纳帕塔法县画出一幅地图那样去给莫言笔下的"高密东北乡"

① 钟志清：《英美评论家评〈红高粱家族〉》，《外国文学动态》，1993年第6期。

② 莫言：《与王尧对谈》，孔范今、施战军主编，《莫言研究资料》，山东文艺出版社2006年版，第60页。

也绘制出一幅地图，这个高密东北乡完全是一个散点式的存在。

能否绘制出一幅地图并不是品评两种布局水平优劣、高下的标准，因为无论是中心辐射式布局，还是散点式布局，都有其独特的艺术效果。中心辐射式布局用一个中心来勾连诸多散放的庄园和家族，从地域上将那些或许没有任何联系的家族故事串联在一起，多部小说联合在一起就成为"一套世系小说"，若干个故事体系在中心点的勾连下组成一个庞大的、盘根错节的故事群落，而且每个故事体系都富含历史的容量，这样其所显示的文学艺术的空间是多么阔大而幽深的所在啊！然而，高密东北乡的散点式布局也有其独特的艺术魅力。虽然高密东北乡没有一个中心，但是每一点都是极为闪耀的光点，每一个点都可视作是一湾表面平静的湖泊，它们用幽深的历史感辐辏出平静的湖面，映照出现在，而把历史的深度交给湖水来测量，微风拂来水波荡漾，喻示着现在的湖面会用它的涟漪和浪花来呈现历史与文化的深度。散点式布局的高密东北乡有太多这样的深藏功与名的湖泊凝聚的光点，每一处都能透视出高密东北乡的某一种文化风貌，完成高密东北乡多阶段、多方位的立体展示和刻画，最终形成的文学艺术空间也是阔大而幽深的，艺术效果绝不逊色于中心辐射式布局。因此，我们不可能也不应该对这两种艺术布局品评高下，因为它们代表着文学艺术创作者两种不同的创作思路、不同的创作方向，路径确实不同，但都是指向对文学艺术创造力的无限探索，又可谓殊途同归。

三、创作个性与文化差异

法国哲学家列斐伏尔认为空间"看起来好似均质的，看起来其纯粹形式好似完全客观的，然而一旦我们探知它，它其实是一个社会产物。空间生产就如任何类型的商品生产一般"[①]。约克纳帕塔法

---

① （法）亨利·列斐伏尔：《空间政治学的反思》，包亚明主编，《现代性与空间的生产》，上海教育出版社 2003 年版，第 62 页。

县和高密东北乡是作家生产出来的虚构的空间，但是它是作家根据现实创造出来的，现实生活中的空间被生产出来，那么这个以现实中被生产出来的空间为模板的虚构空间则具有两层"被生产"的意味，一是被现实社会中的各种意识形态所生产，二是被作家生产。既然是被生产，那么它们总会带着空间生产者的印迹并以某种特别的形式来彰显生产者特质。从这个角度来看，约克纳帕塔法县与高密东北乡在地理空间建构方面的特点与区别也将映现出两位作家的个性与文化的差异。

约克纳帕塔法县和高密东北乡之间最突出的区别就在于是否存在一个中心。就一个空间来说，中心有着不可忽视的强大力量，它对空间中其他存在物具有潜在的规约、统率作用。约克纳帕塔法县以杰弗生镇为中心，这就意味着杰弗生镇对于约克纳帕塔法县具有统御全局的意义，而对于居住在周围的农户和庄园则具有辐射性的作用，杰弗生镇的政治、经济、文化形态都会在周边房屋和庄园有所体现，反之周边房屋和庄园里的人及其生活状态也会强化杰弗生镇的中心地位。福克纳笔下的杰弗生镇是美国南方社会中一个具有代表性意义的小镇，这里盛行种族主义思想和奴隶制，阶级矛盾也很激烈，其独特的政治文化生态在福克纳的约克纳帕塔法县世系小说中均有所体现，无论是杰弗生镇的居民，还是散落在小镇外围的豪门富户，无一不受到杰弗生镇政治文化生态的深刻影响，他们的生活和命运也就自然被纳入杰弗生镇的政治文化生态的体系之中。

莫言的高密东北乡却没有一个像杰弗生镇这样的中心。从《红高粱家族》《食草家族》《丰乳肥臀》《生死疲劳》《檀香刑》《蛙》这几部长篇小说来看，每部小说的故事都以一个村庄为核心空间，小说与小说之间相互关联不大，不像福克纳小说那样会有一些人物在其他小说中"串门"从而将作品连接起来，莫言的长篇小说之间没有人物"串门"的现象，也不存在共有一个空间中心的现象，作品与作品之间基本上没有太多联系。每一部作品都自成中心，故事遍布高密东北乡的每一寸土地，给读者一种"高密东北乡角角落落都是故事"的惊异感。这是一种"泛中心化"的处理方法，即故意舍弃类似杰弗生镇那样的有形中心，让每一个村庄都成为中心，这样中心就被泛化，淡化了读者对于中心的心理需求。这种情况下"高密东北乡"反而成为一个无形的中心，这倒与莫言塑造"高密东北乡"的想法有着内在的合拍。

莫言的"泛中心化"处理方法与福克纳显然不同，书写故乡的构想固然是来自福克纳的启发，但是故乡书写过程中的"泛中心化"处理方法则是来自中国现代小说家鲁迅、沈从文等人。鲁迅笔下有绍兴水乡，沈从文笔下有湘西，这两位作家的故乡书写都没有一个类似于杰弗生镇这样的中心，鲁迅写乡村的故事就是在未庄，写小镇的故事就是在鲁镇，未庄和鲁镇在鲁迅小说中基本上是齐头并进、地位等同，无所谓哪一个是中心，这就是"泛中心"的处理风格。沈从文笔下的湘西故事多如牛毛，从翠翠、萧萧、夭夭到水手柏子等各色人等的命运大戏皆是在湘西山水之间展开，并没有哪一个小镇勾连全部故事，若有，那也就是绵延蜿蜒在人物生命中的山山水水，这种到处是故事的散点布局方式所体现的就是"泛中心化"的要义。莫言无疑是承袭了鲁迅与沈从文的"泛中心化"处理方式，在高密东北乡的塑造中也采用了这种"泛中心化"处理方式。

正如列斐伏尔所言，空间是生产出来的，空间布局的设计与实现带着鲜明的生产者的印迹。约克纳帕塔法县的中心辐射式布局与高密东北乡的散点式布局之间的区别反映了两位作家不同的创作风格。中心辐射式布局意味着福克纳在创作时不仅在方位上有着比较成熟的构想，而且他比较倚重现实中故乡牛津镇的样子，创作新作时始终保持着谨严的态度，始终注意用人物的"串门"现象和中心点的再现来建立这一部作品与前面已完成作品之间的联系，从而完成他的"约克纳帕塔法县"的整体布局。这种做法，颇有欧洲戏剧"三一律"的风格，"三一律"追求行动、时间和地点的整一，所以体现出节奏谨严、格局严整的特点，而福克纳对于约克纳帕塔法县地貌景观的写实性书写以及约克纳帕塔法县呈现出来的中心辐射式格局，都流露出欧洲古典文化的影子，隐约显示了美国文化与欧洲文化的历史渊源。

高密东北乡的散点式布局则显示了莫言在创作时对于高密东北乡地理位置的构想仅止于区域层面，即确定"高密东北乡"是在中国山东。至于具体的方位与布局，莫言并没有过多地布置、安顿，创作时他只关注新作品避免重复旧作的创作路数等，却并不太在意新作品与已完成作品之间的勾连，这方面很有几分随意随性的感觉。莫言的这种做派，颇得中国传统戏剧写意风格的神韵，即不苟求分毫不差，只追求写意神似。若将这种写意追求化为创作的风格，那就是不苟求整齐谨严的布局，只把握"神似"原则。莫言后来那种随意添加各种地貌景观的做法，说明他这种写意化创作风格更进一步具有了天马行空的意味，创作的个性化更加鲜明了。当然，莫言的中国传统文化背景也随之越来越清晰地浮现出来。也难怪有的研究者会有这样的感觉："与'约克纳帕塔法县'那种具体的美国南方的历史相比，'高密东北乡'更像是一个象征，一种想象的历史。莫言小说中的地域性特征十分淡薄，他是将整个古老中国的某种神话，它的血性与激情，一股脑地注进了那片无边无际的高粱地。"① 如今看来，这个论断不无道理。

第三节　庄园与村庄

地理空间本身"不是空无一物的，它被各种各样的物质、能量或者实物所充盈。人们讨论空间、描述空间以及分析空间这个事实，意味着人们从概念上——而不是事实上——把空间从实体中剥离和分隔开来"② 。人类的居住空间就是充盈于地理空间之中的重要内容。据此来看，约克纳帕塔法县和高密东北乡的区别还不止于两者的布局不同，散布在两个乡村空间中的家族居住空间也存在不少

---

① 李迎丰:《福克纳与莫言: 故乡神话的构建与阐释》,《解放军外国语学院学报》, 2002 年第 1 期。

② （美）萨克:《社会思想中的空间观: 一种地理学的视角》, 黄春芳译, 北京师范大学出版社 2010 年版, 第 5 页。

差异。福克纳和莫言的故乡书写都以家族为单位形成叙事链条，所以家族是他们故乡书写的基本细胞，但是两位作家笔下家族的居住空间形态却有着极大的区别。

一、福克纳笔下的庄园与莫言笔下的村庄

福克纳小说所写到的大家族都是居住在自己的庄园里，这些庄园基本上是以牧场和耕地为依托，包括有大宅子、牧场和耕地，往往坐落在森林和河流附近，距离杰弗生镇或者几英里，或者十几英里，也或者就在镇边。比如《去吧，摩西》中的麦卡斯林家族居住的庄园、《押沙龙，押沙龙》里萨德本家族居住的"萨德本百里地"、《没有被征服的》里沙多里斯家族的庄园都是这样的状态。在这里，家族几代人生活在庄园里的主体建筑——一座大宅子里，作为奴隶的黑人们则居住在大宅子旁边的小木屋里。"美国的乡下大多是一户人家自成一个单位，很少屋檐相接的邻舍。"[①] 这种居住状态的形成源于美国南方以农业为主体的经济形式："以一家一户为核心的农业经济和庄园生活造成了南方人以家庭为中心的社会。"[②] 在这样的居住空间里，家族内部成员之间关系密切，而家族与杰弗生镇居民的联系相对来说则要淡化很多，另外由于黑人在白人家族里承担耕种、佣仆等劳作，所以这个空间里还存在白人家族成员与黑人之间的复杂关系。

莫言是按照中国北方地区农村人们聚居的样子来为他笔下的家族安置居住空间。"中国乡土社区的单位是村落，从三家村起可以到几千户的大村。"[③] 而且"北方地区的乡村聚落规模普遍较大，较

---

① 费孝通:《乡土中国 生育制度 乡土重建》，商务印书馆 2011 年版，第 9 页。

② 肖明翰:《威廉·福克纳研究》，外语教学与研究出版社 1997 年版，第 102 页。

③ 费孝通:《乡土中国 生育制度 乡土重建》，商务印书馆 2011 年版，第 9 页。

大规模的集居村落占据主导地位"[1]。莫言笔下的家族居住空间非常符合北方农村的集村形态，就是"由许多乡村住宅集聚在一起而形成的大型村落或乡村集市。……其各农户须密集居住，且以道路交叉点、溪流、池塘或庙宇、祠堂等公共设施作为标志，形成聚落的中心；农家集中于有限的范围，耕地则分布于所有房舍的周围，每一农家的耕地分散在几个地点"[2]。像那种只有一户人家的小社区在中国是不常见的，"大多的农民是聚村而居。这一点对于我们乡土社会的性质很有影响"[3]。《红高粱家族》《丰乳肥臀》《生死疲劳》等作品中的家族都是这样居住在一起：同宗同祖的家族生活在同一个屋檐下，占据一个小院落，同时这个家族又与其他姓氏家族聚居在一起，形成一个村落，这样便形成一种既本族同居又杂姓混居的极为热闹的居住状态。对一个家族而言，他们的居住空间是以院落为基本单位的村庄，在维护同宗同族之间亲近关系的同时，也建立起家族与其他姓氏家族之间的密切联系。

二、同族聚居与杂姓聚居

可见，两位作家笔下的家族居住空间存在着巨大的区别，而这个差别则决定了家族发生的故事千差万别。莫言笔下的村庄是杂姓聚居的空间，家族同居一个屋檐下，但与其他姓氏家族之间的距离并不算远，经常是一条巷子进去就有好几个家族的院子，有时候甚至是院落与院落相连。距离影响关系的亲疏，所以中国一直流传着"远亲不如近邻"的说法，讲的就是这个道理。这种格局的生活空间带来的一个结果就是家族成员的社会关系不仅仅包括与家族内

[1] 鲁西奇：《中国历史的空间结构》，广西师范大学出版社 2014 年版，第 378 页。

[2] 鲁西奇：《中国历史的空间结构》，广西师范大学出版社 2014 年版，第 374 页。

[3] 费孝通：《乡土中国 生育制度 乡土重建》，商务印书馆 2011 年版，第 9 页。

其他成员的关系，还包括大量的与家族外其他人之间的关系，那么家族的沉浮命运里就不免会有外界比如非家族成员的介入和影响。《红高粱家族》中单家父子是被余占鳌杀掉，《食草家族》中四老妈的死是河堤上的乱兵造成，《丰乳肥臀》中上官父子是被日本人所杀，而上官家女儿们的命运沉浮多是源自与家族外来者之间产生的感情的、政治的纠葛。《生死疲劳》中西门闹的性命是被洪泰岳、黄瞳所害，《檀香刑》中孙丙的妻儿是被德国人所杀，这些昭示家族命运沉浮的情节里都有家族外力量的出现，无论这股力量潜在地指向文化、政治、民族、历史等其中哪一个层面的内容，家族外力量始终是造成家族走向衰落或者毁灭的直接力量。

　　相比之下，福克纳笔下的庄园则是另一番图景。庄园拥有牧场和耕地，经济上可以做到相对自足，同时它与小镇之间的距离决定了庄园内居住的人与庄园外其他人之间的联系不会非常密切，家族成员们的社会关系更多地集中于庄园内生活的人们之间，这样庄园实际上就成为一个相对自足而闭塞的空间。在这种情形下，导致家族沉浮的力量似乎更多地来自家族内部而不是来自外部。在《去吧，摩西》中老卡洛瑟斯·麦卡斯林与黑奴生下混血女儿托梅，然后又与这个混血女儿托梅发生乱伦，生下儿子托梅的图尔，于是导致家族后来的种种灾难，要么是子孙出走家园远离故土（比如詹姆斯·布钱普和索凤西芭的出走），要么是子孙之间互为主奴（比如托梅的图尔与萨德本的白人儿子布克、布蒂兄弟俩在血缘上本是同父异母的兄弟，但是实际生活中托梅的图尔却是布克、布蒂兄弟俩的混血奴隶；从血缘上论，混血儿路喀斯本是扎卡里·麦卡斯林的舅爷爷，但实际生活中路喀斯却是扎卡里的奴隶，而且扎卡里动用主人权力占有路喀斯的妻子莫莉，造成路喀斯与扎卡里之间的仇恨），要么就在几代以后令家族成员糊里糊涂地做出乱伦之事（比如洛斯·麦卡斯林与其姑奶奶之间的乱伦）。《押沙龙，押沙龙》里萨德本对一个有着八分之一黑人血统的女人始乱终弃，包括抛弃自己的儿子查尔斯·邦，多年后成年后的邦还是来到了萨德本的庄园，并导致一段兄妹之间的乱伦情缘，萨德本的白种儿子亨利为了阻挡乱伦的出现，杀死了邦，然后自己出走永远消失，萨德本的两个儿子一死一失踪，女儿也在单身苦熬中孤独一生。《喧哗与骚动》中康普生先生的大儿子昆丁对自己的妹妹产生了暧昧情感，并沉溺在对自己和整个世界的悲观绝望之中，最后跳河自尽；二儿子杰生对自己的妹妹凯蒂及其女儿极尽算计，导致凯蒂女儿小昆丁逃离，而凯蒂永远不能再回到家乡，杰生将自己最小的弟弟班吉送去做了去势手术，还把班吉送到州立精神病院，这个家族最终也是毁在了自己人手上。

这几个家族的历史中，无一例外都出现过乱伦的荒唐乱象，也常出现白人主人占有黑人女奴的事件，相对闭塞的庄园似乎为这些悖逆人伦、带有强烈种族主义意味的荒唐事件的发生提供了一种空间条件。反之，正是因为这些荒唐事件发生在相对封闭的庄园里，所以庄园像是一个藏污纳垢的所在，丧失了家园应有的舒适、温暖、和谐、安全等意义，而沦为堕落、冷酷、卑劣、罪恶等意义的集中呈现。还需注意的是，这些显赫家族走向衰败与毁灭的过程虽然不尽相同，但仍可寻觅到一个共同点，即导致家族走向毁灭的颠覆性力量并不是来自家族外，而是生成于家族内。要么是像老卡洛瑟斯·麦卡斯林和萨德本上校那样自作孽，然后令子孙们食其恶果，要么是像康普生家族那样最终培育出昆丁这样的懦弱者、杰生这样的市侩与势利鬼，还有班吉这样的白痴。这一股无形的颠覆性、毁灭性力量从一开始就在家族内部潜滋暗长，最终酝酿成毁灭家族的暴戾之气。而此时，给家族成员提供庇护的庄园，似乎更像是培养这股毁灭性力量的温室，同时也成为这股毁灭性力量的象征体。

从这样的比较中，我们可以看到福克纳与莫言小说中不同的家族居住空间揭示出不同的象征性内涵。莫言笔下，家族居住在杂姓同居的村庄里，家族命运也与族外人交织在一起，这样家族悲剧的根源追索总是指向家族外世界，于是形成一种外向型根源求索方式，村庄这种杂姓同居的外向式空间也因此成为外向型根源求索方式的隐喻。福克纳笔下，家族居住在同族聚居的庄园，家族命运取决于家族内部滋生的破坏性力量，这样家族悲剧的根源追索往往是指向家族内部，于是形成一种内向型根源求索方式，而庄园这种同族聚居的内向式空间成为内向型根源求索方式的隐喻。

　　综上，我们可以看到，福克纳和莫言都是在书写故乡，而且都是用文字创造一个虚构的文学故乡，但是仅仅在地理空间的建构上两位作家就呈现出极大的不同，一个采用写实性书写，以中心辐射式的格局来铺展一个文学故乡场域，利用庄园空间暗示作家追问悲剧根源、探索历史文化的内向型方向，一个采用浪漫性书写，以散点透视的格局来勾画文学故乡的轮廓，透过村庄空间来实现作家的追问与探索。两者各不相同，都有着自己的独特性，他们之间这些有趣的区别显示了文学的多样性和丰富性，也显示了莫言在向福克纳学习的过程中努力探索自我风格的文学自觉。

第三章　故乡叙事空间建构

福斯特说:"小说的基本层面就是讲故事的层面。"[①] 故事需要在一定的空间来展开，这就形成"文字叙事中的故事——空间"[②]。叙事空间的选择与故事有密切的关系，故事发生的地方决定了叙事空间的确定，但什么样的故事会被叙述出来，这就取决于作家，所以叙事空间的确定表面上是一个无须探讨的问题，但实际上却是研究作家的一个重要窗口。福克纳和莫言都书写故乡，除了他们用各自独特的方式来打造文学故乡的整体布局之外，他们还必须利用更加具体的空间去充实故乡的地理空间，这些具体的空间就是文学故乡中每个故事发生的地方，比如房屋、森林、河流、桥、高粱地、葵花地、沼泽、山谷、沙漠等，这就是具体的叙事空间。由于福克纳和莫言所完成的故乡书写都是基于乡村形象的，所以他们笔下的叙事空间基本上都属于乡村地理空间，都回避了带有城市空间属性的叙事空间，比如福克纳常常写到房屋、小杂货店、森林、河流、种植园和沼泽等，而莫言经常写到高粱地、河流、葵花地、打谷场、窨子、沼泽等。这些都是乡村世界特有的小空间，说明两位作家都非常了解乡村、熟知乡村生活，乡村地理空间里面藏着两位作家童年生活的全部记忆。

但是，这并不意味他们所使用的乡村地理空间里的叙事空间都是一样的，事实上，两人之间在这个方面还是有着鲜明的区别。相比之下，福克纳最喜欢写房屋和森林，莫言则最喜欢写高粱地和河

---

① （英）E.M.福斯特:《小说面面观》，冯涛译，上海译文出版社 2016年版，第 23 页。

② （美）西摩·查特曼:《故事与话语——小说和电影的叙事结构》，徐强译，中国人民大学出版社 2013 年版，第 86 页。

流，他们对于乡村里的具体空间显然有着不一样的审美爱好，福克纳偏爱写大宅、小木屋这样的人造空间，莫言则偏爱写高粱地、墨水河、葵花地这样的自然空间，这种不同里蕴含着他们对不同的童年生活和家乡景致的记忆，也蕴含着他们不同的审美倾向，更蕴含着他们不同的文化背景。当然，两位作家之间的这种不同也令他们之间的故乡书写之比较显得更加有意思、有趣味。

第一节　居住空间：房屋

福克纳与莫言在故乡叙事空间建构上的第一个不同点，表现在描写"房屋"这一最基本的乡村叙事空间上。

人类文明发展的一个重要标志是房屋的出现。人类从洞穴中走出来，参照洞穴的模样建造出房屋，于人类而言，"房屋是一种创造物，一种新的东西，一种独立于洞穴观念的庇护所"[①]。这是建筑的初始意义。由于建筑服务于人类，受制于特定的民族心理、地理环境和物质条件等因素，所以建筑也富含特定的文化意义："建筑之规模，形体，工程、艺术之嬗递演变，乃其民族特殊文化兴衰潮汐之映影"[②]；作为建筑的一种，人们日常生活居住的房屋也是"民族特殊文化兴衰潮汐之映影"，文学中的房屋更是以特别的形式显示了文化的"潮汐之映影"。中外很多文学作品都为房屋留下了影像，中国文学中曾有刘禹锡写《陋室铭》，房屋虽小，却有富足的精神内容；归有光写《项脊轩志》，简陋的房屋充溢着作者的温暖记忆，因而成为作家的精神寄托。西方也有不少作家写房屋，比如俄国作家伊·阿·蒲宁的名作《故园》通过一个庄园的败落来写一个女奴的命运，美国斯托夫人的《汤姆叔叔的小屋》透过一间黑人居住的小屋来透视美国南方黑人的生活状态，秘鲁作家巴尔加

_____

① （英）斯蒂芬·加得纳：《人类的居所——房屋的起源和演变》，汪瑞等译，北京大学出版社 2006 年版，第 2 页。

② 梁思成：《中国建筑史》，百花文艺出版社 1998 年版，第 11 页。

斯·略萨《绿房子》用一座房子来反映秘鲁社会的历史变迁……福克纳和莫言虽然没有直接以房屋来命名小说，但他们以自己独特的方式描写过房屋，并通过房屋这一建筑空间来传达独特的思想文化意义，让房屋成为他们建构故乡空间的一块特殊基石。

一、福克纳：白人大宅与黑人小屋

福克纳的小说描写过很多房屋。《押沙龙，押沙龙》里萨德本的"宏伟规划"里必须有一幢像泰德华特的一样宏伟的宅子，萨德本运来黑人和建筑师，"木料是树林里砍伐来的，砖是他的黑奴就地脱制、焙烧的"①，最终建造起"比法院还要大"的房屋。萨德本盖房子的过程，就是他实现宏伟规划的过程。在这里，房屋具有特殊的意义，它不仅仅是人的居住空间，而且是社会地位的象征，更是人的野心的表征。《纪念爱米丽的一朵玫瑰花》里颓败的房子与婚姻不幸的爱米丽小姐互为表里，福克纳借此将南方的衰败写得入骨三分。《去吧，摩西》里赖德的小木屋虽然是租来的房子，却充满了温馨记忆，也写满了黑人赖德痛失爱妻后的孤独和落寞……可见，在福克纳的约克纳帕塔法县，房屋是一个重要的元素，这一貌似常见的建筑空间其实具有独特、丰富的叙事意义。总体看来，福克纳笔下的房屋大概有破败的白人大宅和黑人小屋两种类型，两者分别表达着不同的意义内涵，也具有不同的叙事功能。

（一）白人大宅："行动着的地点"

白人家族居住的大宅子是福克纳用墨最多、描写最细致的房屋。白人大宅通常建立于美国南方经济繁盛时期，后来随着南方经济衰退而趋于破败，南方战败后这些白人大宅逐渐破旧、朽坏，渐渐成为南方地区独特的建筑物。福克纳极少描写南方繁盛时期白人大宅的辉煌与奢华，更多描写南方没落时期白人大宅的陈旧与破

① （美）马尔科姆·考利：《福克纳：约克纳帕塌法的故事》，李文俊编选，《福克纳评论集》，中国社会科学出版社1980年版，第31页。

败，这或许是因为福克纳本来就出生于南方没落时代，相比那些矗立在父辈口述、家族圣经和文学叙述中的奢华大宅形象，他的个人记忆里白人大宅的破败形象才是印象最深刻、最真实的存在。

　　人类的建筑既是一种空间性的存在，也是一种时间性的存在。一座建筑从建成之日起，便开始收纳关于时间的记忆，"油漆剥落""木质朽坏""窗框脱落"等有形的变化悄然记录着时间无声的流逝，建筑因此成为时间的一种物态呈现，成为时间毋庸置疑的标本，所以建筑不仅是空间的标识物，还是时间的标识物。福克纳笔下的白人大宅就是非常典型的时间标识物。爱米丽小姐的大宅有着落伍的外观和残破的内饰，伯顿小姐的楼房悄然隐蔽在黄昏日暮里，而休伯特先生的华宅则从奢华繁复的华宅逐渐变成空阔无物的旧房子……可以说，在福克纳的笔下，白人大宅最突出的特质不是繁盛时期的气派堂皇，而是衰落时期的朽坏破旧，总有一股"颓败感"萦绕不散，赋予白人大宅以不可磨灭的时间属性，使之成为时间的特殊标识物。"不管是有意无意，建筑都在帮助我们塑造对时间的感受。"[1]白人大宅正是以其特有的颓败特质塑造着每一位读者对时间流逝的强烈感受。不仅如此，作为一种"不可能离开时间性"的建筑，白人大宅"是不可能同关怀与活动，同期望与记忆分开来的"[2]。"颓败"之特质强烈地暗示读者流逝的时间里含蕴着丰富的内容，即那些有关"关怀与活动""期望与记忆"的历史，一切都在时间的流逝中悄然变化，时移势迁，盛世不再，大宅的颓败与其说是时间流逝的结果，毋宁说是历史演变的必然结果，而颓败的大宅则因此成为家族没落史的标识物，更是南方社会那段沧桑、动荡、苦难历史的标识物。显然，在颓败的大宅背后兀立着一条深邃幽远的时间隧道，深藏着一片廓大沉厚的历史背景，当颓败大宅在暮色中、树丛里隐隐浮现，上百年的时光便瞬间闪回，亦仿佛上百年沉

---

① （美）卡斯腾·哈里斯：《建筑的伦理功能》，华夏出版社2001年版，第212页。

② （美）卡斯腾·哈里斯：《建筑的伦理功能》，华夏出版社2001年版，第207页。

重历史密密实实地压缩至一刻，一座大宅是一个家族逝去的辉煌岁月的记忆，更是一段厚重的南方历史的标志与浓缩。如是，则颓败的大宅便不再是一个单纯的叙事空间，而是一种时间与历史的标识物，还是历史与现在的介质，更是理解人物的过去、现在与未来的背萦，它是一个具有丰厚内涵与多重意义的叙事空间。由于"建筑环境拥有限定和完善感觉的力量，它可以削弱和增强意识。如果没有建筑，那么关于空间的感受要么扩散开去，要么转瞬即逝"①。白人大宅自然散发的年代感和颓败感强化了读者对于南北战争后经济受挫、发展停滞、民生凋敝的南方社会的认识，那无可躲避的破败感、没落感密密地生长着，令人窒息，在读者的内心覆盖上关于一片土地和一段历史的颓败感受和残破阴影。

　　作为时间和历史标识物的白人大宅，还具有丰富的叙事意义。福克纳的小说里常常会出现一幕幕以白人大宅为背景的无声场景：一个男人或者一个女人出入于大宅，没有对话，只有人物的落寞身影、气味和气息。人物没有言语，但他的行动依托于大宅已然生成独特的意义。此时，与其说大宅是背景，不如说大宅与人共同演绎着无声电影的桥段。正如米克·巴尔所言："在许多情况下，空间常被'主题化'：自身成为描述的对象本身。这样，空间就成为一个'行动着的地点'（acting place），而非'行动的地点'（the place of action）。"②福克纳笔下的白人大宅很多时候就是这样的"行动着的地点"。他描写了不少无声场景，像是在小说中不时镶嵌一段电影"默片"，而白人大宅作为"行动着的地点"发挥着重要的叙事功能。最典型的就是《八月之光》里的一段。克里斯默斯流落到杰弗生镇，他很快注意到坐落在镇边上的伯顿小姐的大宅，随后小说就一直沿着克里斯默斯与大宅由远及近的距离展开叙述：先是"克

---

①　（美）段义孚：《空间与地方——经验的视角》，王志标译，中国人民大学出版社 2017 年版，第 87 页。

②　（荷）米克·巴尔：《叙述学：叙事理论导论》，谭君强译，北京师范大学出版社 2015 年版，第 131 页。

里斯默斯躺在离那幢住宅一百码远的灌木丛里"[1]观察着房屋，等房屋灯灭大概一个多小时之后，"他大摇大摆地朝楼房走去，不是偷偷摸摸地爬行或者蹑手蹑脚地走近房屋"[2]。接着，"他从门前走过，在一扇窗户下停下来"[3]。房门并未上锁，但他却习惯性地选择跳窗而入："他爬进窗口，像是漂流进了那间黑暗的厨房"[4]，当他发现房主很快就会来到厨房的时候，克里斯默斯没有逃走——"敞开的窗户就在他身旁，几乎只消一个箭步就可以逃之夭夭。但他站着不动，连盘子也没放下，甚至嘴里还在继续咀嚼。"[5] 这原本是克里斯默斯的一场独角戏，却因为大宅的参与和配合而变成了一段意味丰厚的"默片"——面对陌生的白人大宅，克里斯默斯的熟稔做派与姿态，流露出他多年混迹于种族社会底层而习得的丰富经验和流氓无赖习气，而他对于大宅的观察、等待与闯入，也显示出他对种族社会的冷峻认知和无所忌惮的对抗。此时，大宅不再是一个框架式的存在，而是一个"行动着的地点"，它被"主题化"，"自身就成为描述的对象本身"，并与人物一起形成一种无声的叙述：简练而精粹地讲述了人物过去十五年的一切遭遇，以及种族社会里堆积着的罪恶。这段"默片"中，大宅是沉默静立的，却成为一种"行动着的地点"参与并完成了一段有意味的叙事。

　　不过，同样是在《八月之光》，作为"行动着的地点"，白人大宅还参与到人与房的对抗之中，从而呈现出更加丰富的叙事意义。克里斯默斯对于伯顿小姐的大宅有着敏锐的直觉，他知道这里不仅储存有食物，还凝聚着种族观念和种族意识，这种直觉在后面的叙

① （美）威廉·福克纳:《八月之光》，蓝仁哲译，译林出版社 2015 年版，第 159 页。
② （美）威廉·福克纳:《八月之光》，蓝仁哲译，译林出版社 2015 年版，第 160 页。
③ （美）威廉·福克纳:《八月之光》，蓝仁哲译，译林出版社 2015 年版，第 160 页。
④ （美）威廉·福克纳:《八月之光》，蓝仁哲译，译林出版社 2015 年版，第 160 页。
⑤ （美）威廉·福克纳:《八月之光》，蓝仁哲译，译林出版社 2015 年版，第 161 页。

述中得到印证和强化——哪怕克里斯默斯后来与伯顿小姐建立了情人关系，可以随心所欲地进入这幢楼房，克里斯默斯仍然"感到自己像个贼，像个强盗"[①]，而且"做贼"的感觉非常强烈、清晰："每个夜晚他都面临着重新盗窃他曾经窃取过的东西——也许他从未窃取到，而且永远也不会窃取到。"[②] 这恰恰是一个在种族社会的边缘地带挣扎求生的混血儿复杂人生体验的物化表现，克里斯默斯深知自己作为一个混血儿无法在种族社会里得到真正的尊敬、公正、爱情和幸福，就像他在这幢白人大宅里永远都不可能成为主人一样。他虽然得到白人小姐伯顿的收留，甚至成为她的情人，但是在知晓他是混血血统之后，伯顿小姐马上以高高在上的白人姿态去安排、规划克里斯默斯的人生和宗教信仰，讽刺的是，伯顿小姐一直致力于为黑人争取利益并因此承受其他白人的指责与非难，但她对待克里斯默斯的态度却证实了她内心中深植着白人优于、高于黑人的种族观念。克里斯默斯对此洞若观火，他看透了伯顿小姐"资助"背后的优越感和命令姿态，他出入这座楼房时的微妙感觉凝结着他对南方种族观念各种曲径通幽方式的深微体验和清醒认知。美国学者西摩·查特曼提出背景会被"以某种方式提升到象征的维度"[③]，因为"使象征充满力量的，是其以某种方式融合人物与背景，使人物经受环境的猛攻，使环境几乎成为一个人物"[④]。在克里斯默斯与伯顿小姐的交往过程中，白人大宅是空间，也是背景，但伯顿小姐的行为举止和倨傲姿态使克里斯默斯意识到这座大宅是他可以随便进出却不能"被邀请进入"的一处禁地，伯顿的行为姿态令这座沉默的大宅显示出对克里斯默斯的蔑视和拒绝，克里斯默斯居住在大

---

① （美）威廉·福克纳：《八月之光》，蓝仁哲译，译林出版社 2015 年版，第 164 页。

② （美）威廉·福克纳：《八月之光》，蓝仁哲译，译林出版社 2015 年版，第 164 页。

③ （美）西摩·查特曼：《故事与话语——小说和电影的叙事结构》，徐强译，中国人民大学出版社 2013 年版，第 126 页。

④ （美）西摩·查特曼：《故事与话语——小说和电影的叙事结构》，徐强译，中国人民大学出版社 2013 年版，第 126 页。

宅，却深切地感受到来自"几乎成为一个人物"的大宅的"猛攻"。此时大宅被"提升到象征的维度"，成为种族社会的象征符号。这或许也是克里斯默斯在杀死伯顿小姐以后还要放火焚毁大宅的深层原因。从这个角度来看，在有关克里斯默斯的暴力叙事里，大宅是一个重要的叙事因素，大宅不再是一处单纯的居所和叙事空间，而是克里斯默斯深刻认识到伯顿小姐种族思想的重要渠道，更是刺激克里斯默斯施暴的一个重要原因，暴力的发生不仅源于伯顿小姐对于克里斯默斯的命令与强制，还源自大宅给克里斯默斯带来的永远摆脱不了的卑下感和压抑感，他火烧大宅的行为不仅是出于销毁证据的需要，更是出于对大宅的憎恶、对种族社会的憎恨和报复。

福克纳描写克里斯默斯与大宅之间的交叠对抗，很有点拍"默片"的意思，他是用人与房的无声对抗，来呈现人物无以消解的悲剧性。而在福克纳的笔下，"默片"还有另一种拍法，即人与房的无声融合。《纪念爱米丽的一朵玫瑰花》写的就是人与房无声融合。爱米丽小姐的身形令人难忘："一个小模小样、腰圆体胖的女人，穿了一身黑服，一条细细的金表链拖到腰部，落到腰带里去了，一根乌木拐杖支撑着她的身体，拐杖头的镶金已经失去光泽。她的身架矮小，也许正因为这个缘故，在别的女人身上显得不过是丰满，而她却给人以肥大的感觉。她看上去像长久泡在死水中的一具死尸，肿胀发白……她那双凹陷在一脸隆起的肥肉之中，活像揉在一团生面中的两个小煤球似的眼睛不住地移动着"[1]，通常，"外貌描写多以譬喻为修辞手段。运用譬喻的前提是本体与喻体之间存在着某种相似性"[2]，福克纳用"泡在死水中的一具死尸"来形容身圆体胖、一脸肥肉的爱米丽小姐，正是利用了两者之间的相似性凸显出人物的肥胖臃肿与死气沉沉，迅速勾勒出爱米丽小姐散发着腐烂气息的衰老之态。她所深居的大宅则颓败不堪，不仅外观丑陋落伍，而且那些"失去金色光泽的画架"和"爱米丽父亲的炭笔画像"也

① （美）威廉·福克纳：《纪念爱米丽的一朵玫瑰花》，世界文学编辑部编，《福克纳中短篇小说选》，中国文联出版公司1985年版，第101页。
② 傅修延：《中国叙事学》，北京大学出版社2015年版，第221页。

显示内饰的陈旧残破，皮套坼裂的沙发落满灰尘："等他们坐了下来，大腿两边就有一阵灰尘冉冉上升，尘粒在那一缕阳光中缓缓旋转。"[①] 这是一个充满颓势的空间，而身着黑服、身材臃肿、死尸般的爱米丽小姐简直就是这幢颓败大宅子的一件祭品，展示着房子由内而外的颓败和枯寂。有研究者认为这部作品以颓败的大宅子"作为时间标识物"来标识爱米丽小姐，"传神地写出了美国南方贵族日趋没落的历史"[②]。事实上，这种将颓败的房屋与南方淑女形象结合起来完成叙事的写法在福克纳小说里还有不少，似乎福克纳已经形成一种习惯，在他的笔下，破败的大宅里大多住着一位衣着落伍、背部笔挺的南方淑女，而南方淑女们则大多是居住在破败不堪的大宅里。除了《八月之光》里伯顿小姐之外，《押沙龙，押沙龙》里科德菲尔德小姐也是住在她父亲留下的那幢"二层楼房——没有上漆，有点破旧了，但是自有一种气派，一种阴沉沉的坚忍气质，似乎这房子也跟她人一样，是造来为了与另一个世界相配合并补充的，……在百叶窗紧闭的门厅的晦暗里，空气甚至比外面的还要热，仿佛这儿像座坟墓，紧闭着整整四十三个炎热难当的悠悠岁月中所发出的全部叹息"[③]。朱迪思小姐则居住在"朽烂了的""荒凉、空旷的""萨德本百里地"，这幢房屋破落到只有一个房间里的床上还有床单。《去吧，摩西》里休伯特·布钱普先生的妹妹索凤西芭未嫁之前也是住在破落的大宅子里，沃瑟姆小姐"住在她父亲留下的那所危房里"[④]，这所房子处在市镇边缘，前门和楼梯都没上过漆，"整幢房子仍然用油灯照明，而且也没有接通自来水"，在市政官员史蒂文斯的感觉里，这里除了墙纸褪尽、陈设简陋之外，最刺目的是

① （美）威廉·福克纳：《纪念爱米丽的一朵玫瑰花》，世界文学编辑部编，《福克纳中短篇小说选》，中国文联出版公司1985年版，第101页。
② 龙迪勇：《空间叙事学》，生活·读书·新知三联书店2015年版，第120页。
③ （美）威廉·福克纳：《押沙龙，押沙龙》，李文俊译，中央编译出版社2014年版，第9页。
④ （美）威廉·福克纳：《去吧，摩西》，李文俊译，上海译文出版社2014年版，第330页。

还"有一股淡淡的然而确切无疑属于老小姐的气味"①。

一幢油漆剥落、昏暗朽腐的破旧老宅子，一位衣着过时、佩戴着陈旧饰品、腰背笔挺的老小姐，老小姐困守在老宅子，仿佛演绎着一出没有开头和结尾的"默片"，成为内战结束多年以后南方社会的经典写照。这幅画流淌出的衰败、落寞、孤寂的气息让人窒息，也令人感慨。回到几十年前去，内战前的南方，白人新贵们富庶安逸生活的标志主要是这样两个存在：富丽堂皇的豪门大宅和衣着华丽、举止优雅的南方淑女，因为这两者带着复制欧洲英格兰上层社会贵族生活的意味，它们和她们是南方社会的骄傲。有研究者注意到，福克纳几乎不写辉煌时期的豪宅："福克纳小说里所有的庄园要么破败不堪，要么从来就没能修建完工。"②何止是不写豪宅，其实福克纳也不写南方传统文学中常见的举止优雅、娴淑端庄的南方淑女，而是写南方社会中的破落大宅与终身未嫁的老小姐们，在这方面福克纳表现出明显的现实主义倾向："现实主义在他的创作中，可能比在他同时代的大多数南方作家那里更为突出。"③当然也表现出作家对于南方社会有着比同时代人更加深刻的认识。

小说中破落大宅的反复出现，诉说着战后南方每况愈下的经济状况。南北战争中，由于南方沦为战场，社会经济已经遭受重创，而在重建过程中，激进的重建计划反而"给南方造成了巨大痛苦，使南方经济在接下来的几十年中遭到削弱"④，在北方投机者的掠夺下南方经济一直没有回暖的迹象，这种状况一直持续到第一次世界大战时南方经济才开始复苏，难怪福克纳曾抱怨："征服者侵入我们的土地和家园，我们失败后他们仍然留下不走；我们不仅因战争

① （美）威廉·福克纳：《去吧，摩西》，李文俊译，上海译文出版社2014年版，第334页。
② 肖明翰：《威廉·福克纳研究》，外语教学与研究出版社1997年版，第143页。
③ 肖明翰：《威廉·福克纳研究》，外语教学与研究出版社1997年版，第140页。
④ （美）阿克塞罗德：《美国历史》，马爱华等译，辽宁教育出版社2000年版，第194页。

的失利而遭受摧残，征服者在我们失败与投降之后还留驻了十年，把战争所剩下的那一点点资源掠夺殆尽。"[1]破落大宅意象的反复出现无疑有福克纳的童年记忆和某种怨怼情绪的影子。

不过，当这个意象和老小姐形象搭配在一起的时候，就别有意味了。美国南方淑女是美国南方传统社会清教主义和种族主义思想共同作用下的社会产物，南方传统社会对女性贞节节操的重视完全替代了对女性个人生命意识、权利和个人价值的重视，女性沦为南方贞节观念的符号，由此也造就南方淑女的不幸命运。《喧哗与骚动》中凯蒂的失贞在她的家庭里造成极大的影响，家中除了班吉之外的每一个人都为此感到深受伤害，他们不是为凯蒂感到难过，而是觉得凯蒂失贞玷污了家族的清白名声和荣誉。在如此压抑的妇道观念下，女性被驯化为举止端庄、必须压抑自己正常欲望的"大家闺秀"，且最好是"没有任何性特征"，就像《八月之光》里的麦克伊琴太太那样。而南北战争之后，旧传统赖以依托的经济基础崩塌，旧传统所崇尚的贞洁观念和淑女情结在整个南方社会依然根深蒂固，这就导致南方的淑女们既无法延续旧传统下的体面生活，又无法摒弃旧观念迎接新的时代变化，遂出现了不少老小姐。她们几十年如一日地固守着旧传统给她们戴上的枷锁，在一所颓败的房子里慢慢消耗着毫无生趣的生命，充当着南方社会祭奠给旧传统的祭品。她们枯寂衰老的模样，与老宅子由内而外的破败相互映照，更加强烈地显示出南方无可挽回的颓败事实。颓败的大宅在黄昏里静立，衰老的淑女在老宅里蛰居，在福克纳的多部小说里，这样的经典画面沉默无声，又反复闪现，用人与房的无声融合演绎着苦涩难当的"默片"，默默叙述着南方辉煌时代的无奈逝去、南方社会的沉重隐痛。

房与人两个形象拼接在一起，除了强化了颓败感之外，还以一种静态形式产生了一种不断"向内缩"的动态效果。随着时间

---

[1] （美）威廉·福克纳：《致日本青年》，《福克纳随笔》，李文俊译，上海译文出版社 2008 年版，第 83 页。

慢慢流逝，老小姐居住在老宅子里渐渐减少与外界的联系，爱米丽小姐在父亲去世后有一段时间还给镇上孩子授课，后来不再授课后房子门窗就渐渐关闭，在十年里没人再进入过这个老宅子。最终，老宅子门窗紧闭，老小姐闭门不出，"向内缩"一直缩到与世隔绝。福克纳不止一次地写到封闭老宅子里的气味，那是"一股淡淡的然而确切无疑属于老小姐的气味"[①]。"透过来的还有一股长期设防禁欲的老处女的皮肉发出的酸臭"[②]，这是死亡的气息，暗示死神的脚步已经不远。这样，老宅子和老小姐两种特殊意象凑合在一起就形成一种强烈的隐喻性，不仅隐喻南方传统社会与现代社会的格格不入，还隐喻南方传统社会已经被远远地甩在时代的后面，假如南方社会不能真正地彻底地改变，最终只能像这些南方的老小姐一样被社会遗忘甚至抛弃。这里面不仅有福克纳对于美国旧南方的深刻批判，还寄托着福克纳对故乡、对南方的深深隐忧。

无论是混血儿与白人大宅的无声对抗，还是南方淑女与颓败大宅的无声融合，福克纳笔下的"默片"里，大宅始终占据着叙事的核心位置，与人物一起以独特的方式共同演绎着各种社会悲剧，书写着丰富意蕴。白人大宅不再是单纯的叙事空间，也不是简单的时间和历史的标识物，而是一个个"行动着的地点"，完成福克纳"默片"叙事的重要角色，具有重要的叙事意义。

（二）黑人小屋：特殊社会关系的标识物

除了写白人居住的大宅子之外，福克纳还常写到黑人居住的小木屋。由于南方遵行种族主义和奴隶制，富白人住的是石材大宅子，而富白人的黑人奴隶住的则是大宅子旁边的小木屋，这两种居所之间从建筑材质、面积、内部陈设到方位都有着极大的不同。白人的大宅子通常有砖砌的门柱，是石头砌起来的高大的房子，比如

---

① （美）威廉·福克纳：《去吧，摩西》，李文俊译，上海译文出版社2014年版，第334页。

② （美）威廉·福克纳：《押沙龙，押沙龙》，李文俊译，中央编译出版社2014年版，第6页。

《烧马棚》里德·斯班少校的宅第，而黑人居住的房屋则是小木屋，比如《去吧，摩西》里混血儿路喀斯·布钱普居住的房子就是大宅旁边的一个小木屋。还有布克·麦卡斯林家的黑人住的也是小木屋区，《大黑傻子》里黑人伐木工赖德和他的老婆居住的房子、《八月之光》里伯顿小姐住宅的附近也是黑人住的小木屋。这些小木屋不仅材质不及白人住宅，里面的陈设也极为简单，福克纳常写到的陈设只有炉火、餐桌，或者铺着草荐的床，小木屋非常简陋，说明小木屋主人们的拮据生活。法国哲学家列斐伏尔认为空间是一种社会关系："空间里弥漫着社会关系；它不仅被社会关系支持，也生产社会关系和被社会关系所生产。"① 小木屋作为一个空间显示了它们的居住者黑人作为奴隶的卑下社会地位，其方位通常是在白人大宅旁边的角落里，更暗示了白人与黑人之间的主奴之别。

事实上，福克纳笔下的小木屋，都不是一个单纯的居住空间，而是具有特别的等级意味。《八月之光》里克里斯默斯不请自来潜入乔安娜·伯顿小姐的院子，并住进了宅院角落里的小木屋里，乔安娜虽然默许了并每天在厨房里给他留下饭食，但是克里斯默斯还是意识到"她从未邀请过他进入这幢楼房的本体"② 。这个细节意味着，乔安娜虽然允许他居住并提供饭食，却并没有把他视作一个平等个体，而是将他视作和她平常所帮助的那些黑人一样的被拯救者和受恩赐者，而她则是拯救者和施恩者。乔安娜以"不邀请他进入楼房主体"的方式来宣示她高于他的地位。克里斯默斯对此心知肚明，他把大摇大摆地进入楼房作为他对这个白人女人的征服方式之一，也把长时间不去楼房与乔安娜幽会作为征服这个白人女人的方式之一，直到乔安娜主动来到小木屋与他长谈自己的家世，克里斯默斯才恢复与乔安娜的情人关系，克里斯默斯住的小木屋与乔安娜居住的楼房，成为这对情人之间进行博弈的手段。

---

① （法）亨利·列斐伏尔：《空间：社会产物与使用价值》，包亚明主编，《现代性与空间的生产》，上海教育出版社2003年版，第48页。

② （美）威廉·福克纳：《八月之光》，蓝仁哲译，译林出版社2015年版，第164页。

其实，用小木屋与白人住宅的空间关系来显示处于社会关系两端的两个个体之间的博弈，这是福克纳常玩的小伎俩，而且常玩不厌。最经典的一段是《去吧，摩西》里路喀斯·布钱普与扎卡里·爱德蒙兹之间的较量。路喀斯其实是老卡洛瑟斯与黑奴女儿乱伦所生儿子的孩子，一直不被老卡洛瑟斯承认为子孙而只能是其黑奴，扎卡里是老卡洛瑟斯的女儿的曾孙子并继承了老卡洛瑟斯的家产，按照血缘关系，路喀斯还是扎卡里的爷爷辈，两人年龄相当，幼时像兄弟般一起玩耍长大。但是结婚后的扎卡里动用白人对于黑人的所有权，占有了路喀斯的老婆莫莉，并把莫莉留在他的大宅子里替他养育儿子洛斯。过了半年屈辱生活后，路喀斯忍无可忍向扎卡里要人，终于回到小木屋的莫莉竟然把扎卡里的白人孩子也带到小木屋里来哺育，这令路喀斯很生气，他准备等扎卡里来他家接孩子时与之理论理论。于是小木屋与大宅子之间的博弈开始了。夜晚来临，福克纳这样写路喀斯等待扎卡里来小木屋接孩子：

> 他在廊子上等候。他能看见沟谷对面那幢房子里的亮光。[①]

> 这时灯光熄灭了。他开始镇静、大声地说："对。对。他得花些时间才能走到这儿来。"他继续这么说，其实时间已经过去很久，足够让那一位在两幢房子之间走上十个来回了。这时候好像他早就明白那位是不会来的，似乎在那幢房子里等候的是他，轮到他在眺望着他的，也即是路喀斯的房子。接着他又明白那人甚至都没在等待，似乎是他已经站在卧室里，他的下方是一个沉睡的人在缓慢地呼吸，他的前面是一个未加防卫的、不知有危险的咽喉，而一把露出刃锋的剃刀已经捏在他的手里。

文学故乡的多维空间建构

---

① （美）威廉·福克纳：《去吧，摩西》，李文俊译，上海译文出版社2014年版，第43页。

87

他重新走进屋子，走进他老婆和两个孩子在床上躺着的那个房间。①

　　虽然在叙事中处于社会关系两端的个体只出现了一个，但是两者的博弈却通过房子完成了。路喀斯认为他和莫莉没义务替扎卡里养育孩子，所以他焦急地等待扎卡里来接孩子并准备与之理论，扎卡里那边的房子灯灭了，他以为扎卡里正在来小木屋的路上，可是等了足够走十来回的时间，扎卡里始终没出现，路喀斯酝酿着的愤怒情绪没有了宣泄的出口，他终于从扎卡里房屋"灯光熄灭"的事实中明白了另一个事实：扎卡里根本没准备去接孩子，因为扎卡里完全把路喀斯当作是他的黑奴，替他养育孩子则是路喀斯作为黑奴的分内之事，且扎卡里不需要向路喀斯说出任何请求帮助或表示感谢的话语。房屋"灯光熄灭"，这是扎卡里以沉默的方式向路喀斯宣告他的若无其事、泰然自若和理所应当，是向路喀斯宣示主人的权力并要求路喀斯臣服。这种沉默的方式显得如此倨傲，非常符合扎卡里内心的期待，当然它也挑起了第二天两人之间的生死决斗。黑夜中一个黑人压抑着怒火的等待，两幢房屋的对峙，终于在白人用"灯光熄灭"所表达的长久沉默中结束了，而路喀斯显然是败了："似乎在那幢房子里等候的是他，轮到他在眺望着他的，也即是路喀斯的房子。"这段描写借两幢房屋的对峙来呈现曾经是一对亲如兄弟的朋友、如今只是主奴关系的白人与黑人之间的较量和对峙，即使其中一个并没有到场，可是两幢房屋在静默中的兀立、黑暗中的灯光变化就已经传递两方悬殊的社会地位和对抗的内容，白人对黑人的统治权，对黑人尊严的无视、践踏和否定已经通过毫不犹豫的"灯光熄灭"传递出来，坚硬、冷酷而且绝不通融。小木屋与白人大宅沉默的对峙被赋予了浓郁的象征意味，体现出种族主义社会里黑人与白人对峙的现实，种族主义和奴隶制的冷酷、卑

　　① （美）威廉·福克纳：《去吧，摩西》，李文俊译，上海译文出版社2014年版，第43页。

劣、无耻与无情撕裂了亲情、友情和基本的人性，造成人与人之间的深刻隔膜，而这些通过空间艺术化地揭示了出来。

两个生命个体的关系从玩伴到主奴的变化过程并没有因为时间的流逝而停止，下一代洛斯和亨利之间再一次复制了两位父亲之间的决裂过程。白人扎卡里的儿子洛斯与混血路喀斯的儿子亨利像亲兄弟一样结伴成长，从白人大宅玩到黑人小木屋，"即使在他脱离婴儿时期之前，两幢房子就是一而二二而一的"①；这就像洛斯和亨利的关系一样。等到七岁的时候，洛斯开始区分他和亨利之间主奴区别，同样是以房屋为标志："他们再也没有在同一个房间里睡觉，也没有在同一张桌子上吃饭，因为他承认现在再这样做很不像话，他不再上亨利家去。"② 在这里，房屋是种族身份和社会地位的代名词，也是区分种族和社会地位的标志，按照列斐伏尔所说，空间"不仅被社会关系支持，也生产社会关系和被社会关系所生产"③，洛斯不再和亨利在一个房间睡觉了，这就是在利用空间生产他和亨利之间以种族主义思想为基础的新社会关系，即确定两人的主奴关系、白人与黑人之别，并用这种新社会关系来取代他们之前已经形成的"亲如兄弟"的社会关系。

也许正是因为深知"空间就是社会关系"，所以福克纳还通过房屋描写了社会关系的改变。老卡洛瑟斯的双胞胎儿子布克和布蒂从父亲的罪孽中渐渐了解了种族主义和奴隶制的罪恶，于是决定改变这种状况。要打破种族主义和奴隶制所制造的现存社会关系，就要从空间开始，这对兄弟不仅给予家里黑奴们以自由的身份，而且和黑人们互换了居住地，兄弟俩让黑人们去住老卡洛瑟斯留下的象征着白人地位和身份的大宅子，而他俩却住进了大宅子旁边的小木

---

① （美）威廉·福克纳：《去吧，摩西》，李文俊译，上海译文出版社2014年版，第92页。

② （美）威廉·福克纳：《去吧，摩西》，李文俊译，上海译文出版社2014年版，第95页。

③ （法）亨利·列斐伏尔：《空间：社会产物与使用价值》，包亚明主编，《现代性与空间的生产》，上海教育出版社2003年版，第48页。

屋区，空间的互换表明了他们改变社会关系的努力。而后来布克的儿子艾萨克·麦卡斯林更是将此事做到极致，艾萨克彻底放弃了自己对于麦卡斯林庄园的所有权，将其让渡给麦卡斯林·爱德蒙兹，而自己却住在结婚时老丈人所送的"杰弗生镇一所质量低劣的木结构平房里"，即使他的妻子因为麦卡斯林庄园所有权被让渡出去而生气，艾萨克也丝毫不改变初衷，一直到老。艾萨克比他的父亲更清楚地明白空间的意味，而且他对土地、自然有着朴素的敬仰，认为"土地并不属于个人而是属于所有的人的，就跟阳光、空气和气候一样"[①]；艾萨克的思想比他父亲和叔叔更进步，他坚持只住在那所小平房里的行为显示的不仅是他对黑人的同情和尊敬，还有他对土地、自然的敬仰。

艾萨克的思想和做法喻示了作为作家的福克纳思想的进步性，而小木屋里的和谐与温暖，也许就带有福克纳的某种情愫了。福克纳笔下的小木屋虽然是地位卑微的黑人所居住的地方，但是通常都充满着家庭的温馨、和谐，小木屋家庭成员之间也是互相关爱的，比白人大宅里的冷清落寞、亲人间的冷漠更具有烟火气、人情味。像《大黑傻子》里赖德居住的那个不过是租来的小木屋里满满填塞着他和妻子曼妮共同生活时的美好、和谐、互相关爱的记忆，虽然贫穷却非常幸福，所以妻子暴毙后赖德回到家时脑袋里会出现妻子等待他的幻觉。福克纳把赖德的幻觉描写得细致生动，感人至深，即使是一个大老粗的幻觉和细腻感情也足以令人涕泪满面。还有《去吧，摩西》里路喀斯和莫莉一起生活的小木屋里，从他俩结婚开始就点着的炉火始终不灭，这个细节其实也喻示着这个小木屋里的生活虽然贫穷但是温馨。也难怪小洛斯会觉得"那里有一股浓烈、温暖的黑人气息，有夜晚的炉床以及即使夏天也总是煨着的炉火，比起自己的宅子来他仍然更喜欢这个茅舍"[②]。值得注意的是，

---

① （美）威廉·福克纳：《去吧，摩西》，李文俊译，上海译文出版社2014年版，第1页。

② （美）威廉·福克纳：《去吧，摩西》，李文俊译，上海译文出版社2014年版，第93页。

莫言与当代中国文学创新经验研究

90

这样的小木屋里通常都有一位默默操持家务、疼爱丈夫和孩子、任劳任怨的黑人女人形象，比如曼妮和莫莉，她们的存在赋予小木屋以"家宅的母性"[1]，这个设置显影的无疑是福克纳的童年记忆，福克纳非常喜爱、敬佩他家的黑人佣妇卡罗琳大妈，卡罗琳大妈给他童年注入的温暖记忆令他始终难以忘怀，所以小木屋里的温馨生活往往会出现一个任劳任怨的黑人女人形象，这大概也是对卡罗琳大妈的一种纪念吧。

　　福克纳笔下的小木屋不仅是黑人的居住空间，而且是黑人作为奴隶的身份象征，是呈现黑人社会地位的重要手段，也是作家为小说中人物编织社会关系进而达到批判种族主义和奴隶制写作目的的重要工具。我们注意到，描写白人住宅的时候，福克纳常写白人住宅破落的外表和陈旧朽烂的内里，让读者在物的陈旧中感受到时间的流逝和时代的变迁，因而白人住宅这样一个空间成为福克纳笔下时间的隐喻。而在描写小木屋的时候，福克纳并不像写白人住宅那样使用诸如"陈旧""破裂""朽烂""棺材气息"等词汇，他通常表现小木屋的木头材质（显然是针对白人住宅的石质来写的）、简陋的陈设和暗淡的光线，福克纳首先突出的是小木屋里物质生活的贫穷，让读者在物的贫乏中感受小木屋居住者黑人的奴隶身份和卑下的社会地位，在小木屋勾连起来的社会关系中来感受种族主义和奴隶制的非人罪恶，因而小木屋这样一个空间成为福克纳笔下社会关系的隐喻。其次，福克纳笔下的小木屋通常就是孤单的一座，没有邻居，不免有形单影只之感，像路喀斯的小木屋、赖德居住的小木屋旁边都没有其他黑人居住的小木屋，这很像加斯东所说的"小木屋是集中的孤独感。在传说的领域里，没有相邻的小木屋"[2]。蜷缩于白人高宅一侧、单门独户、散发着孤独意味的小木屋自然成为黑人在这个种族主义社会里孤独处境的隐喻。显然，在福

[1]　（法）加斯东·巴什拉:《空间的诗学》，张逸婧译，译文出版社 2013 年版，第 55 页。

[2]　（法）加斯东·巴什拉:《空间的诗学》，张逸婧译，译文出版社 2013 年版，第 38 页。

克纳的笔下，白人住宅连接着的是作家以纵向的时间为维度的深刻思考，即福克纳意识到南方必须抛弃自我神话意识，正视问题、自我批判、深刻变革，尽快融入现代社会，否则只能走向死亡。小木屋交织着的则是作家基于横向的社会空间为维度的对于南方本质性问题的思考，即福克纳希望南方彻底摒弃种族主义观念和消除奴隶制流毒，还原人性的美好，剔除人奴役人的非人性思想，建构起真正平等、和谐的社会关系。

美国南方文艺复兴运动涌现出许多作家，其中福克纳受到普遍的赞誉，他被认为是"不仅艺术成就最高，而且对南方社会和历史的批判也最为全面深刻。在几乎所有的约克纳帕塔法系列作品和无数文章与讲话里，他都强烈谴责了奴隶制和种族主义"[①]。福克纳"对南方社会和历史的批判"不仅是通过小说中人物的行为和命运来表达，他还通过叙事空间的独特建构来传达他的深刻批判。有一个现象值得注意，福克纳小说中多次写到大火焚宅事件。《八月之光》里乔安娜被杀之后，她那座大宅子也被克里斯默斯一把火烧掉了；《去吧，摩西》里休伯特先生的号称"沃维克"庄园的"几乎完全空荡荡的大宅，忽然不声不响地着起了大火，一种悄然的、顷刻之间发生的、没有来源的、一视同仁的燃烧"[②]；此外，还有《没有被征服的》巴耶德·沙多里斯和外婆一起去孟菲斯的路上看到不少白人住宅被北军焚烧后的残迹；短篇小说《沃许》里琼斯意识到他和外孙女弥丽都被萨德本欺辱、要弄了，愤怒之下杀掉了萨德本，并且一把火烧掉了他和外孙女弥丽向萨德本借来栖身的那个破败的棚屋："这摇摇欲坠的房子本身就跟火绒差不多；煤，壁炉，墙，轰然一声，爆炸了，成了一片单一的蓝色强光。"[③]这骤然爆发的大火不

---

① 肖明翰:《威廉·福克纳研究》，外语教学与研究出版社 1997 年版，第 110 页。

② （美）威廉·福克纳:《去吧，摩西》，李文俊译，上海译文出版社 2014 年版，第 268 页。

③ 世界文学编辑部编，《福克纳中短篇小说选》，中国文联出版公司 1985 年版，第 368 页。

免令我们想起《简·爱》中罗彻斯特的大宅被大火焚烧的情景，一切显得多么相似！在这些近乎极端的情节里，似乎都悄悄地流荡着一股疯狂的毁灭性情绪，也许正是表达了福克纳的一种潜在意识——只有毁灭了这个充满了种族主义和奴隶制罪恶的、陈腐的旧南方，南方才可能真正开始建设起一个新的世界。"大火焚宅"的极端情节里无疑混杂着福克纳的复杂心绪，他对南方的爱和对南方的恨似乎都凝结于此。

二、莫言：房屋与乡土中国

为什么福克纳会经常写到房屋呢？除了他的童年记忆里房屋给他留下的印象非常深刻之外，也许还因为"家宅是我们在世界中的一角"，而且"它是我们最初的世界"[①]。房屋是家宅的物质形式，福克纳对于房屋的关注显示了他潜意识里对于家宅的心理需要。这种普遍意义上的对于家宅的心理需要在莫言那里同样也存在，所以莫言小说也常写到一些房屋，房屋出现的频率和描写的详细度虽不及福克纳小说，但在莫言小说中也是一种饶有意味的存在。

《红高粱家族》里莫言着重写了单家父子死后九儿带着罗汉大爷全面消毒、清扫、装饰房屋，将麻风病人曾经居住的令人畏惧的屋子变成温馨的女人闺房，此后这里成为余占鳌的家。《丰乳肥臀》里上官家的破厢房庇护了上官家老少四代人，《生死疲劳》中西门闹的房子则庇护了包括蓝脸、黄瞳两家几代人。《檀香刑》里钱丁住的房子是高屋华宅，刽子手赵甲的房间却是阴森诡异、凉气逼人。莫言并不像福克纳那样对房屋做细致的描写，他的笔下，房屋外观只有一个大略的印象，房屋内的陈设极为简单，偶尔会写到一个土炕、一个神龛或者几个磨盘，除此之外不再写其他陈设。莫言更关注房屋的结构和总体布局，他笔下的房屋大多有东、西厢房，不同

---

① （法）加斯东·巴什拉：《空间的诗学》，张逸婧译，译文出版社2013年版，第3页。

的厢房总有着不同的功能。比如《红高粱家族》中单家父子的房子：

> 单家一排二十间正房，中间一堵墙隔成两个院落，院墙连成一圈，开了两个大门。东院是烧酒作坊；西院是主人住处。西院里有三间西厢房。东院里有三间东厢房，住着烧酒伙计。东院里还搭着一个大厦棚，厦棚里安着大石磨，养着两匹大黑骡子。东院还有三间南屋，开着一个冲南的小门，屋里卖酒。[①]

莫言将两个院落的功能交代得清清楚楚，单家父子住在西院西厢房里，烧酒伙计们住在东院东厢房，后来九儿将单家父子居住的西院西厢房里里外外都消毒、清扫干净后住了进去，成为堂堂女主人。打扫房屋这节最能体现九儿非凡的处事能力，小小年龄竟能处变不惊，发动众人力量将刚刚继承来的麻风病人住过的房屋清扫得干干净净，一应安排布置都是妥帖恰当，表现出出色的管理能力。中国向有"一屋不扫何以扫天下"的古训，从一间屋子的打扫足可见出一个人是否具备"扫天下""平天下"的潜质，而清扫单家西厢房这节描写多多少少都有点承袭古训的意味，同时也显示了九儿的生命意识、主体意识和出色的管理能力。如果说之前九儿的订婚、出嫁都是听从父母的安排而缺乏主见，那么清扫房屋的运筹安排则不仅充分显示了九儿堪比男子的管理才干，更显示了九儿从此确立起"自己为自己做主"的鲜明的主体意识。一屋之变揭示了多方面的内容，可谓一石多鸟。西厢房后来成为余占鳌与九儿的甜蜜小窝，见证了两个人火热的情爱，但也成为余占鳌出轨恋儿的地方，又是密谋伏击战歃血为盟的地方，这一幢记录着主人一生传奇的房屋最终毁于日军的血腥屠村之中。可见，莫言笔下的房屋自身外观上虽没有鲜明突出的特征，但屋子却因记录着主人的喜怒哀乐和传奇人生而富有了传奇色彩。这和福克纳注重描写房屋外观的艺

---

① 莫言：《红高粱家族》，作家出版社 2012 年版，第 95 页。

术思维大相径庭。

《生死疲劳》里西门闹是被打倒处死的地主，他家的房子在解放后被拆分使用，西厢房住着蓝脸和迎春一家，东厢房住着黄瞳和秋香一家，西门家的五间正房则成了村公所，是村里的政治中心，这样西门闹的房屋就成为村子里一个举足轻重的地方，很多故事都发生在这里。房屋住着人，人连接着外界，外界影响着房屋里人的悲欢离合，房屋为主人建立起多种社会关系，编织出复杂的人际网络，人的命运必然在这复杂多变的社会关系网络中冲突、演变。房屋的居住功能由此演绎出作为一个空间的叙事功能，房屋进而成为小说中重要的叙事空间，莫言并不描写房屋的外观，也不像福克纳那样去写外在环境中的房屋的感觉，他只写房屋居住者的故事，让故事去充实、呈现房屋的意义，莫言走的是与福克纳完全不同的路数，他写出了与福克纳笔下的房屋完全不同的艺术感觉。

最能呈现莫言关于房屋的艺术思维和写作路数的作品应该是《丰乳肥臀》。在《丰乳肥臀》里东、西厢房的戏份最足，上官鲁氏生金童玉女的时候，东厢房里住着上官鲁氏的七个女儿，西厢房里却是一头母驴正在下骡子。由于深受儒家文化浸染，山东的民居通常"院内房屋有正房、厢房之分，房间有明暗里外之别。老人住正房、上房、明间，孩子住厢房、里间。住居空间的分配，体现了山东人长幼有序的传统规矩"①。上官家里，七个孙女住东厢房，怀孕的母驴居西厢房，这种居处安排说明在当家人上官吕氏的心里，母驴的重要程度堪比七个孙女，甚至还要超过这七个孙女，这也可从全家人都把难产的上官鲁氏晾在一边、而去关注母驴下骡子的表现得到印证。小说从一开始就通过居处安排、上官鲁氏生不如死的惨状将上官吕氏严重的重男轻女思想抛掷出来，为后文做出一个反向的铺垫。后来上官家跌宕起伏的命运都源于这七个刚强、坚韧的女儿，唯一的男嗣上官金童却是懦弱无能的恋乳癖患者，这样的女强子弱的局面暗合上官家族女强男弱的家族传统，又对上官吕氏的

文学故乡的多维空间建构

---

① 《说山东》，齐鲁书社 2009 年版，第 90 页。

重男轻女思想构成强烈的讽刺。日军屠村后上官吕氏得重疾而居西厢房，七个女儿和母亲住进堂屋，从此拉开了东西厢房住客不断变迁的历史。沙月亮统治时期，沙月亮的鸟枪队队部占据着东厢房，来弟遂与强悍的沙月亮相好并与之私奔，几年后沙月亮也在这个东厢房自缢身亡。东厢房后来成为三女儿领弟鸟仙的静室，又进而成为领弟和哑巴的婚房。西厢房后来则被铁路爆炸大队的士兵借住，盼弟由此认识了爆炸大队的政委蒋立人并与之相好。来弟回家后住在西厢房，司马库夜里悄悄跑来与大姨子来弟私通，战争结束后这里又成为哑巴和来弟的婚房。鸟儿韩回高密后居住在东厢房，东厢房遂成为来弟与鸟儿韩的幽会地点，后来哑巴丧生于此。动荡不安的岁月，颠簸不定的人生，东西厢房见证了上官家女儿们的悲喜与情爱，东西厢房的住客不断变换，上官家女儿们的命运也随之起起伏伏，东西厢房建立起这个家族与外界的多向联系，也给这个家族带来了戏剧般跌宕起伏的命运。更值得关注的是，起于东西厢房或发生于东西厢房的故事，大多是自主恋爱、私奔、私通、性爱等故事，上官家的女儿们自主决定自己的婚姻、爱情、情欲乃至生死之类的故事几乎都是发生在东西厢房，就像小说中来弟与鸟儿韩相恋那段，当母亲看到已经与哑巴成婚的来弟在鸟儿韩的召唤下毫不犹豫地冲进鸟儿韩居住的东厢房时，母亲只能"绝望地闭上了眼睛"，因为她知道"上官家的女儿一旦萌发了对男人的感情，套上八匹马也难拉回转"[①]。这种追求爱情、追求人性自由的决绝和不顾一切的劲头在上官家女儿身上多有体现，东西厢房也俨然成为上官家女儿们反抗传统道德、宣示个性意识、追求人性自由、主张自我权利的战场。

值得注意的是，私奔、私通、性爱等有悖于传统道德、礼法的故事基本发生在东西厢房，而在上官家正房、堂屋里基本不会发生这些事情。更进一步来考察，我们还会发现，在莫言小说中很多更具颠覆性、造反性意义的情节甚至都不是发生在家宅里的，而是发生在野外，比如余占鳌在小溪边杀掉天齐庙和尚、九儿与余占鳌在

---

① 莫言：《丰乳肥臀》，作家出版社 2012 年版，第 405 页。

高粱地里野合、上官鲁氏多次野外借种。而这类事情一旦发生在家宅里，那就必然会引起翻天覆地的惊人变化，即"换了天地"，比如余占鳌在酒庄杀掉单家父子，此后单家就变成九儿当家了；日寇在上官家院子里杀掉上官父子，此后上官鲁氏成为当家人；余占鳌在酒庄出轨恋儿，从此九儿与余占鳌决裂，余占鳌搬出酒庄。由此可以推论，在莫言的笔下，家宅是一个受传统文化约束、充实着道德伦理内涵的空间，《丰乳肥臀》里的上官家、《白狗秋千架》里暖的家、《红高粱家族》里的单家酒庄、《生死疲劳》中西门闹的家宅都是如此，从这些房屋的描写中，我们可以清晰地看到儒家思想的印迹。家宅是一个具有约束性、被赋予各种意义的结构性的内涵存在，具有不可亵渎的特点，它同时也对家宅成员的行为具有相当大的约束力，家宅成员一旦进入家的范围，就自觉地接受家宅内涵的管制，即使家庭成员出现逾规逾矩的行为，那也不是在家宅的正房里，而是发生在家宅的偏房里，如小说中常写到的东西厢房。这反映了莫言思想意识里有着非常浓重的儒家思想观念，中国传统思想观念在这里有着极为清晰的映照。

　　《丰乳肥臀》里关于大撤退后返乡的描写最能反映莫言意识里的传统思想成分，艰难的大撤退过程中上官鲁氏做出"回家"的重要决策，然后一家六口人历尽千辛万苦终于回到大栏镇，他们欣喜地看到村庄并没有成为废墟，而且"教堂还立着，风磨房还立着，司马库家那一片瓦房倒了一半"①。而对于上官全家来说最重要的事情是"我们家的房子还立着"②，虽然正屋房脊被一发臭炮弹砸了一个大窟窿，但是毕竟这个房屋主体还在的，这也意味着家还在，于是这一家子死里逃生回来的人进入家院后"互相打量着，像陌生人一样。打量了一阵子，便搂抱在一起，在母亲的领导下，放声恸哭"③。这一段生动地写出了中国人内心深处浓郁的家园情结，房子在家宅就在，母亲在家就在，哪怕家宅被损坏了，哪怕衣衫褴

---

① 莫言:《丰乳肥臀》，作家出版社 2012 年版，第 300 页。
② 莫言:《丰乳肥臀》，作家出版社 2012 年版，第 300 页。
③ 莫言:《丰乳肥臀》，作家出版社 2012 年版，第 300 页。

楼，回到家就一切都会好起来，宅院、母亲、家，这些概念就这样自然地融合在一起，传达出乡土中国文化心理中最深厚最感人的情感——对家和故土的眷恋。社会学家认为在乡土中国"人和地在乡土社会中有着感情的联系，一种桑梓情谊，落叶归根的有机循环中所培养出来的精神"①。这种在人与地的有机循环中培养出来的乡土中国对于土地的深挚情感，往往表现为对故乡、对家宅故居的深沉眷恋，叶落归根是这种情感在社会学意义上的呈现，现代小说所形成的"离乡—返乡"的叙事模式则是这种情感在文学意义上的呈现，上官家大撤退后的返乡同样是完成了一次"离乡—返乡"模式的叙事，而那栋被臭炮弹砸出了一个大洞的房屋，恰好就成为劫后余生的上官一家的情感承载物，关于家宅的这段描写真切地反映了作家的乡土情怀。这种关于房屋的饱含情感的描写在福克纳笔下的房屋描写文字里是没有的，正是乡土中国文化心理中对土地的眷念情感赋予莫言笔下的房屋丰富的情感内容和乡土特色，并呈现出与福克纳笔下的房屋完全不同的文化景观。

三、房屋的意义

福克纳通常写房屋自身外观上的颓败来暗示发生在屋子里的历史变迁，房屋像一位历经沧桑的老人，颓败衰老的外观暗示着房屋的变化进而暗示居住者所面临的时代变迁，因此在福克纳的笔下，房屋是凝结着历史内容的建筑，主要是通过房屋由堂皇华丽到残破颓败的变化来显示旧南方从曾经的辉煌过去变化为如今残破、颓败、落后的现状，其中寄寓了福克纳对南方深沉的爱和忧虑。福克纳所表现的旧南方的长处"不是物质方面"，所以福克纳"作品中没有大摆阔气的场面"②，而旧南方所拥有的旧秩序的好处在于南方

---

① 费孝通：《乡土中国 生育制度 乡土重建》，商务印书馆 2011 年版，第401 页。

② （美）马尔科姆·考利：《福克纳：约克纳帕塌法的故事》，李文俊编选，《福克纳评论集》，中国社会科学出版社 1980 年版，第 36 页。

人从道德法规里学会了"勇敢、荣誉、骄傲、怜悯、爱正义、爱自由"①，旧南方的问题恰恰在于"这种秩序的后裔丧失的正是它的力量与秘密"②，种族主义和奴隶制使南方成为受诅咒的土地，甚至内战和重建都"注定要永远成为白种人因其罪恶而招致的诅咒和厄运的一部分"③。通过颓败的白人大宅，福克纳将时间的流逝、南方社会的症结、南方的现代转型等问题都凝结其中；透过黑人小木屋，福克纳有力地控诉了奴隶制这一人类罪恶，这些房屋也因此笼罩上了一层理性色彩。可以说，福克纳笔下的房屋这一叙事空间成功地折射出作家对于南方众多社会问题的理性思考和深层探寻。

与福克纳相比，莫言并不太关注房屋的外观，这大概也和中国建筑的特点有一定的关系：中国建筑总有庭院之组织，"除佛塔以外，单座之建筑物鲜有呈露其四周全部轮廓，使人得以远望其形状者。单座殿屋立面之印象，乃在短距离之庭院中呈现其一部。此与欧洲建筑所予人印象，独立于空旷之周围中者大异。中国建筑物之完整印象，必须并与其院落合观之"④。这或许是莫言不太写房屋外观的一个原因，但更多的或许是出于莫言的艺术思维不同，与福克纳相比，莫言更关注房屋里住着的人和房屋里发生的故事，所以他总是直接将笔墨集中于房子里居住的人，他更关注通过房屋建构起来的人的社会关系给人的生活带来的深刻影响，这恰恰是聚村而居的乡土中国的社会特点，在乡土社会的"差序格局中，社会关系是逐渐从一个一个人推出去的，是私人联系的增加，社会范围是一根根私人联系所构成的网络"⑤，乡土中国重视社会关系的特点，对莫

---

① （美）马尔科姆·考利：《福克纳：约克纳帕塌法的故事》，李文俊编选，《福克纳评论集》，中国社会科学出版社1980年版，第37页。
② （美）马尔科姆·考利：《福克纳：约克纳帕塌法的故事》，李文俊编选，《福克纳评论集》，中国社会科学出版社1980年版，第37页。
③ （美）福克纳：《八月之光》，蓝仁哲译，译林出版社2015年版，第177页。
④ 梁思成：《中国建筑史》，百花文艺出版社1998年版，第16页。
⑤ 费孝通：《乡土中国 生育制度 乡土重建》，商务印书馆2011年版，第32页。

言的书写产生了潜在的影响，令其忽略房屋的外观描写而更看重房屋凝结的社会关系的描写，莫言在房屋描写方面的艺术特色显示了莫言本土化的努力，即他虽然学习福克纳去创造一个文学王国，但在具体的构建过程中，他却是完全遵循中国文化的特点来添加一砖一瓦，莫言的这种本土化努力着实令人钦佩。

第二节　自然空间：荒野与高粱地

自然给人类提供栖息的地方和生活的物质，也给人类提供精神的启示，自然是人类的母亲，也是人类的导师。古往今来无数作家钟情于自然，让自己的笔触为自然描绘出一幅幅或壮美绚丽、或祥和精美、或瑰玮激昂、或精致纯净的图景，无论哪个时代，在文学殿堂里都有独属于自然的那一片圣地。福克纳和莫言，一个曾在密西西比河三角洲的森林里策马奔突，一个曾在胶东半岛的原野上放牛撒欢，两个大地之子吸纳着自然精华长大成人，也在自然的怀抱中洞晓人生世事，当他们步入文学殿堂搭建自己的文学王国时，自然再一次成为他们的艺术源泉，不仅以开阔又深沉的森林、荒野、田地、河流、沼泽等充实着他们故乡书写的地理空间，而且滋养着他们的情感、精神和思想，令故乡成为一个情感的实体、精神的实体和思想的实体。福克纳笔下的荒野、森林、河流，莫言笔下的高粱地、葵花地、河流，在承载人们的故事和悲喜的同时，也为人类的精神和思想塑形，当然也为自然空间赢得了永久性的文学地位。

福克纳和莫言的童年都有很多与自然接触的机会，福克纳经常随着父亲去森林打猎，莫言很早就辍学给生产队放牛放羊，他们童年时光的很多时间是消磨在森林、草地、高粱地、沼泽地、河边……不过两人的童年记忆里还有着一些不同的生活内容，福克纳经常和父辈们一起去荒野上的森林打猎，带着猎狗们在河里泅水，莫言辍学后在草地上给生产队放牛放羊，家乡那条胶河经常发洪水，给幼年的莫言留下了深刻的印象。童年生活的区别，令两位作家关于自然的记忆深刻的部分有所不同，福克纳钟情于荒野，那里的森林、河流和打猎生活辐辏出他的约克纳帕塔法县最广阔、最深沉的地理地貌；莫言着迷于胶莱平原，平原上大片的高粱地、葵花地和野马般的河流也凝结成他的高密东北乡里最开阔、最生动的地理地貌。可以看到，两位作家虽然都以家乡为蓝本来描写乡村，但是出现在他们笔下的乡村图景却有着很大的区别。这种区别的生成并不仅仅因为他们来自不同的故乡。诚然，不同的国家和区域所带来的不同的童年记忆决定了他们笔下的自然图景也是不同的，就像托马斯·沃尔夫笔下出现的故乡肯定是美国南方的小镇，而绝不会是巴尔扎克笔下的巴黎大都市，沈从文笔下出现的肯定是山水之间的湘西，而绝不会是鲁迅笔下的江南小镇。但是，地貌景观的差异，并不是他们之间最本质的区别，最根本的差异来自小说中显示出来的作家对于自然的态度和他们的处理方式。

一、福克纳笔下的荒野

福克纳小说中的自然空间最引人注目的就是荒野。《去吧，摩西》《没有被征服的》里的一些故事是发生在荒野，艾萨克·麦卡斯林学习打猎的经历、蓝狗"狮子"与大熊厮杀等荒野故事的精彩度和思想深度绝不逊色于在白人大宅、黑人小木屋里发生的故事。描写荒野的代表性作品要数《去吧，摩西》。这部小说里《话说当年》《灶火与炉床》《大黑傻子》《去吧，摩西》的故事都发生在人造空间里，但是《古老的部族》《熊》《三角洲之秋》却将故事发生的空间挪移到荒野这一自然空间里，也因而被称为"大森林三部曲"[1]。虽然这三篇描写荒野故事的篇幅不如其他四篇，但它们在整部小说中的分量却不轻，甚至它们起着提升整部作品思想和精神层次的重要作用。

那么荒野在福克纳的笔下是什么样的？最早写到荒野是在《古老的部族》里，打猎的队伍坐着大车和马匹进入荒野的时候，先要

---

① 李文俊：《译本序》，（美）福克纳著，《去吧，摩西》，李文俊译，上海译文出版社2014年版，第6页。

在"芦苇与荆棘组成的两堵无法穿越的墙之间前进——这两堵墙内容不断更换但却是永远存在，墙的后面就是荒野了"[①]。荒野给人的第一感觉，就是它是多么巨大，芦苇和荆棘组成的两堵墙显得那么密实、紧凑，而"墙"这个意象本身带有的意味是阻滞、封闭和防御，用"墙"来预告荒野的出现，令荒野获得了一种与其他世界隔绝、不流通的特性，暗示着这里与艾萨克之前所生活着的世界是截然不同的，而且同时也暗示这里具有一种防御功能，而这一点在此后的描写中会有所体现。接下来的描写意味太丰富了："这荒野似乎在伛下身子，在稍稍向他倾斜，凝视着他们，谛听着，不算不友善因为他们这些人太渺小了，就连华尔特·德·斯班少校和老康普生将军这些杀死过许多鹿和熊的人也是如此，他们的停留太短暂、太无害了，不至于引起不友善的感情，而大自然仅仅是在沉思，它是秘密而巨大的，几乎没有注意到这些人。"[②]这一段对荒野的描述，作家使用拟人的手法令荒野变成有生命的个体，但是这个个体并不是和人一样的生命个体，而是比人巨大，无所不知、无所不在的一个庞大的个体，是一个具有神性的个体。此外，荒野里"灰蒙蒙的光线下只有那咄咄逼人的、阴森森的孤寂，只有那终日未歇的淅沥冷雨的喃喃低语"[③]。荒野里应该有森林、河流以及各种生物，理应是喧闹的、生机勃勃的，但恰恰相反，人处于荒野之中强烈地感受到的是"它"的孤寂，这愈发显示出荒野的巨大，面积是庞大的，密度也非常之大，会让人产生墙一样的实体感。这是福克纳第一次全面地描写荒野，但也几乎写出了他眼里的荒野的所有感觉，可以用三个词来概括："墙""它""孤寂"。此后每一次在写到荒野的时候，福克纳几乎都是在围绕这三个词来写，在福克纳的眼里，

① （美）威廉·福克纳：《去吧，摩西》，李文俊译，上海译文出版社2014年版，第150页。

② （美）威廉·福克纳：《去吧，摩西》，李文俊译，上海译文出版社2014年版，第150页。

③ （美）威廉·福克纳：《去吧，摩西》，李文俊译，上海译文出版社2014年版，第154页。

荒野是厚实的，密度很大，而且与人类的世界如同有墙隔离着一样保持着隔绝的状态，这样的荒野恍若一个体量巨大、既能包容无限又随时保持高度警惕的生命个体，它独具神性，它会凝视，还能屏住呼吸，它以无限延伸的面积环抱着怀中的一切生灵，但它始终保持着与人类世界永远无法沟通的隔绝感，它的孤寂也如此鲜明。人站立在荒野之中是何种感觉呢？此时"那大荒野仿佛方才是专门等他们找好位置安定下来似的，这时恢复了自己的呼吸。它仿佛向内里倾斜，笼罩在他们之上"[1]。如果行进在荒野里呢？则"仿佛是一叶扁舟悬浮在孤独的静止之中，悬浮在一片茫无边际的汪洋大海里，只是上下颠簸，并不前进"[2]。那么离开大荒野的感觉呢？"方才暂时对他开放来接纳他的荒野在他身后合拢了"[3]，"两边是缓慢而不断地往后退去但却是永远存在的林墙，在墙的后面与上面，大荒野在注视着他们离去"[4]。

　　这就是福克纳笔下的荒野，沉静、苍老、富有生命感，从远古以来就一直存在，它不屑于人类的一切聒噪的说辞和行为，人类和其他动物在它的面前就像无知、莽撞的儿童，它有时候容忍人类在它的怀里撒撒野，使使性子，静静地看着人类捕猎公鹿、熊、野兔、狐狸，静静地看着他们有时满载而归，也静静看着动物从人类的枪口下逃脱甚至将人类耍弄一番，在它的眼里人类和其他动物一样都是受它庇护的生灵。在这里，荒野极富基督教里上帝的意味，就像是上帝的化身，它俯瞰世界，洞晓一切，它在观察人类，也在用它的方式教导人类，偶或纵容一下，又偶尔小小地教训一番。而且，荒野的这种"上帝性"甚至会融入久居荒野里的动物

文学故乡的多维空间建构

---

[1]　（美）威廉·福克纳:《去吧，摩西》，李文俊译，上海译文出版社2014年版，第154页。

[2]　（美）威廉·福克纳:《去吧，摩西》，李文俊译，上海译文出版社2014年版，第166页。

[3]　（美）威廉·福克纳:《去吧，摩西》，李文俊译，上海译文出版社2014年版，第167页。

[4]　（美）威廉·福克纳:《去吧，摩西》，李文俊译，上海译文出版社2014年版，第151页。

身上，福克纳的笔下，艾萨克所看到的那头公鹿和大熊老班，似乎都像是上帝的使者或者甚至就是上帝的化身来到荒野。它们首先是从容不迫的，雍容的，比如那头公鹿，当狙击它的号角响彻山脊的时候，公鹿竟然"没在奔跑，它正在走，巨大，不慌不忙，侧斜着它的头，好让角叉能穿过低矮的灌木丛"，而且它还是无所畏惧的，离开时它以"不费劲的优雅姿势在他们前面走了过去"，并且"它头抬得高高的，眼神并不倨骄也不傲慢，却是全神贯注、十分激动而无所畏惧的"。[①]看见这只"从与自己的死息息相关的号角声里走出来的"公鹿，孩子（艾萨克）的心灵第一次被震撼被洗礼，当艾萨克在和麦卡斯林提及他看到这头公鹿时，他先用了指代动物的"它"，然后用了人称代词"他"，这意味着孩子的内心将公鹿视作是与人类一样平等的生命个体。

　　如果说公鹿让孩子艾萨克见识的是从容、无所畏惧，那么从大熊老班那里艾萨克学到了勇猛和笃定。福克纳并没有使用写公鹿时使用的那种直接描写的方法，而是采用了间接描写与直接描写相结合的方法。先是铺垫，在大熊出场之前，孩子已经从人们的谈论、猎狗们的恐惧、山姆的话语中间接了解到大熊的庞大、古老、凶狠、力大无比，但像这样的侧面介绍给予孩子的仅仅是碎片化的、模糊的印象，并不是深入的认识，所以接下来福克纳写了孩子与大熊的两次单独遭遇。第一次，孩子独自来到荒野深处，放下了枪、指南针和表等现代文明的物件，于是大熊用自己的脚印引导着迷路的孩子找到来时的路，孩子看到那只熊出现了，"它就在那儿，一动不动，镶嵌在绿色、无风的正午的炎热的斑驳阴影中"[②]，然后大熊从孩子面前消失时还停住脚步，"扭过头来看了他一眼。然后就消失了"。这时的大熊是这样富有灵性，它引导孩子从迷途中走出来，又从孩子面前"一动不动地重新隐没到荒野中"——它属于这

---

① （美）威廉·福克纳：《去吧，摩西》，李文俊译，上海译文出版社2014年版，第156页。

② （美）威廉·福克纳：《去吧，摩西》，李文俊译，上海译文出版社2014年版，第179页。

荒野，与其说是荒野中的野兽，毋宁说它是荒野的神灵，它收敛着攻击性，以强大的力量去护佑荒野中的每一个质朴的生命个体，并不让人感到恐惧，反而令人心生敬畏。第二次遭遇大熊是为了解救一只面对大熊时"像只纸风车似的在乱转的"小杂种狗，而这次大熊虽然"伸开四肢伛身向地"，"像从半空中打下来的一个霹雳，黑压压的高不可攀"，但是大熊像前一次一样并没有伤害他。这两次遭遇，艾萨克领教到大熊的巨大、力量和它的威慑力，同时也认识到大熊的神性，他的潜意识里大熊是一个令人尊敬的对手。所以即使在可以开枪射击大熊的时候，他也放弃了这个机会，山姆也一样放弃了这次射杀的机会。在人与大熊之间似乎形成一种微妙的共识，孩子和山姆视大熊为荒野里亘古以来就存在的伟大力量，大熊的巨大、勇猛和神性令他们对大熊充满了敬畏感，也正是因为这种敬畏，所以他们要以勇者的方式来捕猎大熊，就像大熊没有去攻击放下枪的孩子一样。他们必然会对决，但必然是在两者都是强者的情况下来进行强者之间的对决，这样才足以彰显对强者的尊敬。这样的大熊在人类的眼里是一个传奇，人们经常谈论它的故事，并不像给其他熊起外号那样给它起名，而是赋予它"老班"的名字，大熊"为自己争取到一个只有人才配享有的名字，而且还一点也不感到不好意思"[1]。而小说在提到大熊的时候总是使用"他"这个只有在指代人类时才使用的人称代词，这甚至潜在地表明了作家福克纳对待大熊的态度。

为了完成与大熊之间的强者对决，山姆一直说需要有一条真正的大狗对抗大熊老班，后来他果然凭着自己丰富的森林经验成功俘获并驯服了一只理想的大狗："它身上有一部分大獒犬的血统，有一些阿雷代尔梗犬的成分，说不定还有十来种其他成分，肩宽超过三十英寸，重量他们估计将近九十磅，黄色的眼睛冷冷的，胸膛无比宽大，全身上下都是枪筒的那种奇异的钢蓝色。"[2] 这只大狗的奇

---

① （美）威廉·福克纳:《去吧，摩西》，李文俊译，上海译文出版社2014年版，第197页。
② （美）威廉·福克纳:《去吧，摩西》，李文俊译，上海译文出版社2014年版，第186页。

特之处在于，它不仅身材硕大，而且相当骄傲，野性十足，身上有"那么一股子摧不垮打不烂的劲头"，从不屑于理睬其他任何人和猎狗，它的眼里"只有一种冷冷的几乎并不针对什么人的敌意，就像某种大自然的力量"。人类给它命名为"狮子"，相当准确地概括出这只走路总"踩着庄严的步子"的大狗的气质，这只大狗就像是大自然除了大熊老班这个化身之外的另一个化身，它身上的那种傲然不屑的气质是大熊老班王者气质的延伸，也是一种无形的强化，它们的凶猛、野性、沉默和骄傲都是与生俱来的属性，衬托着它们的高贵气质，傲然独立于荒野之中，标识着茕茕荒野的巨大、无垠、蛮荒、古老和神秘。

大熊与大狗之间最后的追逐与对决，就好像是一场荒野的独舞："那只蓝色的大狗在笔直地朝前冲，一声也不吭，那只熊也是这样：那厚实的、火车头似的形体……以他简直无法相信的速度冲在那些猎犬的前面，甚至甩掉了那些狂奔的骡子。"[1] 而当大熊、大狗和黑奴布恩撕咬在一起的时候，"他们几乎像一组雕塑的群像"，甚至是当大熊不敌大狗和布恩的夹击而倒下的时候，"它不是软疲疲地瘫下去的。它是像一棵树似的作为一个整体直挺挺地倒下去的"。福克纳的描写太精彩，他通过大熊老班和大狗狮子的勇猛无畏的表现以及其中显露出来的高贵品格呈现了荒野的美学特质：蛮荒、巨大、原始但又充溢着无限的力量感、高贵感，这场必须以死亡为终点的生死对绝没有渗透一丁点儿带有感伤意味的悲剧感，而是在力量与勇气的较量中呈现出蛮荒之地的野性之美和崇高之美，这是以身体和动作为文字、用对抗和厮杀为节奏而谱就的一曲写给荒野的壮美史诗，是对荒野的赞颂和膜拜，表达着人类对荒野深深的敬畏。

福克纳对荒野的描写深深地体现了美国人思想中的荒野观念。由于是在新大陆建立起来的一个年轻的国家，美国国土上有大片尚未开垦的荒野，面对荒野，几代美国人抱持着不同的态度，荒

---

① （美）威廉·福克纳：《去吧，摩西》，李文俊译，上海译文出版社2014年版，第204页。

野也对美国人的思想产生了深刻的影响。最初如潮水般涌来的拓荒者们要面对残酷的生存环境，"不得不与肆虐和可怕的荒野进行斗争。"① 在早期的拓荒者美国人眼中，"森林的昏暗藏匿着野蛮人、野兽以及他们想象出的更加奇怪的生物"②。甚至还有回到野蛮状态的危险，故而早期与荒野的近距离接触令作为拓荒者的美国人厌恶荒野。十六、十七世纪欧洲出现将自然与宗教联系起来的自然神论，"壮美和景色如画的概念开始引导哲学思想向对荒野有利的方向发展"③。十八、十九世纪欧洲开始流行浪漫主义，受自然神论和浪漫主义影响，人们对荒野的态度发生了微妙的改变，像拓荒者那样的对于荒野的厌恶感和畏惧感开始减少，这也蔓延到美国："欧洲的浪漫主义者们对新大陆的荒野作出了反应，逐渐地，一些美国人也由于都市环境和文学兴趣，开始对荒野采取赞美的态度。"④ 值得关注的是，欧洲启蒙运动的开始与发展，令人们加强了一个信念——"这个广阔而奇妙的世界具有神圣的来源"⑤，于是出现了一些诸如托马斯·伯内特的《地球的神圣理论》等文章，"运用了很精巧的神学和地理学上的论据来提出一种可能性——群山也可能是上帝的手泽，即便不是按照他的形象创造的。认为未开化的地区显示的也是上帝而非撒旦的影响力的存在的观点，使得人们对野生景色中可以与上帝造化相比拟的美誉宏壮的认识加深了一步。"⑥ 这样上帝与野生自然之间的关联便建立起来，而对于拥有大片荒野的新

---

① （美）罗德里克·弗雷泽·纳什:《荒野与美国思想》，侯文蕙等译，中国环境科学出版社2012年版，第21页。

② （美）罗德里克·弗雷泽·纳什:《荒野与美国思想》，侯文蕙等译，中国环境科学出版社2012年版，第21页。

③ （美）罗德里克·弗雷泽·纳什:《荒野与美国思想》，侯文蕙等译，中国环境科学出版社2012年版，第41页。

④ （美）罗德里克·弗雷泽·纳什:《荒野与美国思想》，侯文蕙等译，中国环境科学出版社2012年版，第42页。

⑤ （美）罗德里克·弗雷泽·纳什:《荒野与美国思想》，侯文蕙等译，中国环境科学出版社2012年版，第42页。

⑥ （美）罗德里克·弗雷泽·纳什:《荒野与美国思想》，侯文蕙等译，中国环境科学出版社2012年版，第42页。

大陆上的美国人来说，自然界的壮美正是与上帝的伟大连接在一起的。而且，受欧洲流行的原始主义的影响，人们也开始关注自然中的野生事物，尤其是生存于新大陆广袤无垠的森林和蛮荒中的动物往往被认为似乎更带有荒野所赋予的力量、勇猛和耐力。这种荒野认识在十九世纪早期美国社会有着相当的市场。美国的民族主义者更是将荒野所具有的原始野性视作是年轻的美国超越历史悠久的欧洲的一个优势所在，他们认为尽管欧洲也有荒僻的山峰和荒原，但是"都不能与一个野性的大陆同日而语，……如果荒野是传达上帝之意最为清楚的媒介，那么美国人就具有超越欧洲人的道德优越性"[1]。这种带有浓郁的民族主义意味的荒野认识强化了美国人逐渐生成的对于荒野的欣赏和热爱。十九世纪中叶梭罗、爱默生所倡导的超验论进一步改变着美国人对于荒野的认识，爱默生认为"人通过直觉所体验到生活的内在、道德及神启示的法则都可在通过感觉观察到的自然界法则的多种形式的表现中一点一点地找到对应"[2]。似乎是再次阐述着关于自然界存在着神性的思想。更重要的是，超验论者认为"在进入荒野时人们获取道德完善和认识上帝的机会是最大的"[3]。美国的自然文学的形成和盛行可以从这一荒野观念和荒野情感中找到一些源头。从最初的厌恶、惧怕到欣赏、热爱、膜拜，这是美国荒野观念所经历的演变过程，关注荒野和在各种思想理念的影响下赋予荒野以各种内涵、重视荒野的各种意义，则渗透在这一演变过程中并深深影响着美国荒野观念的形成，甚至影响着美国人的民族性格，正如十九世纪末历史学家弗雷德里克·特纳曾提出"受到边疆的残酷的考验的移民"被美国

---

① （美）罗德里克·弗雷泽·纳什：《荒野与美国思想》，侯文蕙等译，中国环境科学出版社 2012 年版，第 64 页。

② （美）罗伯特·E.斯皮勒：《美国文学的周期》，王长荣译，上海外语教育出版社 1990 年版，第 42 页。

③ （美）罗德里克·弗雷泽·纳什：《荒野与美国思想》，侯文蕙等译，中国环境科学出版社 2012 年版，第 80 页。

化了，形成了一个"既没有英国的民族性，也没有英国的特点"[①]的新种族[②]，在特纳看来，"这个民族以其勇气和智慧驯服荒野，同时荒野反过来赋予其力量和个性；拓荒者一代又一代西进荒野，就一步一步地抛弃欧洲的生活方式和思想理念，最后形成了美国人的性格：不拘礼节、强力、粗犷、民主以及首创精神"[③]。美国更是形成了以荒野为核心的重要文化传统。比如在风景画方面就涌现出不少以荒野为主题的杰出画作，十九世纪则出现了托马斯·科尔开创的"哈德逊河画派"，还有莫兰为代表的落基山画派等，都是荒野影响下形成的画派。文学方面则有很多作家写到荒野，华盛顿·欧文曾在《见闻录》中列举了美国"自然的魅力"，威廉·柯伦·布莱恩特作为最早转向荒野的作家之一，"田野、溪流、森林与花卉几乎完全不加修饰地成为他诗歌的内容"[④]。库珀的"皮裹腿"传奇作品展现了荒野的文学可行性，他"理解和想象中的野性的森林和平原，左右着这些小说里的行为，并决定着其情节"[⑤]。此后爱默生、梭罗特别强调荒野的"野性"，霍桑、梅尔维尔、惠特曼等作家也都写到荒野，这些都是荒野影响下美国文化传统的体现。也正

① （美）弗雷德里克·杰克逊·特纳：《边疆在美国历史上的重要性》，杨生茂编，《美国历史学家特纳及其学派》，商务印书馆1984年版，第23页。

② 特纳在《边疆在美国历史上的重要性》中总结美国人特性如是："粗暴、强健，加上精明、好奇这种特性；头脑既切实际又能独出心裁，想的办法快这种特性；掌握物质一类的东西，手脚灵巧，不过艺术性差，但做出来的东西使人产生伟大有力的感觉这种特性；精力充沛，生气勃勃这种特性；个人主义突出，为善为恶全力以赴这种特性；同时热爱自由，华而不实这种特性——这一切都是边疆的特性，换句话说，就是因为有了边疆，别的地方才有的这些特性。"引自杨生茂编，《美国历史学家特纳及其学派》，商务印书馆1984年版，第36页。

③ 孟宪平：《荒野图景与美国文明》，浙江大学出版社2013年版，第107页。

④ （美）罗伯特·E.斯皮勒：《美国文学的周期》，王长荣译，上海外语教育出版社1990年版，第30页。

⑤ （美）罗德里克·弗雷泽·纳什：《荒野与美国思想》，侯文蕙等译，中国环境科学出版社2012年版，第68页。

是借助于这一荒野思想传统，我们可以知晓福克纳小说里能够"伛下身子""凝视着"人类的荒野的由来，更可明白为什么福克纳的笔下公鹿是从容不迫的，而大熊和大狗则是勇猛又巨大、骄傲且高贵的，这些对于荒野的人格化甚至是神性化的描写和对于荒野动物的高贵人格化的叙述，大概都源于美国人从十九世纪早期以来逐步确立起来的以敬畏荒野、欣赏荒野、赞颂荒野为核心的思想观念。《去吧，摩西》中的艾萨克童年、少年时期经历了荒野打猎生活之后所形成的道德思想观念也是源出于此，他放弃充满罪恶的家产、寓居山林回归自然的做法恰恰是梭罗们所倡导的"从自然那里获取道德完善"的一种历史回应。处于美国荒野文化传统中的福克纳深受荒野观念的影响，他赋予荒野以神性，用独属于荒野的几种动物——包括一只面对死亡从容不迫的公鹿、一头古老而巨大勇猛的大熊和一只冷傲英勇的大狗，来写出他心中的荒野，也写出了十九世纪末、二十世纪初以来美国人心中的荒野。从这个角度来看，荒野这一叙事空间富含极其丰富的美国元素，充满着美国经验和美国趣味，是纯粹美国风味的自然空间。

二、莫言笔下的高粱地

莫言小说中没有福克纳这样的荒野，但是有大片的高粱地，而且这高粱地也具有一种鲜明的特色，成为莫言小说中一道独特亮丽的风景线。高粱地最早是在《红高粱家族》里铺展在高密东北乡的沃土之上。在这部由几部中篇小说连缀而成的长篇小说里，高粱地这样一个自然空间是莫言浓墨重彩渲染描写的对象，高粱在小说里的鲜明度丝毫不亚于主人公九儿和余占鳌。成片成片、一眼望不到头、密密实实排列在一起的、挺拔的高粱秆子像阅兵式上的列兵一般令人惊叹令人过目难忘："排成密集的栅栏，模模糊糊地隐藏在气体的背后，穿过一排又一排，排排无尽头。"[①] 而成熟了的"通红"

---

① 莫言:《红高粱家族》，作家出版社 2012 年版，第 8 页。

的高粱米粒则云集铺展延伸为一片让人目眩更让人精神为之一振的红色:"八月深秋,无边无际的高粱红成洸洋的血海,高粱高密辉煌,高粱凄婉可人,高粱爱情激荡。"① 从一开始莫言就突出了高粱地的红色,到处都是红色,像血一样的红色,热烈、喧闹、欢腾、洋溢着生命的气息。高粱地给人的第一印象就是这么强烈而鲜明。在这样密实无垠的高粱地里,人很容易迷路,少年豆官就曾在高粱地里迷失了方位,聪明的少年最终是凭借着河水的声音所指引的方向才得以走出高粱地。

高粱虽然是人类所种植的植物,但是它们自由地生长、毫无拘束,随意蔓延,它们肆意张扬着生命的力量,枝叶招摇,米粒通红,用渲染一片"红成洸洋的血海"来高扬着野性的旗帜。是的,莫言笔下这片漫无边际的高粱地是野性的,这种野性不仅来自其招摇的枝叶与喧腾的红色,更来自发生在高粱地里的许多重大事件。首先,"高密东北乡"的高粱地通常是土匪们的藏身之地,这是高粱地的日常。"一到夜间,高粱地就成了绿林响马的世界。"② 先有花脖子,后有余占鳌,都拉起了一支土匪队伍盘踞在成片的高粱地里。密密麻麻挤挤挨挨长在一起的高粱地为土匪们营造出一片不受法令制约、不受官府管束、吃喝玩乐逍遥自在的自由空间,高密县令曹梦九对高密东北乡土匪一直束手无策头疼不已,其中重要的原因就是高粱地造成的高度隐蔽性,使得土匪们"在高粱地里鱼儿般出没无常"③,高粱地俨然是一个法外之地、化外之地。这样的地方似乎更容易纵容人们身上的野性,小说人物的很多野性十足、极富传奇色彩的重要事件都发生在高粱地里,特别是关于《红高粱家族》中"我奶奶"和"我爷爷"的很多故事都是发生在高粱地。高粱夹峙的土路上"我奶奶"的花轿被人半路打劫,余占鳌不惧枪口挺身而出在高粱地演绎一出英雄救美的传奇故事,"我奶奶"和"我爷爷"蔑视人间法规的野合就发生在高粱疯长、生机勃勃的高

---

① 莫言:《红高粱家族》,作家出版社 2012 年版,第 1 页。
② 莫言:《红高粱家族》,作家出版社 2012 年版,第 91 页。
③ 莫言:《红高粱家族》,作家出版社 2012 年版,第 41 页。

梁地里,"我奶奶"壮烈而凄美的死亡也是发生在高粱通红、白鸽翻飞的高粱地里,英勇抗日的村民遭到残暴日军的屠杀纷纷倒毙在高粱地里,豆官和余司令杀死日本军官也是在高粱地,豆官和几个小伙伴为了保护遇难村民的尸首完整而与几百条啃啮死尸的丧家之犬所展开的一场"人狗大战"也是发生在高粱地……这些事件或血腥暴力,或惊世骇俗,或悲壮惨烈,无论是哪一桩事件,都讲述着惊心动魄的故事,都有着勾魂摄魄的节奏,也都散发着强烈的生命气息,其引发的审美感受也是强烈而复杂的,奇崛、强烈、灼热、朴野……无论是哪一桩,都为高粱地涂抹上奇光异彩,真正是一片"溢彩流金的红高粱"[①]。最令人感叹的是,余占鳌一步步逼近劫路人的枪口、"我奶奶"戴凤莲与余占鳌惊世骇俗的野地之爱、余占鳌劈杀日本军官、人狗大战这些野性十足的事件似乎都环绕着一个无形的核心——"抗争",余占鳌逼向劫路人是抗争被劫持被胁迫,"我奶奶"戴凤莲是抗争被贪财父亲变卖的婚姻,余司令是抗争被外族侵略和残杀的命运,豆官倩儿打响的人狗大战是为死难的乡亲免遭狗类啃啮而抗争。这里上演的是野性的故事,讲述的是抗争主题,人内心深处的抗争意识一旦被激发,那么为了维护那"最朴素的尊严感"[②],就不免流血,不免付出生命,不免拿出所有的勇气在杀戮和血腥中来维护生命的尊严,于是野性成为主角。"野蛮与人性的统一便成了野性。"[③] 为了生命的尊严,有时候人需要一定的野蛮,也就是说,人是应该有一定的野性的,当人性受到严重威胁的时候,野性就揭竿而起,就会挺身而出,以暴制暴,抵死相拼。譬如九儿的抗争,九儿向她父亲哭诉丈夫确实是麻风病人,不仅没得到父亲的宽慰,反而听到父亲念念不忘婆家承诺给他买一匹大黑骡

---

① 季红真:《忧郁的土地,不屈的精魂——莫言散论之一》,《文学评论》,1987年第6期。

② 季红真:《忧郁的土地,不屈的精魂——莫言散论之一》,《文学评论》,1987年第6期。

③ 吴炫:《高粱地里的美学——重读莫言的〈红高粱〉系列》,孔范今、施战军主编,《莫言研究资料》,山东文艺出版社2006年版,第206页。

子，向父亲求救无效的情况下，九儿坦然接受了曾经搭救过她的余占鳌的劫持，坦然接受高粱地里洋溢着野性气息的情爱。这是九儿被变卖之后对于礼教的决绝对抗，亦是人性的抗争，是高扬野性的旗帜以获得人性的安置。红高粱那挺拔的秆子、洸洋一片的通红，那叶舒、秆直、粒红里所蕴蓄着的张扬、热烈的生命力，隐喻着蓬蓬勃勃的野性，亦准确应和了抗争主题。因为遭受欺压、凌辱和压迫而滋生的抗争意识，借助于一片通红的红高粱清晰地映现出来，同时也营构出一种令人惊叹的抗争美学，这也正是莫言所热衷的种的美学，是中国人在近百年来的屈辱历史中淬炼出来的力的美学。中国的近代史是一部被侵略、被奴役的屈辱史，中国民众一直承受着无以复加的人为灾难，被侵略、被欺压、被凌辱、被屠戮的命运像噩梦一般缠绕着几代中国人的心灵，同时传统文化里一些陈腐的思想观念亦如毒蛇一般禁锢着人们的心灵、残害着无辜者的生命，就像小说中"我"发出的感慨："高密东北乡人们心灵里堆积着的断砖碎瓦从来就没有清理干净过，也不可能清理干净。"① 正因为此，中国人的抗争意识也从来没有湮灭过，而且随着欺压、禁锢和屠戮的日益加重，抗争会更加猛烈更加决绝。于是，在莫言的笔下，这"断砖碎瓦"便铺衍出一片血红血红的高粱地，杀戮、野合、决战、死亡……一系列生与死的生命叙事在这里次第展开，野性奏响一曲曲抗争的战歌。此时，血红的高粱地因其"也是人们的婚床、尸床、战场、墓地"②，故而不再仅仅是高密东北乡的一小片土地，而是"被放大为流着百年不屈的鲜血的古老的中国土地"③，是中国人抗争意识的物化表现。

① 莫言：《红高粱家族》，作家出版社 2012 年版，第 164 页。
② （英）D.J. 恩赖特：《战争·魔幻·难破译的密码》，孔范今、施战军主编，《莫言研究资料》，山东文艺出版社 2006 年版，第 245 页。
③ 吴炫：《高粱地里的美学——重读莫言的〈红高粱〉系列》，孔范今、施战军主编，《莫言研究资料》，山东文艺出版社 2006 年版，第 203 页。

三、自然的野性与人的野性

土匪、劈杀、野合、决战……这些充溢着匪气、血腥气和对抗气息的故事赋予高粱地以野性气质，高粱地因而成为中国现当代文学版图里一个色彩浓烈、内涵丰富的叙事空间。空间散逸着的野性令人不免想起福克纳笔下的荒野，也是一片充满野性的自然空间，荒野的浩大无边与蛮荒之态，荒野里的大熊与大狗、公鹿，大熊与猎狗之间、与大狗之间的厮杀，都为这个漫无边际的自然空间涂抹上野性的色彩。然而，虽然两个自然空间都充溢着野性，高粱地里的野性与荒野里的野性却并不相同。

荒野里的野性主要是表现在自然本身和自然界活动着的动物身上，这里的野性是自然的野性。荒野的相对应的英语词汇是"wilderness"，其两个词根分别是"wild"和"der"，在北欧语系中前一个词根表示不羁的、迷失的、错乱的、困惑的，后一个词根其实是"deor"的变形，泛指各种动物。虽然目前对于荒野还没有一个确切的定义，但是根据词源学分析，也大概可知"wilderness"至少是指"未经开发的地方""野兽出没的地方"，而且，"一般而言荒野所唤起的第一印象"是"原始森林"[1]，由于"野兽栖息地的概念意味着人类的缺席"，所以这里通常会"被想象成一个在那里人类有可能进入一种迷乱困惑或者'野的'状态的地区"[2]。可见人们早已注意到荒野与人类之间的关系，并从这层关系上去为之命名，而这也说明了"野"是荒野的重要特征之一。福克纳笔下荒野中的动物大熊、大狗、公鹿身上的野性是其自然属性的天然呈现，大熊对群狗的厮杀、大狗对小马驹的捕杀、大熊与大狗之间你死我活的缠斗，都显示了自然的规律、野性的力量，这些动物服膺于自然的

---

① （美）罗德里克·弗雷泽·纳什:《荒野与美国思想》，侯文蕙等译，中国环境科学出版社 2012 年版，第 2 页。

② （美）罗德里克·弗雷泽·纳什:《荒野与美国思想》，侯文蕙等译，中国环境科学出版社 2012 年版，第 2 页。

规则与公道，它们的生与死都不过是自然界庞大的食物链条中的一个动态环节，因而动物的野性其实也就是自然的野性。

但是高粱地里的野性却不是自然的野性，而是带有深深的人类烙印。在人的社会里，一部分人为一己私利要欺凌、奴役他人，以暴力去杀戮他人生命，这是侵略者的野性，日寇用机关枪扫射手无寸铁的村民，这就是侵略者的野性，与兽性无异。而被奴役、被欺凌者却不肯接受被控制、被屠戮的命运，他们要抗争，要力争为人的尊严，要对被设置的不公平命运展开殊死搏斗，他们内心中潜藏的野性被唤醒，于是以暴抗暴，以血还血，譬如余占鳌在高粱地里劈杀日本军官、"我爷爷"与"我奶奶"在高粱地里的野合，这些都是反抗者的野性，坚硬、冷酷的现实激活了他们作为自然个体长期被文明克制压抑着的动物性，或者举起屠刀或者放下道德，用野性来回答一切非人的遭遇。高粱地里的"人狗大战"更是一场野性的大对决，人要维护人性，狗要维护狗性，人用枪、手榴弹、偷袭等各种手段屠杀群狗，狗为了生存，也拼尽了狗的力量和智谋与人周旋厮杀，血肉横飞，狗尸遍野，甚至撕出了主人的卵子。这场大战中，人与狗都回到各自作为自然个体的原初状态，野性是这场人狗大战的决定性力量，现代文明的枪和手榴弹成为野性的工具，也让野性的残酷性表现得更为强烈。然而，值得深思的是，原本为人类豢养、听命于人类的狗为什么会呈现出野性呢？首先，这是一群丧家之犬，没有了主人的喂养，它们只能自谋食物，于是吞食人尸。然后，豆官、倩儿等几个孩子用枪、手榴弹等武器不许狗吞食人尸，群狗开始只是躲避枪弹，趁乱吞食，但并不袭击人类，后来在被人类偷袭之后转向主动进攻，狗的野性越来越强烈，发展到最后红狗甚至撕下了自己小主人的卵子，群狗即使尸横遍野也要与人类决一死战。狗的野性的获得其实是一个渐进的过程，在这一过程中人的野性始终是一个起着关键性作用的锁钥——"被抽去人性的内容而成为野性与龌龊的化身"[1]的日寇疯狂屠村造成全村几乎人种

文学故乡的多维空间建构

---

① 吴炫：《高粱地里的美学——重读莫言的〈红高粱〉系列》，孔范今、施战军主编，《莫言研究资料》，山东文艺出版社 2006 年版，第 206 页。

绝灭，狗成了丧家之犬，为了生存，狗只能吞食人的尸首，狗之野性因此有了回归的条件；而豆官等几个孩子在保护村民尸首的时候也使用了野性十足、近乎凶残的手段（使用手榴弹、偷袭），激发了狗身上蕴蓄的野性，终于发展成对人的疯狂反扑——狗的野性不正是在人的野性的影响和刺激之下一步步形成的吗？狗之野性就像在高粱地里为人类的野性树立了一面无形的镜子，人表现出多么强烈的野性，狗也就表现出同样强烈的野性，从这种意义上来看，狗的野性岂不就是人之野性的一种曲折反映？《狗道》关于人狗大战的叙述中，莫言的细致描写是饶有意味的，他似乎一直在暗示读者，狗之野性几乎都是得之于人类本身。而且莫言的叙述中，带领群狗的三条狗正是豆官家里养的狗，狗凶残地对付自己的主人，在如此前情设定的映照下，狗从奴性到野性的转变过程更加富有讥讽意味，也更加富有隐喻意味，狗之野性的呈现更加深了人之野性的可怖感，更能激起阅读者内心的颤抖、惊恐和惊恐之后的深思。

综上可见，高粱地里的野性，无论是侵略者的野性，还是反抗者的野性，抑或是狗的野性，归根到底都是在写人的野性。这和福克纳笔下荒野里的野性截然不同。荒野里的野性，其实就是自然的野性，自然是原始的、未经开发的，其野性也就是它的原始性，它有巨大的力量足以同化人、影响人，人一旦进入荒野，只能遵从自然法则。大熊与大狗的厮杀就是在演绎自然的野性，惊心动魄，却也不乏公平、公道，即使两败俱伤，那也是荒野奉行的自然法则的结果，荒野则在这种不乏公平公道的野性中维持着亘古不变的微妙平衡。人类进入其中，也须遵从这种法则，服膺于自然的野性，而且人类要想与自然和谐相处，那就得放下现代文明的物件，让自己成为一个纯粹的自然个体，融入荒野之中、自然之中。所以小说中孩子艾萨克一直在寻找大熊老班的踪迹却始终不能如愿，最终在山姆老人的提示下他放下了猎枪、指南针和手表，才得以目睹那个传说中身躯巨大、神一样存在的大熊老班，老班不仅没有伤害这个手无寸铁的孩子，而且还引导孩子找到回去的路。这个情节无疑是富有象征意义的，当人类放下现代文明的成果而真正融入自然的时候，自然会友善地接纳和包容人类，像它庇护下的荒野中其他的生命个体，这象征着人类与自然的和谐相处之道。由此可见，福克纳在自然野性的书写里糅入的主题其实是人与自然的关系。而莫言笔下，高粱地的野性，是人在被他人玩弄、被他人伤害之后被迫拿出野性来对抗，这时的野性并不具有原始性反而是有着强烈的社会性——人之野性的目标是人要谋求自己的利益，要满足自己的人性，是要让人服膺于人，所以其聚焦的是人与人之间的关系。

美国独特的建国史缔造了美国人与荒野之间的深远关系，荒野不仅仅是美国国土上的自然景观，而且深刻塑造着美国人的民族性格，也铸成美国的荒野文化传统。十九世纪随着现代工业的快速发展、美国的西部扩张运动火热展开，北美大陆上荒野的面积在不断缩小，不少欣赏、热爱荒野的有识之士提出"保留荒野""拯救荒野"的口号，许多作家也以他们的文学才华来表达对荒野失落的忧虑和感伤，比如华盛顿·欧文、库珀、托马斯·科尔、威廉·卡伦·布莱恩特等都曾在其作品中传达过这种忧虑，而梭罗更是"用他那精深的关于野性重要性的理论，为荒野保护发出了经典性的早期呼唤"①。十九世纪九十年代，历史学家弗雷德里克·杰克逊·特纳提出的边疆理论"将其同胞思想中的荒野与圣洁的美国美德连接了起来"②。特纳的理论得到了美国总统西奥多·罗斯福的赞赏，此时荒野又为向往休闲生活的人们提供了一个很好的去处，美国社会中遂掀起了一场热潮涌动的荒野热，沃尔特·惠特曼、杰克·伦敦等人都创作过相关的文学作品，影响巨大，尤其是杰克·伦敦《野性的呼唤》以大狗巴克从荒野历练中获得野性并成为狼首的传奇，受到人们的热捧；而伯勒斯的《人猿泰山》写一个婴儿在丛林里被猿猴哺育成长为强大的泰山的传奇，小说因而被视作是在这个时期

文学故乡的多维空间建构

---

① （美）罗德里克·弗雷泽·纳什：《荒野与美国思想》，侯文蕙等译，中国环境科学出版社 2012 年版，第 94 页。

② （美）罗德里克·弗雷泽·纳什：《荒野与美国思想》，侯文蕙等译，中国环境科学出版社 2012 年版，第 136 页。

"野蛮得到的最成功的文学表述"①。可见，以"荒野"为核心的"荒野主题"渐渐形成美国文学中的一个传统，美国文坛至今流行的自然主义文学就是这种文学传统的一种体现。此外，荒野空间的巨大性也造就了美国人崇尚体量巨大、面积广阔、纵深幽远的荒野审美观念，比如美国画家在风景画创作里就"创造了表现大景的图像模式"②，美国电影则常以巨人、超人、宏大景观、原始幽深的荒岛等为素材。福克纳小说中对于荒野及其野性的叙述，对于人与自然关系的深刻思考，无疑是受到荒野文学传统和荒野审美观念的影响。《熊》里大熊老班和大狗"狮子"的身躯、外形之巨大，这一特征与大狗巴克和人猿泰山的巨大身形特征之间就存在一定的因袭关系，同时也非常符合美国业已形成的荒野审美观念。福克纳的荒野书写进一步印证了美国的荒野文学传统和荒野审美观念的强大影响力。

　　福克纳本人也热爱荒野，他对骑马的酷爱就始于他对于荒野的热爱，小时候父亲带他们到森林里打猎的记忆是他童年记忆中最美好、温情的内容，即使后来成人后他还是喜爱和兄弟伙伴们到森林里打猎，"在 1923 至 1924 年，他在当地的童子军工作，还一度担任正式教练，以满足自己对树林的爱好和求知欲"③。而且他这样一个平时被人们认为是"拿腔作势"的人，"一到树林里，顾虑和倨傲消失，置身于男孩子中间，拘谨消失"④。荒野让福克纳放松，也让他沉醉，甚至他购买"山楸别业"的时候都是考虑到这房子周围有树林，而他"将来还可以买下周围更多的土地——贝利树林"⑤。

① （美）罗德里克·弗雷泽·纳什：《荒野与美国思想》，侯文蕙等译，中国环境科学出版社 2012 年版，第 142 页。
② 孟宪平：《荒野图景与美国文明》，浙江大学出版社 2013 年版，第 274 页。
③ （美）戴维·明特：《骚动的一生——福克纳传》，顾连理译，知识出版社 1994 年版，第 47 页。
④ （美）戴维·明特：《骚动的一生——福克纳传》，顾连理译，知识出版社 1994 年版，第 47—48 页。
⑤ （美）戴维·明特：《骚动的一生——福克纳传》，顾连理译，知识出版社 1994 年版，第 137 页。

这种对于荒野的热爱之情日后自然演变成文字汇成他笔下浩大、无边、充满野性的荒野空间，福克纳的"森林三部曲"（《古老的部族》《熊》《三角洲之秋》）准确传达了他对于荒野的认识，同时也表达了他对于荒野渐渐消逝的无限惋惜。福克纳对于荒野的独特描写也汇入美国的荒野文学传统之中，还对其做出重要发展。如果说杰克·伦敦《野性的呼喊》和伯勒斯的《人猿泰山》是描述荒野对人类在物质层面的供养，那么《熊》里所描述的，就是荒野对于人类精神层面的供养。荒野打猎的经历让孩子艾萨克精神得以成长，受到荒野的精神启发之后，成年后的艾萨克认识到自然界的"土地并不属于个人而是属于所有的人的，就跟阳光、空气和气候一样"①；于是他主动放弃家产为犯下罪孽的家族创始人老麦卡斯林赎罪，用贯穿自己一生的简单、朴素的生活方式来完成家族的救赎。从这个角度来看，艾萨克·麦卡斯林形象应该是美国荒野文学传统中一个标志性的文学形象。

　　莫言的高粱地则是中国传统文化覆盖下的自然景观。以儒家思想为主流的传统文化非常关注人与人之间的关系建构，对于君臣之间、父子之间、夫妻之间、兄弟姐妹之间、朋友之间各种关系的准则都给予了清晰的规定，从而建构起一个等级分明、秩序井然的封建等级社会。新中国成立以后，儒家文化所规定的人际关系的许多内容虽然被推翻、否定，但是仍有一部分被视为有益的内容保留下来，比如孝道、夫妻之道。最关键的是，儒家文化对于人际关系的关注和重视一直影响深远，注重人际关系已经成为中国人文化意识中很重要的内容。出生并成长于儒家文化发源地山东的莫言，其骨子里受到儒家文化的影响是毋庸赘言的，从这里我们也可以了解到，同样是写自然空间里的野性，莫言写高粱地里的野性为什么会和福克纳写荒野里的野性有着如此巨大的区别，他们所分别隶属的文化传统在悄悄地驱遣着他们文笔的走向，莫言笔下高粱地里的野

――――――
　　① （美）威廉·福克纳：《去吧，摩西》，李文俊译，上海译文出版社2014年版，第1页。

性，专注于人的野性，而最终走向对于人与人关系的思考，而福克纳笔下荒野里的野性，专注于自然的野性，最终走向对于人与自然关系的深刻思考。其实他们都是服膺于他们自己的文化传统，并且最后也用自己的文学创作为各自的文化传统再添上浓墨重彩的一笔。另外还有一个关键点不容忽视，莫言出生和成长的年代，是苦难的中国刚刚结束了一百年来内忧外患的动荡局面和屈辱历史，时局刚刚稳定下来，持续了一百多年的苦难记忆在人们心中依然鲜活并未消弭或淡忘，而建国以后，中国大地又经历了数次政治运动，被划定为中农成分的莫言家庭亦受到不小的冲击，莫言很小辍学就与此有关。莫言的家乡山东高密一带，先后承受了德军、日军入侵等灾难，还一直饱尝土匪、战乱之苦，是一块经历了太多苦难的土地。这一切铸就了莫言所处的独特的时代和空间，苦难与反抗是概括这一时空的两大关键词，外族入侵、土匪、战乱各种故事充塞于莫言的童年生活，从这样的时空环境、生活状态中走过来的莫言，必然会描写人的野性、关注人与人之间的关系，而不可能像福克纳那样去关注人与自然的关系，因为这个时候，自然在莫言的意识里远不如战争、动乱那么重要，就像国外评论者所注意到的那样，高粱地在莫言的小说里是"婚床、尸床、战场、墓地"[1]，此时的莫言必然是从人类活动的角度来定位高粱地，而不是从高粱地本身来定位高粱地。

四、神格化与人格化

尽管荒野和高粱地在小说中的基本功能是作为叙事空间为人物的行动展开提供一个特定的空间，但是在两位作家的笔下，荒野和高粱地却不仅仅是叙事空间，它们无一例外地被作家赋予一定的情感和思想，从而成为似可与人类进行精神交流的生命个体。福克纳

莫言与当代中国文学创新经验研究

---

[1] 钟志清：《英美评论家评〈红高粱家族〉》，《外国文学动态》，1993 年第 6 期。

这样写荒野：人们来打猎时，"这荒野似乎在伛下身子，在稍稍向他倾斜，凝视着他们，谛听着"；人们瞄准猎物时，"大荒野也停住了呼吸，倾斜着，从上面向他伛下身子，屏住了呼吸，巨大无比、公正无私，正在等待着"[①]；而人们离开这里时，"大荒野在注视着他们离去，它如今已经不那么饱含敌意，也永远不会再含敌意了"。而莫言笔下的高粱呢，时而"它们都纹丝不动。每穗高粱都是一个深红的成熟的面孔"[②]，时而"在堤外忧悒沉重地发着呆"[③]，时而"合成一个壮大的集体，形成一个大度的思想"[④]，时而又"呻吟着，扭曲着，呼号着，缠绕着，时而像魔鬼，时而像亲人"[⑤]……在福克纳和莫言的描述下，荒野和高粱化为有血有肉、有思有情的生命体，它们都具有生命的质感，以其或统御全局或预知未来的能力而远远超越了人类的一般知觉与直觉，同时又以其丰富的情感蕴藏而引发读者的惊异和感动。从修辞的角度来看，两位作家显然都使用了拟人的手法，而且他们都善于首先将一个开阔的自然空间整体化，福克纳提及荒野的时候总是用"它"，有时用"他"，莫言笔下高粱虽众，但都是以群体或整体的形式出现，总是用"它们"来指称，然后两位作家都成功地将自己的某些思想、情感、意识通过拟人手法灌注于这一被整体化的自然之上，从而成功地勾勒出了他们感觉中的荒野和高粱地。

　　但是，福克纳和莫言对于自然的拟人化描写又有着微妙的不同。透过福克纳的描述，我们可以看到他笔下的荒野完全是一个像上帝一样的存在，它巨大总是伛下身子凝视人类，人类打猎它就屏气凝息，人类离开它就放下敌意，它像是这个世界的统御者，维持着一个世界的公平、公道。同时，它之中的动物们，像大熊、大

---

① （美）威廉·福克纳：《去吧，摩西》，李文俊译，上海译文出版社2014年版，第155页。

② 莫言：《红高粱家族》，作家出版社2012年版，第21页。

③ 莫言：《红高粱家族》，作家出版社2012年版，第29页。

④ 莫言：《红高粱家族》，作家出版社2012年版，第21页。

⑤ 莫言：《红高粱家族》，作家出版社2012年版，第65页。

狗、公鹿等等，似乎也都是它的化身，巨大、强壮、勇猛、沉着、优雅、从容。它甚至以其特殊的方式教导着孩子艾萨克，最终引导艾萨克领悟到土地与自然的真谛。

莫言笔下的高粱却大相径庭。高粱一律是沉默而板滞的，莫言多次写到它们的"纹丝不动"，"板块般的高粱坚固凝滞，连成一体，拥拥挤挤"①，甚至是"忧悒沉重地发着呆"，它们也富有情感，有时"痛哭"，有时"呻吟""扭曲"，有时是"呼号""缠绕"，有时它们甚至以散发气味来表达情感——平常成熟的高粱会散发"苦涩微甘的气味"，日本人碾碎高粱来铺路的时候，被碾轧的高粱散出"一股浓烈的青苗子味道笼罩着工地"②。伏击战开始之前，高粱则飘出"黄红相间的腥甜气息"——沉默、顽强、坚韧、受难，这一片片挤挤挨挨的高粱简直像极了中国广袤土地上生存着的农民们，高粱垂下的头颅和经常被践踏的身躯是中国农民千百年来苦难命运的真实写照，高粱挺直的秆子和血一样的鲜红颗粒又是中国农民内心蕴蓄着的抗争力量的形象比喻。更重要的是，高粱的感情是与人相通的，九儿得到心仪男子的爱情，"四面八方响着高粱生长的声音"，九儿被射杀，"遍野的高粱都在痛哭"，九儿弥留之际，高粱"呻吟着，扭曲着，呼号着，缠绕着"，"它们哈哈大笑，它们号啕大哭"，高粱与人感同身受，高粱与人同爱憎、共荣辱，这一片鲜红的高粱地呀，承载了中国人多少难言的苦难和绝望，也记忆了中国人多少沉重的欢乐和悲伤！

综上，我们或可看到这两位作家笔下自然空间的本质区别。在福克纳的笔下，荒野是高于人类的类似于"上帝""神"一样的生命体，提防、监视人类，也包容、教导人类；而在莫言的笔下，高粱是与人平行对等的生命体，它不高于人类，也不低于人类，而是像普通人一样经历着酸甜苦辣，像普通人一样品味着喜怒哀乐，也像普通人一样区分着爱憎善恶。福克纳和莫言都在拟人的层面上写

---

① 莫言：《红高粱家族》，作家出版社 2012 年版，第 37 页。
② 莫言：《红高粱家族》，作家出版社 2012 年版，第 15 页。

莫言与当代中国文学创新经验研究

过"看"这个动作，但是荒野对人类的"看"是"凝视"："这荒野似乎在伛下身子，在稍稍向他倾斜，凝视着他们，谛听着。"而高粱对人类的"看"是"注视"："连成一体的雾海中竟有些空洞出现，一穗一穗被露水打得精湿的高粱在雾洞里忧悒地注视着我父亲，父亲也虔诚地望着它们。"荒野"凝视"人类是俯视，有居高临下之感，人类无法平等地回望它；高粱们"注视"人类是平视，所以"父亲"可以回望它们。"凝视"与"注视"之间的微妙区别显示了两个被拟人化的自然空间的等级的不同，也显示了作家处理方式的微妙不同，福克纳是将荒野神格化，荒野高高地居于人类之上，像神一样凝视着人类的一切活动，像上帝一样包容着荒野中的一切生命，即使它纵容人类的捕猎那也是因为它看到人类的捕猎是无害的。莫言是将高粱人格化，高粱就像与主人公一样的芸芸众生，它们是忧悒的，感知着世界，它们又是智慧的，洞晓一切，它们体验着人世的一切沧桑、喜悦、欢愉与痛苦，亦将人类的一切悲悲喜喜皆收纳其间。高粱地不仅是有生命灵性的存在，而且是集合了人类所有大欢喜和大痛苦的存在，它是人类恣意狂欢解放自我的场所，也是人类精气凝结又消散、消散了又汇聚的轮回圣地。

之所以会出现这样的不同，与两位作家的文化背景有着密切的关系。如前所述，荒野之于美国建国历程和民族性格铸造的重要性，以及美国的清教宗教传统，都决定了美国人对于荒野有一种崇敬、膜拜、敬仰的神圣感情，这种感情在《野性的呼唤》中凝结为杰克·伦敦笔下的大狗巴克形象，在《人猿泰山》中凝结为可以塑造人猿泰山的大荒野形象，直到当代依然凝结为美国电影大片中的各种荒岛、野外、太空探险题材以及各种具有超能力的超人、巨人形象，那么在福克纳的小说《熊》里就凝结为"伛下身子凝视人类"、感化人类的荒野。

中国文化里人与自然的关系不同于美国文化，中国文化讲究天人合一。中国是一个有着几千年文明史的文明古国，很早开始探索人与自然的关系，《山海经》里记载的"夸父追日""后羿射日""精卫填海"等神话故事传达了远古人类征服自然的意愿，女娲补天的故事则显示了早期人类思想有将自然神灵化的一面。"大约在周代，中国人就用'天''地'来概括中国自然界，形成了天地'六宗'的信仰体系。"① 天地六宗就是"天宗三：日、月、星；帝宗三：河、海、岱"。《周易》非常强调天地自然与人的关系，提出"有天地然后万物生焉"②，其核心思想就是"生命是一个不断生成、不断演进的过程，人和自然界构成这一演进过程中的两个基本项，一切联系都是围绕这一基本关系展开的"③。此后到了春秋战国时代，道家思想和儒家思想两种思想体系中的自然观念对后世的影响最大最深远，以老子、庄子为代表的道家思想崇尚自然，老子提出"人法地，地法天，天法道，道法自然"④，认为自然界的许多规则都影响着人类社会，庄子则说："天地与我并生，而万物与我为一。"⑤认为天地也即自然万物是和我统一，因为人和自然万物是相同的，都是来自自然，而且"知天之所为，知人之所为者，至矣"⑥。天地万物的运行规则和人的运行规则是一致的，故而万物与我是一体的，道家崇尚自然，顺应自然，反映在社会国家管理上就是主张"无为而治"。以孔子、孟子为代表的儒家思想也非常重视自然，孔子说"智者乐水，仁者乐山"，是从旁观者角度来欣赏自然体悟自然，而孟子说"万物皆备于我。反身而诚，乐莫大焉"⑦，则将万物与我合而为一。后儒对孔孟自然之说有所发展，但总体上的自然观则是认为人与自然相即相融，讲究天人合一。与道家"天人合一"不同的是，儒家将人的道德修养也融入了"天人合一"观中，还强调人的道德修为。这构成中国传统文化中在人与自然关系上的核心思想：天人合一。值得注意的是，在"天人合一"这对组合中，"人的因素又

① 高建新：《诗心妙悟自然——中国山水文学研究》，内蒙古大学出版社 2008 年版，第 14 页。
② 《周易》，宋祚胤注释，岳麓书社 2001 年版，第 390 页。
③ 蒙培元：《心灵超越与境界》，人民出版社 1998 年版，第 112 页。
④ 《老子》，李存山译注，中州古籍出版社 2008 年版，第 79 页。
⑤ 《庄子》，王岩峻等译注，山西古籍出版社 2003 年版，第 19 页。
⑥ 《庄子》，王岩峻等译注，山西古籍出版社 2003 年版，第 65 页。
⑦ 《孟子译注》，郑训佐等译注，齐鲁书社 2009 年版，第 221 页。

常常居于主导地位，即所谓的人本位的文化"①。

天人合一思想深深地影响并塑造着中国文学，它将自然导入中国文学并成为文学中一个重要的元素，同时也确定了人本位的自然描写范式。早在春秋战国时期文学中就出现了自然的身影，最早的诗歌总集《诗经》里不少像"关关雎鸠，在河之洲""蒹葭苍苍，白露为霜"这样的自然描写常常是作为"兴"以引起下文。《楚辞》中由昆仑山、江河、香草等构成的自然世界则是屈原心中愤懑情感的外在投射物。盛唐时期出现的山水诗歌流派将自然山水作为诗歌的主要表现对象，意味着自然在中国文学中获得了主角的地位，但是山水诗中的自然并不高于人类，诗人们会盛赞壮美的山河美景，但是并不将自然神化，相反，自然说到底还是人类情感、思想的象征和寄寓对象。宋元明清以来小说逐渐形成，小说里的自然有时是作为叙事空间，有时是起宣情达意的作用，而到了《聊斋志异》中蒲松龄写花妖狐魅，将自然之物变形为人，这可算是自然在中国文学中的一个奇异的发展，但是自然仍然不高于人类，反倒更加明确是与普通人平行的存在。现代文学时期，鲁迅写江南水乡，郁达夫写富春江美景，沈从文写湘西山水，艾芜写西南边陲，在文学中为自然摄录下摇曳多姿的风采，但这些自然风景或地理空间从未被赋予像"神"或"上帝"这般的象征意义。可见，中国传统文化中的"天人合一"思想把自然导入中国文学，使自然成为文学中的一个丰富、灵动而富有生气的元素，但同时也固化了自然在中国文学中的形象和功能，因为"在天和人之间，中国人最重视的还是人"②，所谓"情景交融""借景抒情""触景生情""一切景语皆情语"等文学批评话语固然表现了风景在文学中的重要意义，但其真正的核心却都是人，即自然风景总是为呈现人之情与思而服务的。自然在中国文学中的意义和地位固然重要，但是它与人的等级关系却早已被"天人合一"思想所规定，自然是人的观照物、人的情感的投射

文学故乡的多维空间建构

① 张崇琛：《中国古代文化史》，甘肃人民出版社 2005 年版，第 11 页。
② 张崇琛：《中国古代文化史》，甘肃人民出版社 2005 年版，第 12 页。

物，作家可以对自然进行拟人化描写，但并不会将自然神格化，这正是中国文学在"天人合一"思想影响下而形成的一个小传统。莫言的家乡高密，既承袭深厚的儒家文化传统，又接受老庄道家文化的润泽，中国传统文化的结晶"天人合一"思想在此地的茂腔小剧种、剪纸、泥塑、扑灰年画等各种民间艺术里都有体现，莫言获得的最初的艺术滋养里早已灌注了活泼泼的"天人合一"思想，所以莫言笔下"我奶奶"的巧手才会剪出"鹿背上长梅花树"这样充满自然灵气的剪纸。也正是由于"天人合一"思想的影响，莫言笔下的高粱"在雾洞里忧悒地注视着我父亲"，但绝不会像福克纳笔下的荒野那样"伛下身子"凝视着人类，它们没有上帝或神灵的高度，只有沉默而忧悒的农民气质。

　　荒野与高粱地这两个叙事空间，虽然都是属于自然空间，但仔细比较一下，它们之间竟然存在如此令人惊诧的区别，不能不令人感叹历史文化背景的强大力量和神奇曼妙！福克纳和莫言，两位作家都是在文学故乡里营造自然空间，然而一个写出的是自然的野性，另一个写出的却是人的野性，一个将自然神格化，另一个却将自然人格化，这样深层的区别，令两个自然空间超越了一般外形地貌上的差异而呈现出两种文化体系的深刻差异，福克纳画出了美国文学中的自然，而莫言则绘出了中国文学中的自然。两大叙事空间的背后各自壁立着自己强大的文化体系，它们最终也为自己的文化源流贡献一缕生动而活泼的清流。就莫言来说，这些差异显得更加珍贵，因为这两个差异，清晰地映现出莫言的本土化努力。他虽然是受福克纳的影响才开始有意识地创造"高密东北乡"，但是，一旦他进入自己的创作时，他所启动的生活记忆、所采用的文化资源，却都是来自中国历史和中国土地，他是蘸着中国的颜料、挥动着中国的画笔绘就一幅地地道道的中国画，他的高粱地摆脱了福克纳的荒野气息，而成为中国大地上生机勃勃的高粱地，这一点足以令我们为莫言拍案叫好，因为他真正写出了中国文化的神韵。

第四章　故乡情感空间建构

"从某种意义上说，文学既是人类记忆的产物，也是人类记忆的组成部分。一个作家，无论是在搜集材料、进行构思的前期准备阶段，还是展示想象、虚构和抒情的创作过程中，他总会以这样或那样的方式走进记忆，揭开尘封的往事，接受记忆的邀约。即使是那些面对当下的创作，或者向未来发出各种幻想和预言，都不例外。"[1] 记忆是作家思想、精神、情感的底色，携带着思想、精神、情感内容的文学创作总会在某些不期然的时刻泛起那些记忆底色。所以在作家的文学创作中我们总能或多或少发现作家的记忆，尤其是童年的记忆。沈从文小说中的水、老舍小说中的北平胡同、萧红笔下的呼兰河、鲁迅笔下的浙东乡村，即使时隔几十年，投射在童年记忆中的那些山河影像和人物音容都会以某种形式活跃于他们的文学世界里，因为"一个人的童年记忆包含着他生命的原始印痕，在此后的写作中会经意或者不经意地流露出来"[2]。一个作家笔下的文学故乡虽然是虚构的，也仍然是他们现实生活中故乡的折射，现实生活中故乡的气息、感觉、体验会以各种方式进入他们的文学故乡，从而令他们笔下的文学故乡呈现出一副特别的模样。

福克纳和莫言也是如此。福克纳出生于一个没落的大家族，莫言出生于一个贫穷的农民家庭，虽然两人出生的家庭完全不同，虽然他们生活的社会环境完全不同，但是家庭和社会给他们带来的情感体验和各种认知、感受却都深深地嵌入了他们内心中记忆的巨

---

① 余华等著:《文学:想象、记忆与经验》，复旦大学出版社 2011 年版，第 138 页。

② 杨义:《文学地图与文化还原——从叙事学、诗学到诸子学》，北京师范大学出版社 2011 年版，第 20 页。

石，并凝定、渗透为一种气息，最终成为浸透他们的笔头而熔铸成他们笔下文学故乡里的情感空间。"儿童是一个人成长的必经阶段，因此成年人的感知范畴时不时会掺杂着由早期经历所引发的情感。"① 所以他们在构筑文学故乡时很自然地将自己童年生活的记忆渗透进去，包括故乡生活的亲情体验和创伤体验，而他们复杂多感的怀乡情也成为故乡情感空间的重要内容。

第一节　故乡亲情体验

福克纳生活的南方地区是美国家庭观念最重的地区。"以一家一户为核心的农业经济和庄园生活造成了南方人以家庭为中心的社会。"② 研究南方社会的美国学者伊丽莎白·克尔认为"家庭是最能表现南方文化的机构"③，因此"家庭观念在南方比在美国任何地方都更为突出，家庭的价值在南方比美国任何地方都更得到珍惜"④。正因为此，"美国南方早就形成了浓厚的家庭小说传统"⑤。而福克纳的家庭小说无疑是继承和发展了这一传统。在这一点上莫言的处境与福克纳有着惊人的相似。中国是个农业社会国家，被土地所决定的社会经济也决定了家庭在社会结构中的重要地位，特别是在莫言生活的山东高密地区，中国传统文化的主流——儒家思想影响深厚。儒家非常重视家庭的地位和内部关系，甚至将家与国联系在一起，将规定家庭内部关系的"孝""悌""忠""信"等观念用

---

① （美）段义孚：《空间与地方——经验的视角》，王志标译，中国人民大学出版社 2017 年版，第 16 页。

② 肖明翰：《威廉·福克纳研究》，外语教学与研究出版社 1997 年版，第 102 页。

③ 转引自肖明翰《威廉·福克纳研究》，外语教学与研究出版社 1997 年版，第 102 页。

④ 肖明翰：《威廉·福克纳研究》，外语教学与研究出版社 1997 年版，第 102 页。

⑤ 肖明翰：《威廉·福克纳研究》，外语教学与研究出版社 1997 年版，第 103 页。

来规定国家、社会层面的各种关系，由此形成"家国一体"的文化系统。这种文化背景下的中国文学也形成了以家庭为核心的家庭小说传统，从古典文学中的《金瓶梅》《红楼梦》到现代文学中的《家》《四世同堂》，乃至当代文学中的《白鹿原》《古船》等小说都是典型的家庭小说，莫言以《红高粱家族》《食草家族》《丰乳肥臀》《生死疲劳》为代表的一批家庭小说显然是从这一文学传统中生长出来的独特一枝，同时也丰富了这一传统。

在重视家庭的文化背景下，福克纳和莫言笔下的文学故乡当然首先是以家庭生活为经纬来建构其情感空间。他们写故乡、写乡村都是以一个个家庭作为核心，讲述家庭成员的故事并描述家庭成员之间的关系，因此他们的作品里常出现对一个个延续数代的家族的描写，从而形成家族小说的架构。像福克纳笔下的麦卡斯林家族、沙多里斯家族、萨德本家族、康普生家族等，莫言笔下的余占鳌家族、食草家族、上官家族、西门家族等，皆是如此。这说明两位作家有着浓郁的家庭观念，在他们的认识里，家是社会基本的细胞，每个人都必定出身于一个特殊的家庭，每个人的生活、情感、命运都与这个家庭息息相关，他们必然带着这个家庭赋予的特殊烙印踏上人生之路，他们的个人性格也必然带着从这个家庭习得的特殊气质。

不过，虽然都是生活于重视家庭观念的地区，且都侧重描写家庭小说，福克纳小说的家庭关系和莫言小说中的家庭关系却表现出很大的差异性，尤其是在夫妻关系和亲子关系方面，两位作家小说里的描述迥然不同，这些差异及其背后的原因值得关注。

一、夫妻关系透视

夫妻关系是家庭关系的主轴，一对夫妻之间关系的和谐度、融洽度会深刻影响其他家庭成员的情感建构，进而影响到其他维度的家庭关系，福克纳和莫言的小说都曾描写过夫妻关系。

福克纳小说里的夫妻关系大多是畸形的，男女双方虽维持着夫妻关系，但两人之间既没有爱情，也缺乏亲情，夫妻关系是淡漠的，他们出于一种利益的需求或者仅仅是出于惯性而维持着无爱的婚姻。《我弥留之际》中，艾迪和本德仑之间只有夫妻之名，而没有夫妻之情。艾迪给本德仑生了两个孩子之后就不想再为他生孩子了，但是后来她出轨牧师并生下了一个孩子，出于对本德仑的内疚又为他生了一个孩子德尔，她和丈夫之间的夫妻之情显然是淡漠的，是为了生活而生活在一起。艾迪去世之后，本德仑一定要将艾迪的遗体运到杰弗生镇去安葬，表面上是为了完成艾迪的遗愿，而实际上却是为了去给自己装一副假牙，在还没安葬艾迪遗体之时他就勾搭上杰弗生镇的一个妇女，在安葬完毕返回的时候便带上了这位新晋本德仑太太。情节发展充满了讽刺意味，迅速揭开了本德仑先生与艾迪之间婚姻的虚伪本质。《喧哗与骚动》中康普生先生与康普生太太之间也是如此，康普生太太对康普生先生怀着极大的抱怨，抱怨丈夫没能提供优越的生活，而康普生先生则沉浸在自己的悲观失落之中，对妻子的抱怨和不满置若罔闻，依然我行我素。康普生家的夫妻关系差不多代表了福克纳小说中大部分夫妻关系，淡漠的夫妻关系在福克纳的小说里是一种常态，尤其是在他笔下的白人家庭里，几乎没有温馨和谐的例子。在《押沙龙，押沙龙》里萨德本精心选择了科德菲尔德先生的女儿埃伦当自己的妻子，其实是为了借助科德菲尔德先生的好名声来为自己不清不白的来历洗白，是为了在镇上赢得一个令人尊敬的社会地位，这桩婚姻从一开始就充满了利益和铜臭的味道。婚后埃伦与萨德本基本上没有交流，萨德本当着孩子的面与黑人血斗引起埃伦的尖叫，然而萨德本依然我行我素毫不收敛，缺乏感情的夫妻生活令埃伦陷入购物的疯狂变成一个庸俗女人。《八月之光》里克里斯默斯的外公是一个狂热的种族主义者，他杀死了女儿的情人，看着女儿难产而不搭救导致女儿死亡，克里斯默斯的外婆带着对丈夫的憎恨和冷漠与之一起生活了几十年。而在短篇小说《烧马棚》里福克纳干脆不写夫妻关系，还有《去吧，摩西》里的麦卡斯林家族里几乎没有女主人的身影，老麦卡斯林夫人以及其后的几代麦卡斯林先生的夫人都未曾出现，虽然提到了布克的妻子、艾萨克·麦卡斯林的母亲索凤西芭，但几乎没有写到他们的夫妻关系，这样的处理对于家庭小说来说极为少见，一则显示了家庭中女性不受重视，二则也从侧面说明这个家庭中夫妻关系非常淡漠。

如果说福克纳笔下的夫妻关系通常是建构在利益之上的冷漠与隔膜，那么莫言笔下的夫妻关系则是冰火两重天。莫言既写过情深义重的夫妻，如《秋水》里面的"我爷爷"和"我奶奶"，也写过相互憎恨的夫妻，如《爆炸》《金发婴儿》《老枪》里的"我爹"和"我娘"、《食草家族》里的四大爷和四大娘、《野骡子》里的"我爹和我娘"等。无论是写哪一种类型的夫妻，作家都是向着极致来写，夫妻之间要么深挚相爱，要么对对方恨之入骨，但没有一对夫妻是像福克纳笔下的那些怨偶一边充满怨恨一边维持婚姻关系，《老枪》里"我奶奶"恨"我爷爷"吃喝嫖赌不务正业，"我爷爷"也在"我奶奶"重病之时毫无怜惜之心;《野骡子》里"我爹"狠心抛下老婆孩子，和情人野骡子私奔，"我母亲"坚强地撑起了家，并拒绝想要回家认错的丈夫。《丰乳肥臀》里上官鲁氏因为没有生育孩子而被丈夫虐待，上官鲁氏以多次借种的方式求得在婆家的生存，同时也以这种方式狠狠地报复施虐的丈夫。莫言笔下的夫妻关系，极少有福克纳笔下那种相互冷漠、无声怨恨的夫妻，更多的是淋漓尽致地挥洒出来的痛恨并狠狠地刺伤对方的夫妻，他们之间的爱与恨都是极为鲜明的。最典型的要算《红高粱家族》中的余占鳌和九儿，两人相爱的时候敢于不拘礼法在高粱地野合，以大胆无畏的行为宣示热烈如火的情感，也尽情宣泄着强盛的生命活力，但是当九儿发现余占鳌背叛了她之后，反应非常激烈，吵闹、戾骂、扇耳光都用上了，甚至不惜主动向"铁板会"头目黑眼投怀送抱，她用放浪形骸、自我糟践来报复余占鳌的不忠，正如小说里写的："我们感情上的游击战首先把自己的心脏打得千疮百孔最后又把对方打得千疮百孔。"[①] 显然，福克纳笔下的夫妻关系是渐渐放凉的温吞水，

---

① 莫言:《红高粱家族》，作家出版社2012年版，第165页。

不甘甜，亦难弃；莫言笔下的夫妻关系是冰火两重天，既能爱得情深意切，也会恨得咬牙切齿，每一种状态都是一样地决绝，一样地凛然。

福克纳小说中的家庭关系是他个人家庭生活在文学中的倒影。福克纳自己的父母之间关系并不融洽。虽然福克纳的曾祖父老上校和祖父小上校都曾经创下辉煌的人生业绩并为家族积累了一份厚实的财富，但是福克纳的父亲默里·福克纳却没有遗传老上校和小上校的勇敢和机智，这个平庸无为的男人只能在家族先辈创下的辉煌成就下度过庸庸碌碌、郁郁寡欢的一生，多次举家搬迁也未能改变他始终不能成功的命运，最终选择在密西西比大学担任总务长的职务。默里的平庸引来他要强的妻子莫德的不满和抱怨，莫德非常瞧不起丈夫，默里只能喝酒应对，这更激起了莫德的不满，后来这对夫妻甚至完全不说话，相互之间除了冷漠以对再无其他相处方式。从《喧哗与骚动》里康普生先生与康普生太太的形象和关系中，我们似乎可以看到福克纳自己父母的形象和关系。威廉·福克纳从小沉浸在母亲对父亲的蔑视之中，这不仅让福克纳与他的父亲之间非常隔膜，也在一定程度上导致福克纳的自卑。尽管母亲坚信她的长子威廉·福克纳总有一天会以超人的才华获得成功，但是这份来自母亲的鼓励仍然不能弥合糟糕的父母关系给他带来的心灵创伤。福克纳自己的夫妻关系也不比父母好到哪里去。福克纳少年时期曾仰慕幼时一起玩耍、一起长大的美丽姑娘艾斯特尔，但是艾斯特尔虽然与他青梅竹马，最终却没有嫁给他，而是与一位银行家结了婚。婚后的艾斯特尔并不幸福，在福克纳的介入下离婚并最终和福克纳结婚。踏入婚姻之后福克纳才看清他和艾斯特尔之间的巨大差距，福克纳不喜欢参加社交活动，艾斯特尔却很喜爱上层社会交际，热衷于参加各种上层聚会，还在花钱上大手大脚，这令靠写剧本、写小说赚钱养家的福克纳颇为头疼，彼时福克纳在好莱坞写剧本收入并不理想，但是每每回到家乡时总要为大手大脚的艾斯特尔偿还一大笔各种店铺里的赊账，有一次福克纳甚至气得登报说明不再偿还艾斯特尔欠下的赊账。福克纳带着对艾斯特尔的失望出轨米塔，甚至曾经提出离婚，但艾斯特尔坚决不同意，福克纳意识到离婚不可行，尤其是他舍不得女儿，最终只能维持这段令他难受、难堪的婚姻。《我弥留之际》中艾迪与本德仑之间无爱的婚姻很大程度上映射着福克纳自己的婚姻，因为艾迪与本德仑之间的隔膜、冷漠正是他从个人婚姻生活里获得的最深刻体验。一直到福克纳当了外公之后，他们夫妻的关系才有了一些缓和的迹象，但福克纳对于婚姻的失望感早已渗透到他的文学创作中，他的作品中很少描写深情和睦的夫妻关系，这显然源于他个人的生活经历。

与福克纳不同，莫言笔下的夫妻关系更多地源于他所处的齐鲁文化的滋养。"彻底浸润高密东北乡每一寸土壤的齐鲁大地深沉的文化气息，在莫言的生长期融入到他的血液里，成为他认识和感知世界的初始方式。"[1] 在齐鲁文化的浸染下，"那些像野草一样顽强的先人们，那些野兽般粗鲁率真的好汉们，身上都隐约带有水泊英雄的印记"[2]。无论是余占鳌这样的豪气、粗率的硬汉子，还是九儿这样美丽、标致的姑娘，无论是那个被丈夫嫌弃不够漂亮的四大娘，还是因节俭而被丈夫抛弃的小通妈，这些人物身上都有一种豪爽、率真的气质，又都有刚强和坚忍的意志，他们敢爱敢恨，爱憎分明，爱起来可以如火如荼冲破礼法的束缚，恨起来可以做绝一切事情不给自己留一条后路，反映在夫妻关系上就会造就一幅冰火两重天并存的奇诡景象，相爱的时候余占鳌和九儿可以不顾礼法高粱地里野合，互相伤害的时候一个可以决绝地离家出走，另一个以叛逆回敬，爱恨都是如此地鲜明和决绝。也正是因为这样一种豪爽坚强的性格，莫言笔下作为妻子的女性没有一个是柔弱的哀怨者，更没有康普生太太那样的自艾自怜的怨妇形象，即使被婆家虐待、被丈夫抛弃，她们也依然坚强地生活下去而从不抱怨、自怜，九儿、上官鲁氏、小通妈、四大娘等人是这片厚土上坚韧的生活者，也是不

---

① 叶开:《野性的红高粱——莫言传》，二十一世纪出版社 2013 年版，第 17 页。

② 叶开:《野性的红高粱——莫言传》，二十一世纪出版社 2013 年版，第 17 页。

公平待遇的反抗者，她们全力地爱自己的爱人，但当面对背叛和抛弃时她们也是全力地反抗，此时她们身上隐隐折射着几百年前水浒英雄的气质和光芒。

二、亲子关系审视

父辈与子辈之间的亲子关系，也是建构人的情感空间的重要支柱，与父母之间关系的亲疏以及相处方式，都将深刻地影响到人的一生。福克纳和莫言的小说都对亲子关系做过一些独特描写，如果仔细对照一下，还可发现两位作家笔下的亲子关系各有各的特点。

在《喧哗与骚动》《八月之光》《押沙龙，押沙龙》《去吧，摩西》《我弥留之际》《没有被征服的》等作品中，福克纳比较多地描写了父母与子女的关系。但是，这些小说中没有一部作品描写了令人感到温暖、和谐的亲子关系。最具代表性的作品就是《喧哗与骚动》，康普生先生沉迷于饮酒和悲观失望中，康普生太太则经常抱怨生活的不如意，这对父母每天沉浸在自己的情绪中不能自拔，很少亲自照料几个孩子，照顾孩子们饮食起居的事情几乎都交给了黑人佣妇迪尔西一家，迪尔西以她的善良、正直和宽容，给予孩子们宽厚的母爱。迪尔西的举手投足都有福克纳家里的黑人佣妇卡罗琳的影子，她们都是宽厚而慈爱的女性，所以这个形象显然带有福克纳的童年记忆和体验。而在《我弥留之际》里，从本德仑家族中每个人的叙述中，读者并没有感受到作为父母的本德仑和艾迪对孩子的关爱，本德仑每天只知道喝酒干活，极少和家人交流，孩子们与艾迪相处得更多，但是这个艾迪却有着自己的秘密和算计，并没有全心关爱几个孩子，孩子们与母亲艾迪的感情也相对淡漠。

值得注意的是，福克纳小说竟描写了不少孤儿，《八月之光》中其实有两个主角：克里斯默斯和莉娜，一个是小说中悲剧的主角，一个象征着小说中唯一的光明和希望，但他俩都是孤儿，都没有享受过真正的父爱和母爱。《去吧，摩西》里的艾萨克·麦卡斯林从小父母去世，由艾萨克的外甥麦卡斯林抚养成人。《押沙龙，押沙龙》里查尔斯·邦也是一个孤儿，虽然母亲去世后他找到了生父，但后来再次遭到生父的抛弃。还有一种情况，就是孩子虽然有父亲，但是父亲极少参与到孩子的成长中，比如《没有被征服的》里，巴耶德的母亲很早就去世了，父亲参加南北战争，经常不在家里，巴耶德长期与姥姥罗莎小姐生活在一起，罗莎小姐虽然尽可能地庇护着巴耶德，但是后来却因为做军马生意养家而丢掉了性命，巴耶德提前结束了童年。《押沙龙，押沙龙》里亨利兄妹年幼时母亲去世，父亲并没有更多地照顾兄妹俩。可见，这些人物在生活中应该得到的父母之爱是严重缺失的，无论是父母健在，抑或父亲抚养，孩子们总是处于父亲或者母亲缺席成长的状态之中，更遑论双亲不在，这种缺爱或者少爱的亲子关系营造了主人公所面对的孤苦的情感空间。

　　莫言小说《红高粱家族》《野骡子》《丰乳肥臀》《四十一炮》等不少作品中呈现出来的亲子关系则是另一番面貌。亲子关系在莫言小说中呈现两种状态，一种是母亲维度上的亲子关系，母亲与子女之间，通常有着深厚的感情，对于子女母亲总是展现出慈爱、包容的一面，深深的母爱就像墨水河一样环抱滋润着她的子女，《野骡子》《四十一炮》《丰乳肥臀》就是这方面的代表作。

　　莫言对父亲维度上的亲子关系的描写却并不像写母亲时那样富有感情。莫言笔下的父亲往往很凶，对于孩子来说父亲是严厉的代名词，有时甚至是一个噩梦般的存在，《枯河》中虎子因为误伤了村干部的女儿而受到父亲的毒打，尽管这个事件里还掺杂有乡村政治和小家庭乱世中生存法则的原因，但是父亲对儿子的毒打仍然暴露着父权的残暴无情。还有《罪过》里的父亲只心疼溺水的小福子，对有点痴傻的大儿子表现出冷漠和蔑视。有时即使是孩子已经长大成人，这个父亲依然非常严厉，比如《爆炸》的开篇就描写已经是军官的"我"被父亲扇耳光；《流水》里的父亲牛阔成是一个粗莽、武断、跟不上时代步伐的老顽固，经常痛骂勇敢追求时代潮流的儿子和女儿；《怀抱鲜花的女人》里面由于"我"不清不楚地带回来一个怀抱鲜花的女人，所以"我"一踏入家门便被父亲狠狠地扇耳光。

　　而在另外一批作品中"严厉的父亲"虽然不见了，但是父亲形象也基本消失了：《透明的红萝卜》里黑孩的父亲去世了，黑孩和继母一起生活；《老枪》中我很小的时候父亲便因得罪了干部而自杀，是母亲把"我"养育成人；《野骡子》里罗小通的父亲因为出轨别的女人而离家出走，养育罗小通的是母亲。《红高粱家族》里余占鳌的父亲很早就去世了，余占鳌的母亲在和尚的接济下养育余占鳌；豆官的生父是余占鳌，但在名义上余占鳌只是豆官的干爹，对豆官而言，生父是缺席的，尽管十四岁时母亲九儿临死前告知他生父就是余占鳌，但是豆官已经在生父缺席的状态中度过了十四岁以前的童年时光，这段时光里出现更多的是如同祖父一般的罗汉大爷，而不是父亲。最典型的作品要数《丰乳肥臀》了，上官鲁氏从多个男人那里借种生下九个孩子，但是没有一个男人养育过这些孩子，包括那个名义上的父亲上官寿喜，也在孩子们很小的时候就被日寇刺死，上官鲁氏一个人独力拉扯着九个孩子，而男人们没有尽哪怕一分力。此外，在《拇指铐》《金发婴儿》《模式与原型》《欢乐》《四十一炮》《遥远的亲人》等作品中几乎都有一个"寡母和孩子相依为命"的设定在里面。在这些作品中，父亲要么私奔了，要么去世了，要么失踪了，只有母亲与孩子相依为命，总之父亲是缺位的，孩子的生活空间里只有母亲，而父亲只是孩子生活中一个不具有生命意义的名词，这种父亲缺席的现象耐人寻味。

　　可见，福克纳和莫言小说中的亲子关系显然是不一样的，福克纳小说中较少写到母爱，大多数母性的光芒来自黑人佣妇，莫言小说却多次描写母爱，就母爱书写的比例来看，莫言显然多于福克纳，亲子关系也较福克纳要自然、亲密一些。福克纳小说经常写到失去双亲的孤儿，莫言小说则经常写到失去父亲、与母亲相依为命的孩子。两位作家的描写透露了他们自己的家庭生活情况。

　　福克纳的父亲虽然庸碌无为，但有一副高大健硕的身材，福克纳的母亲莫德生性要强，却身材矮小，福克纳遗传了母亲的基因，身材不够高大，他的两个弟弟却幸运地遗传了父亲的高大身材，矮小身材是"一个影响到福克纳自我意识的因素"①，他对此始终不能释怀，并因此还滋生出浓重的自卑感，虽然这样的基因传承说明他比另外两个弟弟更加明确地是真正的"母亲的孩子"，甚至为他博得母亲更多的关爱，但是却在无形中拉开了他与父亲之间的距离，福克纳与父亲之间始终有很深的隔膜，父子之间很少说话，甚至在福克纳因写作得奖之后，他的父亲仍然不能理解他会在小说中写一些什么。福克纳是一个孝子，对母亲很孝顺，但是福克纳与母亲之间关系并不是完全和谐的，尽管母亲坚信自己的长子有才华，相信总有一天他会成功。母亲源源不断的鼓励也确实是福克纳走向成功的重要动力，但是母亲强迫福克纳在父亲和她之间做选择，这就令福克纳很为难，同时也感受到一种强大的压力，这大概是导致福克纳并没有写太多母爱的一个内在原因，毕竟有的时候太强烈、太厚重的爱对于被爱者来说反而是一种无形的压力。福克纳的母亲在家里一直很强势，福克纳的外婆健在的时候经常居住在福克纳家里，也对这个家庭有相当的影响力，等福克纳外婆去世之后，黑人佣妇卡罗琳在一定程度上接替了外婆的角色，可以说福克纳一直生活在女人掌管的家庭里，这令福克纳感受到一种来自女性威权的压力，这大概是他极少像莫言那样深情描写母爱的另一个内在原因。这种状态下成长起来的福克纳对父亲是隔膜的，又时刻感受到来自母亲的巨大压力，这也就难怪福克纳小说中对于亲子关系的描写是那样令人失落，小说中的父亲们极少关心孩子们，母亲们又沉浸在自己的情绪中而不去真正了解孩子们的情感需要，孩子们是孤独的，因为福克纳的童年就有很多孤独的体验，他经常一个人静静地待在一个角落里。

即使是拥有很多来自母亲的爱，福克纳依然有一种不确定感，这应该来自他的长子身份，"长子往往拥有特殊的地位，但当每隔两年就有一个婴儿出生时，长子的地位就变得危险了……他体会到

① （美）弗莱德里克·R. 卡尔：《福克纳传》（上），陈永国等译，商务印书馆 2007 年版，第 18 页。

什么叫'罢黜'，其实只不过是自己的正当位置被取代了的感觉"①。
而且，处于长子的位置，福克纳也更容易感受到家庭的内在危机，
他幼年时家里经常搬家，父母之间也出现日益加深的隔阂，"作为
长子，他切身地感到了默里事业衰微时家庭的矛盾，不管这种矛盾
表现为言语的争吵，还是表现为莫德对丈夫的疏远和对儿子们的亲
近。这种微妙的社会因素始终伴随着年轻人的成长和发展，而在长
子身上则最为强烈"②。福克纳比他的弟弟们更准确地从微妙的生活
状态中感受到一种不确定性、不安全感，而他的弟弟们却几乎无
感，在大弟弟杰克所描写的家庭田园诗中完全是另一种状态："很
久以前的岁月是那么温和。生活是那样地安稳，那么愉快。"③兄弟
们对于生活完全不同的感受认识，拉开了福克纳和弟弟们的距离，
加深了他内心中的不确定感进而加深了孤独感。他笔下那么多没有
双亲的孤儿，克里斯默斯、莉娜、乔安娜、艾萨克、查尔斯·邦等
人物的身上多多少少都融入了福克纳在童年乃至少年时期所感受到
的那种孤独感，福克纳对他们"孤儿"身份的定位也在很大程度上
出于不确定感和孤独感对他心灵的渗透和驱使。

　　事实上，福克纳对于家是有着憧憬与渴望的，他曾在一次演讲
中表达了他对于家的认识："家不仅仅是四堵墙壁——某条街上的一
所房子，一个庭院，大门上有一个门牌号码。它可以是一个租来的
房间或是一套公寓——任何四堵墙，里面装载着一场婚姻或是一项
事业，也许是同时装载着婚姻与事业。"④而且，福克纳对家还充满
着对亲情的期待："家不仅意味着今天，而且意味着明天与明天的
明天，以及更多的明天与明天。它意味着某一个人贡献爱、忠诚与

①　（美）弗莱德里克·R.卡尔：《福克纳传》（上），陈永国等译，商务
　　印书馆2007年版，第32页。
②　（美）弗莱德里克·R.卡尔：《福克纳传》（上），陈永国等译，商务
　　印书馆2007年版，第56页。
③　（美）弗莱德里克·R.卡尔：《福克纳传》（上），陈永国等译，商务
　　印书馆2007年版，第57页。
④　（美）威廉·福克纳：《福克纳随笔》，李文俊译，上海译文出版社
　　2008年版，第143页。

尊敬，给值得接受的另一个人，某个相配的人，这个人的梦想与希望亦即是你的梦想与希望。"[①]演讲中的福克纳与小说中的福克纳是多么不同，哪一个才是真实的福克纳？或许这就是福克纳的两面，一个对亲情对家庭充满渴望与期待，另一个却对现实中的家庭、亲情关系失望、无奈，两相参照之下我们才可洞察到在福克纳笔下那冷漠、孤独的家庭氛围中藏着一颗多么火热而渴望的心灵。

　　莫言小说中的亲子关系也是莫言自己家庭情况的一个折射。莫言生活在一个多子女家庭，他在家里四个孩子中排行老三，由于当时中国社会的大环境，许多乡村农家非常贫穷，而多子女家庭更是拮据，莫言的母亲对孩子们很好，在全国都处于饥饿状态的年代里，母亲总是自己吃野菜却把食物留给孩子们，《丰乳肥臀》里上官鲁氏用吞粮食、吐粮食的方法从生产队里偷粮食回来给孩子们吃的情节就是取材于莫言自己的母亲，这段情节令莫言记忆深刻，即使后来因此遭到某些人的批评，莫言依然坚持这段情节的真实性。这一细节从一个侧面反映了莫言的母亲身上闪现着的伟大的母性之光，从中我们不难理解为什么莫言的母亲是他创作《丰乳肥臀》的一个巨大动力："我决定就从生养和哺乳入手写一本感谢母亲的书。"[②]莫言笔下母爱书写的源泉来自他的母亲给予他的深厚的母爱，他所描写的以母爱为基础的母子关系也多来自现实中他与母亲的关系。

　　同样地，莫言对于父亲形象的描写也更多地来自自己的父亲。由于受到家庭"上中农"成分的影响，莫言的父亲在村子里始终是小心谨慎的，当了村里会计后更是兢兢业业地工作，不敢有丝毫造次，也正是因为家庭成分和他自己的勤勉谨慎，他对几个子女的管教也非常严厉，给莫言留下的印象就是一个严厉得难以亲近的父亲，他怕父亲，父亲的责罚给他留下了深刻的记忆，所以他笔下的人物即使已经成年，也常受到父亲的责骂打罚。在中国传统文化

① （美）威廉·福克纳:《福克纳随笔》，李文俊译，上海译文出版社2008年版，第142页。
② 莫言:《用耳朵阅读》，作家出版社2012年版，第32页。

中，"严父慈母"是一般家庭里的双亲常态，受到性别生理差异的影响，在一个家庭中，父亲作为男性往往是"主外"，主要职责是挣钱养家，为家人提供必要的物质条件；母亲作为女性往往是"主内"，主要职责是料理家庭事务，照顾老人孩子。不同的社会角色与家庭分工带来两者不同的属性，父亲与孩子接触较少，加之父亲要维持家庭的基本秩序，所以父亲需要表现出"强大"和"严厉"的一面，母亲天天与孩子在一起，相互接触的时间长，再严厉的母亲都会在日常生活的经常接触中消磨掉严厉的一面而显得"温柔"和"慈爱"，这样的角色设定框定了中国传统文化中的"严父慈母"形象。莫言自己的家庭实际情况本身就符合"严父慈母"的设定，映射在他的小说中就自然形成了宽厚的母亲形象和严厉的父亲形象，莫言笔下的亲子关系是典型的中国传统乡土社会中的亲子关系。至于他小说中"寡母与孩子相依为命"的家庭模式，则是惧怕"严父"的畏惧心理的一种变体，虽然严父之严里也蕴藏着父爱，但对于孩子来说这种严厉的父爱是难以接受的，对于"严父"管教下的孩子们来说，父爱仍然是缺席的状态。而父爱的缺席或许会令莫言产生从未有过父亲或者不如没有父亲的幻觉，所以他才会不由自主地在小说中描写一批从小没有父亲的孩子。此外，对于男性主导的乡村社会而言，家里没有作为男主人的父亲，这个家庭在乡村社会里就会处于弱势地位，这就无形中增加了故事的悲剧感，从艺术的角度来说，这是一种能够有效激发读者悲剧感的处理方法，故而莫言在作品中设定一个"与寡母孤苦生活"的生活环境，也许是为了达到这样一种艺术效果。

第二节　故乡创伤体验

如果说家庭成员关系是撑起故乡情感空间的一个重要维度，那么来自故乡生活体验中的创伤记忆则是支撑情感空间的另一个重要维度。福克纳和莫言都在故乡度过童年、少年时期，一直到青年时代才离开故乡，在故乡生活的日子里他们积累了丰富的人生体验，既有来自家庭的快乐与欢欣，也有某些带有创伤性质的人生体验，尤其是带有创伤性质的人生体验必将在他们的小说中留下深刻的印痕。福克纳的小说里渲染着浓重的撕裂感，而莫言的小说里则沉淀着惨痛的责罚记忆，这些都在他们的作品中留下了深深的倒影。

一、福克纳:"撕裂"书写

何谓"撕裂"? 撕裂是指用某种东西将一个物品撕扯开来，也就是在外力的作用下，一个物品从整体状态而变成分裂状态，比如将一件衣服撕成几片，将一张纸撕成若干片，这就是撕裂现象。撕裂现象不独表现在具象事物上，还可能表现在某些没有实际形态却以概念的形态而存在的抽象事物上，小到一个人的思想、精神，大到一个群体、一个社会、一个国家都可能存在撕裂现象。抽象事物的撕裂现象，当然不可能像具象事物的分裂那样以看得见摸得着的具象形式呈现出来，它往往表现为在一个表面完整的概念化事物内部的分裂，即其内部同时存在两种或两种以上相互矛盾甚至相互对抗的方面，比如一个群体的撕裂，那就是群体内部出现两种或者两种以上不同的、甚至是尖锐对立的声音和主张，社会的撕裂、国家的撕裂也是同理。文学往往会以特殊的方式摄录下这种抽象事物的撕裂，为这种撕裂现象留下生动的文字记录，撕裂现象在一部文学作品中的大量出现会为作品带来尖锐的撕裂感，也就是福克纳所说的"恐惧":"当今我们的悲剧是大家确实都怀有一种普遍的恐惧，而此种恐惧是如此深远，以至对此种恐惧，我们已经能够忍受。"[1]福克纳将他所感受到的这种"普遍的恐惧"化作其小说中的撕裂感，深深地浸透于他笔下的悲剧之中。

---

① （美）威廉·福克纳:《在接受诺贝尔文学奖时的演说》，李文俊编选，《福克纳评论集》，中国社会科学出版社 1980 年版，第 254 页。

（一）个人的撕裂

撕裂现象在福克纳的小说里有很多，而最令人心悸的撕裂现象就是呈现在人物个体身上的撕裂。《八月之光》中乔安娜·伯顿小姐一个人独居于破落大宅子里，她没有亲人，没有朋友，一个人孤独地生活，但是她身上却没有女性的柔弱，而是像男人一般刚强独立，所以当克里斯默斯这样一个擅自闯入私宅的陌生人突然出现在她面前时，她竟然没有表现出女性常有的惊吓和恐惧，反而非常平静："一张平静严肃的面孔，毫无惊恐的神情。"[①]她甚至还举着蜡烛站在门口，与这个突然闯入她家的陌生男人"对视了一分钟"，还吩咐这个陌生人可以吃她家的食物，而且"声音安静，略为低沉，却十分冷峻"[②]。乔安娜当然是女性，但是粗粝的生活现实早已将她磨砺成如同男人一般，她做着男人从事的事业，帮助黑人争取各种权利，每天忙着处理各种与黑人有关的信件和事务；她的行为方式更像一个男人，她不惧怕陌生人，哪怕是自己独居于一栋老房子里，她也允许一个不知底细的陌生男人寄居在她家还为之准备晚饭；她与克里斯默斯在老房子的游廊里偶然遇见时，她还会像个男人一样与克里斯默斯交谈几句，而当夜晚克里斯默斯带着征服的意味闯入她的卧房，乔安娜"既没有女性的犹豫徘徊，也没有女性终于委身于人的忸怩羞态"[③]。这令克里斯默斯感觉"仿佛他是在同另一个男人肉搏抗争，为着一件对双方都不具有实际价值的东西，而他们只是按原则进行搏斗而已"[④]。男性化的生活状态中乔安娜身上的女性特征逐渐淡化，她甚至不再像一个女性那样注意衣着修饰，总是穿着"整洁宽大的印花便服……有时她戴一顶遮阳布帽，像

---

① （美）威廉·福克纳：《八月之光》，蓝仁哲译，译林出版社2015年版，第161页。

② （美）威廉·福克纳：《八月之光》，蓝仁哲译，译林出版社2015年版，第162页。

③ （美）威廉·福克纳：《八月之光》，蓝仁哲译，译林出版社2015年版，第165页。

④ （美）威廉·福克纳：《八月之光》，蓝仁哲译，译林出版社2015年版，第165页。

个乡村妇女"①。这个乔安娜显然是在生活的打磨下变成了这样的雌雄合体的状态，在她的身上男人与女人共存一体，从生理上说她当然是一个女性，但是从心理和行为方式上来看，她已经被这个男性社会异化，变成了一个丧失了女性特征的"准男性"。与她相处了一段时间的克里斯默斯很快领教到乔安娜身上的这种双重性："她显出了双重性：一个是他首次见到的女人，手举蜡烛开门站在他面前（还忆起她穿着拖鞋轻轻走近的声音），像雷电闪烁之际突然见到原野，见到人身安全和私通的地平线，即使得不到乐趣；另一个则具有男人般的体肤，从遗传和环境中形成的男性思索习惯，他必须与之搏斗到最后一刻。"②然而，雌雄合体的"双重性"恰恰正是乔安娜的撕裂之所在，她作为一个女性的完整性已经被生活的残酷现实完全撕裂。乔安娜的祖父和哥哥是坚定的废奴主义者，尽管内战结束后南方的奴隶制被废除，但南方社会里仍然有一大批蓄奴主义者，所以在南方他们一家成为被排斥的人，祖父和哥哥被南方蓄奴主义者杀害后，乔安娜承担起祖父的事业继续为黑人争取权利，但仍然被排斥在南方主流社会之外，她只能居住在杰弗生小镇边缘的黑人社区里。不仅如此，她所面对的南方除了是个种族主义社会，还是个信奉男尊女卑思想的社会，"在这个以男人为中心的社会里，表面上男人对女人彬彬有礼，仿佛时时刻刻在保护女性。实际上妇女并不受人尊重，并没有自己的身份、权利和自我"③。处于这样的社会环境里，许多南方女性都无法回避被"南方社会的妇道观和伦理观"④严苛压制的命运。不过，"她们强烈的生存意识使

① （美）威廉·福克纳：《八月之光》，蓝仁哲译，译林出版社2015年版，第163页。
② （美）威廉·福克纳：《八月之光》，蓝仁哲译，译林出版社2015年版，第164—165页。
③ 陶洁：《福克纳研究》，上海外语教育出版社2013年版，第208页。
④ 李常磊、王秀梅：《传统与现代的对话——威廉·福克纳创作艺术研究》，外语教学与研究出版社2010年版，第87页。

她们不断地寻找着自己认为能够在南方社会生存的方式"①，为了能在曾有着蓄奴传统的南方社会立足，也为了能在男尊女卑的社会里生存下去，乔安娜只能让自己变得像男人一样独立、坚韧，用男人的方式去生活，从性格、说话到行为方式都更贴近男人的做派——长期男人化的孤独生活令她的女性特征掩藏起来，甚至在一定程度上从她的身上剥离掉了女人性，发生在她身上的撕裂，最终令她成为一个雌雄同体的"准男人"。

海托华也是撕裂的，他从小聆听着黑奴厨娘讲述的祖父的英勇事迹长大，内心充满着对于祖父内战时期的荣光的崇拜，在神学院里深造的时候他就对祖父的战绩念念不忘，还力求毕业后到祖父战死的地方杰弗生小镇去当牧师，为的是更加清晰地感受主张蓄奴的祖父所留下的荣光，因为他认为自己"只有回到杰弗生镇去才会得救，在那儿我的生命还未开始就已终结"②。但是，在真实的现实生活中海托华却是一个废奴主义者的儿子，并时常沉浸在对一个蓄奴主义者光荣战绩的想象性回忆和自己生命终结论的臆想中不能自拔，这就造成他的奇言怪行：当他顺利来到杰弗生镇担任神职人员后，作为牧师他理应担当起传道、布道的责任，但他却在教堂的讲坛上无节制、无止境地高谈阔论祖父的荣光。他的身体处于平淡的神职人员的现实生活中，而思想和信仰却奔腾于激烈辉煌的历史场景中，他疲于奔波于历史的辉煌与现实的平淡之间，全然找不到真正的自己。他也是一个被撕裂的人，身体与梦想被撕裂开来的人，身体渴望建立战争的功绩，却发现这是一个战争已经结束的时代，功绩只能是永远的梦想。

福克纳塑造的具有撕裂性的人物形象还有不少，比如《八月之光》里的克里斯默斯、《喧哗与骚动》里的昆丁、《纪念爱米丽的一朵玫瑰花》里的爱米丽小姐，还有《去吧，摩西》里的路喀斯等，

---

① 李常磊、王秀梅：《传统与现代的对话——威廉·福克纳创作艺术研究》，外语教学与研究出版社 2010 年版，第 87 页。

② （美）威廉·福克纳：《八月之光》，蓝仁哲译，译林出版社 2015 年版，第 336 页。

其中克里斯默斯是撕裂现象最典型、最具代表性的体现。

克里斯默斯是一个混血人，母亲出身美国南方白人家庭，父亲却是一个据说带有黑人血统的墨西哥流浪艺人，含混不清的血统给克里斯默斯带来了一生的悲剧。刚出生不久他就被信奉白人至上思想的种族主义者外祖父送到孤儿院里，后来被养父领养长大成人后，血统问题又导致他在初恋中成为被爱人鄙弃、嘲讽、咒骂的可怜人，之后他浪迹于美国南方社会底层。在这个歧视黑人、奴役黑人的种族主义社会里，身世不明、血统可疑的克里斯默斯如同被抛入一团广阔浓重的黑雾里，没有亲人，也没有同族人，行走在白人世界里他感觉自己是个闯入者，不被白人接纳，遁入黑人世界时他感觉自己是一个异族人，即便曾经和一个黑人妇女同居两年之久，他还是无法接受黑人的气息、习惯和思维。幼年时被他外公强加的身份可疑、血统低下的事实，像噩梦一样始终纠缠着他、折磨着他，令他无论在哪个世界里，都找不到安稳熨帖的族群归属感。在克里斯默斯的人生里，虽然他当过劳工、矿工、勘探工、赛马票兜售员，服过兵役，一直身处社会下层，但经济问题并不是根本问题，克里斯默斯最大的痛苦并不是物质贫乏和经济困窘，而是他在这个奉行种族主义思想的社会里找不到自己的族群，无论是白人世界还是黑人世界，他这样一个有着羊皮纸肤色的混血人都无法融入，他像童话里的那只蝙蝠，被兽类摒弃，也被鸟类唾弃。所以克里斯默斯的生活里充塞着臭骂和拳头，记录着他被白人辱骂教训和他与黑人打架斗殴的惨痛记忆，而这些都是根源于他不明不白的身份和血统。

显然，克里斯默斯是一个被种族问题撕裂的人，被撕裂的是他的身体和思想，因为他的羊皮纸肤色已经明确提示他是一个混血儿，但是他的内心已经被种族主义思想所浸染，他"在为自己是黑人而苦恼的同时也接受了白人优秀、黑人低劣的种族主义思想"[1]。他觉得黑人脏、无法接受黑人气息，他会挥拳打向黑人，他的大脑

---

① 陶洁：《福克纳研究》，上海外语教育出版社 2013 年版，第 241 页。

文学故乡的多维空间建构

145

已经被南方社会的主流思想——种族主义思想完全占据，这种思想让他强烈地排斥黑人，拒绝成为黑人的一员。但是他的羊皮纸肤色却令他无法真正融入白人的族群，即使暂时进入白人社会，他也内心忐忑，怕有朝一日被识破，所以他需要通过其他白人的认可和接纳来确认他属于白人种群。正是基于这样一个隐晦的出发点，初恋时他告诉博比他可疑的血统，与乔安娜姘居时他也如实相告，从克里斯默斯的内心来说，告诉她们他的复杂身世和可疑血统，其实是为了从他最亲近的白人女人那里获得一种积极的确认和一种支持，即确认他是属于白人种群的，支持他可以安心地留在白人种群里，他需要一个来自白人种群的积极确认来固化他的白人族群归属感。然而，他并没有得到他暗暗期待的结果。博比因为害怕被卷入杀人案而怒骂克里斯默斯，把她内心中掩藏着的对他的鄙夷和蔑视统统地骂了出来，无情地展露出一个白人对黑人的真实鄙视。乔安娜却出于一个女人的不安全感而试图安排克里斯默斯的未来和前途，即安排他继承自己的财产，并且进入黑人律师行业以便在黑人族群里做一个体面人士，这一安排貌似提升了克里斯默斯的经济力量和社会地位，实则是将克里斯默斯永远置于低于她的社会等级之中，因为她赠予财产其实是在克里斯默斯面前确立恩赐者地位，而她安排克里斯默斯去黑人学校学习律师行业，其实是将克里斯默斯划入社会等级远低于白人的黑人族群里（乔安娜虽然为黑人争取权利，但是她的骨子里也有种族主义思想，在很多生活细节方面都可以看出她有意识地与黑人隔离开来），这样乔安娜就可以从经济和族群两方面凌驾于克里斯默斯之上，从而保证她对克里斯默斯的把控。乔安娜的用心激起了克里斯默斯的极大反感，最后导致两人决裂。这两场以决裂而告终的爱情清楚地显示，克里斯默斯最大的悲剧并不在于他有黑人血统所以在社会上备受欺凌，而在于他始终没有族群的归属感，始终找不到自己的族群，这是一种无可逃遁的撕裂状态，在撕裂状态下，他内心中最大的一团黑暗就是孤独感："他认为他竭力逃避的是孤独而不是自我。然而这条街直往前延伸，无声无息地伸去，在他眼里一个地方与另一个地方一模一样，没有一处

莫言与当代中国文学创新经验研究

能够使他得到安宁。"[1] 同时撕裂状态也驱使他试图从那些与他恋爱的白人女人那里确认自己之于白人种群的归属，最后的结果是令人痛心的，他不仅没有被白人女人确认，反而被她们加剧了这种撕裂状态，他更加明确了自己对黑人的厌恶感，当然同时也更加确认了自己会因为羊皮纸肤色而被白人世界鄙弃的事实，所以最终克里斯默斯选择自我放弃。

（二）家庭的撕裂

个人的撕裂现象绝不会是单独出现的社会问题，如果社会中会出现个人的撕裂现象，那么构成这个社会的一个个基本细胞——家庭，肯定早已出现了撕裂问题。福克纳的小说不仅描写个人的撕裂，还用很多笔墨描写了家庭中的撕裂现象，并且覆盖到父子、夫妻、兄弟之间等各种家庭关系上。

《八月之光》里的海托华家族有着明显的撕裂现象，主要是体现在父子关系上。海托华的祖父是蓄奴主义者，父亲却是废奴主义者，在对待黑奴问题上这对父子的态度完全不同，海托华的祖父始终坚持南方的奴隶制，甚至带上他的家奴走上南北内战的战场，最后战死沙场；海托华的父亲拒绝使用黑奴，他拒绝接受黑奴的侍奉，其决绝的废奴态度甚至导致他与自己的父亲都不能在同一个屋檐下共同生活，当海托华的父亲结婚的时候，海托华的祖父带着自己的行李包括两个黑奴从家里搬出去另外居住，直到这位祖父战死，一家人都没有再坐到一起吃上一顿饭。从思想上的巨大分歧到生活上的完全隔绝，这个家庭毫无遮拦地呈现出撕裂的状态。

福克纳的小说里夫妻之间的撕裂比较常见，《我弥留之际》里艾迪与丈夫本德伦、《喧哗与骚动》里康普生先生与康普生太太、《押沙龙，押沙龙》里萨德本上校与其夫人、《八月之光》里海因斯先生与海因斯太太等，夫妻之间都是冷漠少爱的，他们虽然居住在同一顶屋檐下，却各自生活在自己的情绪里，极少关注、关心对

---

[1] （美）威廉·福克纳：《八月之光》，蓝仁哲译，译林出版社2015年版，第158页。

方，他们的夫妻关系以表面上的相安无事掩盖着实质上的撕裂状态。其中，夫妻之间以沉默对抗彼此，这是克里斯默斯的外祖父母家庭的撕裂状态。克里斯默斯的外祖父海因斯是一位清教徒，更是一个激进的种族主义者，当女儿和一位墨西哥流浪艺人相爱并怀孕之后，他认为女儿犯了淫荡之罪，怀孕是女儿的淫荡结下的恶果，而他固有的种族主义思想则将女儿犯下淫荡罪过归咎为墨西哥人的勾引，并因此将对黑人的严重歧见强加在女儿爱上的这个墨西哥人身上，按照他自己的逻辑得出此墨西哥人是带有黑人血统的混血人这一荒唐结论，哪怕实际上他并没有确凿证据来证明墨西哥人具有黑人血统。种族主义偏见像魔鬼一样盘踞在他的头脑中，在种族主义的驱使下他杀死墨西哥人，拒绝找医生救助难产的女儿，甚至冷血地看着女儿难产而死。更可怕的是，他不仅痛恨女儿的"淫荡"，而且还痛恨女儿生下的私生子，并将自己对黑人的严重歧视强加在这个外孙身上，他偷偷地把外孙克里斯默斯送到一个奉行种族主义思想的孤儿院，甚至诱导别人嘲笑、奚落、讥讽、唾骂外孙是带着黑人血统的杂种，让外孙从小背负着沉重的精神负担生活。成年后的克里斯默斯犯下了杀人罪，外祖父海因斯得悉后又连夜赶赴杰弗生小镇，目的是煽动杰弗生小镇的人对克里斯默斯动用私刑处死。克里斯默斯的外祖母海因斯太太则完全不同，她心疼女儿，也疼爱那个血统不明的外孙，她身上的母性光辉扫除了种族主义的阴霾，她用母爱来呵护自己的女儿和外孙，当外孙被丈夫弄走后，她便开始了与丈夫貌合神离的生活，撕裂成为这个家庭的常态。当得知丈夫要煽动镇上的人们对外孙动用私刑的时候，她就一步不离地看管着丈夫以防止他真的去煽动众人，她只是希望在外孙最后的时光里给外孙一天没有任何精神负担的时间，她只是希望外孙能够在当局的处罚下光明正大、体面地死去，而不是在众人的诅咒下受人们的私刑而死去。海因斯和海因斯太太构成的这个家庭因为清教信仰和种族主义思想而发生彻底的分裂，在极端的清教思想和种族主义思想的侵蚀下，海因斯丧失了人伦亲情，更丧失了对于他人生命的体谅与尊重，最终一手促成自己家庭走向撕裂状态。

撕裂更多地映现在家庭中的兄弟关系甚至其他血缘关系。《去吧，摩西》里叙述了两对"黑人/白人"兄弟情的分裂。混血儿路喀斯·布钱普与白人扎卡里·爱德蒙兹原本是有血缘关系的，但路喀斯的祖母是卡洛瑟斯·麦卡斯林的有着黑人血统的混血女儿、女奴，所以路喀斯也是带有黑人血统的混血儿，同时也是麦卡斯林家的奴隶。路喀斯与卡洛瑟斯·麦卡斯林的白人后代扎卡里·爱德蒙兹尽管血缘上的辈分不同，但是两人从小一起玩耍、一起长大，情同手足，然而在逐渐成年之后，两人渐渐意识到各自属于不同的族群和不同的阶层，于是扎卡里有意识地用行动拉开两人之间的距离，从此情同手足变成了主奴关系，撕裂是一道无法弥合的伤口。同样的撕裂再次发生在路喀斯的儿子亨利与扎卡里的儿子洛斯之间，从亲密无间到种族隔离，他们经历并深切地体味着这一残酷的过程——在种族主义思想的影响下亲情怎样被一步步撕裂开来，怎样一步步走向隔绝。福克纳多次写过类似的现象，他的作品里写过好几对黑人孩子与白人孩子从幼年亲密到成年决裂的关系变迁故事，除了《去吧，摩西》里的麦卡斯林与亨利，还有《没有被征服的》里面的巴耶德与林戈、《喧哗与骚动》里面的班吉与勒斯特、《八月之光》里克里斯默斯与孤儿院里的白人孩子……黑人孩子与白人孩子之间年幼还未受到种族思想浸染时，他们之间毫无差别，但当整个社会将种族思想逐渐灌输给他们之后，他们之间生理意义上的肤色差别便被上升为具有社会内容的种族差别，最后的结果便是政治意义上的等级差别，并由此导致两个孩子人生道路的分道扬镳和此后命运的截然不同。这样的切入点带来的艺术震撼远超过两个成年黑人与白人命运的比照，它如此细微，如此精巧，又如此准确地传达了作家对于种族问题的深刻思考。

其实，发生在黑人与白人孩子关系上的隔绝与区别并非个别特例，而是蔓延到普遍的家族关系上，其根源在于老卡洛瑟斯与自己的有黑人血统的混血儿女儿托梅乱伦，从此繁衍出一支由不少混血儿后代组成的血脉，这支血脉与卡洛瑟斯的白人血脉一支虽然同宗同源，却从一开始都没有得到老卡洛瑟斯的承认，这也就决定了这个家族从开创之初就以撕裂状态向下延续并不断吞噬着亲缘关系中的亲切和关爱的成分，如果说路喀斯与扎卡里的隔离与区别是这个家族日常形式的撕裂，而托梅一脉的子嗣成人后纷纷以各种方式远离这个家族则是这个家族的另一种形式的撕裂，一层层、一代代的撕裂终于导致这个家族最后一代子嗣内部无意中的乱伦。乱伦，像一道魔鬼的诅咒被施加在麦卡斯林家族，而撕裂就是那条从发出诅咒走向诅咒变现的晦暗道路。

（三）社会的撕裂

福克纳的小说中，不仅个人和家庭呈现出撕裂状态，他笔下的以杰弗生镇为中心的约克纳帕塔法县的小社会也处处表现出触目惊心的撕裂状态。《八月之光》描写了杰弗生小镇的区位分布，白人和黑人生活在完全不同的两个区域里，黑人居住的都是小木屋，"这是一个黑人居住的地带，稀疏的小木屋，单薄贫瘠的土地"[①]。而那些白人，哪怕是穷白人，也不屑于与黑人居住在同一个区域，白人单独住在另一个区域。而且穷白人提及黑人的时候，也都是用"黑鬼"这样的蔑称。他们谈及为黑人争取权利的白人乔安娜的时候，用的是仇视的口吻："我想现在镇里还会有不少人说这是她的报应。她是个北方佬。她家里人是南方重建时期来这儿的，来煽动黑鬼的。"[②]而当乔安娜被杀害后，人们聚集起来谈论这事，此时"人群中也有偶然南下的北方佬、南方的穷白人和短时在北方住过的南方人，他们个个都相信这是桩黑人干的匿名凶杀案，凶手不是某个黑人，而是所有的黑种人"[③]；这种态度显示了这里的社会氛围，虽然南北战争结束已经多年，南方社会里白人仍然歧视黑人，并把一切罪恶都和黑人联系在一起，南方社会仍然被浓郁的种族主义思想

① （美）威廉·福克纳：《八月之光》，蓝仁哲译，译林出版社 2015 年版，第 202 页。
② （美）威廉·福克纳：《八月之光》，蓝仁哲译，译林出版社 2015 年版，第 36 页。
③ （美）威廉·福克纳：《八月之光》，蓝仁哲译，译林出版社 2015 年版，第 202 页。

统御，福克纳就这样通过一个白人妇女被杀害事件展现出一个撕裂的社会，写出了美国社会的"撕裂性"这一鲜明特征。

事实上，在福克纳的小说里，社会之"撕裂"至少表现为两个层面，第一个层面就是《八月之光》里所呈现的"撕裂"，即社会被撕裂成"白人／黑人"。福克纳的约克纳帕塔法县世系小说很多都描写到这种"撕裂"，《去吧，摩西》《喧哗与骚动》《押沙龙，押沙龙》等作品都曾生动地表现过这种撕裂。由于种族主义思想的影响，白人和黑人成为两个界限分明的种群，白人极度歧视黑人，认为黑人是劣等种族，并将其作为奴隶来役使。穷白人虽然自己非常贫困，可是在黑人面前却拥有来自白人种族的优越感，也同样瞧不起黑人，所以《押沙龙，押沙龙》里年轻时的萨德本非常贫穷，因为被富白人家里的黑奴羞辱过，所以发誓要成为体面的富白人。萨德本一心建造自己王国的原动力竟然是因为曾经受到黑人羞辱，这个情节让读者深深地感受到美国社会中种族主义思想的肆虐。《去吧，摩西》里虽然同为卡洛瑟斯·麦卡斯林的后代，扎卡里·麦卡斯林一脉是纯白人后代，他可以继承卡洛瑟斯的财产包括他的庄园、宅院，而托梅为卡洛瑟斯生下的孩子们因为带有黑人血统，这一脉的后代就始终是卡洛瑟斯的家奴，居住在卡洛瑟斯大庄园角落里的小木屋里，即使内战后他们获得了自由民身份，但在很多生活细节上仍然低白人一等。事实上，在弗吉尼亚州、密西西比州等南方地区，庄园经济上大量依赖黑人，所以必须容忍黑人的存在，这样白人又想出了种族隔离方法，即与黑人生活上隔离开来，例如不居住在同一个区域，即使生活在同一个院落里，黑人的小木屋也不与房屋主体结构连接在一起，而是安置在宅院的角落里，白人不与黑人一起用餐等，种族隔离显然是划分社会等级的重要手段。福克纳没有像有些南方作家那样通过描写一些"好黑人"形象去美化南方社会中的白人与黑人关系，而是常常通过描写一些种族隔离的具体细节去表现黑人和混血儿在生活中所遭受的不公平待遇，通过描写社会中"白人／黑人"的"撕裂"来真实地呈现南方社会中的种族问题现状。

福克纳在《八月之光》里对乔安娜的描写，更令读者叹服于他犀利的观察力和出色的表现力。乔安娜的家族从北方来到南方，虽然她的家庭以及她毕生精力都是在为争取黑人权益而战斗，但是她骨子里始终有一种白人优越感，并在一些不为人察觉的细微处流露出种族隔离的意味。比如在她的宅院里，有专门为黑人准备的小木屋坐落在院子的角落而不与主体建筑连接，她从未邀请拥有羊皮纸肤色的克里斯默斯进入她楼房的主体部分，她为克里斯默斯准备晚餐却从不与他一起共进晚餐。当她怀了克里斯默斯的孩子后竟然说出了"我豁出去了，就算生个黑崽子也无所谓"这样的话，这句话恰恰暴露出她内心对于黑人血统的强烈排斥，假如真的生了个"黑崽子"就必须以"豁出去了"的心态来应对。乔安娜的做法说明北方白人对黑人的歧视和排斥与南方白人并没有两样，虽然北方的白人主张废奴，但这一主张并不意味着他们对黑人就没有种族歧视，相反，北方白人也有种族主义思想，也常常表现出与黑人的距离，"当时北方的白人并不特别喜欢黑人，他们中的大部分其实和南方白人有同样的种族优越感，他们很不想让黑人到北方去"[1]。福克纳的小说借由乔安娜点点滴滴的细微言行清晰地透露出现实生活中北方白人对于黑人的真实态度。事实上，南方黑奴制之所以成为北方白人的攻击目标，仅仅是因为南方建构在黑奴制基础上的自给自足的农业经济严重阻碍了北方工商业经济的发展，而并非出于北方白人对黑人的同情。可见，以肤色为界限而形成的"白人／黑人"的撕裂现象并非南方独有的社会现象，而是蔓延于美国社会中的一个普遍现象，这是美国社会"撕裂"的主要根源。福克纳在《喧哗与骚动》里透过康普生家里的黑人大妈迪尔西一家人的生活掀开这种"撕裂"的一角，在《去吧，摩西》里透过混血儿路喀斯及其兄弟姐妹们在麦卡斯林家里的黑奴地位呈现这种撕裂，在《押沙龙，押沙龙》里更是透过白人萨德本上校抛弃自己的混血亲儿子的做法揭

---

[1]　钱满素:《自由的基因 美国自由主义的历史变迁》，东方出版社2016年版，第92页。

开了"撕裂"的残忍与无情。内战前,种族主义思想的驱使下白人将奴隶制强加在黑人身上,把黑种人变成供白人奴役的黑奴;内战后,虽然宪法明确废除了奴隶制,但是种族主义思想在美国仍然大行其道,甚至一二十年后种族主义思想仍不绝如缕,至少在南方社会里,黑人仍然是受到白人严重歧视的群体,白人和黑人被种族主义思想分裂成两个世界,福克纳的小说如一面忠实的镜子,真实地反映了社会的这种"撕裂"。

福克纳小说中写到的另一种"撕裂"就是国家被撕裂成"北方/南方"。《花斑马》里弗莱姆·斯诺普斯带着北方人的精明和算计贩马到南方来拍卖,结果将南方人养家糊口的基本生活费也给赚走了,更加加剧了南方贫穷白人生活的艰难。福克纳的这篇短篇小说形象地描写了南方与北方之间的经济对峙。南方拥有适合种植的大片沃土,因此南方借助于黑奴的力量大力发展农业经济,一度非常繁盛;而北方侧重于发展商业和工业经济,南方自给自足的农业经济严重阻碍了北方的发展,所以北方人强烈反对南方的奴隶制,要求废除奴隶制,而南方则要坚决维护奴隶制的合法地位,甚至不惜以退出联邦相要挟,这就是南北方之间的矛盾,也是南北战争爆发的原因。奴隶制的存废问题所反映的其实是南北方在经济发展上的矛盾,更折射了南北方在思想上的矛盾。内战以南方战败而结束,奴隶制虽然被终结,但是南北方之间的矛盾并没有得到根本解决,由于内战是在南方土地上进行,南方的很多基本设施受到破坏,南方人民在战争中受到的创伤最大,但政府的战后重建工作却没有很好地解决这些问题,而且还有相当一部分北方人战后借机来到南方投机赚钱,更是加剧了南北方之间的矛盾,特别是南方人对北方人的怨念很深,他们蔑称北方人为"北方佬",认为北方佬是南方伊甸园般的农业社会的破坏者和来南方抢夺资源的掠夺者,福克纳作为一个南方人对此也颇为怨恨,他在一篇文章中直言:"征服者侵入我们的土地和家园,我们失败后他们仍然留下不走;我们不仅因战争的失利而遭受摧残,征服者在我们失败与投降之后还留驻了十年，把战争所剩下的那一点点资源掠夺殆尽。"① 内战结束了，但南方与北方之间的矛盾和对抗远没有结束，而且成为美国社会"撕裂"特征的另一种表现。福克纳不仅在《花斑马》里描写精明狡诈的北方人赚取朴实的南方人钱财的故事，而且在《熊》《三角洲之秋》等作品中都以沉重的笔触描述了北方工业进驻南方后给南方自然资源造成的破坏和摧残，比如大森林遭到砍伐和荡平："虽然他事先已经听说了，也相信自己是有精神准备的，但放眼向四周一看，仍然大吃一惊，既感到黯然又感到愕然：原来这里出现了一座已盖了一半的新的木材加工厂，建成后要占两到三英亩的面积，而堆积的铁轨不知有多少英里长，上面新生的铁锈颜色还是鲜红鲜红的，还有一堆堆枕木棱角还很锋利，上面涂了木馏油，这里还有至少可以给二百头骡子用的畜栏和槽头，还有许多给赶牲口人住的帐篷。"② 这里所揭示的正是南方对于北方的一种怨恨，福克纳恰恰是通过这种书写来反映了美国国家存在的"南方／北方"的"撕裂"。

在《烧马棚》和《沃许》里，福克纳还描写了由于贫富差距而导致的社会撕裂，也就是存在于"富白人／穷白人"之间的"撕裂"。《烧马棚》里的这个孩子家里很穷，由于他的父亲阿伯纳常常与富白人发生矛盾，所以全家人被迫一次次搬家，他们又一次搬家搬到了杰弗生镇的一所"没有上过漆的双开间小屋"之后，父亲带他去找镇上的富白人德·斯班少校，此时他真切地感受到穷人与富人之间的贫富差距，德·斯班少校家的房子从外到内都是极其气派、豪华，"孩子看见这光洁优雅的一弯铺毯回梯、这顶上熠熠耀眼的枝形吊灯、这描金画框的柔和光彩，早已被一股暖流淹没了"③，但是

① （美）威廉·福克纳：《福克纳随笔》，李文俊译，上海译文出版社 2008 年版，第 83 页。
② （美）威廉·福克纳：《去吧，摩西》，李文俊译，上海译文出版社 2014 年版，第 280 页。
③ 世界文学编辑部编，《福克纳中短篇小说选》，中国文联出版公司 1985 年版，第 151 页。

孩子从生活中获得的更深感受却是穷白人与富白人之间的相互仇视，父亲故意踏脏斯班少校家里的地毯，斯班少校便强令父亲加倍赔偿，父亲故意放火烧少校家的马棚，少校便用枪来对付这个穷人，两个阶级之间矛盾不断加深，对抗形式层层升级，其尖锐的程度令人瞠目，更令人深深地感受到白人种族因财富不均而造成的撕裂，穷白人与富白人之间的尖锐对抗鲜明地宣示了美国社会的另一种"撕裂"性。《沃许》里富白人萨德本为了生儿子而占有了他家白人总管沃许十五岁的外孙女弥丽，但当发现弥丽生的是女儿不是儿子的时候，萨德本便换上了一副鄙夷的神情和口气来对待弥丽，此举引发穷白人沃许的还击，沃许砍死了萨德本，烧掉了他们寄居的草屋，用同归于尽的方式宣示着他的绝望，同时也是向这个撕裂的社会声讨。沃许的杀人放火行为和阿伯纳的烧马棚都是以一种极端行为宣泄对于撕裂的社会的强烈不满和反抗，正是美国社会撕裂性的一种表征，福克纳准确地捕捉到美国社会内部存在的这种难以解决的痼疾，通过这些描写揭示了社会的深层问题。

综上可以看到，福克纳小说中描写了不少撕裂，从个人的撕裂、家庭的撕裂到社会的撕裂，其中隐含着种族主义思想造成的"白人／黑人"层面的撕裂、经济与思想矛盾造成的"北方／南方"层面的撕裂到贫富不均造成的"富白人／穷白人"层面的撕裂，在一个小小的约克纳帕塔法县的社会生活里存在着的这几个层面的撕裂，几乎涵盖美国重大社会问题的所有领域，颇有以一斑而窥全豹的感觉，它所反映的正是美国内战之后三四十年内南方社会的真实写照。更重要的是，穿插交织于几个立体层面之中的"撕裂"，传递给读者的是一种强烈的撕裂感，即置身于约克纳帕塔法县的时空里，很难获得一种统一、整体的，哪怕是块状的存在感觉，这个社会从各个层面、各个角落传递给读者的，是时时充满了分裂、断裂、散落的意味。

对于"撕裂"的描写，显示了福克纳对于美国社会的细致观察和深刻思考，特别是对种族主义思想福克纳的思考是全面而深入的："对南方黑奴制及其在二十世纪对白人以及黑人的种种影响

155

所作的深入的研究，远比其他美国作家更为深刻细致。"① 正是基于细致而深入的观察与思考，福克纳的笔触才能更加深入地探查美国社会的深层肌理，才能真正地捕捉并传神地表现出这种"撕裂感"。不过，福克纳写"撕裂感"，还有赖于他从自己的童年记忆里获得的分裂体验和成年以后的"撕裂"之惑。福克纳父母之间的关系并不和谐，他的母亲莫德始终瞧不上他父亲默里的懦弱无能，在家庭中表现得非常强势，几个孩子中唯有福克纳在身高基因上遗传了母亲莫德的矮小身材，并且也像他的母亲一样喜爱文学，母亲莫德因此非常宠爱这个她认为是最聪明的孩子；福克纳与父亲默里却并不太像，这对父子俩之间"唯一相像的地方就是继承了男性酗酒的传统"②。他与母亲贴近，却与父亲隔膜，这在一定程度上造就了福克纳自身的撕裂："在从事写作生涯以前，福克纳自身出现了分裂——通过酒他同父亲结成联盟，但通过谎言和演戏他又获得了母亲的欢心。"③ 童年时期来自家庭的"分裂"体验奠定了此后他对"撕裂"状态的高度敏感。成年后福克纳再次经历了一种"分裂"："福克纳本人将受到两方面的吸引：翻修一幢新古典式的住宅，像战前的乡绅一样生活，身边簇拥着靠他生活的黑人奴仆；然而又对格兰特的世界抱有好感，乡下人无论黑人或白人都一律平等，他们顶多是在社会和经济上处于边缘地位。"④ 其实这是很多从南方走出去的知识分子都曾面对的"分裂"——他们既反感北方人的毫无道德观念与贪得无厌，反感北方对于南方的无情掠夺，迷恋于南方社会旧的道德传统中固有的责任感、道义良知、忍耐精神等美德，但

① （美）H.R.斯通贝克：《威廉·福克纳与乡土人情》，世界文学编辑部编，《福克纳中短篇小说选》，中国文联出版公司 1985 年版，第27页。
② （美）弗莱德里克·R.卡尔：《福克纳传》（上），陈永国等译，商务印书馆 2007 年版，第19页。
③ （美）弗莱德里克·R.卡尔：《福克纳传》（上），陈永国等译，商务印书馆 2007 年版，第19页。
④ （美）弗莱德里克·R.卡尔：《福克纳传》（上），陈永国等译，商务印书馆 2007 年版，第22页。

同时又看到了北方推崇的废奴主张的某种价值性，还看到了北方衬托下的南方经济上的落魄和观念上的落后，所以他们自身的言行之中就渐渐表现出分裂，福克纳就是这部分从南方走出去的人的一员，"福克纳自身所体现的南方分裂在很大程度上就是整个国家的分裂：这股新而粗俗的民主力量试图夺走业已建立的受过良好教育之人的财富。福克纳同时为这两部分所惑，被这两种意识形态所吸引。他看到了因循守旧的贵族制度的潜在危害性，但是仍为它的某些方面所吸引。他厌恶许多新生事物——这在斯诺普斯的刻画中表现出来——但仍然看到它们的不可避免性。"① 这样的"分裂"福克纳自己更无从解决，但他却从这种撕裂的感受中体察到社会上存在的更多的撕裂，他写雌雄合体的乔安娜小姐，写因为肤色与身世而失去族群归属感的克里斯默斯，写英雄形象与失败者形象结合体的艾萨克·麦卡斯林，写迷失于过去传统与现代生活之间的昆丁，其实都融入了他成人后渐渐滋生的撕裂感受在其中，所以他对撕裂感的描写才会如此深刻、如此准确地直击人的心灵。

二、莫言："责罚"书写

对于莫言的成名作《透明的红萝卜》，很多人惊叹于黑孩的形象和"透明的红萝卜"显示的作家丰富的想象力，但常常忽略了小说最后的那个细节："队长把黑孩的新褂子、新鞋子、大裤头子全剥下来，团成一堆，扔在墙角上，说：'回去告诉你爹，让他来给你拿衣裳。滚吧！'"② 黑孩在地里拔出了一大片还未成熟的红萝卜，被当场捉住并为此受到队长处以"剥光衣服"的惩罚。这是一个不该被忽视的情节，因为纵观莫言至今的小说创作，《透明的红萝卜》除了众所周知的"黑孩"形象具有创作起点意义之外，结尾所描述的这一责罚情节同样具有创作起点意义。莫言此后的作品中，除了

① （美）弗莱德里克·R.卡尔：《福克纳传》（上），陈永国等译，商务印书馆2007年版，第22页。
② 莫言：《欢乐》，上海文艺出版社2012年版，第47页。

157

文学故乡的多维空间建构

反复出现与"黑孩"类似的"小男孩"形象之外，还反复出现与"队长惩罚黑孩"相类似的"责罚"情节，而"责罚"带来的惨痛的身心体验也成为蔓延于莫言小说中一项不容忽视的重要内容。

何为"责罚"？《现代汉语词典》将责罚解释为"处罚"，即一方因另一方犯错而惩罚对方。责罚，既有法律层面的惩罚，也有非法律层面的处罚。莫言的小说写到过法律层面的惩罚，如《檀香刑》里的刑罚，但写得更多的却是非法律层面的处罚，如《透明的红萝卜》《枯河》等。但是，读者阅读莫言小说时，会惊悚于《檀香刑》中残酷至极的刑罚，却很少留意莫言笔下这些日常生活中的暴力责罚。事实上，与《檀香刑》里的极端残酷的刑罚相比，《透明的红萝卜》中"剥光衣服"之罚和《枯河》中"毒打亲子"之罚这类非法律层面上的责罚情节，在现实生活中无疑更为普遍，也因此而常为人所忽略。但是，莫言小说却经常描写此类责罚，使其成为小说中一个惯常情节，当然，同时也令其成为小说中一道耐人寻味的特殊风景。

（一）莫言笔下的两类责罚

莫言最常写到的责罚大概有两类，一类是来自家庭内部的责罚，另一类是来自组织内部的责罚。这两类责罚，莫言都给予了深刻的描写。

（1）家庭内的责罚

责罚往往来自家庭内部。这其中，莫言描写较多的是长辈对晚辈的责罚。比如《枯河》中，虎子游戏中误伤村干部女儿，先后遭到哥哥、母亲和父亲的毒打。《老枪》里，大锁因擅自取下老枪而被娘处以扇耳光、砍掉右手食指的严酷处罚。《爆炸》中的"我"已经当了军官，却因拒绝生二胎而被父亲扇耳光。《罪过》中，大福子、小福子兄弟俩河边玩耍，小福子落水溺亡，他们的爹迁怒于长子，一脚踢飞大福子。《怀抱鲜花的女人》中，"我"是一个回家探亲的军官，但因为与一个怀抱鲜花的女人不清不楚的关系而被父亲扇耳光。《司令的女人》里，"我"因为给知青唐丽娟送糖而被家里人责骂，并受到父亲的一顿鞭打责罚。此外，莫言还描写了家中男主人对妻子的责罚，比如《食草家族》里，四大妈与铜匠相好被四大爷发现，四大爷据此休妻。《祖母的门牙》里，儿子在母亲的唆使下毫无理由地殴打、责罚刚进门三天、没有过错的儿媳妇。

这些家庭内部的责罚行为均由家中的一家之主实施，长辈方面基本上是父亲施罚（仅《老枪》里是由母亲施罚），平辈之间则基本是由男性施罚。而受罚者则是晚辈和女性。有的晚辈已经长大成人，但在家里依然随时可能受到长辈施加的暴力责罚。在长辈责罚晚辈的情节中，受罚者受到责罚往往不是因为犯错，而是因为所做的事情触怒施罚者，也可能是因为违抗施罚者的命令和忤逆施罚者的意愿，施罚者一方面以责罚的形式给受罚者以苦痛、难忘的教训，另一方面也借以宣泄其内心怒气。《枯河》中虎子误伤了村干部的女儿，有可能影响哥哥的前途，虎子的莽撞行为就是因为触怒了父亲，最后被父亲毒打致死。《罪过》亦然。这两部作品中，虎子和大福子两个孩子的行为都算不上犯错，但是他们却都沦为父亲宣泄怒气的出气筒。《老枪》里大锁取下家里的老枪，是犯了娘的禁忌，违背了娘的意愿，所以受到娘的残酷责罚，同样的情形也出现在《爆炸》《怀抱鲜花的女人》和《司令的女人》里面。这些情节显示，责罚未必具有正当合理的理由，但是施罚者仅仅因为他们是长辈，就可以趾高气扬地抡起巴掌将暴力甩向他们的孩子，哪怕这个孩子已经成年。在男人责罚女人的情节中，女人受到丈夫的责罚是男权社会里男人对于女性的所有权在家庭中的正常体现，丈夫可以为所欲为、无事生非，可以骂妻、打妻、休妻。在这些家庭内的责罚中，我们可以清晰地看到施罚者都是从他们高于受罚者的家庭地位中天然获得施罚的权力，从家庭等级秩序中孳生出来的权力毒瘤，以责罚的形式散发着暴力、血腥的气味，吞噬着平等、良知、善良和亲情。反之，权力正是借助于责罚的暴力与血腥来维持着家庭等级秩序，从而保障其附着其上的等级的持续性与长久性。从这个角度来看，责罚书写就像一面照妖镜，映照出等级与权力结缘后的罪恶魅影。

无论是长辈责罚晚辈，还是男人责罚妻子，责罚的冷酷、无情、暴力都令人触目惊心，而受罚者除了惧怕、承受和默默憎恨之外，很少反抗，周围的乡民亦不阻拦不指责，他们围而观之、习以为常。因为在他们看来父母打孩子、男人打老婆是再正常不过的事情，在中国这样一个乡土社会里父母打孩子、男人打老婆天经地义、理所当然。乡土中国是礼治社会，从家庭到宗族的内部管理都依赖于"礼"，即"社会公认合式的行为规范"[①]，"合于礼的就是说这些行为是做得对的，对是合式的意思"[②]。孩子犯错由父母惩罚、族人犯错由族长惩罚，这就是乡土社会里"公认合式的行为规范"，也因此形成了所谓家法和族规，当然家法和族规既是礼治社会的产物，同时也是维护礼治社会的手段。值得注意的是，"礼并不带有'文明'、或是'慈善'、或是'见了人点个头'、不穷凶极恶的意思。礼也可以杀人，可以很'野蛮'。"[③]虎子的父亲在打虎子的时候是下了狠手的，先是把虎子"用力一摔"，接着用鞋底子抽他的脊背，"打薄了的鞋底子与他的黏糊糊的脊背接触着，发出越来越响亮的声音"[④]。再接着剥掉了他的裤子，用泡了盐水的麻绳抽他的屁股，"连续抽了四十绳子"[⑤]，这个毒打的过程环环相扣、一气呵成，最终导致虎子夜里命丧枯河。在《罪过》《老枪》《怀抱鲜花的女人》《爆炸》等作品中父母打孩子的情节里，无论是脚踢、抽耳光，还是剁手指，父母出手时都有着与虎子父亲一样的狠心和毒辣，常言道"虎毒不食子"，然而亲生父母抽打孩子的时候却丝毫不手软，乡土中国"礼"之凶狠与野蛮可见一斑，现代社会所崇尚的爱护儿童、尊重人权、人人平等的人道主义思想却难觅踪影。小说描写的这一幕幕中国六七十年代的乡村家庭生活场景，也在暗示着一个客

---

① 费孝通:《乡土中国 生育制度 乡土重建》，商务印书馆 2011 年版，第 53 页。
② 费孝通:《乡土中国 生育制度 乡土重建》，商务印书馆 2011 年版，第 53 页。
③ 费孝通:《乡土中国 生育制度 乡土重建》，商务印书馆 2011 年版，第 52—53 页。
④ 莫言:《白狗秋千架》，上海文艺出版社 2012 年版，第 183 页。
⑤ 莫言:《白狗秋千架》，上海文艺出版社 2012 年版，第 184 页。

观事实——尽管新中国成立已经一二十年，尽管中国的社会性质、政权组织和乡村社会结构已经发生了本质性变化，但是乡村社会的某些方面、某些领域仍然没有摆脱旧的礼治社会的特征，尤其是精神领域仍然严重匮乏现代民主思想和人道主义思想，莫言对于责罚的描写揭开了乡土中国那层温情脉脉的面纱，暴露出中国乡村社会的深层问题。

然而，在某些时候，家庭内的责罚往往还是家庭外社会环境的一种曲折反映。《枯河》是一个典型作品。《枯河》中虎子在玩耍过程中误伤了村干部女儿小珍子的眼睛，此事导致虎子哥哥当兵之事无望，恼怒于虎子的莽撞行为，从哥哥、母亲到父亲都出手毒打虎子。尽管作品的叙述重点在于虎子被打，但作者仍不失时机地描述了父亲下跪的情景："父亲跪在地上也很高。翻毛皮鞋也许踢过父亲，也许没踢。父亲跪着哀求……"[1] 父亲的表现显然不仅仅是向对方家长道歉，"下跪"与"哀求"已经根本性地改变了事情的性质，这两个动作显示的是父亲与小珍子父亲之间的不平等地位：虎子一家在政治上被划分为"上中农"，这一政治成分决定了这家人在村子里处于低等层次，而他们的命运也将处处受制于这一低等成分，唯有对根正苗红的贫农成分者摇尾乞怜方能博得一点生存空间。小珍子的父亲是村委书记，掌握着虎子哥哥能否去当兵的予夺大权，进而也掌握着这家人能否进阶到稍高社会等级的予夺大权。于是，一次偶然的误伤、一个下跪的姿态、一顿无情的毒打，这一系列的事件勾勒出这个村子的政治生态环境，也勾勒出整个村子的人文生态环境，出身决定政治成分，政治成分决定社会等级，社会等级决定人生命运，在这样一个由出身决定一生的逻辑链条里覆盖着血统论、唯政治论的巨大阴影，所有的人都只能在这巨大阴影里寻求一点立足之地。这是一个时代的荒唐逻辑，下面堆积着无数政治等级低下者的无奈与绝望，所以虎子父亲"下跪"与"毒打"的背后还深埋着一个不幸被划为"上中农"成分的家庭对于人生的无奈、无力和无望。

---

① 莫言：《白狗秋千架》，上海文艺出版社 2012 年版，第 181 页。

五六十年代乃至"文革"期间，乡土社会的很多古礼已被抛弃，频繁的政治运动改变了乡村社会的政治秩序，乡民们贫穷的生活状况却没有得到根本性改观，掌握权力者尚未受到有效的监督和约束，政治运动反倒在乡村社会制造出一个个权力膨大的"土皇帝"，乡村社会的政治生态被迅速改变的同时，乡民们的人文生态环境却更加紧张、逼仄。父亲痛打孩子，就是发生在这样的一个社会政治背景之下，从一个侧面反映了以阶级斗争为核心的五六十年代里的乡村社会的人文生态环境。尤其是在"文革"期间，对于一个政治等级低的乡民来说，这个环境是举步维艰、绝望无助的，他们的小家庭如风雨中飘零的小船，摇摇晃晃、战战兢兢。在这样的视野下，小说写暴力的意义便从描写残暴的父亲一跃而为描写一个荒唐的时代。荒唐的时代摧毁了乡村原有的社会秩序，催生出畸形的乡村社会政治生态，制造出一个个凌驾于乡民之上的"土皇帝"，严重地破坏了农民生活的社会环境，令中国传统社会的改造走上了另一条置民于绝境的极端路径，其结果岂止是一个熊孩子的悲愤离世，无数个乡村家庭饱受类似的折磨，无数乡民的人生道路被强行改变，在硬性扭曲中悲剧绵绵不绝。从这个角度来看，莫言的这篇小说虽然篇幅短小，其旨大矣。他用一个乡村孩子因顽皮小错所遭受的家暴体罚演绎了一出荒唐时代的悲情大剧，并刻画了无数类似家庭、无数相同情境中的人们的无助心理。

（2）组织内的责罚

责罚还存在于一个个集体和组织中。《透明的红萝卜》里的黑孩因为拔起了一地萝卜而被队长施以剥光衣服的惩罚。《红高粱家族》里余大牙侵占村姑，余占鳌司令处死余大牙。《梦境与杂种》里，处于饥荒年代的树根妈因为偷生产队的粮食被保管员王老五抓住，不仅树根妈被罚跪，整个家庭也因此被罚十斤粮食。《牛》中村子里一头被阉割的牛死了，分而食之的公社领导和干部们食物中毒，结果公社屠宰组组长为此受到处罚。《丰乳肥臀》中，上官鲁氏因为偷生产队的粮食而受到羞辱的责罚。《冰雪美人》里，年级主任讥讽诽谤穿着时尚成熟的孟喜喜，孟喜喜为维护自己的名声而与之发生冲突，最后被学校开除。《生死疲劳》中，西门闹在土改中在小石桥边被土改队处死。《变》中，两个孩子被学校处罚并最终结束学业的遭遇。这些都是来自于组织内部的责罚。

与家庭内部的暴力责罚相比，小说描写的组织内部的责罚形式更加多样，有些时候甚至还不像家庭内部责罚那么暴力，不过，这些责罚给其中的受罚者个体带来的痛苦并不见少。因为组织内部的责罚往往不以身体伤害为手段，而是常以精神伤害为手段，比如黑孩被剥光衣服、树根妈被罚跪、上官鲁氏被羞辱、淘气学生被开除……这些以践踏人格尊严为手段的处罚所造成的心灵痛苦远超过身体苦痛，对受罚者造成的心灵创伤甚至无法修复。更为触目惊心的是，组织内部的责罚具有很大的随意性，处罚的方式与标准、谁来执行处罚、如何施罚等基本问题并没有严格而清晰的预置，一切相当随意，其执行完全是随意为之，因此责罚不断、乱象丛生。首先，责罚的随意性，导致某些处罚往往与受罚者犯错行为形成严重的不对称性，使受罚者受到巨大的身心伤害，比如黑孩只是拔出了队里的萝卜，却被处以"剥光衣服"的羞辱性惩罚，黑孩幼小的心灵显然受到极大的伤害。其次，施罚者往往由组织内的管理者充任，他们从组织的管理权限里天然获得决定与执行处罚的巨大权力，组织的威信与公权也便沦为掌权者维护私人利益与欲望的私权工具。《丰乳肥臀》里，一个看守磨坊的人就可以随意鞭打偷吃粮食的女人们，给拉石磨的女人们戴上给牲口用的笼嘴。再者，责罚的随意性意味着申辩无从进行，受罚者完全没有可用以申辩的参照对象，更没有反抗的可能，只能默默承受戕害身心的各种暴力，哪怕是死亡。

曾经对惩罚做过历史研究的法国思想家米歇尔·福柯认为，现代惩罚"被反复使用的强制方法，不是符号，而是活动：时间表、强制性运动、有规律的活动、隔离反省、集体劳动、保持沉默、专心致志、遵纪守法、良好的习惯"[1]。而且，"人们试图通过这种改

---

① （法）米歇尔·福柯：《规训与惩罚——监狱的诞生》，刘北成、杨远婴译，生活·读书·新知三联书店 2012 年版，第 144 页。

造技术所恢复的，不是卷入社会契约的基本利益中的权利主体，而是恭顺的臣民。他应该听命于习惯、规定、命令和一直凌驾于头上的权威，让这些东西在他身上自动地起作用"①。可见，责罚不仅是一个组织保障其权威性和内部运行有序性的必要手段，其本身还是培育"恭顺的臣民"的必要手段。在此基础上，倘若责罚是随意而粗暴的，并且成为组织管理者获取私利的利器时，责罚就会蜕变为高悬于内部成员头上的一柄利剑，促使成员违背个人意愿而无条件服膺于组织内的掌权者，此时，责罚就成为一种能量巨大的隐性存在，或者说，责罚的潜在可能性如一根无形的鞭绳，驯化着身处其中的成员，培养着服从行为和奴性心理。

中篇小说《牛》对于这种"高悬的责罚之剑"的描写最为典型。小说叙述了村里的一头牛因为被阉割而病死的过程，从阉割、防病、治疗到死亡后牛肉被处理，整个过程中不断出现以政治成分为把柄去要挟他人、命令他人的各种情节，责罚作为一种必要内容被暗示给对方，以保障某些不合理的要求和命令得以顺利实施。生产队长麻叔能以贫下中农的身份耍赖强逼兽医阉割公牛，也动辄就用"老子三代贫农"的身份来压制身为老中农的杜大爷，强令花甲老人值守夜班，公社孙副主任更是以"什么阶级出身？"的话语来强制留下病死的牛以分给公社领导干部们享用，这些情节背后涌动着的有关社会等级划分的丰富话语里，藏匿着责罚的影子。在"以阶级斗争为纲"的政治话语体系下，出身决定人的政治成分，更是决定了人在权力体系里的等级，出身越贫苦，政治成分越好，在权力体系里占据的位置就越高，拥有的话语权就越多。与之相应的就是天然获得责罚他人的权力。正如小说中所描述的，高政治等级者不断提示"老子三代贫农"或者质问"你是哪个阶级的"，显然是要通过凸显等级差别来处处暗示责罚的可能性与合法性，这大概就是福柯所说的"刑罚之城"，即责罚"作为景观、符号和话语而无处

---

① （法）米歇尔·福柯：《规训与惩罚——监狱的诞生》，刘北成、杨远婴译，生活·读书·新知三联书店2012年版，第144页。

不在。它像一本打开的书，随时可以阅读。它通过不断地对公民头脑反复灌输符码而运作"[1]。这种烙着等级符号的社会生态环境成为奴性心理的温床、奴才人格的温室，它能营造出人人自危的恐怖氛围，也必然营造出一个真话消失而假话、空话、套话漫天飞的虚伪世界。

在这样一个层级丛生、等级分明的社会环境里，责罚是权力的体现，是维护等级秩序的重要手段，更是显示等级优越感的途径，这也就导致责罚之多，责罚之重，以及责罚之匮乏人道、蔑视人权。偷萝卜的黑孩被罚剥光了衣服、偷粮食的树根妈被罚下跪、女人因偷食粮食而被任意鞭打，这些侮辱人格的、非人道的责罚不都带着等级的深刻烙印吗？小说《牛》的最后，公社的领导干部们因食用死牛肉而患病，造成集体食物中毒事件，公社孙副主任显然对此负有不可推卸的责任，但这起事件最终以处分公社屠宰组组长宋五轮而告终，终于有一柄高悬的责罚之剑落下，处罚的却是责任最小的人，这样一个避重就轻、敷衍塞责、保护权高者的责罚再次诠释了社会的等级特质。

（二）《拇指铐》：责罚的象征化书写

与《牛》有着清晰的时代印迹不同，莫言的另一篇关于责罚的小说《拇指铐》并没有给出清晰的时代信息，除了大概可以推断出这是发生在建国以后的故事之外，其他再无能确定时代的有效信息。然而，这部作品叙述的责罚故事却格外令人心悸。一个孝顺懂事的孩子阿义大清早出门给重病母亲买药，却被一个银发老人以阿义"走路时左顾右盼"为理由用拇指铐铐在了松树上，老人扬长而去，阿义却被长久地铐在松树上不能解脱，无论用何种办法，拇指铐始终紧紧地铐住两个稚嫩的拇指，而且越挣扎越紧，最后被禁锢、折磨了一整天的阿义毅然自断手指而挣脱，之后无力地死去。整个叙事进程中，作家始终站在孩子的角度用第三人称限知视角展

---

[1] （法）米歇尔·福柯：《规训与惩罚——监狱的诞生》，刘北成、杨远婴译，生活·读书·新知三联书店2012年版，第145页。

开叙述，内容上有所叙又有所不叙，这就导致一直到小说结尾，故事中的某些疑问还没有完全解答：这是发生在哪个时代的故事？银发老人和那个女人到底是什么人？他们是在做什么？老人为什么仅凭一个"左顾右盼"就去惩罚一个孩子？拇指铐到底是什么神秘物件？而那位重病的母亲在得不到救治的情况下怎样了？作者并没有为读者答疑解惑，反而有意简化了有关责罚者来历、责罚原因的描述，而将叙述重心定格于孩子被惩罚以后的处境和遭遇，以大量的篇幅去描写孩子被铐之后的各种体验、感受。这样的艺术剪裁与材料取舍令读者在阅读后无法获得一份故事完整性体验，更无法获得好奇心的满足。但是，当作品的时代、责罚者身份来历、责罚的真实原因等具有特指意义的元素被模糊处理了，反倒使责罚本身从众多的叙事元素中凸显出来，使责罚的后果从众多被关注的检视对象中凸显出来，"责罚"及其后果反而获得了更加广泛的普遍性——人们发现，孩子阿义承受责罚时所面对的悲惨处境、被误解时的无奈和无助、屡屡袭来的失望乃至绝望、从哀告乞求他救到愤怒自残自救的蜕变、无法收拾的人生残局……这些遭遇与体验其实是每一个面对不公责罚的人都会遇到的，作家对这些内容的描写也许更能唤醒人们自己的某些责罚记忆，激活人们曾经的责罚体验。从这个角度上来看，正因为作者模糊了故事的时代背景、施罚者来历、责罚原因等一些特定信息，所以这个作品拥有了相当丰富的象征性。

首先，孩子阿义所承受的无端责罚象征着可能发生在每一个人身上的无端责罚。阿义的无辜和银发老者的蛮不讲理令这次责罚事件有了一种可代入性，即每个人都可以将自己代入到这个事件中去，这样人们就会发现，原来每个人在自己的生活中都有可能像孩子阿义一样突然遭遇毫无理由、蛮不讲理的责罚，并很有可能像阿义一样根本无从辩解，只能无奈地承受。而且，或许就施罚者而言这个责罚并不算什么大事，可是对于受罚者来说，责罚或许就会从一个极小的事情演变为一场巨大的灾难，甚至可能是灭顶式、毁灭性的灾难。就像阿义所承受的拇指铐惩罚，从老人的角度来看，在一个孩子的身上施放一个小小的拇指铐，简直易如反掌，但就阿义而言，小小拇指铐却完全改变了他的人生命运，孩子决然断掉自己的两截拇指，母亲也极有可能因得不到及时救治而去世，更可怕的是整个过程中孩子所感受到的人性之冷漠、凶险和丑恶也将在很大程度上扭曲孩子的性格……这一切都可能因为小小拇指铐而发生重大改变，一个芝麻般小的起点最终可能滚出一个西瓜般大的可怕恶果，而这就是一次无缘无故的责罚所致。在施罚者与受罚者之间、在起点与终点之间存在的这个强烈的对比反差、严重的不对称映照出人生的不确定性，更映照出人生的荒诞一面。

其次，孩子阿义所面对的冷漠社会象征着每一个无辜受害者都可能面对的无情境遇和冷漠世界。当责罚降临以后，人们对于无辜受罚者的态度五花八门，有人不理不睬，有人冷眼旁观，有人冷嘲热讽，有人质疑受罚者清白，也有人出于个人的需要而给予有限度的帮助，当然也有人会毫不犹豫伸出援手，一次责罚事件可以成为社会上各色人等展示人性的终极舞台。孩子被铐在紧邻大路的墓地里，路上来来往往走过不少人，完全可以听见孩子的哭喊，但是这些人"都匆匆忙忙，低着头，目不斜视。阿义的喊叫、哭泣都如刀剑劈水一样毫无结果。人们仿佛都是聋子。偶尔有人把淡漠的目光投过来，但也并不止住匆匆的步伐"[1]。终于来了一辆拖拉机，但是拖拉机上的四个人都对拇指铐无能为力，后来走过来的另一个背着娃娃的女子只能给孩子喂点儿水喝，也还是不能帮孩子解套。整整一天，路上走来走去的人只有这两拨人尝试帮助孩子，其他那些路上"走来走去的人，男人，女人，但无人理他"[2]。孩子的困境和哭喊并不能激起人们的同情心，人们甚至连起码的关注都没有。在故事的细部设计里，莫言并没有将此次责罚事件发生地安置在封闭的房屋或人迹罕至的深山旷野里，而是安置在一片路边的墓地里，人来人往的马路承载着孩子获救的希望，也成为各种人性表演的大舞台，始终无人解救孩子的情节亦在昭告世人——这片亡灵的墓地同

文学故乡的多维空间建构

---

① 莫言：《与大师约会》，上海文艺出版社 2012 年版，第 175 页。
② 莫言：《与大师约会》，上海文艺出版社 2012 年版，第 183 页。

时也是一片埋葬着人性的墓地。然而，这个世界不就是每一个人都必须面对的世界吗？莫言在这里正是用一个孩子的悲惨境遇来象征我们所面对的恶劣的人文生态环境，就像几十年前鲁迅用祥林嫂、单四嫂子、阿Q们的境遇来象征旧中国的人文生态环境一样，而且莫言甚至更进一步暗示读者，如今故事换了，主角换了，可是一代代国民所面对的冷漠、残酷的人文生态环境却并没有什么本质上的变化。

当然，如果将莫言的这部作品与鲁迅的《阿Q正传》等作品来对比，还是可以看到有一些变化，那就是主人公最后的思想和行动变化了。面对这个冷酷的世界，孩子从最初的哭喊，接着是哀求、乞求，到后来孩子"心中燃起怒火"，开始痛恨一切，及至孩子以惊人的凶狠与冷酷"毫不客气，决不动摇"地咬掉了自己的两个拇指，终于从拇指铐里解脱出来。孩子经历了一个从无助、失望到绝望，再到愤怒反抗的发展过程，从思想到行动上的极大飞跃表明孩子不可能像鲁迅笔下的祥林嫂、单四嫂子和阿Q们那样逆来顺受地走向悲剧结局，而是用愤怒和自我摧残来反抗这个冷酷的世界，即使最后或许也不免走向死亡结局，但却在根本上改变了事件的性质，他的愤怒反抗将一个令人叹息的悲哀的个体故事提升为一出令人扼腕的悲壮的社会悲剧，在一片灰暗的幕布上泼洒了一片热辣刺目的红色。此时，作品也就获得了第三个象征意义，即用孩子的愤怒自断手指来象征人们面对一个可悲的世界时应有的反抗精神。

如前所述，孩子阿义所承受的责罚、所遭遇的无妄之灾可能会在每一个人的身上发生，甚至人们的生活中可能就已经出现了这样的责罚，那么这时，阿义的拇指铐式的责罚便成为一个具有象征意义也具有母题意义的故事，小说的主题完全超越了一般乡村叙事的架构而进入更加广泛且更具有思想性的意涵领域，成为一个类似于《阿Q正传》似的象征性作品，不仅在莫言的诸多小说中一枝独秀，甚至在整个当代小说中都是出类拔萃的上品之作。

《枯河》《牛》《拇指铐》三部作品虽然切入点、具体内容和写

莫言与当代中国文学创新经验研究

作方法均不相同，却因为都写到了责罚而在相互之间建立起独特的内在联系。《枯河》通过描述"唯政治论"的极左社会思潮控制下乡村小家庭的"责罚"悲剧，反映人们在这个特定的社会生态环境中的飘摇感、不确定感、不可掌控感。《牛》透过一头牛的命运书写处处凸显等级差别的社会话语系统中隐匿着的责罚话语，来更深入地观照这个大的人文环境，在对社会人文生态环境的整体性描述里来剖解人们的飘摇感、不确定感、不可掌控感的深层源头。《拇指铐》则是通过一个孩子的不幸遭遇来对责罚的影响与效力做一次细部描写，作者似乎在使用一个放大镜，通过一个小小的拇指铐去展开、放大人们司空见惯的责罚后果，用一种微观的方式告诉人们无理、非法的责罚所蕴藏的罪恶，同时再一次将恶劣的社会生态环境推到"放大镜"的前面，照出社会的丑陋与冷酷。尽管着眼点和故事内容均不相同，但三部作品都不约而同地贯穿着一股浓稠的悲剧感，在每一篇作品中读者都能感受到一股窒息感和无力感，或许这就是作者本身想要和读者一起分享的感受。共同的责罚书写和共同的悲剧感，将三部作品自然地连接在一起成为一个"责罚书写三部曲"，作家从一个小家庭的悲剧故事写到社会整体氛围的悲剧性，从责罚给人带来的心灵伤害与精神创伤写到责罚折射的社会的整体性痼疾，莫言对责罚做了一次相对完整、相当深入的观照，其中还蕴含着一个从家庭生活到社会生活、从细部观察到全景扫描、从伤痛体验到理性探察的潜在过程，这是一个作家自外而内、由浅入深、从实到虚的写作过程，也是一个作家对于童年责罚记忆进行自我消化、自我抚慰的过程，更是一个有思想有良知的知识分子从感性体验进入到理性思考的上升过程。

（三）童年记忆：责罚书写的源头

莫言之所以多次写到责罚，与他童年时的经历有着密切的关系，在这些惨痛的责罚书写里其实还埋藏着莫言自己的一份童年记忆。

莫言出身于高密县大栏乡平安庄的一个农家，几代人都是农民，祖父善做农活且勤俭持家，解放前夕攒了一点钱买了几亩地，结果就因为这几亩地解放后他家被划为"富裕中农"成分，导致全家都背负着这个沉重的政治负担胆战心惊地生活，五六十年代、七十年代的政治空气对于成分不好的家庭来说是一个莫大的精神压力。莫言小时候深切地感受到家庭出身及其被划定的政治成分对于家庭成员人生命运的影响，并且他自己也在这样的总体氛围中受到过相关的责罚。据莫言自己的回忆，他小时候受到的责罚是很多的，但对他产生较为深刻影响的大概有三次。第一次是偷萝卜。因为实在非常饥饿，还是熊孩子的莫言偷偷挖了生产队里的一个萝卜，但很快就被发现，队长罚他在全队人面前跪着认错，小说《透明的红萝卜》里黑孩偷萝卜而被罚的事情就是写这件事。第二次上小学时曾因在学校里口无遮拦说一些"反动话"而被学校警告处分，这件事让莫言不仅受到他人讥讽，而且背上了沉重的心理包袱，因为莫言的父亲是"极其严厉的人"，所以莫言十分惧怕被父亲知道，"整天提心吊胆地过日子，看到父亲一个眼色不对，就猜疑，是不是我受处分的事让他知道了？"[①] 为了改过他还处处积极表现，帮学校生炉子，帮老师养兔子……后来这事还是被父亲知道了，并没有严厉打他，学校也因为莫言后来的积极表现而撤销了处分，但是受警告处分之后的胆战心惊、背负着沉重的心理负担过日子的惴惴不安和惶恐还是给他小小的心灵留下了阴影。莫言笔下被处罚的孩子们的那些恐惧、不安、焦虑等情绪里其实都掺杂了莫言幼年时的受罚体验，虽然已经长大成人，但是当年被处罚时的种种情绪并没有被成长的时光抹去，而是长久地驻留在他的情感世界里，最终从他笔下的人物生活中缓缓流淌。

第三次处罚最重，对他以后的人生影响也最大。"文革"期间他写了一首诗《造反造反造他妈的反》，结果被学校老师们认为莫言是受他上大学的大哥管谟贤的指使所写，大家猜测莫言大哥管谟贤才是真正的后台，这在当时是非常严重的事情，即使多年后莫言回忆这件事的时候仍然心有余悸："实际上我大哥根本不知道这事情。我父亲特别恐惧，说如果他们告到你大哥的学校，会影响你

---

① 莫言：《碎语文学》，作家出版社 2012 年版，第 87 页。

大哥的前程。我感到压力很大，寝食不安。"[1] 莫言从他父亲的恐惧中认识到这次闯下的祸是非常严重的，它能造成的恶劣后果可能不仅仅是他自己受罚，更有可能影响到全家人都寄以很大希望的大哥管谟贤，而如果长子受到影响，那么对这个家来说就可能是灭顶之灾。莫言从父亲深深的忧惧中真切地感受到了恐惧和无助。这种恐惧情绪在《枯河》中有着细致的描写，因为虎子的一点失误而全家上阵毒打孩子的行为，其背后就是这种对于可能降临的灭顶之灾的深深恐惧，更渗透着一种政治上低等级的小家庭面对剧烈的时代风暴不能掌控自己命运的无力感。为了息事宁人保全大哥，更为了保全家庭，莫言不再去上学，从此成为生产队里的一个小社员。这对于莫言来说就是一种莫大的惩罚，他回忆当时："最强烈的愿望，还是想上学，真是太想上学了，我一定要上学。我对我父亲提出了这个要求，我父亲说没办法，你在学校里瞎折腾，自己造成了后果。"[2] 这个"后果"对莫言的影响非常大，辍学令莫言的学生时代过早地结束，他觉得自己是个被学校抛弃的孩子，也是被同龄人排斥在外的人，而在生产队这个成人世界里他又是一个太小的孩子，没有人搭理他，在这里他是一个没有同龄伙伴的孤独个体，内心充满了孤独和无助，更感觉自己前途一片渺茫。更可怕的是，当时被迫辍学的莫言甚至被视作是一个坏孩子，大家认为坏事都是他做的，从亲戚到邻居都把很多坏事归咎到莫言的头上，就像莫言的母亲所总结的："所有的坏事都跑不了你，所有的好事都找不到你。你是猫头鹰报喜，坏了名头了。"[3] 各种责罚纷纷涌来，深深地影响着莫言的性格："那时候我就非常压抑，非常不想说话。一说话别人就骂我，任何一句话好像都是多余的，明明是满心好意。"[4]"经过'文化大革命'这一折腾，我一见人就紧张，一讲话马上就变成结

---

① 莫言：《碎语文学》，作家出版社 2012 年版，第 95 页。
② 莫言：《碎语文学》，作家出版社 2012 年版，第 96 页。
③ 莫言：《碎语文学》，作家出版社 2012 年版，第 97 页。
④ 莫言：《碎语文学》，作家出版社 2012 年版，第 96 页。

巴了。"①

可见，辍学责罚以及由此引发的责罚效应给莫言造成了很深的心灵创伤，其中既交织着人在粗暴的政治风云和时代风潮面前无法掌控自我命运的无助感和动辄得咎的束缚感，又渗透着个人身处人群之中心灵却游离于人群之外的孤独感、前途渺茫的茫然感。这一切都逐渐汇成了莫言小说中一系列轻则责骂、重则暴打的责罚情节，以及一个个因小错而被重罚的孩子形象，从被罚脱光衣服的黑孩、被毒打的虎子、被飞踹的大福子、被剁掉手指的大锁，以及被学校开除的莫大嘴、何志武，到被拇指铐折磨至死的阿义，在这些被责罚的孩子身上处处映现着莫言的童年经历，也处处折射着莫言童年时期的心灵创伤，许多年以后他以这种责罚书写来表达各种当年无以传达的微妙感触，同时也宣泄着当年无以言说的心灵之伤，从某种意义上讲，责罚书写既是莫言对自己童年时期心灵创伤的回忆，同时也是对当年精神创伤的一种治疗式抚慰。这种心灵创伤的烙印如此之深、如此之痛，以至于莫言刚刚开始建构"高密东北乡"的文学故乡，他就不自觉地叙述那些责罚记忆、描写责罚带来的身心伤痛，所以莫言小说中的责罚书写大多集中在二十世纪八十年代，尤其是《透明的红萝卜》《枯河》《罪过》《爆炸》《老枪》《红高粱家族》这几篇作品，虽然篇幅短小，但小说描写的责罚情节却是那样地触目惊心，似乎作家本人那股始于童年的情绪淤泥正随着人物的伤痛而逐渐漫入读者的脖颈、口鼻，令人有漫漶窒息之感。进入九十年代后，情况有所变化，莫言小说中仍有一些地方写到责罚，但分量上比之八十年代已然少了许多，《怀抱鲜花的女人》中父亲打儿子，这里的儿子已经是成人，几个耳光给读者造成的刺激已经不再像打在孩子身上那么强烈；《梦境与杂种》《司令的女人》《牛》里的责罚仅是作为一种事实叙述出来，在叙述责罚时，作家流露出来的情绪也较之八十年代要平和很多，少了一些惨烈的描写，甚至有时还添了几分诙谐，作家倾泻在八十年代作品里的那种

---

① 莫言:《碎语文学》，作家出版社 2012 年版，第 97 页。

窒息感没有在这些作品里重现。不过 1998 年创作的《拇指铐》里却再次激荡着一股悲愤的心情，它是莫言所有责罚书写的一次总结性的书写，因为它不仅象征性地呈现了莫言记忆中责罚情节里的各种场景和情形（比如无理由的责罚、小错大罚、成人责罚孩子），而且写出了责罚所带来的恶果、责罚所激发的各种情绪、责罚所映照出的人性各面，以及责罚刺激下的人的反抗心理……这是一部涵盖性、总结性的作品，全面地呈现了莫言对于责罚的深恶痛绝和反思追问，它既以感性的笔法描述了责罚本身，又以理性的态度追问了责罚映现出的关涉人性、社会与民族文化心理等深层次的问题，或许莫言自己也没有意识到，他在写作《拇指铐》时，已经对自己的童年责罚记忆和心理创伤做了一次彻底的爬梳和全面的总结。后来在 2001 年他出版了著名的《檀香刑》，但其中描写的残酷刑法是清政府施加于朝廷重犯的刑罚，这与父母对孩子、组织集体对成员施加的责罚已经相去甚远了。

八十年代之初，文坛兴起伤痕文学的创作热潮，描写"文革"给人们带来的身体和心灵的创伤，如若从责罚书写的角度来看，莫言的这些小说或可被视作是伤痕文学的一种延续。不过，莫言的责罚书写却并不单单是对伤痕文学的延续或回响，因为在莫言的责罚书写里除了伤痕文学常见的表现"文革"摧残人身心的主题之外，还描写了中国传统文化中的某些陈旧观念，比如对父母责打孩子这一众人习以为常的家常事件的叙述，还有揭示人性的冷漠面，比如孩子被无故责罚时旁观者的漠视和冷酷，这些带有传统文化基因内容的贯穿令莫言的责罚书写超出了伤痕文学的阈值而发人深思，在莫言这里，童年的心理创伤是与对扭曲的乡村政治和国民性的反思交织在一起的。

还有一点值得关注的是，莫言小说不仅写了责罚给人带来的心灵创伤，同时他还写了几个孩子责罚之下的反抗意识和反抗行为，比如黑孩转身钻进黄麻地、虎子以死抗议、大福子远走他乡、阿义自断拇指等，这些行为都不是自发的、原始的本能冲动，而是饱含着孩子的愤怒，都是孩子激烈的反抗意识的外在表现，这一点亦不同于伤痕文学。可以说，莫言小说中的责罚书写从一开始就渗透着反抗意识在里面，这与鲁迅笔下的被压迫者、被损害者很不一样，阿Q被假洋鬼子打了，转过身便在小尼姑的身上发泄怨气，《枯河》里的虎子被打了，他独自跑到枯河里以屁股对着太阳的姿势死去，用一个最蔑视的姿态来回敬暴虐，《爆炸》里作为军官的"我"被老父亲打了耳光后，据理力争告诉父亲："你打我是犯法的！"并且在心中已经用"可怜""粗暴"这些词来矮化父亲……比之阿Q，这些被罚者显然具有反抗意识，无论反抗效果如何，他们都不再默默承受或是转嫁痛苦给别人，而是试着以各种方式去反抗施暴者。他们的反抗给沉重的责罚书写添上了一抹令人慰藉的色彩，也许这抹色彩并不能改变责罚的结果，至少让人们在令人窒息的责罚氛围里感受到一点希望。这一点似乎又与鲁迅的反抗绝望有着精神上的相通点和契合点。鲁迅是明知是绝望但仍然坚定决绝地去反抗，莫言也有绝望中抗争的意味，像《拇指铐》里的阿义一样，也许自断手指会死亡，可还是坚决地忍着剧痛自断手指。鲁迅以写作的姿态反抗绝望，莫言则以人物的反抗来昭示希望，两者虽有不同，却都是在悲愤中发出振奋的信号，在悲剧中探寻希望的路径。

三、创伤体验的历史文化根源

"记忆并非一种机械的、被动的对过去经验的保存，它总是主动积极地塑造特定人群对世界的认识，重申社会文化价值，创造具有典型意义的文化意象。这些文化意象再现了社会关系，每一次记忆，都是对这种社会关系的再一次记住。"[1] 创伤记忆更是如此，在福克纳和莫言的小说里，童年的精神创伤通过他们的文学故乡传达出来。在约克纳帕塔法县里的故事里，福克纳传递出一股深切的撕裂感，无论个人的撕裂、家庭的撕裂，抑或社会的撕裂，这股撕裂感融入人物的生活，伴随着杰弗生镇的黄昏老宅和破旧木屋，伴随

① 王欣：《创伤、记忆和历史——美国南方创伤小说研究》，四川大学出版社 2013 年版，第 62 页。

莫言与当代中国文学创新经验研究

着大森林边缘处冲天的火光和密西西比河翻腾的浪花，悄悄地侵入骨髓，浸透心灵，弥漫在约克纳帕塔法县的情感空间里。而在高密东北乡的时空里，莫言刻画了一幅幅责罚的画面和一颗颗受伤的心灵，无论是孩子被父母责罚，还是个人被集体责罚，都传递出责罚背后的恐惧、绝望和悲愤，这种责罚记忆如枯竭河道里那一抹冷森森的月色，越过遍地通红的萝卜地，漫过水草丛生的墨水河，带着在颓墙残垣边孩子的惨叫，洒落在人们瑟缩发抖的心灵上，冰冷着高密东北乡的情感空间。福克纳的撕裂感和莫言的责罚记忆，都将心灵创伤的印痕烙刻于他们的文学故乡，为这小小的文学故乡涂抹上别样的情感色彩，置身其间，读者必须屏息凝气才能捕捉到作家渗透其间的童年记忆，才能感受到作家深深埋藏着的精神与心灵的伤痛。这是两位作家情感空间的一个共同点，即他们灌注于文学故乡之中的情感均来自他们深刻的童年记忆和真切的人生体验，故乡书写的情感空间里烙刻着他们自己生活的点点滴滴。

　　无论是福克纳的撕裂感，还是莫言的责罚记忆，其实它们都是在追问人与人之间的关系，即便是福克纳所关注的个人的撕裂，也还是家庭和社会中人与人的关系在个人身上的投影，从个人的撕裂里看到的终极问题依然是人与人之间的关系问题。福克纳所系念的"撕裂"和莫言所纠结的"责罚"，尽管反映的都是相当个人化、私人化的感受，然而恰恰是在如此私人化的自我心灵体验的细腻描摹中，读者看到了两颗满怀热忱的心灵对于人类世界的深切关怀，他们剖开内心痛苦的记忆、向世人展现精神创痛的做法，既是在以文学的方式自我疗治，也是在引导世人追问创痛的来源并深思人类的命运，从这个角度来看，福克纳写"撕裂感"和莫言写责罚记忆都具有极为重要的人类学意义。

　　不过，尽管两者有着如此趋同的表现，但是这些共同点仍然无法遮盖住福克纳的"撕裂感"与莫言的"责罚"书写背后隐匿着的历史、思想、文化等诸多背景的不同。从表层的原因来说，福克纳与莫言不同的童年记忆和不同的人生体验是造成这一创作差异的重要原因。但是，为什么注入福克纳童年记忆和人生体验里最深刻的感受是"撕裂",而注入莫言童年记忆和人生体验里最深刻的感受是"责罚"呢？显然，童年记忆和人生体验尚未抵达差异形成的核心层面，问题的解答必须从历史、文化、时代等人文背景去寻求答案。

就福克纳小说中描写的"撕裂"现象而言，表面上造成撕裂的原因很多，种族主义思想制导下的种族歧视、经济发展不均衡态势下的南北方矛盾、性别差异带来的男女不平等、贫富不均造成的阶级冲突等，都可能从不同的侧面造成个人、家庭乃至于社会、国家层面的撕裂。但是，若从更深层处来探查，福克纳所写的"撕裂"离不开美国建国过程的特殊性以及国民构成的特殊性，更离不开美国自由主义思想的大背景，这是造成美国撕裂性的根本之所在，也是福克纳小说中出现这么多"撕裂"现象的根本原因之所在。

地处北美大陆的美国拥有与亚欧大陆绝大部分国家完全不同的建国史。从英国移民到北美大陆的英国人建立起十三个英属殖民地，后来十三个英属北美殖民地相继宣布独立，并经过独立战争彻底摆脱了宗主国英国的统治后联合在一起得以成立一个主权国家，1777 年北美大陆会议通过的《邦联和永久联合条例》为这个新独立的国家正式命名为"美利坚合众国"，美国也正式从邦联状态进入联邦的合众国。美国建国史的特别之处在于，它不是像亚欧大陆上的绝大部分现代国家那样经历了从原始人类部落聚居发展到奴隶社会、再发展到君主统治的封建社会、进而从一个君主统治下的封建王国历经数次革命逐渐推翻君主统治而建立一个现代民主国家这般漫长的历史进程，而是直接从十三个英属殖民地联合而成为一个独立国家，所以人们惊讶"在美国这片土地上，居然从来没有过一个君主，殖民时期虽为英王属下，但英王也没来过"[①]。而且在国家政体方面，1781 年生效的《邦联条约》从法律上宣布美国是一个"永久性联盟"，其对外固然是一个国家，但其内部"各州仍享有它们早先宣布的'主权、自由和独立'"[②]，各州之间关系相对松散，因此

---

① 钱满素：《美国文明的基因》，东方出版社 2016 年版，第 7 页。
② 何顺果：《美国文明三部曲——"制度"创设—经济"合理"—社会"平等"》，人民出版社 2011 年版，第 15 页。

"美国独立后与其说成为一个主权国家，不如说成了十三个主权实体"①。后来移民西进，并"按照东部最初十三州的模式建立了一个又一个的新州"，美国的版图不断扩大，独特的美国文明的特点也被一一复制到这些新州的文明建设中，同时这一过程中美国文明的独特性也在不断地强化。这样的建国史、国家政体决定了美国的邦与邦之间关系相对松散，各民族之间、各种族之间也因缺乏长期历史性的融合而呈现为分隔、孤立、各自为政的状态，年轻的美国显然缺乏亚欧大陆国家那样的从久远的民族共同历史中培育出的民族整体感，分裂的危机其实从美国建国之始就已经潜隐地存在了，一旦出现某种外在因素的强烈引导或刺激，外在形态上的分裂或者内在观念上的撕裂很容易出现，十九世纪出现的南北战争就是一个典型实例，而内战前后南北方的对立和矛盾更是持久地昭示着撕裂的潜在可能性。

当然，美国独特的建国史和文明发展史里还隐藏着另一种分裂危机。发现北美大陆之后，英国人于 1607 年在弗吉利亚建立起新大陆的"第一个永久性殖民地"詹姆斯镇，之后英国的清教徒相继来到北美大陆，并"以坚实的宗教原则为基准"②在这里建立数个殖民地，"清教徒们想在新大陆建立起一个正确宗教的新中心，建造起教义中经常说到的'山城'——即为全人类树立的神圣榜样"③。这一美好的愿景本应以人人平等和自由为基础，但是"1619 年，在詹姆斯镇建立十二年后，荷兰商人在弗吉利亚烟农的要求下买进非洲奴隶"④。从此这群号称追求自由的移民开始了买卖奴隶的"三角贸易"，奴隶制在发展种植园经济的南部扎根，虽然北部殖民地未使用奴隶，"虽然新英格兰的年轻一辈由于自己主张废除奴隶制

（文学故乡的多维空间建构 — vertical side text）

---

① 钱满素：《一个大众社会的诞生》，花城出版社 2008 年版，第 13 页。
② （美）阿克塞罗德：《美国历史》，马爱华等译，辽宁教育出版社 2000年版，第 45 页。
③ （美）阿克塞罗德：《美国历史》，马爱华等译，辽宁教育出版社 2000年版，第 41 页。
④ （美）阿克塞罗德：《美国历史》，马爱华等译，辽宁教育出版社 2000年版，第 46 页。

而感到骄傲和自豪，虽然他们认为自己是为奴隶争取自由的勇士，但他们的长辈都曾从三角贸易中获利"①。建国后很长一段时间里美国并没有取缔奴隶贸易和奴隶制，这样，原本建国前殖民地时期的"奴隶制"罪恶与移民们对于"自由"的热切追求所构成的尖锐矛盾，便渐渐铸成后来美国文化中深刻的"撕裂"，即一方面高举"自由"的旗帜，一方面又将白人的生活建构在取缔黑人自由的基础上，由奴隶制衍生出来的以"白人至上"为核心的种族主义思想为奴隶制提供了一种貌似合理的理论基础，同时也将这种"撕裂"推向极致，理想追求与现实行为之间的深刻矛盾性给这个年轻国家种下了分裂的种子：出于经济发展的需要，北方坚决要求废奴，而以种植园经济为主的南部则主张蓄奴，南北方在奴隶制存废问题上的尖锐矛盾导致国家出现了分裂的危机，并最终导致南北战争爆发。同时，以移民为主的美国国民也因为种族主义思想而出现"撕裂"，"白人至上"思想的影响下，不独非裔黑种人受到歧视，其他非白人族裔如亚裔黄种人也都受到歧视，美国社会出现无法弥合的种族撕裂。而且族裔之间客观存在的通婚及血缘融合，又与观念上种族主义思想的深植形成冲突，造成族群归属感混乱的尴尬局面，最终导致许多混血人的内心撕裂，就像福克纳笔下的克里斯默斯，既不能融入白人世界，又不愿进入黑人世界，心灵无所归依，一生都处于彷徨无着的境地。而那些追求自由的白人的内心同样也是撕裂的，他们建设自由、宽容国度的社会理想与他们已然受种族主义思想浸染的心灵之间形成强烈的冲突，一面是秉持着自由之心而呼吁社会善待黑人，一面又觉得黑人种族不如白人种族从而远离黑人，他们的内心因而出现撕裂，就像《八月之光》里的乔安娜，一方面为争取黑人各种权益而奔走，另一方面又在生活上处处与黑人保持相当的距离。可见，"撕裂"就像一个绝症基因，早在美国建国之前便因奴隶制在北美大陆的生根而滋生，后来也就自然地植入美国文化之中。

---

① （美）阿克塞罗德：《美国历史》，马爱华等译，辽宁教育出版社 2000 年版，第 46 页。

与美国不同，中国是地处亚洲大陆的一个古老国家，五千年的文明历史虽然饱含着中国人从原始人类到奴隶社会、封建社会、半封建半殖民地社会再到社会主义国家一步步走过来时洒下的血和泪，但是这一步步共同走过来的艰难路程里也实实在在地贯穿着一条民众同苦同乐、各民族悲喜与共的民族大融合的伟大进程，这个历史进程不仅培育出勤劳朴实的中华民族，更培育出中华民族紧密团结、亲为一家的民族整体感，尽管中华民族经历了几次分裂状态，但那都是政治上的分裂，而不是中华民族的分裂，并且每一次政治的分裂之后都会迎来一次较前更加紧密、更为深入的民族大融合，民族整体感反而更加增强，所以在《三国演义》的开篇会有"话说天下大势，分久必合，合久必分"①的话语，"合合分分"字面上谈的是政治变幻的格局变化，字面下却喻示着民族融合下的整体状态。仅从美国与中国建国历史方面的泾渭之别来观照福克纳和莫言分别在小说中书写的精神创伤，或许就能明白何以福克纳笔下时时会流露出"撕裂感"。撕裂感之于福克纳，不仅仅是他幼年时撕裂感受的文学显影，而是更多地来自他作为一个美国国民所感知到的、美国民众共有的某种社会危机感觉，来自其意识中潜藏的某种不安定感和分裂感。而莫言作为一个中国人，早已继承了已经是民族集体无意识的民族整体感，他的潜在意识里没有福克纳式的国家分裂危机感，在《丰乳肥臀》里高密东北乡的政权几番易主，从民国时期的国民党，到日军入侵，到土匪沙月亮、司马库、鲁队长，到新中国成立后共产党管理，掌权者频繁更迭，在小小东北乡的舞台上屡屡上演"你方唱罢我登场"的争权大戏，但对于上官鲁氏而言，无论谁掌权她都是一样地养孩子过日子，没有民族分裂的忧惧，只有"明朝饭食哪里出"的忧虑，这并不关涉上官鲁氏的政治觉悟问题，上官鲁氏大地母亲一般的形象所代表的是中国普通民众，上官鲁氏无视政权更迭专心过自己日子的状态，反倒从一个侧面显示了中国人在国家民族问题上的安定感、整体感，就像一个家

---

① 罗贯中：《三国演义（上）》，人民文学出版社 1953 年版，第 1 页。

庭里到底谁当家的问题一样，对民众来说老大老二谁当家也都是"肉烂在锅里"，也都是在这一个"家"里。

　　美国的建国史和发展史决定了"美国是一个多元开放的移民社会，汇聚了五大洲各种族的成员"①。而且，"对美国这样一个多民族的移民国家来说，显然不能用同种同族的血脉来凝聚。在这样一个宗教自由的国家里，也不能用同一种宗教来联系"②。所以，美国内部不可能像亚欧大陆诸多国家那样出现统一的思想和文化体系，他们每个人都有其母国文化的底色，每个人也都有自己的宗教信仰和意识形态，保证他们可以坚守自己的文化底色、宗教信仰和思想意识的前提就是美国人普遍认可的自由和平等观念，这是其国民意识的核心，也是支撑美国立国的社会共识。然而，"自由"的问题需要从多方面来看，美国人对于"自由"与"平等"观念的普遍认同，固然营造出一种保障个人自由、生而平等的宽容的社会氛围，但是同时也造成多元的局面，多元并存只是一种理想状态，多元的另一面就是分裂，大到一个社会，小至一个家庭，每一个人都坚持自己的思想自由，这也很容易走向分裂状态，或者说多元本身就是分裂状态的另一套话语指称。或许从这里我们就能理解《喧哗与骚动》中一个家庭里关系那么分裂，也能理解《八月之光》里克里斯默斯的外婆能和一个种族主义思想狂热分子共同生活却从不认同丈夫的做法，在这个家庭里分裂正是以一种多元的样态出现，表面上多元并存的家庭里其实过着分裂的日子。这是自由的内在矛盾性，自由就意味着多元，多元就意味着分裂的危险，虽然美国人用法律来约束自由以便获得更大的自由，而自由仍然无法回避这种与生俱来的矛盾性，更无法从根本解决。与美国不同的是，有着五千年文明历史的中国在春秋战国时期已经孕育出儒、道、法、墨等诸多思想学说，自汉代董仲舒倡导的"罢黜百家，独尊儒术"得到帝王支持后，以孔子为代表的儒家学说从帝王治国的工具逐渐成为影响中国人

① 钱满素：《美国文明》，中国社会科学出版社 2001 年版，第 2 页。
② 钱满素：《一个大众社会的诞生》，花城出版社 2008 年版，第 92 页。

千百年的主流思想，这一文化的、历史的选择的结果就是中国在长期的文化发展和国家治理过程中形成了以儒家学说为主流、以道法墨等思想为补充的思想大一统局面，这也大大助力中国成为一个民族团结、思想文化富有凝聚力的国家。在一个思想统一的国度里，其国民有着天然的整体感、统一感，像福克纳那样源于"自由"、多元之矛盾性的"撕裂感"在中国作家的作品中是少见的。

　　尽管如此，莫言小说中倒也曾写到"撕裂"，比如在《枯河》里，一个孩子的无心之错点燃了家庭成员对于小家庭未来命运的恐惧，接着以一场家人全员上阵的毒打展示极左政治思潮笼罩下乡村小家庭里的亲情"撕裂"，进而暗示乡村社会因政治成分的高低而形成的等级"撕裂"。中篇小说《牛》里借一头牛所经历的从生到死的全过程，透视乡村里的一个小小生产队长"呼风唤雨"、左右他人的权力和地位，并从中透露出乡村社会里农民因政治成分的高低之别而形成的等级"撕裂"。这样的因政治成分而区分出社会层次三六九等的等级"撕裂"现象，在《梦境与杂种》《模式与原型》《透明的红萝卜》《老枪》《我们的七叔》《姑妈的宝刀》《生死疲劳》《丰乳肥臀》等作品中均有或隐或显的书写。有意思的是，这些作品里都有一个权力极大、地位极高的乡村干部形象，他们无论是像《牛》里生产队长麻叔那样不断地发号施令，还是像《枯河》里的"书记"从头到尾未置一词，这些乡村干部在乡村世界里可以呼风唤雨，可以生杀予夺，简直就是乡村里的"皇帝"和"国王"，这群居于乡村社会阶层顶端的"土皇帝"凭着一个"贫农"的政治成分和乡村干部的身份，便拥有对普通村民吆五喝六、耳提面命、作威作福的权力，手中掌权的他们对于民众的震慑力甚至达到不怒自威的地步，虎子误伤小珍子后遭受的家人毒打、大锁爹得罪了柳公安之后的饮弹自尽，这些令人发指的自我惩罚深切地展现了乡村社会动辄得咎、人人自危的社会气氛，深植于人们心中的恐惧感不仅昭示了威权的威力，更揭示了新中国成立后一二十年间中国乡村社会里等级观念的肆虐。显然，莫言笔下的"撕裂"具有与福克纳笔下的"撕裂"完全不同的社会内容，莫言所写的显然是儒家思想浸

文学故乡的多维空间建构

润下的乡土中国因等级观念而出现的"撕裂"。

儒家学说是一个关于人与人关系建构的思想体系，它按照"礼"的原则来确立人与人之间的关系，确定了君臣、父子、夫妻等各种人际关系的内容，并将家庭管理之道与国家治理之道并置融合为一体，形成家国一体的人伦体系，这样便从国家、社会、家庭等各种维度确立了人的位置以及定义了人与人之间的关系。这对于国家、社会治理和家庭管理无疑是行之有效的，所以成为历朝历代封建统治者的不二选择。但是儒家倡导以"礼"来处理人伦关系，"礼"的核心内涵其实是等级，人与人按照等级相待，例如儒家倡导的"君君臣臣、父父子子"本身就是明确了君、臣、父、子的位置及其相处之道，推演开来，每个人都被分置于不同的位置，当然也就处于不同的等级，每个人明确自己的位置并合乎等级规范地与人相处，这就是形成良好的秩序，实现儒家所倡导的礼治社会。但是，另一方面儒家思想中隐含的等级观念对于民众思想的禁锢也给专制主义得以在中国大行其道奠定了基础，这也是封建统治阶级大力倡导儒家思想的深层原因。与此同时，中国文化里又一直有关于大同世界的社会理想："春秋战国时代的中国人民，处于激烈动荡的社会中，他们企图解除阶级社会所带来的种种严重矛盾，产生了对一个没有阶级矛盾的'大同'社会的憧憬和向往，这种空想在一些学派的思想中被保存下来。"[①] 尤其是"每当天灾人祸，世乱年荒，阶级斗争、民族矛盾表现得十分尖锐复杂时，各种形式的大同思想便会应时而出，得到集中反映"[②]。无论是秦时陈胜、吴广起义时喊出的"王侯将相，宁有种乎"，还是唐朝黄巢起义要求的"天补均平"，抑或是南宋时钟相、杨幺提出的"等贵贱、均贫富"，其实表达的都是底层民众对大同社会的期待和对现实生活中等级制的极度不满。事实上，中国社会以等级观念为基础的等级制与普通民众一直追求的大同理想形成一组历时弥久的深刻矛盾，即使在建立了人

① 侯外庐主编，《中国历代大同理想》，科学出版社 1959 年版，第 2 页。
② 陈正炎、林其锬：《中国古代大同思想研究》，上海人民出版社 1988 年版，第 11 页。

民当家作主的共和国之后，等级观念与大同理想之间的矛盾仍然没有得到妥善解决，共和国是以建设一个人民当家作主、人人平等、没有贫富差别的新社会为目标，但事实上以政治成分为标准的等级划分造成了新的等级序列，当生产队长麻叔宣称："别忘了你们是团结对象，老子们才是革命的基本力量！毛主席说'没有贫农便没有革命'，你明白吗？"①这意味着等级观念换了一种面貌仍然盘踞在这个以人人平等、打破贫富差别为目标的新社会里，吃到牛蛋子的罗汉心满意足，没吃到牛蛋子的杜大爷满腹牢骚，一盘牛蛋子不仅映照出古往今来民众不绝如缕的均贫富愿望，更映照出物质贫乏时代人性被压抑的现实境况，而杜大爷的怨言："你是人民吗？我是人民吗？你我都是草木之人，草木之人按说连人都不算，怎么能算人民呢？"②道出的正是民众从新的无形的等级制里感受到的尊严不被重视、人性屡遭压抑的撕裂感，同时也带有"大同"社会理想被现实生活中的等级制击碎之后的悲凉感。

等级制不仅存在于社会阶层，还渗透于家庭内部和城乡之间，《爆炸》《流水》《嗅味族》《怀抱鲜花的女人》《枯河》《司令的女人》等作品里都曾出现的那个脾气暴躁、动辄教训儿子的父亲形象，常常以耳光、叱骂来提示父权的不可挑战性，这是家庭中的等级制，甚至在《祖母的门牙》里那个父亲缺席的家庭里，婆婆也要通过唆使儿子教训儿媳来确立家中的男性权威，通过确立夫权来维护家庭中的等级制。《牛》里杜大爷一句"这些吃工资的人跟我们庄户人不一样"③更是挑明了城乡之间贵与贱的等级差别。在种种无法突破的等级差别的重围之下，人性遭遇从物质到精神多种层面的压抑，撕裂感从那些束缚人性的故事的裂隙中悄然弥漫开来，譬如莫言小说中常出现的饥饿书写、长者痛殴晚辈的暴力书写、飞扬跋扈的乡村土皇帝形象、严厉寡言的父亲形象。在杜大爷们的悲鸣中，大同社会理想与等级制社会现实之间的尖锐矛盾浮现了出来，这不禁让

文学故乡的多维空间建构

---

① 莫言：《师傅越来越幽默》，上海文艺出版社2012年版，第30页。
② 莫言：《师傅越来越幽默》，上海文艺出版社2012年版，第53页。
③ 莫言：《师傅越来越幽默》，上海文艺出版社2012年版，第53页。

人想起浮现于福克纳笔下的美国人自由理想与种族主义社会现实之间的尖锐矛盾，两位作家都是着眼于童年的记忆、寄笔于家乡的故事，却都深刻地揭示出自己所属的文化体系里最深层的矛盾性，为自己的文化体系里的深刻矛盾留下了令人感慨至深的文学记录，这一点两者竟如此相似，只不过福克纳在自由理想与种族主义社会现实产生深刻矛盾这一文化背景下写种族的"撕裂"，而莫言则是在社会大同理想与等级制产生深刻矛盾这一文化背景下书写等级的"撕裂"，两位作家通过大相径庭的"撕裂"书写刻画出他们各自的文化体系。

　　值得注意的是，两位作家笔下"撕裂"的呈现方式也有着相当微妙的区别，莫言更多是通过笔下的"责罚"书写来透视等级的"撕裂"，而福克纳则较少写"责罚"。在莫言的小说中，有时候"责罚"是小说中的主要表现对象，比如《枯河》《拇指铐》，有时候"责罚"是小说表现人物形象的一种手段，比如《祖母的门牙》《冰雪美人》，有时候"责罚"只是小说中一处不具有推动故事发展的小插曲，如《爆炸》《怀抱鲜花的女人》。总之，"责罚"是构成莫言小说内容的一种经常性的素材，"责罚"的经常出现恰恰体现了乡土中国作为礼治社会的特色。因为礼治社会维护秩序的手段就是责罚，高等级者从等级获得威权、获得处罚低等级者的权力，责罚的方式、手段和程度便由高等级者来决定，君之于臣具有生杀予夺之大权，这就是始于等级给予君主的权力，以此类推，大臣之于小吏、主人之于奴仆、父之于子、夫之于妻，都是从等级中获得责罚他人的威权。莫言小说中多次写到责罚，父亲打孩子、村干部打骂村民等情节，莫不是等级社会里的普遍现象，也正因为此，责罚发生时少有人去追问其合理性，也少有人去关心被罚者，责罚是等级社会的结果，同时也成为强化社会等级思想的有力手段。这与美国这样的法治社会是大不相同的。最初移民北美大陆的清教徒"创建了'约'的传统，也创建了守约的传统"①，在"约"的基础上清教徒们建立

莫言与当代中国文学创新经验研究

　　①　钱满素：《美国文明的基因》，东方出版社 2016 年版，第 11 页。

起了一个法治国家，"约的条款就是法，法治就是用一套明文规定的法则来治理国家。这个法必须高于所有人，只要有一个人可以逍遥于法之上，就不能称为法治"①。法治社会里，遵守法律是每个公民的义务，同时接受法律的保护和制裁也是一个公民的权利。这样的全民共识之下，像中国社会中普遍存在的那种等级之间的责罚就相当于私刑，是对民众权利的侵犯，也是被法治社会所否定和排斥的。法治社会氛围下，福克纳的小说里也就很少写到责罚现象，福克纳甚至还曾写到拒绝私刑的情节。如《八月之光》里克里斯默斯的外婆海因斯夫人知道外孙杀了人，但是她希望外孙能得到法律的公正裁决而不是受到私刑的处罚，海因斯夫人的法律意识显然来自法治社会的公民共识。而在莫言的《祖母的门牙》里的婆婆为了树立婆婆的权威而唆使儿子毫无道理地狠狠教训儿媳，儿媳多年后向自己的儿子回忆这一幕时，有了这样的对话："多年后我问母亲：'为什么不去找政府？为什么不去法院告她？'母亲摇摇头说：'你说什么呀！'"②海因斯夫人与"我母亲"两个女性之间的观念差异呈现的恰恰是两个国家文化背景的深刻差异。由此也可得见，莫言是通过书写社会各个角落普遍存在的责罚而勾勒出礼治社会的灵魂，而福克纳则因较少写到责罚而彰显法治社会的精神。

儒家思想的主流地位和礼治社会的强大惯性，使得建国后很长一段时间内等级思想仍然在社会生活的很多领域、很多角落肆虐，尤其是乡村。像莫言的家乡山东高密大栏乡，地理位置就处于滋养、培育出儒家思想的齐鲁大地之上，有着深厚的儒家思想传统，莫言在故乡度过的童年和少年时代恰恰是新中国成立后一段特殊的历史时期，政治上的极左思想为传统的等级观念添加了新的建构维度，人为划分出来的政治成分上的高与低滋生出新的社会等级，从贫农到中农、富农，再到"四类分子"，竟然又培植出一个新的等级序列，加之传统固有的家庭中的父子、夫妻等级序列仍然存在，

① 钱满素：《美国文明的基因》，东方出版社 2016 年版，第 12 页。
② 莫言：《与大师约会》，上海文艺出版社 2012 年版，第 249 页。

这样，社会成员的等级意识不仅没有随着新社会的出现而消失，反而在新出现的等级秩序的刺激下变得愈加强烈而鲜明，从家庭内部的责罚到乡村基层社会里的责罚，从小孩子被父亲责罚到成年人仍然被父亲责罚，责罚成为一种社会常态。可怕的是由此形成的受罚者的卑下意识，即受罚者无论什么情况下总是自然地确认施罚者行为的权威性，并因此将自己归入卑下者之流。几乎所有的受罚者都没有质疑过"我为什么要被责罚"，受罚者也几乎都没有追问过施罚者的资格，因为施罚者等级上的优越性已经潜在地替代了惩罚合法性和施罚者资格等问题。这在《爆炸》里表现得很明显。"我"被父亲扇了耳光，但此时身为农民、"佝偻着腰"的父亲在身为军官的"我"面前却是"威严的父亲"，这时父子之间的等级完全覆盖了社会身份、身体素质等方面的差异因素而成为父亲绝对地凌驾于"我"之上的唯一因素，即使"我"终于说出一句"你打我是犯法的"，这位父亲马上毫不犹豫地又赏了"我"一耳光："我犯法了，杂种，把你爹送到局子里去吧。"[1]此时施罚者进一步宣示父子等级和为父者的权力，而作为受罚者的"我"说出的话竟然是："你不能这样粗暴地对待我。我也是大人啦！"这句话里"我"并没有质疑、否定父亲作为施罚者的资格，而是以"我也是大人啦"来强调年龄和身份，其言下之意似乎暗示"如果我是孩子，那就由着你打"。然而这又再一次显示了主人公"我"潜意识里承认父亲威权的卑下意识。卑下意识主导下，受罚者迫于施罚者的威权接受了惩罚，但这并不等于他认可受罚是合理的，所以他还会感到委屈、痛苦，并且内心会再次被强烈的卑下感所笼罩，这往往会激起他们的反抗。《透明的红萝卜》里黑孩被罚脱掉全身衣服，孩子"抽抽搭搭地哭了起来"，《枯河》里虎子被毒打之后以死来抗议，《罪过》里大福子被父亲打了，他"咬住嘴唇，把干号压下去"。反抗在很大程度上是自己内心委屈情绪的宣泄。

其实福克纳的小说里也曾写过责罚，但是福克纳笔下的责罚与

---

① 莫言：《欢乐》，上海文艺出版社 2012 年版，第 175 页。

莫言笔下的责罚有质的区别。《八月之光》里克里斯默斯小的时候因为拒绝背诵长老派教义而被养父麦克伊琴责罚，但是当麦克伊琴的皮鞭落在克里斯默斯身上时，"他不畏缩，脸上也没有丝毫的颤动。他直视前方，凝神屏气，像画面里的修士"①。克里斯默斯完全可以按照养父的要求背下教义而免去一顿责罚，但是他坚决不背，他要坚持自己内心的自由。他接受养父的责罚，不是因为养父的威权，而是将之视为自己要为自我坚持而付出的代价，所以他像一个修士一样坦然接受残酷的鞭打。成年后这份坚持自我的自由意识也始终主导着他，当他杀掉了乔安娜之后，面对追捕，他本可以逃脱，但最后他主动从桌子后面露出身体，以便追捕他的人射杀他，他这样做并不是因为承认白人的威权，而是因为厌倦了非白非黑的混血儿生活，他选择结束痛苦的生命。克里斯默斯一生从没有因为屈从于某种威权而接受惩罚，他的行为彰显了美国社会对于自由的追求。同样是接受惩罚，黑孩、虎子、大福子、大锁、军官接受惩罚是因为施罚者等级背后的威权。这一微妙的区别恰恰显示了福克纳与莫言各自身后的文化背景的巨大差别。福克纳讲述的克里斯默斯的故事表明崇尚自由已经是渗入美国人骨髓的一种自觉意识，是美国人国民意识的核心内容，莫言讲述的责罚故事则揭示了儒家思想传统下中国社会的等级性质，两位作家用他们讲述的故事分别为自己所属的文化做了最典型的注解。

　　福克纳小说中的"撕裂感"在一定意义上生动反映了美国社会的"撕裂"特征。从美国建国之始，"撕裂"便伴随着美国的邦联盟、种族主义思想和对于"自由"的追求而作为一种与生俱来的基因存在美国文明之中，在两百多年的发展历程中自由主义思想的发展使撕裂问题愈演愈烈，尤其是进入二十世纪后更是成为美国越来越难以解决的内在矛盾，福克纳虽然寓居于密西西比州的一个小镇，却从小镇社会生活中敏锐感受到"撕裂"这一内在矛盾，他的

---

① （美）威廉·福克纳:《八月之光》，蓝仁哲译，译林出版社 2015 年版，第 104 页。

小说以一个虚构的小小"约克纳帕塔法县"的撕裂现象，不仅写出了美国社会十九世纪后半期内战前后时期的撕裂，也写出了二十世纪上半期一战前后的撕裂，还写出了美国南方农业经济向工业、商业经济转型过程中社会所经历的撕裂之痛，更写出了现代主义思想侵蚀下、种族主义思想肆虐下美国整个社会所经历的撕裂之痛，从而较为全面地、历史地展现了美国文明中潜藏的撕裂痼疾及其根源。进入二十一世纪后，撕裂已经成为美国社会一种无法治愈的绝症，种族冲突、南北部经济发展不均衡、贫富差距加大、恐怖主义侵扰等不安定因素都进一步加大了社会撕裂的程度，如今看来福克纳小说对于"撕裂感"的描述似乎又颇有预言性质。莫言在福克纳的影响下也将眼光投向自己的家乡，他从童年责罚记忆中深深领略到中国乡土社会的特性，其小说中的责罚故事全面地、历史地展现了中国乡土社会的前世今生，尤其是深刻地揭示出中国社会的等级特点，为我们反思中华文化提供了一个准确起点。有意思的是，福克纳的"撕裂感"与莫言的责罚书写之间的比较竟然映照出两个国家的建国史、发展史和文明进化路径上的泾渭分明。这不禁令人感慨，一个国家的文明发展是由国家的起点及其所走的路所决定的，而一个国家的文明最终将以各种复杂的情形委婉曲折地折射到这个国家的文学中去，福克纳和莫言就是两个典型代表。

第三节　怀乡之情的文学书写

　　福克纳和莫言都是在故乡度过了童年和少年时期，直到青年时期才离开故乡，故乡的山水、风物、人物、故事、礼俗等丰富、活泼的生活影像在他们的心里留下了深刻的烙印，故乡的沃土里珍藏着他们的童年与少年记忆，故乡的山水间交织着他们的爱与恨、忧与思，故乡是他们的血地。当他们拾起笔写小说的时候，故乡马上给他们提供了丰富的文学素材，故乡的人、事、物成为一块块趣味横生、灵气迸发的砖和瓦，帮助他们铸造起独特、灵动的文学故乡。而他们对于自己的故乡也有着深切的眷念，在他们的文字中自然氤氲着一股醇厚的怀乡之情，在他们笔下的文学故乡里，这股怀乡之情就像那树梢上的清风，轻绵幽远，满满地充溢在文学故乡的空间里，虽然拂过无痕，却能令人沉浸其间。这股怀乡之情充实着文学王国的情感空间，同时也以其自身的丰富性和复杂性而为情感空间涂抹上层次丰富、韵味丰厚的感情色彩。

　　福克纳的乡下，有着广阔的种植园、幽深的森林，有慢吞吞的马车前行于广袤而寂寥的土地，也有颓败的房屋茕然独立于落寞的黄昏，有苍老的白人妇女絮叨着自己的哀伤，还有沉默的黑人佣仆在厨房和田野里忙忙碌碌……福克纳在这美国南方独有的风土人情里寄托着他深深的怀乡情。而莫言的乡下，野马般的洪水在河道里奔腾，土匪出没的大片高粱地将火红的色彩铺洒到天边，村民们为了狙击日军而在墨水河畔悄悄埋伏，饥饿的母亲不辞辛苦地拉扯着一大堆孩子……莫言借助于描述中国山东高密地区的景、物、事来描述着他心中的怀乡意。尽管福克纳和莫言都是根据故乡的影像开辟自己的文学王国，尽管他们都在这片独立王国里铺叙着自己的怀乡之情，但透过各自的文学故乡展现出来的怀乡情却有着迥然不同的面貌。

一、福克纳的怀乡之情

　　福克纳在"约克纳帕塔法县"世系小说中寄寓着他对故乡深深的怀念，不需要特别挖掘，我们能够很轻易地从这些叙述杰弗生镇的故事中读出他对故乡的由衷的热爱和深沉的忧虑。在"森林三部曲"《熊》《古老的部族》《三角洲之秋》里，福克纳那么细致地叙述了一个孩子跟着成人去打猎的故事，孩子面对庞大无边的荒野时的敬畏感、面对沉着淡定的公鹿和大熊老班油然而生的敬仰之情、对独居荒野的山姆老人的由衷钦佩和赞美……这个由自然、动物和人联系在一起的南方世界是如此静谧幽远，又是如此强盛和谐，荒野向孩子敞开了一个美好的世界，孩子艾萨克在这荒野的感染和引导下颖悟到人生的真谛、世界的真理，他放弃家产、放下现代文明产物，用回归自然的方式来阐释他对世界的理解，任由伟大的自然将自己铸炼为一个品德高尚、超越世俗的勇者、圣人和英雄。而在另外的作品中，福克纳描写了一批有责任、有担当、勇敢无私的南方人，像《没有被征服的》里的沙多里斯上校、巴耶德的姥姥罗莎小姐、德鲁西拉小姐等人就是这类勇者。沙多里斯上校带着南军征战，他虽然身材并不高大，但是他的责任感、智慧、自信和忍耐却令他的形象在孩子心中不仅是一个强大的父亲，还是一个英雄般的人物，以至于孩子会认为"在他的衣服里，而且在他的胡子和肉体里"闻到的那种气味"是火药和荣誉的气味，选举获胜的气味"[①]。而另一位罗莎小姐，当家里的顶梁柱男人们出门打仗了，她不仅凭着镇定保护家里的两个孩子免受北方军的惩罚，而且勇敢地做起了贩卖军马的生意，用挣得的钱养活了一群失去了主人的黑人，直至最终为此失去生命。在沙多里斯和罗莎小姐的身上悄悄地展现着南方传统社会所崇尚的责任心、使命感、道德准则，尽管他们也是南方奴隶制的实施者和维护者，但他们身上闪耀着的"勇气、荣誉、希望、自豪、同情、怜悯之心和牺牲精神"[②]等美德的光辉，使南方这片被奴隶制的阴霾遮蔽了的天空还有一些值得赞扬和歌颂的美好内容。人们因此看出"福克纳所表现的旧秩序的长处，不是在物质方面，而在道义方面"[③]。虽然"种植园主生活都很舒适，仆役成行，可是福克纳从来不让我们忘记，他们居住的地方不久之前还是边疆。他佩服他们，倒不是因为他们有财富、风度或骏马，而是因为他们——最优秀的种植园主——不加怀疑地接受了一种道德法规，这种法规使他们学会了'勇敢、荣誉、骄傲、怜悯、爱正义、

① （美）威廉·福克纳：《没有被征服的》，王义国译，北京燕山出版社2015年版，第7页。
② （美）威廉·福克纳：《在接受诺贝尔文学奖时的演说》，李文俊编选，《福克纳评论集》，中国社会科学出版社1980年版，第255页。
③ （美）马尔科姆·考利：《福克纳：约克纳帕塌法的故事》，李文俊编选，《福克纳评论集》，中国社会科学出版社1980年版，第36页。

爱自由'"①。在福克纳的笔下，"沙多里斯们按传统精神行事；也就是说，他们本着道德上的责任感行事。他们代表了有生命力的道德——人道主义"②。虽然福克纳没有直接赞扬，但是他描写了这样的细节——罗莎小姐的行为赢得了许多人的尊敬，她遇害后不少人来参加她的葬礼，包括"福廷布赖德修士和他们所有的人——老头、老太太、孩子们，以及黑人——其中有那十二个黑人"③。——这个细节不仅显示了旧南方传统社会对这种美德的肯定，而且说明福克纳对于这些旧南方的传统精神、道德理念有着一种发自内心的认同和赞赏，他对故乡的怀念之情深深植根于对旧南方传统美德和优秀品质的赞赏之中。

福克纳对于南方传统社会的优秀精神传统的认同，是与他对奸猾、唯利是图的北方佬的反感同步的。在福克纳的眼里，北方佬的不道德或者藐视道德的行径反衬出南方传统社会中蕴藏的值得珍视的价值观和道德观，他的小说凸显了这种映衬关系，比如《没有被征服的》里杀害巴耶德的姥姥罗莎小姐的凶手不是被蒙骗的北军，而是与罗莎小姐做买卖军马生意的艾勃·斯诺普斯，罗莎小姐挣钱是为了在战时帮助受到战争影响而贫穷的约克纳帕塔法县人民，而艾勃·斯诺普斯却唯利是图，为了侵占一点私利而杀害罗莎小姐。福克纳描写艾勃·斯诺普斯是将其作为北方工商业经济社会下唯利是图的丧失道德准则的人来写的，艾勃·斯诺普斯谋害正直、善良而富有责任感的罗莎小姐这一情节也因此具有了耐人寻味的象征意义，象征着南方传统社会在北方工商业经济的侵入和北方投机者的破坏下正在一点点走向崩坏，这种崩坏既体现在南方无可阻挡的衰落，也体现在南方传统社会里的优秀精神传统正走向消失。福克纳

---

① （美）马尔科姆·考利：《福克纳：约克纳帕塌法的故事》，李文俊编选，《福克纳评论集》，中国社会科学出版社 1980 年版，第 36 页。

② （美）乔治·马里恩·奥唐奈：《福克纳的神话》，李文俊编选，《福克纳评论集》，中国社会科学出版社 1980 年版，第 6 页。

③ （美）威廉·福克纳：《没有被征服的》，王义国译，北京燕山出版社 2015 年版，第 117 页。

1897 年出生，他的童年、少年和青年时代恰好经历了战后的南方社会逐渐走向没落的时期，北方经济形式向南方的渗透以及这一渗透过程对于南方传统社会秩序的破坏都在福克纳的心中烙下了深刻的印痕。

南方经济上的没落是福克纳感受最深的，也是他的小说描写南方时最基本的定位，令人印象深刻。南北战争中北方军的胜利终结了南方社会经济所依赖的奴隶制，南方贵族家庭生活因此受到极大的冲击，首先是黑奴获得自由导致以前养尊处优的贵族必须亲力亲为各种日常生活事务，贵族家庭的日常生活很快陷入混乱之中，而更严重的塌陷效应体现在严重依赖黑奴的庄园经济的垮塌，贵族家庭的经济迅即陷入困窘之中，不少家庭只能依靠变卖祖产来维持体面，甚至是维持生计。《喧哗与骚动》中康普生将军为了维持优越生活而不断地变卖祖先杰生·利库格斯挣来的一平方英里的土地，"把下半辈子的四十年工夫用在零打碎敲地把地逐块卖掉上"①，到了律师康普生先生主持家政时，更是为了凑出一笔大儿子昆丁去哈佛大学上学的学费和女儿凯蒂体面结婚的费用而不得不卖掉家族的最后一块地产。这样的窘境在布钱普家族、萨德本家族等曾经的贵族家庭中一一上演，休伯特先生不断地变卖家产直至大宅子空空荡荡，甚至还用掉了他允诺要送给外甥的一罐子金币，战前相当强势的萨德本先生在战后也不得不开一个乡村小店来维持生计。在这样的世事变迁中，美国南方贵族的优越生活状态迅速被击碎，贵族家庭成员们无一不经历着从天堂到人间的人生跌落，不得不品尝其中难言的苦涩。从这样的变迁中读者也能品味出作者福克纳某种复杂而微妙的情绪，其中就有福克纳对于南方贵族优越闲适的生活状态的怀念，所以他的文字带着不易察觉的酸涩，在康普生太太整日喋喋不休的自艾自怜里，以及杰生对康普生先生为昆丁和凯蒂而变卖了最后一块地产的抱怨里，都潜藏着一股作者自己没有言明的酸涩

① （美）威廉·福克纳：《喧哗与骚动》，李文俊译，上海译文出版社1984 年版，第 356 页。

在其中，因为福克纳自己也是这一下降过程的经历者，他小的时候家境还不错，他和弟弟都拥有自己的赛马，豪屋华服，黑奴仆佣，日常生活闲适自在，还能经常随父辈去森林里打猎，但后来随着家境衰落，优越的贵族生活逐渐远去，刚刚成年的福克纳需要不断地想办法挣到养家的生活费，所以小说里反复出现的人物对于窘迫生活现状的抱怨隐隐约约流露出福克纳自己的一份幽怨。而他对于曾经的贵族优越生活状态肯定也有怀念，否则他在挣到稿费之后也不会迫切地要去购买一座曾经的贵族庄园来构筑他的乡野别墅。福克纳的小说还常写到打猎，比如康普生将军带着一群人去打猎，《去吧，摩西》里甚至用多个章节的篇幅来叙述森林里打猎的故事，而他自己也经常回到牛津镇去养马、骑马和打猎。福克纳现实生活中购买别墅、重温打猎的行为和小说中人物的抱怨倒是相互映衬，于无意间暴露了作家骨子里对于南方贵族曾经的优雅生活状态的认同、怀念和期待。福克纳深知南方社会的罪恶，但又不免享受这种罪恶所带来的优越闲适的贵族生活，他同情黑人，描写了不少"好黑人"的形象，却又不免欣赏那些以黑人的被奴役为代价的上层社会生活趣味。

比之经济上的没落，更令福克纳感到痛苦的是南方传统社会里的优秀精神传统在北方唯利是图的工商业经济的入侵下也正在走向消失。《喧哗与骚动》中的杰生是康普生家族中最自私的人，妹妹凯蒂与丈夫离婚导致杰生失去了做银行职员的机会，他因此怨恨凯蒂，甚至不顾及兄妹情而私吞了凯蒂寄给她的私生女儿的抚养费，还不许凯蒂回家见女儿，等康普生太太去世后又马上将弱智的弟弟班吉送到精神病院去，他的自私、冷血和对金钱的贪婪让读者深刻地感受到已经渗透到南方各个角落的北方工商业经济对南方传统社会的侵蚀，这股唯利是图的力量吞噬着南方业已形成的勇敢、良善、怜悯、荣誉等美好的精神传统，使南方这片被内战摧残得满目疮痍的土地更是沦落为一片势利、狡诈、自私、冷酷控制下的"荒漠"，这不免令福克纳悲从中来，他忍不住在《高大的人》里呼吁："我们已经把乡亲们忘了。生命已经变得不值钱了，其实生命并不低贱的，生命是非常有价值的。我指的不是一年又一年靠着工程管理局的救济金混日子，而是荣誉、骄傲和原则这类使人值得生存，使人活得有价值的品德。这是我们应该重新学会的东西。"[①] 这些话语里弥漫出来的怀乡之情是如此沉重而忧郁，他压抑着内心的悲愤，呼唤着高尚品德和美好情操的回归，也是在呼唤曾经的旧南方美好传统的回归。

在思考南方问题时，美国的北方是福克纳的参照系，他在与北方的对照中看到旧南方传统社会固有的责任、荣誉、勇敢、骄傲、怜悯等美好品德，也是在与北方的参差互现中看到战后的南方是如何在北方工商业经济熏染下蜕变成一个自私自利、冷漠、拜金的势利社会，所以从表层意义上来看，福克纳的怀乡之情里似乎存在一组"南方—北方"的空间对照概念，即他对故乡的深爱和对故乡前途的忧虑都是基于南方与北方的映照和参差互现，都是建构于"南方—北方"这对空间对照概念之上的。但是事实上，自美国建国之始，南方与北方就是已经存在的一对空间概念，但那时北方和南方经济上的不均衡并不明显，甚至南方建立在奴隶制基础上的农业经济因为南方的地广土肥而一度表现得更具活力。但是自十八世纪末美国开始启动工业计划以后，这种局面逐渐发生变化，"美国东北部率先开始了以纺织业为首的工业革命"[②]，与之配合的交通运输革命和进而出现的北方商业发展，都使北方经济迅猛发展，"经过将近半个世纪的发展，东北部的工业初具规模，致使北方的雇工制工业经济与南方的奴隶制农业经济形成势不两立的矛盾冲突"[③]。这个时候"南方—北方"这组概念才格外醒目地凸显出来，但是显然，这组空间概念体现出的是以"过去"与"现在"互为映照的时间概念，南方一直在奴隶制农业经济形态下停滞不前，它代表着旧经济形态下的"过去"，而北方则跃上工业革命的战车快速向前发展，

① 世界文学编辑部编，《福克纳中短篇小说选》，中国文联出版公司1985年版，第207页。
② 钱满素：《美国文明》，中国社会科学出版社2001年版，第270页。
③ 钱满素：《美国文明》，中国社会科学出版社2001年版，第270页。

莫言与当代中国文学创新经验研究

代表着新经济形态下的"现在","过去"被"现在"挤压，更必然被"现在"取代，所以深陷于对北方的怨念情绪之中的福克纳，他所抒发的怀乡情其实质就是南方人面对"现在"的时代大潮的强力冲击和裹挟而产生的难以接受、难以适应的失落感，福克纳对南方传统美德的怀念源出于此，对南方经济没落及美德失落的现实的深切忧虑亦源出于此，他的怀念和忧虑都表现出明确的"向后看"意味，他的怀乡情蕴藏着"向后看"的思想。事实上，福克纳表现出来的"向后看"的历史意识并不是他所独有的，而是南方文艺复兴运动中的作家们的共有的历史意识，"他们的历史意识接近于尼采所讲的'纪念碑式历史意识'。这种历史意识要从过去'寻找英雄行为的榜样来给现实注入活力并教导人们在现实中怎样再一次具有英雄性'"①。

　　然而，福克纳又并非冥顽不化的保守派，他的约克纳帕塔法世系小说所描写的南方社会中的一桩桩悲剧，又清晰地显示福克纳看到了南方社会种族主义和奴隶制的罪恶，为此他用一个个发生在南方白人大家族里的悲剧故事来强烈批判奴隶制，对种族主义思想不遗余力地鞭笞挞伐。福克纳虽然出身于南方白人贵族家庭，但是家里的黑人女佣卡罗琳·巴尔大妈对他宽厚的爱让他看到了黑人的优秀品质，在巴尔大妈的葬礼上福克纳深情地回顾："从她那里，我学会了说真话、不浪费、体贴弱者、尊敬长者。我见到了一种对一个不属于她的家庭的忠诚，对并非她己出的子女的深情与挚爱。"②所以福克纳小说中出现的迪尔西、山姆大叔这样的黑人或者黑人混血儿身上甚至有一种接近于圣母或者英雄的气质。从巴尔大妈这里福克纳建立起对黑人悲惨命运的同情，也开始关注并思考南方的种族主义问题。1918年他第一次离开家乡后接触到外面更广阔的世界，对种族主义思想犯下的罪恶有了更深的认识，尤其认识到

①　肖明翰：《大家族的没落——福克纳和巴金家庭小说比较研究》，广西师范大学出版社1994年版，第45页。

②　（美）威廉·福克纳：《福克纳随笔》，李文俊译，上海译文出版社2008年版，第119页。

种族主义和奴隶制是南方社会的两个相互联系的毒瘤，奴隶制和种族主义不仅是南方与北方之间的巨大障碍，甚至是南方被排斥在国家发展进程之外的根本性原因。《喧哗与骚动》里的昆丁·康普生有着与福克纳很相似的气质，在《押沙龙，押沙龙》里昆丁"对萨德本的失败很感兴趣，因为他看到那反映了他自己和南方的种种问题"①。昆丁可以视作是福克纳在小说中的一个化身，昆丁的思考在某种程度上意味着福克纳对于南方问题的观察和思考。

但福克纳对于南方的情愫也因此更加复杂起来——他清晰地看到种族主义和奴隶制在这里种下的罪恶，并对此痛心疾首，揭示罪恶和鞭挞罪恶的时候也毫不避讳、毫不留情，但这里也是他出生与成长的血地，对南方的情感眷恋也是与生俱来的，即使不论他所赞赏的南方传统社会中的优秀精神传统，他也"深深地爱着这里，虽然他也无法不恨这里的某些东西，因为他现在知道你不是因为什么而爱的，你是无法不爱；不是因为那里有美好的东西，而是因为尽管有不美好的东西你也无法不爱"②。《押沙龙，押沙龙》中施里夫问昆丁："你恨南方吗？"昆丁的回答是"不，我不恨他、我不恨他"。这段简短的人物对话所流露的正是福克纳对于南方爱恨纠结的复杂情感。中国当代作家马原曾描述他读福克纳小说的感觉："福克纳的小说里面枝枝蔓蔓缠绕在一起非常繁复非常丰满"③，这里的"丰满"一词形象地描述出福克纳小说所灌注的复杂的怀乡情。最能呈现福克纳爱恨纠结的怀乡之情的是他的约克纳帕塔法县世系小说中有一个或许他自己也未曾察觉的设计："在福克纳的神话中，若从精神境界来划分，存在着两个不同的世界：一个是沙多里斯的世界，一个是斯诺普斯的世界。在他所有成功的作品中，他都细致地发掘着这两个世界，并对这两个世界之间不可避免的冲突进行戏

① （美）罗伯特·E.斯皮勒：《美国文学的周期》，王长荣译，上海外语教育出版社 1990 年版，第 234 页。
② （美）威廉·福克纳：《福克纳随笔》，李文俊译，上海译文出版社 2008 年版，第 43 页。
③ 马原：《小说密码》，花城出版社 2013 年版，第 298 页。

剧化的描述。"^① 他的沙多里斯世界里有种族主义的罪恶，像《押沙龙，押沙龙》里的家庭悲剧、《去吧，摩西》里的乱伦情节，都是种族主义和奴隶制造成的恶劣后果，福克纳对之抨击有加，但与此同时，福克纳却还设置一个斯诺普斯的世界，来不断地映照沙多里斯世界在罪恶之外的可敬之处，这样的一个潜隐的模式一直存在。像《喧哗与骚动》里昆丁是南方旧传统社会的象征，而杰生却是一个受到北方社会熏染的唯利是图的家伙，这兄弟俩各自代表了沙多里斯世界和斯诺普斯世界。"斯诺普斯世界"表现出来的奸诈、自私、虚伪等特点隐含着福克纳对于现代工商业经济社会的一种认识，这也造就了福克纳独特的怀乡，在抨击和铲除种族主义思想和南方社会罪恶的时候，他会在小说里不遗余力地鞭挞那些奉行种族主义和奴隶制而发家致富的家族创始人所犯下的罪恶，从而表现出令人钦佩的现代精神和进步思想，相比于他同时代的大多数美国南方人来说，他没有过多地沉溺于南方普遍存在的自艾自怜情绪中，而是勇敢地正视南方的罪恶，努力向前看。但是，当福克纳饶有兴味地描述南方贵族阶层的优越生活，以及反复强调一种怨怼情绪的时候，他的文字中又隐约浮现出对于旧南方生活趣味的向往，于无意中流露出一种向后看的意识倾向。这种向后看的意识倾向也导致福克纳的怀乡在小说中是以感慨、怀念、无奈为主旋律的情感模式。《喧哗与骚动》里昆丁的感慨与怀念，《押沙龙，押沙龙》中科德菲尔德小姐的控诉，《八月之光》里乔安娜小姐的无奈，这些沉滞的甚至带有后缩意味的情感方式在福克纳的小说里成为他的怀乡之情的情感主调，让人读来常觉塌陷沉溺，深深地感受到福克纳的退缩之意。

二、莫言的怀乡之情

莫言的家乡是山东省高密县大栏乡，这里地势开阔，原野连绵，

———————————
① （美）乔治·马里恩·奥唐奈：《福克纳的神话》，李文俊编选，《福克纳评论集》，中国社会科学出版社 1980 年版，第 6 页。

文学故乡的多维空间建构

在他家后窗外面数十米外胶河缓缓流过，河流的另一边就是连绵无际的平原沃土，高粱、小麦、黄麻等农作物生长于斯。多年后莫言以这块承载着他童年和少年时光的土地为基地，用一部部小说建构起一座独一无二的文学王国"高密东北乡"："我曾对高密东北乡极端热爱，曾经对高密东北乡极端仇恨，长大后努力学习马克思主义，我终于悟到：高密东北乡无疑是地球上最美丽最丑陋、最超脱最世俗、最圣洁最龌龊、最英雄好汉最王八蛋、最能喝酒最能爱的地方。"[①] 这里的"我"对于"高密东北乡"的感情里蕴含着莫言对故乡高密的复杂情感，这里是莫言怀乡情的出发点和落脚地。

1955 年莫言出生在这块土地上，时值新中国初建，百废待兴，农村也正展开一场前所未有的土地改革，而 1959 年至 1961 年之间的三年自然灾害造成全国粮食普遍大减产，正值生长发育期的年幼莫言"遇到了二十世纪六十年代的饥寒交迫的粮食大匮乏"[②]，物质的极度贫乏让饥饿成为很多经历过这段历史时期的人们的刻骨记忆，饥饿同样也是莫言童年、少年时期最深刻的记忆之一，莫言多次在作品中描写饥饿、描写被饥饿鞭打着的人们的身体上的苦闷与心理上的苦痛。《飞艇》里村民们去南山讨饭，一顿忆苦饭成为村民们冒着严寒行走四十里的动力，而白面馒头和豆腐炖猪肉更是村民们不辞辛苦满村寻找飞艇残骸的动力。《梦境与原型》里树根的老师和同学们都饿得面黄肌瘦，"老师们甚至不顾尊严，跟学生讨要菜饼子吃"[③]。村里给生产队推磨的女人们想尽一切办法偷粮食回家，甚至是囫囵生吞粮食回家再吐出来。《丰乳肥臀》里因为饥饿上官鲁氏被迫拖儿带女去讨饭，甚至卖掉一个女儿，解放后遇上自然灾害时期，也用吞与吐的方法从生产队偷粮食回家。更有甚者，莫言笔下饿极了的孩子还可以拿起煤块就嘎嘣嘎嘣地吃起来。作家阿城在《棋王》中也细致地描写了饥饿，王一生连搪瓷缸子里的饭粒都一粒粒地扒拉到嘴里仔细咀嚼然后吃下，却还是没有莫言笔下

---

① 莫言：《红高粱家族》，上海文艺出版社 2012 年版，第 2 页。
② 叶开：《莫言评传》，河南文艺出版社 2008 年版，第 21 页。
③ 莫言：《怀抱鲜花的女人》，上海文艺出版社 2012 年版，第 380 页。

的饥饿体验那样地惊心动魄，莫言不仅描写饥饿中的人们身体上饥饿难耐、幻觉重重的生理感受，还描写饥饿的驱使下人们的讨饭、撒谎、偷窃、卖儿鬻女、卖身等挑战道德和法律的行径，在令人胆战心惊的描述中写出了饥饿对人的尊严的无情践踏，更写出了人在饥饿状态下极端的生命感受和体验。这种对于饥饿的多层面、多维度、极具深度的描写在中国的当代文学作品中并不多见，即使置之于世界文学的视阈来看也是不多见的。莫言对于饥饿的描写来自他的童年记忆，他曾因实在饿得受不了而偷了生产队的一个红萝卜，他本人也曾大口吃过亮晶晶的煤块，他的母亲在极度困难时期也曾用"吞粮食吐粮食"的方法养活全家人，他的大娘出去讨饭时甚至风卷残云般吃掉麻风病人家里半碗吃剩的面条，邻居孙家爷爷因为饥饿一下子吃了太多豆饼又喝水结果胃胀破而死，而关于饥饿的记忆许多年不曾消散："十几年后痛定思痛，母亲说那时候的人，肠胃像纸一样薄，一点脂肪也没有。大人水肿，我们一般孩子都挺着一个水罐般的大肚子，肚皮都是透明的，青色的肠子在里边蠢蠢欲动。"① 这份沉重的饥饿记忆凝结成莫言笔下那一个个面黄肌瘦的孩子、缓缓挪移的讨饭大军、荒凉的土地和一个个因饥饿而发生的悲剧故事，留在"高密东北乡"这个文学王国里的惨痛影像无言地倾诉着莫言对于故乡的那份"恨"，是的，这份"恨"大概有相当一部分是源自那永远无法抹去的饥饿记忆。而这，是福克纳作品中所没有的。

除了饥饿之外，莫言小说里还常写到生存环境的压抑感。《枯河》里虎子无意中误伤了村干部的女儿，虎子的父亲吓得给村干部下跪哀求对方原谅，虎子的家人们也都出手毒打虎子；《变》里何志武因为直接说出了自己的理想而被老师罚"滚出去"，何志武从此离开了学校；《爱情故事》里知青何丽萍的父亲是资本家，何丽萍受家庭出身的影响而滞留在农村没办法回城，甚至没有资格登台

---

① 莫言:《吃事三篇》,《莫言散文新编》, 文化艺术出版社 2010 年版, 第 61 页。

表演"九点梅花枪";《牛》里杜大爷因为是富农而被贫农出身的队长随意支使……在这些作品中社会环境通常都会对弱者构成一种无形的压力，无论是表现为"责罚"（比如虎子的父亲暴打虎子），还是表现为"抛弃"（比如《冰雪美人》中孟喜喜被学校开除），或者是表现为"禁止"（比如何丽萍因家庭出身而被禁止上台表演武术），这个社会环境对身处其中的弱者所施加的压力都令人窒息、胆寒。更有甚者，环境压力下人的自罚更是令人绝望，《老枪》里大锁的父亲与柳公安吵嘴引起纠纷，自知闯了祸的大锁爹在梨花如雪的梨园里饮弹自尽。一个小小的举枪自尽的举动、一出找不到凶手的悲剧，仿佛掀开了社会黑沉沉幕布的一角，压抑、沉重的氛围笼罩着环境中的每一个人。在这样的情节中我们仿佛看到莫言和他的家庭的遭遇。莫言家被划定的政治成分是富裕中农，这在讲究政治出身的年代里无异于全家都戴着一个无形的紧箍咒过日子，所有家庭成员都必须谨小慎微，夹着尾巴做人，否则不仅自己会受到惩罚，其他家庭成员也会因此而受到牵连，整个家庭都可能遭殃。莫言的父亲深知其中利害关系，他自己为人小心谨慎，做了村会计之后更是兢兢业业，不敢有任何疏忽，对家里的孩子也管教得特别严，好动话多的莫言为此受到父亲不少教训。莫言曾因偷生产队的马料和萝卜而受到惩罚，还曾经因为在学校里口无遮拦地说了一些"反动话"而受到学校的警告处分，这之后熊孩子莫言过了好一段提心吊胆的日子，而且积极干活补过，学校才撤销处分。后来莫言写了首"造反歪诗"，结果被人怀疑是受到他大哥的指使，这样大哥乃至于全家都有被连累的趋势，全家皆因此惶恐之极，此事最终以莫言辍学回家当农民才告平息。从这几件事情上莫言小小的心灵真切地感受到弥漫在社会上的那种张口就惹祸、动辄便得咎的压抑感，令人窒息的政治氛围给这片饥馑的土地笼罩了一层让人压抑、无法舒展、看不到希望的气息，背负着如此家庭出身的莫言说"恨"故乡，显然与此有关。

　　也许正是因为久居压抑的社会环境中，莫言时常会有一种个人无法掌控命运的恍惚感、无力感，从他的一些特别的作品中时而流露出这股让人无从用力的感觉。比如《白狗秋千架》里，曾经那么漂亮、灵气的暖仅仅因为一次玩伴的误伤就导致眼睛失明，进而整个人生命运都发生极大的改变，从一个天真烂漫、对生活充满憧憬的美丽少女变成一个粗糙邋遢、不修边幅的农村妇女；《拇指铐》里的阿义，一次无意的张望导致他无辜被铐，而后竟完全被困无法脱身，甚至最后要了他的性命；《老枪》里大锁的父亲与柳公安的冲突不过是起于一次小小的自行车事故，最后竟然导致大锁父亲饮弹自尽，而大锁也竟然因为生锈老枪的突然走火而殒命……这些小说里都暗含着"小起因／大恶果"这样一个对比性结构，悄悄地流露出莫言内心潜藏着的人面对命运时的无力感、无奈感。此外，莫言还多次写到漂亮姑娘的眼睛受伤，《透明的红萝卜》中善良的菊子姑娘眼睛被碎石片儿砸进去，《白狗秋千架》里的暖被刺槐扎进眼睛以致右眼失明，《我们的七叔》里美丽少女郭江青的眼睛被石片击中……眼睛是心灵的窗户，也是美的所在，美丽姑娘的眼睛受伤，她们的美也因此丧失，虽未伤及性命，但对于美丽少女来说美的失落却可能导致命运的根本性改变，暖的命运不就是一个注脚吗？所以，"美丽姑娘眼睛受伤"的情节里其实也藏着"小起因／大恶果"的结构，可见莫言对"小起因导致沉重后果"有种天然的敏感，更可见莫言内心对于命运始终暗藏着一种无以掌控的畏惧感，虽然小说中的人物面对悲剧命运时不乏抗争，但抗争的结果常常难以从根本上改变命运。

　　小时候的莫言原本是个调皮好动、贪玩话多的孩子，但活泼率真的天性令他经常口无遮拦，也常因言获罪，以致后来他慈爱的母亲也要求他在外面少说话，莫言对此记忆深刻，所以后来从事写作后他特意给自己取名"莫言"，意在时时提醒自己少说话。不过，莫言的好几篇小说中都出现了一个爱说话、爱抢话、爱饶舌的孩子形象，如《四十一炮》里的罗小通、《牛》里的罗汉、《灵药》里的狗子、《生死疲劳》里的"莫言"等，这些话痨儿童的形象原型就是莫言自己，而他多次描写这类文学形象，既是在通过文学寻找童年时代那个爱说话的莫言，也是在回应、安抚那个被沉闷的社会环境压抑着的莫言，更是在向那个最本真的莫言回归——这个莫言有点才华，又有些许忧郁，他急于表达自己的意思，也喜欢与人交流，他个性张扬狂放，想象天马行空，无拘无束。但是，这个话痨孩子在生活面前一次次地因为说话而闯祸，他因此被责骂、被孤立、被惩罚，在现实的沉痛的教训下他接受母亲的规劝，少言、不言，后来甚至出现了"一见人就紧张，一讲话马上就变成结巴"[①]的情况。难怪在莫言的眼里这片土地"留给我的颜色是灰暗的，留给我的情绪是凄凉的——灰暗而凄凉，是高密留给我的印象"[②]。"灰暗"，大概是莫言怀乡情的一个基色吧，因为那压抑的政治空气，也因为时时感受到天性被压抑之后的憋闷。

不过，那个现实生活中的话痨孩子被压抑的天性，又以另一种形式呈现了出来，那就是莫言的文学王国"高密东北乡"的版图上大片大片热烈的红高粱、野马般奔腾的洪水、泛着红色淤泥的大片沼泽地、浑身雪白的高密白狗、美丽智慧敢爱敢恨的九儿、血气方刚勇猛过人的余占鳌……高密东北乡的一草一木都涌动着生命的活力，动物、人物都挥洒着生命的纯粹与极致，这与话痨孩子张扬、率真天性不正好互为呼应？而且，红高粱、野马洪水、纯种白狗、佳人豪杰所构成的这个纯粹世界，竟让我们不免联想到《离骚》中那个香草环绕、璞玉浑成的唯美世界，而那个爱说话爱表达的熊孩子莫言与滔滔不绝叩问苍天的屈原竟也有几分气质上的神似。这也并不难理解，一个是齐文化哺育的孩子，一个是楚文化培养的文人，这两种文化皆因水的滋养而获得浪漫特性，且齐文化与楚文化本就同宗同源，所以两者之间有一些气质上的神似倒也在情理之中。但据此也可得见，无论多么压抑，那方土地的文化底蕴所赋予的浪漫主义气质仍然潜伏在莫言的基因里、骨髓里，适当的时候总能找到它独舞的方式，当莫言拿起笔写下"高密东北乡"几个字的时候，它便化成东北乡里火红的高粱地、野马般奔腾的洪水、浑身

① 莫言：《碎语文学》，作家出版社 2012 年版，第 97 页。
② 莫言：《高密之光》，《人民日报》，1987 年 2 月 1 日。

雪白的白狗，还有"我爷爷""我奶奶"的那些传奇故事。这时的莫言还"恨"故乡吗？很难说他不恨，但至少可以确定的是他也爱故乡，那故乡赋予的气质让他即使恨故乡，也是在爱里掺杂了恨，恨的同时仍然会爱。这种爱恨交织的情感使他与福克纳对于南方的复杂情感怦然相通。

是的，虽然莫言宣称他恨故乡，但是他对故乡也仍然是爱的，他的小说总是以一些特别的方式流露出他对故乡的爱。如果深入阅读莫言的小说，我们会发现，莫言的童年里虽然有着不少不堪回首的饥饿记忆，但也有不少带着笑容和欢乐的童年玩趣，而且这份欢乐竟也是与"吃"相连。童年时被饥饿袭击的莫言时常和他的小伙伴们一起结伴去田里找吃的，挖野菜、逮蚂蚱、捉蟋蟀，"洼地里有数不清的水汪子，有成片的荒草。那里既是我们的食库，又是我们的乐园。我们在那里挖草根挖野菜，边挖边吃，边吃边唱，部分像牛羊，部分像歌手"[1]。在捉蚂蚱这一点上，爱动脑筋的莫言用自己独特的方法找到的蚂蚱最多，他因此得到奶奶的奖赏，这令他很开心，不足以道的捉蚂蚱竟意外地成为莫言自信与快乐的源泉。《红高粱家族》里曾详细地写了捉螃蟹的快乐："螃蟹爬到灯光里就停下来，首尾相衔，把地皮都盖住了。一片青色的蟹壳闪亮，一对对圆杆状的眼睛从凹陷的眼窝里打出来。隐在倾斜的脸面下的嘴里，吐出一串一串的五彩泡沫。螃蟹吐着彩沫向人挑战，父亲身上披着大蓑衣长毛爹起。罗汉大爷说：'抓！'父亲应声弹起，与罗汉大爷抢过去，每人抓住一面早就铺在地上的密眼罗网的两角，把一块螃蟹抬起来，露出了螃蟹下的河滩地。父亲和罗汉大爷把网角系起扔在一边，又用同样的迅速和熟练抬起网片。每一网都是那么沉重，不知网住了几百几千只螃蟹。"[2] 这段捉螃蟹的描写饶有生趣，漾动着捕捉的乐趣、收获的乐趣，令人神往。这样有意思的生活画面显然也是来自莫言的童年记忆，它那么生动有趣，又如此清晰可感，荡

① 莫言：《莫言散文新编》，文化艺术出版社 2010 年版，第 66 页。
② 莫言：《红高粱家族》，上海文艺出版社 2012 年版，第 6 页。

文学故乡的多维空间建构

漾着独有的童心童趣，连读者都不免被这可爱而亲切的趣味感染。

　　莫言还多次写到农村的打铁匠，对打铁匠的工作做了细致入微的描写，细致到铁匠的动作、打铁场面出现的各种声、光、色给乡村孩子带来的别样感受都一一述来，比如《透明的红萝卜》里黑孩痴迷地看铁匠师徒俩打铁："桥洞里黑烟散尽，炉火正旺，紫红色的老铁匠用一把长长的铁钳子把一根烧得发白透亮的钢钻子从炉里夹出来，钻子尖上'噼噼'地爆着耀眼的钢花。老铁匠把钻子放在铁砧上，用小叫锤敲了一下铁砧的边缘，铁砧清脆地回答着他。他的左手操着长把铁钳，铁钳夹着钻子，钻子按着他的意思翻滚着；右手的小叫锤很快地敲着钢钻。他的小锤敲到哪儿，独眼小铁匠的十八磅大铁锤就打到哪儿。老铁匠的小锤像鸡啄米一样迅疾，小铁匠的大锤一步不让，桥洞里习习生出热风。"① 这带着光、色、声的场面在艺术生活贫瘠的乡村显得格外醒目，有旺旺的炉火，有跳跃的钢花，有清脆的锤击，灯光、音乐、色彩都齐全了，对于孩子来说，看一次打铁几乎相当于看一场乡村戏班子的演出了，那是少有的艺术享受、身与心的欢畅愉悦。所以在《姑妈的宝刀》里再次写打铁时莫言如此描述孩子们眼里的惬意："我们坐在第一生产队的铁钟下，一边看铁匠打铁一边听张老三讲故事。"② 像这样眼里有好看的、耳朵里有好听的，这可真是乡村生活里最为舒坦的享受了。此外，《丰乳肥臀》写到的打铁，因为是上官吕氏主打，有女性参与的打铁更是具有了观赏性，于是"观看上官吕氏打铁是村中一个保留节目"③。从莫言小说多次细致地描写打铁，我们可以推知童年、少年时期的莫言也是多么喜爱看打铁，就像他笔下爱看打铁的黑孩、大兰、二兰一样，几乎是到了痴迷的地步，在看打铁的过程中他是入迷的，一场"打铁"也许可算是乡村孩子的精神盛宴，也许可以让乡村孩子暂时忘却饥饿的折磨，也许还可以让孩子从压抑的社会氛围中稍稍透口气，总之莫言从入迷的观看中感受到少有的快

① 莫言：《欢乐》，上海文艺出版社 2012 年版，第 18 页。
② 莫言：《与大师约会》，上海文艺出版社 2012 年版，第 139 页。
③ 莫言：《丰乳肥臀》，作家出版社 2012 年版，第 587 页。

乐。这份快乐是无与伦比的，更是无法忘怀的，乃至于即使莫言成年后进城生活，他也一次次在小说中描写打铁，在这简单枯燥的打铁里珍藏着他童年的欢悦，这是艰难时光里的快乐记忆，也是贫瘠故乡里难得的美好印迹，他回忆、描述打铁时就像牛的反刍一样在津津有味地回味着贫瘠乡村生活中的那一份朴实的快乐，在回味着故乡于"钢花"和"烟火气"中传递出的那一份厚实的乡情乡味。

　　除了常写这些充满童趣和快乐的捉蟋蟀、捉螃蟹、挖野菜、看打铁之外，莫言的小说里还经常写一些鬼怪的故事，这些饶有趣味的鬼怪故事在《草鞋窨子》《罪过》《良药》《奇遇》《夜渔》《战友重逢》《梦境与杂种》《丰乳肥臀》《酒国》《蛙》等作品中都出现过，给作品平添一股神秘、奇幻的色彩。这些故事大都是莫言从他的乡亲们那里听来的，他的家乡高密距离爱写花妖狐魅故事的蒲松龄的家乡淄川仅三百里之遥，高密的人们和淄川蒲松龄一样都沐浴着齐文化的奇异光辉，都爱听、爱讲妖精神怪的故事，又都受蒲松龄的影响，老农们劳作之余坐在田间地头、草鞋窨子里讲的故事都带着蒲松龄的风格，这些带着奇幻色彩的故事深深地吸引着莫言，给文化生活极为贫瘠的乡村提供了一点点文学艺术，也为莫言饥饿、贫穷、压抑的童年时光涂抹上一些快乐的色彩。

　　此外，观赏乡间奇人的绝技也给莫言带来不少快乐，像他小说写到的那些乡间奇人一样，他们总有一门绝活、一手看家本领，总是精湛到极致，譬如《秋水》中会接生的紫衣女子、《良医》里医术高超的陈抱缺和大咬人、《枣木凳子摩托车》里木匠手艺精巧的"我父亲"等，他们是乡间沉闷空气里的一缕清流，不仅用他们精湛的技术造福乡里，而且给沉闷的乡间带来极富传奇色彩的精彩故事，当然也给童年的莫言以极大的人生慰藉，因为现实人物的传奇色彩不仅满足一个孩子的好奇心，而且还为孩子带来对生活对未来的某种希冀，这是沉闷而压抑的生活中的一抹亮色。当然，亮色还来自莫言的母亲。尽管童年生活回旋着饥饿、压抑、灰暗的调子，但是莫言却拥有一位宽厚慈爱的母亲，饥馑年代里她想尽办法弄来粮食给孩子们吃，大家庭里她尽可能地护佑着幼小的孩子，她像老母鸡一样保护着翼下幼雏，她成为莫言的童年生活中的保护神。

从上述内容可见，莫言对自己的故乡有恨，更有爱，它们互相交织、缠绕，他痛恨故乡的饥馑贫穷，但也曾经从饥饿体验中咀嚼过丰富的生命感觉，并因此收获了乡野捕捉的种种乐趣；压抑的社会氛围令他颓唐，但也令他获得渴求的眼睛得以发现乡间奇幻故事的异彩与传奇能人的精彩，更令他深深地体会到母亲的仁厚大爱。所以莫言对故乡的爱与恨总是交织、缠绕在一起，无法剥离。

需要注意的是，莫言对于故乡爱恨交织的怀乡情有一个逐渐清晰的过程。童年生活里感受到的就是贫穷、饥饿和压抑，前途灰暗，生活不是继续往下坠，就是停滞在沼泽里，即使没有下陷，也毫无上升的希望，浓重的阴影蒙蔽了他的心灵，直到离开故乡后重返故乡时，他才"隐隐约约地感受到了故乡对一个人的制约"[1]。他意识到故乡给予自己的远远超过了他自以为感知到的，他的性格、思维方式、审美习惯等都是在故乡的影响下形成，即使他恨这个地方，这里也有他深深的牵绊，他开始体谅故乡、接纳故乡："对于生你养你、埋葬着你祖先灵骨的那块土地，你可以爱它，也可以恨它，但你无法摆脱它。"[2]莫言进而意识到他是爱这个生养他的地方的："我拿起了创作的笔，本来想写一篇以海岛为背景的军营小说，但涌到我脑海里的，却都是故乡的情景。"[3]后来，他以故乡高密为原型建构"高密东北乡"文学王国，对故乡的深爱才火山爆发般凸显出来。

莫言爱恨交织的怀乡情一旦清晰之后，他对于故乡的感情便更趋于沉稳而坚实，他更加深入地去探察故乡、认识故乡、感知故乡，也在这一过程中逐渐生发出对于故乡深深的忧虑，他的怀乡之情也因此更加丰富。这主要表现在他所提到的"种的退化"。莫言

---

① 莫言：《我的故乡与我的小说》，孔范今、施战军主编，《莫言研究资料》，山东文艺出版社 2006 年版，第 25 页。

② 莫言：《我的故乡与我的小说》，孔范今、施战军主编，《莫言研究资料》，山东文艺出版社 2006 年版，第 25 页。

③ 莫言：《超越故乡》，《莫言散文新编》，文化艺术出版社 2010 年版，第 5 页。

常描述祖父母辈身上那种来自生命本身欲求的原始野性，这些祖辈们无论是外部行为的张扬、粗莽、豪放，还是内部心理的强大、充实、自足，总是充满着鲜活的生命感觉。《红高粱家族》中"我爷爷""我奶奶"冲决一切藩篱，勇敢地在高粱地野合，他们在追求生命幸福的过程中所尝到的所有甘甜与苦涩都饱含着生命的极致体验。《丰乳肥臀》中上官鲁氏为了生存为了在婆家立足不惜放下儒家思想传统为女性规定的妇德而四处借种，后来又为了养育子女以及孙辈们而勇敢地承受生活赋予的接连不断的各种苦难，这位人生道路上拖儿带女踽踽而行的女性，以其仁厚宽广的母性和坚忍不拔的生命强力向读者展示了生命的另一种极致绚烂。这些祖辈以其独特的生命光彩照亮了高密东北乡的土地，莫言甚至要用那些大块的、对比度和辨识度极高的色彩才能与他们绚丽的生命匹配，所以出现在读者眼前的，要么是血一样无边际的红高粱，要么是无垠的黄麻地，要么就是波涛奔涌、浪如野马的墨水河。但是到了父辈，莫言没有太多地写他们的故事，却总在某些地方流露出对父辈人的不屑和不满，比如《红高粱家族》里写到村子被日军屠村并火烧全村，此时作者突然笔触一转写道："父亲，一九五七年，你躲在我家里间屋里那个地洞里时，你每日每夜，在永恒的黑暗中，追忆流水年月，你至少三百六十次想到了我们家那几十间房屋的屋盖在大火中塌落的情景。"[①] 在这段叙述中，父辈的行为与祖辈相比，已经少了英雄豪气，面对外面汹涌的时代浪潮，"父亲"却只能"躲在我家里间屋里那个地洞里"，这样畏畏缩缩的父亲与敢说敢当、一拼到底、豪气冲天的爷爷形成多么鲜明的对比！另一些时刻，出现在莫言笔下的父辈是愁苦而悲哀的，也是冷酷无情的，如《枯河》中虎子的父亲。当虎子误伤了村干部的女儿之后，他的父亲以跪求来换取村干部的息怒和保全家庭的安稳，尽管此时祖辈张扬高亢的生命强力已经被置换为卑微命运下的苟活，这种献出高贵的膝盖向村干部苦苦哀求的行为仍可视为一种策略性的生存之道，但是当他

① 莫言:《红高粱家族》，上海文艺出版社 2012 年，第 169 页。

文学故乡的多维空间建构

暴打虎子以宣泄内心的愤怒和屈辱感的时候，祖辈身上的野性、刚强与善良便走了样变了形，转而激变为冷酷、无能和自私，这已然不是策略性的生存之道，而是人性的丑陋和冷酷展露出狰狞一面，祖辈的自由不羁、雍容大气和对后代的慈爱宽厚在这个"父亲"身上荡然无存，他们无可奈何的悲哀也全然丧失了祖辈挥毫泼墨般的悲壮所具有的审美意义，社会的时代特性在一定程度上禁锢了人的向上意志，同时也在另一个层面上给予人性丑陋卑劣部分的疯狂宣泄以一个理由、一个出口。所以也有学者认为："在父母一代人物的性格中，既集中了民族性格中最落后阴暗的方面，又表现了人性中最丑陋邪恶的内容。"[①] 这样的父辈形象还有《罪过》中的"爹"、《食草家族》里的"四大爷""七大爷"等。从祖辈到父辈，在这样的一个下降过程中，寄寓着莫言对于处于时代急遽变迁过程中的故乡的一个认识，即在近百年来激烈而极富颠覆性的社会动荡和时代变迁中，祖先身上的原始野性、生命力量并没有在代际传承中得到良好的延续，反而在一点点散失，一点点消逝，就像《红高粱家族》最后一章里写的："我反复讴歌赞美的、红得像血海一样的红高粱已被革命的洪水冲激得荡然无存，替代它们的是这种秸矮、茎粗、叶子密集、通体沾满白色粉霜、穗子像狗尾巴一样长的杂种高粱了。"[②] 这段富有象征性的叙述，描画出莫言心中深藏的忧思，激荡的社会与时代变迁如洪水一般冲击着故乡的人与物，悄然改变着人与物的种的品质，所以二奶奶做出了这样的启示："在白马山之阳，墨水河之阴，还有一株纯种的红高粱，你要不惜一切努力找到它。"[③] 何谓"纯种"？"纯"是指回归到人的本性层面，要深切地认识到人的本性更应该包括人的质朴的自然野性、丰富的生命感觉、生命自由的高贵，而由纯种到杂种的退化，所划出的正是人的质朴的自然野性、丰富的生命感觉以及纯粹的生命高贵性一点点遗

---

① 季红真：《忧郁的土地，不屈的精魂——莫言散论之一》，《文学评论》，1987 年第 6 期。

② 莫言：《红高粱家族》，上海文艺出版社 2012 年版，第 361 页。

③ 莫言：《红高粱家族》，上海文艺出版社 2012 年版，第 351 页。

失的轨迹。与其说莫言是为这样的由纯种而向杂种的退变而忧虑，不如说莫言是为那些属于人之本性的某些内容在现代文明的侵蚀下渐渐丧失而深深忧虑。

　　莫言在《丰乳肥臀》里更进一步、更形象地表达了他的这种忧虑。从人种层面上看，上官鲁氏与瑞典牧师马洛亚牧师结合而生下的金童和玉女无疑是杂种，玉女一出生便带着盲眼的生理缺陷，一生都没有独立的能力，靠着母亲的喂食生存，金童虽然全身健全，却始终不肯离开母亲的乳房，这样一位恋乳癖患者也是靠着母亲或者他人的豢养才能得以生存，这一对儿女正是从反面说明了莫言的"纯种"思想：这一对"杂种"的生命从一出生便是残缺的，既包括生理的残缺，也包括心理的残缺，他们匮乏生命的自然野性，其生命感觉是单调而匮乏的，只能局促于自己的狭小世界，因而他们的生命也欠缺高贵的品质。玉女最后以自溺来为母亲减负，用这样一种极其悲壮的行为宣示她对于自尊的追求；金童身为男儿身，却将生命吊在女人的乳房上而无法自立，他的懦弱、胆怯和对他人强烈的依附性，消解了生命应有的野性、丰富性和高贵性，以至于最后只能顶着一副男性躯体的皮囊流落街头受尽羞辱。这种纠结于"纯种"与"杂种"的"种的退化"的忧思，映射出作家对于映现在代际之间的变化而产生的深沉忧虑，他敏锐地感觉到代际之间没有实现人性的完全复制，而代际之间的微妙变化被现代文明的冲击放大了许多倍，所以问题就空前清晰地显现出来。这一忧虑使莫言的怀乡之情呈现出复杂的一面——他不仅恨故乡，也爱故乡，他不仅爱故乡，还忧故乡——正是在这丰富的怀乡情里，"高密东北乡"的情感空间也获得了一种独特的情感力量，深深地感染着沉浸其中的每一位读者。

三、"精神之恋"与"生命之恋"

　　对于故乡，福克纳与莫言都怀有深厚的感情，他们各自的作品都寄寓了他们对于故乡的爱与忧，在他们各自的作品中所寄寓的对于故乡的感情都是丰富而深刻的。他们都以一颗赤子之心来深情凝视这块生养他们的土地，都用一个小小的文学王国为故乡留下文学的投影；但同时他们也都以一双智者慧眼清醒地看到这块土地上所发生的种种悲剧，故而在字里行间又都流露出深深的忧虑，这份忧虑与挚爱一样地清晰、一样地深沉，共同交织出一份深厚、丰富而复杂的怀乡之情。

　　然而，两位作家的怀乡之情又有着微妙的区别。首先，虽然都深爱故乡，但两位作家对于故乡的爱的落脚点截然不同。福克纳对于南方的爱，集中在他所了解的南方传统社会所呈现出来的责任心、荣誉感、崇尚道德、善良怜悯等传统美德，还有先辈征服荒野时的开创精神和南北战争时表现出来的勇气和担当精神，他写沙多里斯上校的征战，写米勒德小姐在战时挺身而出保护孩子支援黑人，写麦卡勒姆先生送子入伍，他们身上表现出来的美德，正是福克纳认为南方最难能可贵的地方，他借着小说中老局长的话表达了自己的想法："我指的不是一年又一年靠着工程管理局的救济金混日子，而是荣誉、骄傲和原则这类使人值得生存，使人活得有价值的品德。这是我们应该重新学会的东西。"[1] 在《八月之光》里，福克纳又借孩子艾萨克的人生导师麦卡斯林的嘴巴复述："真理只有一个。它是不会变的。它统驭一切与心灵有关的事——荣誉、自豪、怜悯、正义、勇敢和爱。"[2] 在福克纳的眼里，这是南方最可宝贵的东西，也是故乡令他最动情的地方，所以他在接受诺贝尔文学奖时再一次阐明他从南方继承来并始终尊崇的理念："诗人和作家的职责就在于写出这些东西。他的特殊的光荣就是振奋人心，提醒人们记住勇气、荣誉、希望、自豪、同情、怜悯之心和牺牲精神。"[3] 而

①　世界文学编辑部编，《福克纳中短篇小说选》，中国文联出版公司1985年版，第207页。
②　（美）威廉·福克纳：《去吧，摩西》，李文俊译，上海译文出版社2014年版，第260页。
③　（美）威廉·福克纳：《在接受诺贝尔文学奖时的演说》，李文俊编，《福克纳评论集》，中国社会科学出版社1980年版，第255页。

莫言与当代中国文学创新经验研究

莫言对于故乡的爱，却是集中在他所熟悉的中国北方农村社会里那些最普通不过的生活场景。诚如前述，莫言从捉蟋蟀、捉螃蟹、挖野菜、捕鱼、捉蚂蚱里感受到的欢悦，从田间地头、炕头窨子听鬼怪故事的经历中所获得的愉悦，从看铁匠打铁、看能人们割麦子比赛、看木匠巧做枣木枕头、听良医治病救人的故事等得到的愉悦，从宽厚慈爱的母亲那里得到的母爱，都给莫言饥饿、压抑的童年时光带来了宜人的阳光，增加了暖人的温度，故乡的温情与美好就是在这样的时刻一点一点注入莫言的心田、进驻莫言的记忆。这些生活场景充满了泥土气息，充满着生活暖烘烘的人情味和活泼泼的朝气，洋溢着生命的活力，它们的生动、有趣和活泼建立起莫言的生命本体与自然之间的内在联系，在给予莫言丰富的生命体验的同时也赋予他敏锐的生命感觉和吸纳自然灵气的生命自觉。这与福克纳的故乡之爱何其不同！福克纳欣赏家乡的人与事中表现出来的以责任、怜悯、"荣誉、骄傲和原则"等优秀品德为主体的精神传统，他的故乡之爱的落脚点在于精神层面，可谓"精神之恋"。莫言喜爱家乡最普通的农家生活场景中流淌出来的生命的活力、气息、感觉、体验，莫言的故乡之爱的落脚点在于生命层面，可谓"生命之恋"。可见两位作家关注的焦点很不一样。

其次，两位作家对于故乡的忧虑也有着不同的落脚点。如前所述，福克纳和莫言虽然处于不同的时代、不同的区域，但是他们的生活都经历了前所未有的社会转型和文明的巨大变化。美国南方在内战结束后不仅面临着重建的重重困难，而且面临着北方工商业经济的冲击，而福克纳通过塑造康普生家族里的杰生和斯诺普斯家族来表达他对南方处境的深刻担忧。莫言在福克纳的启发下重新审视家乡山东高密的时候，同样有一份深重的忧虑。二十世纪前后，中国社会被迫卷入了现代性进程之中，只是，由于其现代性的发端是源于外力的推动而非内在发展的驱动，所以泱泱大国的现代性进程极为缓慢，进入八十年代，随着改革开放国策的实施，中国跨入现代化、工业化的发展之路，社会也加快了从传统农业社会向工业现代化社会转型的历史进程，面对故乡无可回避地受到现代文明冲击这一现实，莫言也滋生出一种忧虑，八十年代中期以来创作的《红高粱家族》《食草家族》，及至九十年代初创作的《丰乳肥臀》等作品中都有相关传达。在这个方面，莫言与福克纳极为相似，他们面对社会转型和时代变迁而滋生的这份忧虑，不仅传递出他们对于故乡深沉的爱，而且也传递出他们因现代文明的强势进入而产生的不安和焦虑。但是，尽管两位作家如此相似，其内在仍然有着深刻的不同。福克纳所忧虑的，是南方传统社会优秀的精神传统在现代工商业文明的冲击下逐渐消逝，他所塑造的沙多里斯上校的责任感、米勒德小姐的担当意识等传统美德与杰生身上的自私冷酷、斯诺普斯身上的唯利是图形成鲜明对照，映照出他对南方传统社会优秀精神传统的崇尚和宣扬，他的怀乡情因此表现出一种向后看的历史意识。而莫言所忧虑的，是近百年以来祖先所拥有的生命质朴的自然野性、热烈而旺盛的生命意识在现代文明的渐次冲击下而逐步减弱、散失，乃至消逝。而到八十年代中期以后，伴随着现代文明渗透速度的加快，代际之间呈现出来的人性低劣化、生命孱弱化现象日益增多，置身于急遽变革的八十年代中后期至九十年代的社会氛围之中，莫言显然感觉到人的生命并没有随着科技昌明、经济发展而变得越来越强健，反而更趋于孱弱，人性并没有变得越来越崇高，反而变得越来越卑下，这是因为种在"退化"，还是因为"纯种"变成了"杂交"？莫言未能给出一个明确的答案，却借上官金童这样的人物形象传达了他的忧虑，而上官鲁氏与上官金童两代人所走过的大半个世纪以来的人生路程则清晰地说明了莫言之忧虑绝非仅就八十年代至九十年代的社会急遽变化而发出的慨然一叹，而是穿透了中国社会近百年来缓慢进行的现代化进程，为这一漫长进程中踽踽而行的中国人描画出一幅生命意识演化和人性蜕变的轨迹图。莫言与福克纳所共有的忧虑在这里出现了具有区别意义的分岔口，莫言是立足于生命意识的逐渐淡化乃至消逝而忧虑，福克纳则是立足于优秀精神传统的丧失而忧虑，莫言的关注焦点在于生命层面，福克纳的关注焦点在于精神层面。

再者，两位作家的怀乡情表现出完全不同的历史意识。福克纳从这份忧虑中回望南方传统社会，怀想南方传统社会所崇尚奉行的"勇气、荣誉、希望、自豪、同情、怜悯之心和牺牲精神"，所以他的怀乡情带有一种向后看的历史意识。在《去吧，摩西》里福克纳写了一段扫墓的场景，大熊老班被捕杀之后，大狗牺牲，山姆悄然离世，狩猎就此结束，两年后孩子艾萨克独自去大森林祭奠山姆、大熊还有大狗，当孩子进入森林来到墓地时，发现一切痕迹都快被自然抹平了，而山姆、大熊、大狗已经"自由地待在土地里"，在这样的环境里，孩子认识到："形态虽有万千种，规律却只有一个：还有老班，老班也是这样；他们连脚爪也会还给它的，肯定会还的；然后是长期的对抗和长期的追逐，没有被逼迫被激怒的心，没有被抓伤和流血的皮肉。"[①]孩子眼里的大熊与人类之间"长期的对抗和长期的追逐"的背后正是大熊老班和以康普生将军、斯班少校为首的狩猎队都谨遵奉行的勇气、荣誉、希望、自豪、怜悯等精神传统，这正是福克纳所讴歌的南方社会的精神价值所在，自然平复一切，也按照自然的原则重塑老班和老班的对手们，他们以及他们身上所表现出来的传统美德都像自然一样保持着亘古不变的特性，这里很明显地流露出福克纳向过去回望的意味，虽然福克纳知道不可能回到过去，但至少他是沉醉于过去的某些美好。

　　莫言的忧虑却不只是向后看，尽管他所赞扬歌颂的生命意识、矫健强韧的生命力量往往是表现在"我爷爷""我奶奶"这样的祖辈身上，但是莫言并没有像福克纳那样只是沉醉于过去，当有人说莫言的小说"表现出对旧文化的眷恋"[②]时，莫言说："我是一个向前看的作家，我创造一种非常理想的生活，好像是往后看，实质上是向前看。"[③]莫言的小说证明了这一点，在赞美"我爷爷""我奶奶"

---

①　（美）威廉·福克纳：《去吧，摩西》，李文俊译，上海译文出版社2014年版，第289页。

②　莫言、陈薇、温金海：《与莫言一席谈》，孔范今、施战军主编，《莫言研究资料》，山东文艺出版社2006年版，第17页。

③　莫言、陈薇、温金海：《与莫言一席谈》，孔范今、施战军主编，《莫言研究资料》，山东文艺出版社2006年版，第17页。

所表现出来的雄健昂扬的生命之美的同时，莫言始终不忘将眼光引向现在、导向未来——同样是写扫墓，《红高粱家族》最后一节的描写表现出与《去吧，摩西》里的扫墓截然不同的格调。当"我"回到故乡给祖辈们扫墓时，二奶奶从坟墓里跳出来教训"我"，令"我"为自己带着一股子"聪明伶俐的家兔气"而深感羞愧，而当我为自己感到悲哀和绝望的时候，祖辈的声音又适时响起，向我发出了"指点迷津的启示"："洗净了你的肉体和灵魂，你就回到你的世界里去。在白马山之阳，墨水河之阴，还有一株纯种的红高粱，你要不惜一切努力找到它。你高举着它去闯荡你的荆棘丛生、虎狼横行的世界，它是你的护身符，也是我们家族的光荣的图腾和我们高密东北乡传统精神的象征！"① 这个"启示"里最值得玩味的，倒不是去哪里找一株纯种的红高粱，而是找到之后该怎么办。是的，找到之后呢？祖先说，找到之后"你就回到你的世界里去"，"你高举着它去闯荡你的荆棘丛生、虎狼横行的世界"。就是在这里，我们看到莫言与福克纳之间的截然区别，莫言没有因为赞美祖先而寄托于过去，而是假祖先之力，去解决当下的难题，去闯荡当前的世界。如果说生命强力绽放在祖辈身上，那么莫言的落脚点却是在实实在在的当下、现在，更是寄望于将来。这部《红高粱家族》从一开始就定位了莫言与福克纳的不同，在《熊》里福克纳流露出非常明显的向后看的历史意识，而莫言却是既向后看，同时也在向前看，他尊敬祖先，崇拜祖先，但并不被祖先的历史所牵绊，他以热烈的笔触描写祖先传奇人生的根本目的还是立足现在、面向未来，与福克纳相比，莫言的作品主题表现出更加清醒、理性的现代意识。

莫言的"向前看"历史意识意味着他并不否定和排斥现代文明，他并没有将现代文明置于人性的对立面，他认识到虽然现代文明确实为人的生存提供了一个复杂的大环境，但同时也明白现代文明未必就是人种退化的罪魁祸首，所以他会批判现代文明，但绝不

---

① 莫言：《红高粱家族》，上海文艺出版社 2012 年版，第 362 页。

会像福克纳那样产生一味"向后看"的思想意识。莫言对于现代文明的这一基本态度是源于他的童年生活。如前所述，莫言的童年记忆里最深刻的印象就是饥饿感和压抑感，饥饿是因为经济落后、物质贫乏，压抑是因为当时极左政治路线和沉闷的社会氛围，无论是物质层面还是精神层面，莫言的童年都不是那么愉悦，所以莫言很早就萌生了逃离故乡的想法，他幼时的那些"当作家过上天天吃饺子的生活"的人生理想，还有"当兵从此离开故乡"的想法，都是逃离故乡心态的真实体现。这样充满饥饿感和压抑感的童年记忆奠定了莫言愿意接受并拥抱现代文明的心理基础，即他亲眼看到、也亲身体验到走农业合作化道路的中国农村经济极度贫穷、落后的状态，也深知极左政治路线对乡村人文生态造成了恶劣影响，所以他渴望现代文明能真正改变乡村贫穷、落后、滞重、压抑的状态。虽然莫言也严肃批判现代文明在发展过程中制造了不少负面的社会问题，但总体上他还是接受并拥抱现代文明，他决不愿意再回到贫穷、饥饿、压抑的前现代社会状态中。福克纳的童年在美国南方的贵族家庭度过，他的曾祖父和祖父都是凭借着自己的能力和勇气在不少行业做出突出的成绩，在当地赢得赫赫声名，分别获得"老上校"和"小上校"的尊称，虽然福克纳的父亲默里一生平庸，但祖辈们挣得的家业也足以让福克纳的童年在雍容、优越、闲适的环境中度过，即使是当福克纳进入少年时代后家庭经济条件渐趋拮据的时候，他的家庭也绝未出现过莫言小时候家里的那种饥饿状态，所以福克纳关于故乡的记忆里绝没有莫言那样的饥饿感和压抑感，倒是充满了现代文明冲击下白人贵族家族没落过程中的各种感受和体验，以及在内战后南方经济一蹶不振而带来的感伤。而与此同时，白人家庭长大的福克纳也清楚地看到种族主义思想和奴隶制在南方犯下的罪恶，他同意并赞赏北方所代表的现代文明对于种族主义思想和奴隶制的猛烈抨击。这就造成了福克纳对现代文明的复杂心态，他既赞赏现代文明对于种族主义和奴隶制的批判和摒弃的态度，知道现代文明横扫美国南方是不可更改的历史趋势，同时又痛恨现代文明对南方经济、社会和自然环境的破坏，不免带有几分拒斥的心理，《喧哗与骚动》《去吧，摩西》等作品都流露出福克纳这种复杂心态。这童年记忆的大相径庭，令两位作家面对现代文明时的态度也截然不同。

不仅如此，童年记忆的巨大区别还造就了福克纳与莫言在艺术思维的起点、思想的落脚点上的巨大不同。对于莫言而言，童年记忆对他影响最大的首先是饥饿体验。盘踞在童年时光里的饥饿体验唤醒了莫言的身体，强烈地激发了莫言身体的敏感性，在饥饿的刺激下莫言格外关注自己身体的感受，每一寸肌肤、每一次呼吸，还有每一分痛感，来自身体的感性体验他都能清晰地捕捉到，并非常清晰地记取，这或许是他生命意识觉醒并强劲崛起的最初缘起，也是莫言的感觉世界得以建构起来的最本初的资源。饥饿体验还让莫言非常关注食物，他关注的不是食物的各种做法，而是食物的各种品类，他特别注意从自然界寻找一切可吃的东西，蚂蚱、螃蟹、虾子、野菜乃至于煤块都可能成为他填肚子的美味，而莫言笔下少有的童年快乐大部分是来自寻找食物，捉蚂蚱、抓螃蟹、挖野菜、捕虾子的故事，莫言总是讲得津津有味，妙趣横生，殊不知这捕捉之乐里其实掩藏着一个孩子对于食物的强烈渴求，掩藏着一个孩子身体无以消解的饥饿感。寻找食物的过程其实建立了两个向度的联系，一是孩子自己的意识与身体的联系，他的意识敏感于身体的需求，身体驱使他去寻找，他在寻找的过程中也愉悦身体，身体与他的意识之间形成一种双向交流、良性互动的联系，这是莫言的生命感觉、感官体验格外敏锐、强烈、丰富的重要原因；二是建立了孩子与自然的联系，在寻找食物的过程中孩子与自然的联系变得密切而广泛，自然进一步刺激触动孩子的感官，使之变得更加敏感而丰富，也使孩子获得超凡的想象力。其次，莫言出生于一个多子女的农家，父母没有太多精力照看他，他有很多时间消磨在田野、树林、河边，因故辍学回家后每天给生产队放牛放羊，孤独而单调的放牧生活逼着他通过观察自然界的动植物来消解孤独，这些与自然之间的接触无形间竟训练了他对自然万物的感知能力，尤其是通过捕捉自己的各种感觉来打通他和自然的联系："我当时就感觉

莫言与当代中国文学创新经验研究

到身边的树木、草，还有牛和羊都是跟人可以交流的，它们不但有生命，而且还有情感。"[1] 再者，家乡的老农们在田间地头讲的那些妖精鬼怪故事大多是关于自然界的生物，动物、植物都可以变人之形、说人之言、抒人之情，这些故事以基于万物有灵论的泛灵化方式连接了幼年的莫言与自然，使幼年的莫言视自然万物皆有生命、皆可对话、皆可传情，更加强化了他对于生命体验、生命感觉的重视，进而强化了幼年时期的莫言的生命意识。

可见，童年记忆开发了莫言的身体意识、生命意识，使他格外注重生命体验、生命感觉，而这种重视生命体验和感觉的自觉意识其实也就构成了莫言的思维起点和思想的落脚点，即他在思考问题和展开创作时，总是首先从带有鲜明的生命意识特征的体验和感受出发，而他的思想的落点也总是强烈而鲜明的生命意识。看看莫言是如何描述《透明的红萝卜》创作缘起的："有一天凌晨，我梦见一块红萝卜地，阳光灿烂，照着萝卜地里一个弯腰劳动的老头；又来了一个手持鱼叉的姑娘，她叉出一个红萝卜，举起来，迎着阳光走去。红萝卜在阳光下闪烁着奇异的光彩。我觉得这个场面特别美，很像一段电影。那种色彩、那种神秘的情调，使我感到很振奋。其他的人物、情节都是由此生酵出来的。"[2] 这段关于梦的叙述中人和物的形态、颜色、动作都清晰具体，而且色调明朗，情调奇异，而他就在这样一个形象鲜明的梦的启发下写出了与当时文坛其他文学作品迥然不群的《透明的红萝卜》，红萝卜、姑娘、阳光这些原本非常普通的形象都必须经由一个感官敏锐、想象力丰富、极具生命意识的审美个体的审视，才得以绽放出"奇异的光彩"，莫言就是这样一个丰富而自如的审美个体，所以他能迅速捕捉到意象所蕴含的审美性，同时也会很自然地在意象审美性的激发下开启一段异彩纷呈的文学构思与创作的旅程。以形象为小说构思起点，这样的创

---

[1]　莫言：《碎语文学》，作家出版社 2012 年版，第 26 页。

[2]　徐怀中、莫言、金辉、李本深、施放：《有追求才有特色——关于〈透明的红萝卜〉的对话》，孔范今、施战军主编，《莫言研究资料》，山东文艺出版社 2006 年版，第 6 页。

作在莫言创作道路中并非个案，因阅读川端康成的《雪国》而想起"原产于高密东北乡的全身雪白的大狗"，于是莫言开启了《白狗秋千架》的创作；还有"老祖母的雕像与汉代的石雕与故乡的泥塑"，则是激发莫言萌生创作《丰乳肥臀》的最初冲动。从童年生活中习得的强大的感觉能力、想象能力使莫言成长为一个具有强烈的感知能力的艺术个体，也成为一个善于捕捉到某些形象、画面和场景所蕴含的奇异生命光彩与独特生命意义的艺术个体，正因如此，莫言的创作起点大多是一个有线条、有色彩、形态具体的意象、画面或场景，而他的笔所呈现出来的则是更为鲜明生动、更为含蕴丰富、更富有生命意义的艺术形象。莫言艺术思维的落脚点也同样是以生命意识为核心的主题，如前所述，他对故乡的爱与忧虑，以及怀乡情里透显出来的"向前看"历史意识最后的落脚点也都在生命意识、生命主题上。

　　莫言的饥饿体验在福克纳的童年记忆里是没有的，尽管在福克纳小时候家庭经济条件因为父亲的平庸而开始走向没落，但是基本的生活条件还是可以保障的。在里普利镇生活的时候，在家族的门第声望影响下父亲默里的事业还算顺利，此时福克纳家里可谓富足，当福克纳的祖父卖掉铁路公司而作为儿子的默里没能如愿接手铁路公司之后，家庭开始走下坡路，举家迁至牛津镇后默里事业愈发不顺，换了不少工作也没找到他的事业基点，尽管如此"他的家族地位保证他能找到工作，也有利于使他的生活过得比较容易忍受些"①，总体来看，福克纳的家庭的确在一步步走下坡路，经济也或有拮据的时候，不过从来没有像莫言小时候那样经常饿着肚子寻找食物的情况，没有莫言那种来自身体的刻骨体验。但是，福克纳作为家里的长子却对家庭所经历的一路下滑有着深切的感受。一方面，福克纳从很多途径听到有关他曾祖父的辉煌事迹，譬如家人经常讲老上校的故事，而且在家里"讲老上校的故事不仅是种消遣，

---

① （美）戴维·明特：《骚动的一生——福克纳传》，顾连理译，知识出版社 1994 年版，第 10 页。

也成了人人参加的一项仪式，都由坚韧不拔的姑奶奶们主持"①。还有老上校的下属们、仆人们也都经常讲这位英雄伟人的故事，那些回荡在历史时空里的传奇故事令福克纳十分崇敬他的曾祖父，以他为荣，并"把自己看作是曾祖父的孩子"②，甚至是模仿他，福克纳的弟弟杰克说"威廉从儿童时代开始'就模仿老上校的生活'"③。一遍遍听到的曾祖父的传奇故事培养了福克纳对于荣誉、勇气的最初认识，也培养了福克纳对于荣誉和勇气等南方传统精神美德的钦佩和重视。然而，另一方面，生活的现实却是与荣誉、勇气、功勋等精神世界相去甚远的，老上校故事之外的现实境况是福克纳目睹父亲的事业一而再、再而三地丧失振兴的机会，眼见家庭经济逐渐走向没落，从老上校的故事到父亲的平庸、家庭的下滑，福克纳体察到曾经声名显赫的家族中开始蔓延的没落之气，而且家中父母之间原本就存在的不和谐也因为经济状况的下跌而逐渐加剧，更是加深了这位长子对于没落的感知。他的第一部长篇小说《坟墓里的旗帜》就是以家道衰落为主题，而且此后他在小说中一再描写没落的宅院、没落的街区景象、没落的家族故事，这些无疑都源自深植于他童年记忆里的没落体验。

此外，福克纳还从姑妈、黑人佣妇卡罗琳、镇上的人们讲述的内战的故事里了解到很多南方的历史，其中还掺杂着很多福克纳家族在内战中的英雄事迹，南方的历史在这些故事里变得具体可感，而英雄主义、耐心、荣誉、勇气更是作为南方特质性的内容被福克纳吸收，所以人们说："威廉所吸收的是作为遗产和大地的组成部分的历史，而不是在时空上遥远的古人的历史。"④ 这一"作为遗产

---

① （美）戴维·明特:《骚动的一生——福克纳传》，顾连理译，知识出版社1994年版，第4页。

② （美）戴维·明特:《骚动的一生——福克纳传》，顾连理译，知识出版社1994年版，第22页。

③ （美）戴维·明特:《骚动的一生——福克纳传》，顾连理译，知识出版社1994年版，第23页。

④ （美）弗莱德里克·R.卡尔:《福克纳传》（上），陈永国等译，商务印书馆2007年版，第72页。

219

文学故乡的多维空间建构

和大地的组成部分的历史"是南方的历史，更是南方传统精神的历史，对于孩子而言，南方传统精神是抽象的概念，但福克纳家族内战中的英雄故事却让抽象的概念化为最具体、最形象、最生动的图景，以至于年幼的福克纳能一下子捕捉到南方文化中最具价值的那部分内容。如果说听老上校和家族内战故事还需要依赖想象力的补充，那么随着父亲打猎则是以最直接的方式来感受南方传统。童年福克纳最开心的事情就是随着父亲外出打猎，父亲实际上是将他带入一个纯粹男性化的世界，这个充斥着骑马、酗酒、讲故事、打猎、大声咒骂、大块吃肉的粗放的男性世界向他展示了勇气、果敢、阳刚和耐心，让他看到"过去的好男孩"们的特有素质，更看到了美国南方特有的魅力所在，他被深深地吸引，也深深地为之倾倒，这一切都将福克纳从听故事中得来的关于南方传统的印象直观化、形象化，"所有这些都构成了福克纳想象地再造美国的组成部分，表明记忆中阳刚的美国比任何编造的美国都优越得多"①。当然这也铸就了他此后艺术思维的起点和思想的落脚点。他在以《熊》为代表的森林三部曲里详细地展示了自己为森林、为南方传统精神折服的过程，小说里的具有黑人血统的印第安后裔老人山姆·法泽斯更是以其高尚、谦逊、正直、坚韧的品德将南方传统的精神性内容推至超越血统、超越种族、超越阶级的高度。福克纳在约克纳帕塔法县世系小说里大多会涉及、落脚到这一内容，虽然有的时候会以另一种与山姆形象完全相反的样子出现，比如《喧哗与骚动》里康普生先生和昆丁两个人物形象所显示的就是南方传统精神陨落之后人们的颓唐、无助和精神世界的彻底坍塌。

在听故事和打猎的过程中所建立的对于南方优秀传统精神的认同感和崇敬之情，必然要面对现实没落体验的强烈冲击——南方是优秀的，南方也确实在不断没落，就福克纳而言，这是两种对立性的认知，然而两者又都以其无懈可击的真实性和几乎相同的强度同

---

① （美）弗莱德里克·R.卡尔：《福克纳传》（上），陈永国等译，商务印书馆 2007 年版，第 76 页。

时影响着年幼的福克纳，他不由自主地陷入沉思，陷入沉默，即使有时本来是在听故事，周围的人们也会发现福克纳"坐着或站着，一动不动，默不作声，仿佛被某种内心深处的场景、某种内在的自我意识所紧紧抓住了似的"①。而此时他不断增加的阅读也在一定程度上加深了福克纳的沉默感。在母亲引导下福克纳养成了阅读的爱好，后来阅读甚至成为福克纳的重要乐趣，他读了莎士比亚、济慈、乔伊斯、艾略特、康拉德等人的作品，阅读打开了他的视野，也令福克纳很小的时候就开始观察世界、思索问题，尽管很多问题都是模糊的，但对祖父、父亲以及周围人生活的观察却令他"在10岁或11岁的时候，在张开双臂欢迎世界的时候就对世界产生了疑问"②。加之对于南方的两种相互矛盾的认知，福克纳时常陷入沉思之中，我们无法得知这颗沉默的小心灵所想的具体内容，但至少可以推断当他沉默的时候，他的内心一定奔腾着千军万马，那或许就是童年生活赋予他的截然不同，甚至相互对立、相互矛盾的各种认知在相互冲撞、对抗、撕裂，所以人们通常觉得他的默不作声绝非小孩子无意识的走神，而是常常像个小大人一样独自沉默着、独自思索着。也许，福克纳自己也没有意识到，他小时候的这种沉默着的思索者形象日后会无意中投射在他笔下的人物身上，使他的人物也常常散发出一种思索者气质。福克纳笔下的人物，无论是英勇且富担当精神的沙多里斯上校，还是具有导师风格的洛斯·麦卡斯林与独具精神英雄气质的艾萨克，抑或是《押沙龙，押沙龙》里絮叨着追问的科德菲尔德小姐、《八月之光》里的沉浸在历史中的海托华牧师，他们的身上都散发着一种思索者的气质，他们的探讨、追问、自忖显示出他们对于精神内容总是有一种超越了物质与现实的追求意识，无论现实处境是怎样的，他们都要在精神世界里来一场形而上的寻找，哪怕仅仅是一场永无定论的讨论和争辩。

文学故乡的多维空间建构

---

① （美）戴维·明特：《骚动的一生——福克纳传》，顾连理译，知识出版社 1994 年版，第 17 页。
② （美）弗莱德里克·R.卡尔：《福克纳传》（上），陈永国等译，商务印书馆 2007 年版，第 67 页。

这样的气质在莫言笔下的人物身上极少见，但在福克纳小说人物身上却时不时地流露出来。最典型的对比就是《红高粱家族》里的余占鳌与《八月之光》里的混血儿克里斯默斯。余占鳌与克里斯默斯在生活起点上有着很多相似，两人都是仰仗一个没有血缘关系的男人的资助或者抚养而长大成人，两人也都是在杀了养父（或准养父）之后踏入社会，并且都在社会上流浪了一段时间，残酷的社会也都造就出他们凶狠坚韧的性格和精明强悍的处事能力，但是两人后来却走上了完全不同的人生道路。因为不明不白的血统问题，克里斯默斯出生后很快成为孤儿，十八岁时杀了养父然后流浪于南方社会，原本靠着在社会上摸爬滚打得来的丰富的社会经验和凶狠坚毅的性格，克里斯默斯完全可以通过贩卖私酒生活，而且日子也不会差到哪里去，但是克里斯默斯却一直被自己的血统问题所纠缠，通过"羊皮纸"的肤色他知道自己不是纯种白人，但他又想成为白种人，当真的混迹于白人之中，他又担心自己以后被发现，所以又总是希望借助于白人妇女的认可来固化自己的族群归属感，最终的结果当然是被白人鄙弃。事实上，克里斯默斯完全可以搁置族群问题靠自己的能力过上舒适生活，甚至也可以接受乔安娜的财产安心地做一个体面的混血人，但这些物质上的满足并不能让他的心安定下来，他不断思忖，总想弄清自己的族群归属，并为之做出各种努力，哪怕最后付出丧命的代价也在所不惜。克里斯默斯的这一表现固然有种族主义思想根深蒂固的原因，但另一方面也和他身上的思索者气质有关，他的深层意识里流荡着一股在精神层面不断探索、追问的需求，只有精神上的追问满足了他的心理需求，他才能真正地安定下来踏踏实实过日子，对克里斯默斯而言，精神和心理上的平静才是第一位的。与克里斯默斯类似，《去吧，摩西》里的混血儿路喀斯也是如此，尽管手里握有足够安逸生活的财产，路喀斯还要不断地寻宝、不断地折腾，实际上他也是在折腾中寻找心灵的慰藉。余占鳌与克里斯默斯截然不同。余占鳌并不像克里斯默斯那样总是执着于自己的身世和血统问题（其实也有谣言说余占鳌是和尚的儿子），而是善于顺势而为，他可以在花脖子的威压下委曲求全，也能在自己有实力的时候设计杀掉花脖子，他会为了实现与九儿厮守的愿望而残忍地杀掉单家父子，也会在安逸生活里出轨恋儿并不惜与九儿分道扬镳，他为人处世的原则就是在生命意识的驱遣下顺势而为，浑然抛却了道德、伦理、法理的羁绊，用一生演绎的一个个传奇故事来诠释生命力量的极度张扬和生命色彩的极致绚烂。在克里斯默斯和余占鳌身上体现出来的人生道路上的区别，最终呈现出两位作家在思想落脚点上的根本区别，福克纳从对美国南方传统精神的尊崇中延伸出来的人物的精神求索气质，与莫言从对苦难中艰难生存的生命的礼赞中生长出来的生命意识，是两个完全不同的思想向度和落脚点，一个重精神探索，一个重生命体验，福克纳的精神探索表现出一种稠密而细致的优美，散发着悲哀与忧伤，莫言的生命意识则呈现出一种阔大而浓郁的壮美，充溢着悲壮与激昂，他们具有不同的审美风格，也呈现出不同的文学境界。

　　精神追索与生命意识如同两个界碑，伫立在两位作家各自深厚而广袤的情感空间里，定义着两位作家各自的怀乡情，也标记着两位作家怀乡情的分道扬镳。福克纳的怀乡情始终以精神传统为基点，他对故乡的爱与忧皆交织于此。当然，福克纳的小说也有对生命意识的书写，但他的关于生命的书写一直是被置于精神内容的笼罩与辐射之下，即生命书写必须与精神内容相匹配，并在精神内容的统率下完成，大熊的雄壮与力量是与其宽厚、沉实的责任、荣誉、骄傲相匹配的，大狗的高大健壮也是为了支撑起它的责任与孤傲，生命价值始终是在精神价值所框定的框架内展开，精神价值才是福克纳小说最基本的底色。莫言的怀乡情始终以生命意识为基点，他对故乡的爱、恨、忧皆缠绕于此，虽然莫言也有对于精神层面的追求，譬如余占鳌的义气、罗汉大爷的忠诚、西门闹的正直、姑姑的责任感，但莫言小说中最精彩、最夺目的部分却是植根于生命意识的那些张扬着生命原力、闪烁着生命光彩的内容。这也就是余占鳌与克里斯默斯两者人生道路虽有相同起点，却出现不同走向的根本原因。余占鳌遵从生命意志而随时调整斗争方向，不断改变生活策略，克里斯默斯则一直追问"我是谁？"和"我属于哪个种群？"这两个问题，安逸生活不是他的人生目标，身份与种群才是他的关注焦点，他需要身份和种群给予他的精神和心理上的安定和圆满，而不仅仅是经济上的富裕，当精神和心理需求无法达成圆满的目标，他情愿放弃生命，这与在北海道的深山老林里与狐狸搏命的"我爷爷"何其不同！是的，莫言确实是在福克纳的启发之下开始建构他的高密东北乡，他对于故乡的关注和重新审视有赖于福克纳的重要启示，但是他的怀乡情里埋藏着强烈的生命意识，而不是福克纳那样对精神传统的追寻，他与福克纳的这一本质区别显示出莫言创作的本土性、怀乡情的本土性，他的情感基础与故乡情的抒发却都是基于他个人深切的人生体验，他将福克纳的思路本土化才使他的小说具有那么浓厚的中国色彩和中国味道。

莫言对于生命意识的浓墨重彩的书写与沈从文写湘西世界颇有一些相似，譬如边城吊脚楼上的妓女与河上的船工水手，他们的生活都不能用传统道德观去审视，他们尊重自我的生命意识，在内心要求的驱遣下寻求自己的生存之道与心灵慰藉，这与余占鳌、九儿高粱地里惊世骇俗的爱情不正有着一种天然的内在联系吗？沈从文就是从生命意识来写湘西社会，所以他的乡土小说走出了与鲁迅开创的乡土小说截然不同的一脉，莫言也是立足于乡民们的生命意识来写高密东北乡，因而与沈从文一脉的乡土小说写法颇为贴近。但是，莫言的小说更富有强悍的气息和"重口味"特色，这是二十世纪三十年代文学与二十世纪八十年代文学的一个重要不同。

沈从文出自湖南湘西，此地正是靠山近水的楚文化发源和传播的核心区域，向来有着重视生命体验、强调生命意识的传统，浪漫摇曳、雄浑轻灵的楚文化曾培育出屈原这样的思接千载、才情高妙的旷古奇才，沈从文作品中的生命意识无疑是楚文化浪漫奇崛的千古神韵在文学中的又一次奇妙显影。莫言来自山东高密，战国时期高密隶属齐国，务实重商的齐文化在这里有着更为深厚、悠久的传统，地域上靠近大海的地理特点滋养出齐文化里亲近自然、倾听内心、喜好幻想的浪漫主义情怀，与同样是近水而生的楚文化有着一脉相通的浪漫风致，重视内心感受、追求内心满足、强调生命价值正是颇具浪漫主义意味的齐文化的追求所在，譬如蒲松龄笔下那些花妖狐魅的故事就摇曳着生命的别样风致。在高密出生并在这里度过了童年、少年时光的莫言深受齐文化的浸染，小时候独自为生产队放羊时便养成了细致观察自然、体察内心感受、与自己对话的种种习惯，齐文化的浪漫基因在那段独处时光里得到了最大程度的成长，渐渐形成了他关注内心、重视内心感受的思维特性，也形成了他小说强烈的生命意识。楚、齐两种文化因为都是依水而生，都善于想象，都是"闳大不经"且"迂怪"，故而"齐、楚文化是一系，都是浪漫精神的代表"①，而且都极为重视生命的体验、强调生命的价值，沈从文的湘西画卷是在雄奇浪漫的楚文化背景下展开，而莫言的高密故事则是在雄健浪漫的齐文化背景下铺叙，两者都以生动的乡土故事阐释了生命意识，赞美了质朴、雄健的生命原力，尽管一个是顺遂命运之手低吟生命清流，一个是高扬抗争大纛高歌生命强力，一个意在搭建"人性"小庙，一个意在阻遏"种的退化"，但都是在谱写献给庄严生命的神圣之歌，两位不同时代的作家在"生命意识"这个原点上的悄然相遇，其实也是楚、齐两种文化的相遇。而这正是沈从文与莫言小说看似大相径庭的乡土书写之间深层的内在联系，两种文化的内在相通也令莫言与沈从文两位生于不同时代、地处不同区域的作家竟有了跨越时空的连接，这真是文学的奇妙之处。值得注意的是，沈从文是出身湘西上流社会家庭，自小生活无忧，常忘情玩乐于山林之间，绝无莫言童年时的饥饿、压抑体验，而两人的文学作品之间竟能出现神奇的相似性，这就深刻地说明文化底蕴的强大作用力，任何一个身处其文化体系的人都无法回避其自身文化基因的遗传，也都必然成为其文化体系的鼓手与歌者。

当然，沈从文与莫言之间仍然存有不容忽视的差异。崇仁重农的鲁文化对高密也有着长久的熏染，莫言笔下人物常常呈现出鲁文化的务实与坚韧特点：暖坚持要生一个会说话的孩子，罗汉大爷

---

① 李长之：《司马迁之人格与风格》，《李长之文集（第六卷）》，河北教育出版社 2006 年版，第 199 页。

逃跑时哪怕搭上自己性命也坚持要带走两头倔驴，上官鲁氏不论政治与时势的变幻坚持养育一代代儿女，蓝脸倔强地坚持单干拒绝入社，姑姑几十年如一日全身心投入到计划生育工作之中……他们的这份固执、倔强、坚持显示出鲁文化的坚韧特点。而当人物为生命意志而做拼死一搏时，鲁文化更是成为齐文化生命追求的坚实后盾：九儿不顾礼法与她倾慕的英雄余占鳌在高粱地里野合，王胆为逃避姑姑抛却性命在筏子上生下孩子，"我爷爷"在北海道山林里野人般生存……这些抗争与坚持的故事情节跃动着齐文化的动人异彩，同时也交织闪现着鲁文化的灼灼华彩，生命意志的追求因其生命内质而绽放出迷人的光芒，亦因其坚忍不拔而迸发出更加感人的力量。这样的特质在沈从文的小说中并没有，面对命运的多舛与不幸，沈从文笔下的人物多选择顺从命运的安排，随遇而安，翠翠、萧萧、柏子皆是将不幸都交给命运去解释，他们无为的人生态度里呈现出老庄为代表的道家哲学的气质，又从另一面展现出楚文化的独特风貌。可见，莫言小说形成对于生命意识的独特追求是与深厚的齐鲁文化背景有着密切的关系，他所描写的那些细腻、生动而复杂的生命体验和生命感觉，都是在齐鲁文化的雄浑背景下画出的色彩，同时他也为齐鲁文化添上了浓烈的一笔。

不仅是齐、鲁文化对莫言产生了深远影响，中国近现代苦难历史也给莫言的小说烙上了深刻印迹。近代以降一百年来中国深陷外敌入侵、内乱频仍的艰难困境，国力屡弱，而新中国建国之初国力尚未复原，一段时间内社会经济落后、物质贫乏、自然灾害频发，面对重重苦难，坚强的中国人民始终以坚毅的眼神睥睨苦难，在绝境中求生存、在险境中求延续、在困境中求发展，用最顽强的姿态对抗现实的磨难，以最坚定的行动实现生命的要求，为华夏文化的坚韧不屈精神做出新的注脚、新的阐释。莫言从家人、村民们坚忍不拔的生活态度中真切地感受到这一点，他的感受和体验演绎出那位带着儿女子孙们艰难生活的上官鲁氏，她不仅是一个伟大母亲的形象，也是多灾多难的中华民族的象征，更是中华民族忍耐、坚韧精神之现代意义的象征。因此，在莫言笔下，生命意识与抗争主题

莫言与当代中国文学创新经验研究

的书写中隐含着齐鲁文化相互融合铸炼而成的特殊精神气质，也是华夏人民顽强坚韧的民族精神在当代的清音回响。可见，莫言虽然学习福克纳的以故乡为摹本的创作理念，却突破了福克纳那种专注于精神探索的做法，而是在齐鲁文化和近现代以来愈加坚韧的民族精神的引导下更关注自我生命体验、更着力呈现生命意识。深厚的中华文化沃土为莫言夯实了怀乡情的坚实基础，也为莫言的文学王国确立了独特情调和独特主题，当莫言拿起文笔讲述中国故事的时候，中华文化的韵致自然流转成他笔底世界的基本韵律，而莫言作为文化的后人不仅用自己的文字传承文化，更是用文字不断地为传统的文化注入新的活力。

综上，福克纳和莫言的小说所表达的怀乡之情中都蕴含着作家对于故乡的深深忧虑，但是福克纳的忧虑在于南方传统文化中的优秀品德在以北方工商业经济为代表的现代文化的冲击下趋于弱化乃至湮灭，莫言的忧虑在于传统文化中“种的退化”，即人的自然野性、生命感觉和生命高贵性逐渐丧失；福克纳刻画南方文化没落的历史轨迹，将批判的矛头对准了以北方工商业经济为代表的现代文明，从而衍生出向后看意识，莫言的小说却不是描画文化的历史变迁轨迹，而是传递古老、传统的齐鲁文化在当代社会中的清晰回响，显示了传统文化怎样穿越时光的高墙在当代文明中强势延续。福克纳呈现了文明没落时的悲哀与伤感，莫言则摒弃了那种为某一种古老文化代言或追悼的痛心疾首姿态，他直面当下，既写出了传统文化面对新时代的冲击或主动或被动地剥离剔除旧质的历史必然，也写出了传统文化的各种内涵因时代催化而衍生出的新质和新的意义，因而写出了传统文化新的活力。

福克纳式的怀乡情充塞着悲哀与忧伤的审美情绪，莫言式的怀乡情则充满了悲壮与激昂的审美情绪，两种怀乡情感模式都有各自的审美意义，但莫言对于福克纳怀乡情感模式的突破更富有超越的意味。与福克纳这种蕴藉退缩之意的怀乡之情相比，莫言的怀乡之情中却是含纳进取之心，他取法福克纳，但在精神意旨上却并未沉陷于福克纳式的怀乡情感模式，他突破了以感慨、怀念、无奈、退缩为主调的"福克纳式"的怀乡情感模式，用人的现实抗争和对生命意志的礼赞来书写对故乡的深情和企望。这种不同既源于双方截然不同的童年经历，也源于两人相异的历史文化背景以及文化铸就的不同的精神、性格和气质。而莫言之所以能够突破福克纳的强大影响力，打造出散发着独特气息的高密东北乡，就在于他能够坚持本土化策略，全心匍匐在中华土地上，吸纳华夏文明的精华，传递中国历史的脉动，这样他所讲述的才是真正的中国故事、中国灵魂。

莫言与当代中国文学创新经验研究

第五章　故乡历史空间建构

对于描绘自己的家乡，福克纳和莫言都不约而同地选择了家族这个视角。其实若要用文学来描写一个地方，那么可借以进入这个地方的角度很多，可以从家族的角度，也可以从阶层的角度，或者种族、民族的角度。但是福克纳和莫言却都选择了家族的角度，这说明在两位作家的潜意识里，故乡在他们的心里首先是以家族的形态存在着。假如故乡这个既清晰又混沌一团的概念中某些具有精神意义的内核可以用什么东西来表征的话，那么首选就是家族。在阶层、民族、种族、家族等用以给人类进行分类的各种概念中，最早与人发生联系的大抵是家族，不仅因为人自出生开始就被确定在家族中的某个位置，也是因为人往往首先是通过家族来确认自己，并在家族概念的覆盖下建立自我意识。基于此，家族也是作家以故乡为基点建构文学故乡的一个重要维度。而福克纳与莫言这两位深爱着故乡的作家，面对故乡时首先感受到的也许就是来自家族血脉的涌动，首先回忆起来的是他们建立社会意识时最先依赖的那组关系，这促使他们选择了家族的角度来建构文学故乡的历史空间，而不是首先选择阶层或者民族、种族等角度。因此，福克纳和莫言的小说大多以家族脉络来支撑小说的整体框架，又用家族故事来担纲小说情节内容，以家族书写来完成文学故乡历史空间的架构。福克纳和莫言都是出生在一个大家族里，他们自己家族中本来已经流传着很多精彩的故事，故乡毫无保留地为两位赤子提供了许多其他家族的故事来作为素材，这份来自故乡的馈赠可谓丰厚之极。两位作家没有辜负这份馈赠，将自己所能搜集到的故事悉数写入小说之中，成就了他们笔下一系列家族小说，极大地充实了文学故乡的历史空间。

作为一个出生并生活在美国南方、拥有显赫家族背景的作家，福克纳非常了解美国南方的家族，福克纳所描写的南方白人家庭里的生活，多是以家族存在为整体背景，人物或显或隐都具有一定的家族背景，他在《喧哗与骚动》里写康普生家族，在《押沙龙，押沙龙》里写萨德本家族，《去吧，摩西》里写麦卡斯林家族，在《沙多里斯》《没有被征服的》里写沙多里斯家族，此外还有《村子》里的斯诺普斯家族等。这些家族都是南方社会里的白人家族，通常有一个开创者凭着他的勇气、力量和智慧在南方扎根下来，他们结婚生子，家族开始有第二代、第三代、第四代，如同南方肥厚沃土中生长出来的树木，在湿润的土地里延伸它的根系，在阳光下伸展它的枝叶，他的家族的历史也随之在这块沃土上延伸开来。同样，莫言也拥有一个枝干发达的家族，自从他的老爷爷带着家人来到当时还是一片荒地的高密东北乡之后，他的家族就在高密东北乡扎下根来，莫言是这个家族的第四代。在一代接一代的讲述中家族历史慢慢形成一条记忆的河流，为莫言开启家族书写的文学旅程提供了原动力，最初《红高粱家族》中写了"我爷爷""我奶奶"为创始人的余占鳌家族，后来莫言在《檀香刑》中描写了茂腔艺人孙丙和刽子手赵甲两家，在《丰乳肥臀》中描写上官家族，在《食草家族》中写了食草家族，在《生死疲劳》中又写了西门闹家族，这些家族以其掺杂着血与泪的故事、交织着爱和恨的情感拨动着读者的心弦，让人深为触动。不过，福克纳和莫言在家族书写方面却存有很多不同，恰恰在这些不同中让我们看到了两位作家各自独特的创作个性和独特的文化背景。

第一节　家族史的建构

一个家族的发展过程无疑是曲折的，要么从弱到强，要么由盛而衰，福克纳和莫言的家族小说，都是立足于家族由盛而衰的过程，去描述在这个历史变迁过程中家族成员的行为、心理和情感变动的轨迹，透过一个家族的盛衰去探察社会、历史、宗教、政治等因素赋予人类的各种或积极、或消极的基因符码。从这个意义上来看，福克纳和莫言小说中的家族史叙事意义非凡。

家庭是社会的基本细胞，家庭构成家族，家族是"亲子所构成的生育社群"①，"在结构上包括家庭"②，家族史往往是基于一个个家庭，在家庭成员的人生轨迹中来形成家族史的线条。任何历史都是人们建构的，包括家族史。在文学中，家族史的建构需要通过讲述创始人及其后代的故事来实现，当作家在文学中建构家族史的时候，作家对于家族的认识以及对于家族背后庞大而深邃的社会背景文化系统的感应和认知，其实都已经均匀地渗透在每一个家族故事之中了。福克纳和莫言的小说都在叙述家族成员故事的过程中建构了家族史，尽管不同的故事属于不同的家族，但是他们在不同作品中对于不同家族故事的叙事处理却都呈现出某种模式性，单就这一点而言，两位作家表现出惊人的一致，就像约定好了一样。

一、家族史书写之同

从社会学角度来看，同一个男性祖先的子孙后代所组建的诸多家庭，又以血缘关系为基础聚合在一起形成的群体组织就是家族。由于同一个男性祖先的子女可能不止一个孩子，子女的子女也可能不止一个孩子，每一代的若干个子女铺展开就形成家族的横向扩展；而同一个男性祖先的每一个子女都可能会有下一代子女，每一个子女的子女继续繁衍下去就形成家族的纵向扩展。横向扩展的基础是以代为单位的旁逸斜出式发展，纵向扩展的基础是以支系为单位的纵深式发展，因此家族是一个既具有横向意义的扩张性概念，又具有纵向意义的延伸性概念。很多家族小说都在横向与纵

---

① 费孝通:《乡土中国 生育制度 乡土重建》，商务印书馆 2011 年版，第 41 页。
② 费孝通:《乡土中国 生育制度 乡土重建》，商务印书馆 2011 年版，第 43 页。

向两方面做足了文章，比如《红楼梦》里贾府里亲戚众多、子孙成群，这就是横向、纵向上都非常庞大的家族。还比如当代小说《白鹿原》所描写的也是横向支脉丰富、纵向绵延几代的大家族。纵横两个维度都非常发达的家族，由于家族成员众多，小家庭星罗棋布，故事层出不穷，所以家族故事必然是丰富而精彩的。倘若作家所写的家族只有一个维度上的发达，比如横向上支系很多而纵向的代际不多，或者纵向上代际发达而横向上支系孤独，那就等于是作家给自己提出了一个关于丰富度和精彩度的挑战。

如果从上述角度来考察福克纳和莫言的家族小说，会发现他们笔下的家族都不是像《红楼梦》和《白鹿原》那样的拥有庞大的家族支系的巨无霸家族，而是横向支系相对单一的微型家族。比如在《喧哗与骚动》里的康普生家族，从康普生先生的曾祖父算起，康普生先生算是第四代人，这前三代都只有一个儿子，一直到第五代人才有了昆丁、杰生、凯蒂和班吉四个孩子，而这四个孩子后来昆丁自杀，杰生没有结婚，更没有子嗣，班吉是白痴，只有凯蒂的私生女儿小昆丁成为家族最后一代，然后出走不知所终。这个家族基本上只是纵向延伸，并没有出现横向扩展式的发展。《去吧，摩西》里的麦卡斯林家族算是福克纳描写的家族里不仅绵延久远而且支系相对发达的家族，但也不能算庞大家族，老卡洛瑟斯生下一对双胞胎儿子布克和布蒂、一个女儿，另外还和自己的混血儿女儿托梅乱伦而生下了混血儿子托梅的图尔。看起来老卡洛瑟斯有三个儿子和一个女儿，家族颇有发展的旺势，但是事情并非如此，双胞胎儿子布蒂终身未婚，布克到五十多岁才生下了艾萨克，但是艾萨克在得知祖父的乱伦之事后决定放弃家产来救赎家族，但这导致妻子与他决裂，艾萨克最终没有生育孩子。老卡洛瑟斯的混血儿子托梅的图尔和谭尼·布钱普结婚后生育两子一女，这些子女依然都是麦卡斯林家族的奴隶，在知晓身世后大儿子吉姆离开了家族杳无音信，女儿远嫁他乡再未还乡，小儿子路喀斯婚后生了一个儿子亨利，但后来作者没再交代去向，女儿嫁了一个小混混，生下的孩子最后也因犯罪被当局处死。老卡洛瑟斯的女儿卡罗莱纳一系发展较长，但也每代仅育一个孩子，到了麦卡斯林·爱德蒙兹这一代，老卡洛瑟斯的家产最终被女系的爱德蒙兹家族后代侵占。卡洛瑟斯家族开始的时候人丁旺盛，但是老卡洛瑟斯犯下的罪恶却成为后代风流云散结局的罪孽开端，最终老卡洛瑟斯的子系后代完全断绝，而女系的后代再次犯下乱伦之恶，子系谭尼的吉姆的孙女儿与女系的洛斯相遇并乱伦生下了私生子。

　　莫言小说中的家族也呈现出这样的特点。最早的家族小说《红高粱家族》一直在叙述家族创始人余占鳌的传奇历史，根据小说叙述者提供的信息，可以推断"我爷爷"余占鳌只生了一个儿子和一个女儿，这个儿子即小说叙述者口中的"我父亲"，这个女儿也即"小姑姑"很小的时候便被日军残害，至于"我"后来有无子嗣，小说并未提及，但作品多次提到"种的退化"，似在暗示叙述者"我"或无后代，余占鳌的家族只有这短短的一段爷孙三代的历史。《丰乳肥臀》里的上官家族算是莫言小说中支系最庞大的家族，上官吕氏只生了一个儿子上官寿喜，但寿喜没有生育能力，所以上官家族实际上到他这里已经结束。不过上官鲁氏生育的八女一子还是以"上官"的名义延续了几代人，然而也都是女系的延伸，子系上的上官金童是一个恋乳癖患者、是心智永远长不大的男人，也就丧失了让家族延续的能力。

　　可见，福克纳和莫言笔下的家族大多横向发展较为单薄，更多地表现为纵向的绵延，因此他们笔下基本上没有巨无霸家族，而是支系较为简单的家族。描写这样的家族对作家的叙事能力是一个极大的考验，包括丰富的故事、多样的叙述方式等都将深刻影响到家族叙事的效果，为此，两位作家都采取了变换叙述顺序、调整叙述视角等艺术方法来增强叙事的艺术效果，这倒也令小说流露出强烈的现代感。

　　在建构文学故乡的历史空间时，福克纳和莫言都有一种"以小见大"的写作意识，即力图由描写一个小地方的历史来透视大区域乃至整个国家、民族历史，从而使他们笔下作为小地方的文学故乡能折射出作为大世界的地区、国家、民族的丰富内容。福克纳在接受斯泰因采访时说："我总感到，我所创造的那个天地在整个宇宙中等于是一块拱顶石，拱顶石虽小，万一抽掉，整个宇宙就要垮下。"① 这块"拱顶石"虽小，却非常重要，是世界的一个重要组成部分，他的"约克纳帕塔法县"也是如此，面积虽小，它的过去与现在却折射着美国南方乃至整个美国的历史与现状。莫言同样也具有这样的写作意识，他曾说："好的作家虽然写的很可能只是他的故乡那块巴掌大小的地方，很可能只是那块巴掌大小的地方上的人和事，但由于他动笔之前就意识到了那块巴掌大的地方是世界的一个不可缺少的组成部分，那块巴掌大的地方上发生的事情是世界历史的一个片段，所以，他的作品就具有了走向世界、被全部人类理解和接受的可能性。"② 在这种自觉意识的引导下，莫言的"高密东北乡"虽小，却有着绵延近百年的历史和丰富的文化内涵，一块小小地方蕴涵着中国农民近百年来的历史沧桑。正如有的论者所言："福克纳和莫言虽然立足于'邮票般大小'的故土，但是，他们的作品是建立在宽广、深厚的底蕴上的。他们恰当地平衡了区域性和共同性的关系，试图通过区域性的场景和人物折射出普遍真理，阐发对人性的诠释和考问。"③

　　福克纳和莫言都在小说里建构家族史，而且他们的建构都带有重构的意味，即以建构家族史为线索来重新建构作为地区和民族的历史。福克纳是重新建构美国南方的历史，是对美国南方传统文学那种"神话南方"文学的反拨，他要重新建构一个更加符合南方历史真实和现实窘境的南方历史，而家族史是他建构南方历史的一个窗口、一个节点，众多家族史汇合起来的约克纳帕塔法县的历史也就是整个南方的历史，约克纳帕塔法县可谓是南方的缩影。这个

① （美）威廉·福克纳：《福克纳谈创作》，李文俊编选，《福克纳评论集》，中国社会科学出版社 1980 年版，第 274 页。
② 莫言：《在京都大学的演讲》，《用耳朵阅读》，作家出版社 2012 年版，第 8 页。
③ 朱宾忠：《跨越时空的对话——福克纳与莫言比较研究》，武汉大学出版社 2006 年版，第 48 页。

地区集合了南方的罪恶与痛苦，南方的历史重负与现实困境都在这个邮票般大小的地方中呈现出来，"约克纳帕塔法县的故事成为最边远的南方的寓言和传奇，活在人们的心中。"[①] 甚而，福克纳不仅仅是借家族史来重构一个地区的历史，还是借以重构了整个国家的这段历史，正如《剑桥美国文学史》中所描述的："他的艺术涉及的范围广泛，充满典故和比喻，用一个虚构的密西西比河南部县城的文化、社会和政治经济粗略地回顾了美国历史。他和斯泰因、多斯·帕索斯、赫伯斯特和沃伦用差不多同样的方法研究了这段美国历史。他那被特权阶层剥削压迫的大家族的小世界与同样被破坏的大世界紧密相连。"[②] 在这个"被破坏的大世界"里有一种最深层次的恐惧："在一个自认为被上帝委以重任，建设自信、繁荣、工业化的典范的国家中，南部是否被选出来作为罪恶、懒惰和贫穷的反面教材。"[③] 这种恐惧也浸透着福克纳的文字，在他的作品中也渗透着"30年代南部文学作品中根深蒂固的疏离感"[④]，渗透着福克纳对于北方工商业经济的矛盾心态和对旧南方的深切怀念，福克纳叙述的是他眼里看到的和脑子里认识的美国历史。

　　莫言也是在重构中国自鸦片战争以来的百年历史，他选取了几个家族史的时段来呈现中国的抗德史、抗日史、革命史和新中国成立以后的农村发展史，虽然也是呈现中华民族近百年来的历史，但他的小说所书写的历史完全不同于当代文学史上的其他历史书写，而是对新中国成立以后当代文学的政治意味过于浓烈的历史书写的反拨。所以人们认为莫言小说中"历史事件与个人叙事在文本中枝蔓缠绕，通过具体人物的命运，以高密东北乡历史的形式展

①　（美）马尔科姆·考利:《福克纳:约克纳帕塌法的故事》，李文俊编选，《福克纳评论集》，中国社会科学出版社1980年版，第22页。
②　（美）伯科维奇主编，《剑桥美国文学史》（第6卷），张宏杰等译，中央编译出版社2009年版，第276页。
③　（美）伯科维奇主编，《剑桥美国文学史》（第6卷），张宏杰等译，中央编译出版社2009年版，第263页。
④　（美）伯科维奇主编，《剑桥美国文学史》（第6卷），张宏杰等译，中央编译出版社2009年版，第263页。

示出来，串起了人物的命运史、阶级斗争史、精神血泪史，呈现了充满悖谬的历史黑洞"①。具体而言，莫言与福克纳一样，他也是借助于叙述几个家族的历史来建构出高密东北乡的历史，高密东北乡历史上的苦难、屈辱、贫穷也是整个中华民族十九世纪末、二十世纪前几十年里所经历和承受的所有苦难、屈辱、贫穷的缩影，所以他也是借助于家族史来重构中华民族近现代以来的历史。美国学者M. 托马斯·英奇认为福克纳给予莫言的更重要的启示在于"福克纳作品中透露出的那种独特而深邃的历史观，即过去和现实互为一体、紧密相关，前人的血依然流淌在今人的血管里。尽管福克纳写的是某一特定地区的人和事，但道出的却是整个人类的命运史、人类社会的螺旋发展史"②。这种分析不无道理。莫言曾说："历史是我的历史，或者说是我对历史的体验、感觉和想象。"③莫言对于家族史的叙述不是沿袭官方历史或者某些野史，而是按照他的体验、感觉和想象来建构，同时"也并不拘泥于对历史的某些真实事件进行追述，而是具备了一种很强的寓言自觉，表现出更加明显的对历史进行'虚构'或'戏拟'的倾向，或者说，是试图对纵向历史与人性内容进行'平面式的解构'"④。也许正是因为他这种看起来非常"自我"的历史书写，反而写出了一个普通历史个体心中的历史和真实的历史感觉，进而让家族小历史具有了折射国家大历史和民族大历史的宏大品格。

但是，尽管都是在借家族史书写故乡历史，又借故乡历史来重构地区或者民族的历史，可是福克纳和莫言所走的路径却有着微妙的不同。

① 姜德成：《重述、重构与反思：福克纳与莫言的历史书写比较》，《南京邮电大学学报》（社会科学版），2016 年第 2 期。
② （美）M. 托马斯·英奇：《比较研究：莫言与福克纳》，《当代作家评论》，2001 年第 2 期。
③ 莫言、王尧：《从〈红高粱〉到〈檀香刑〉》，《当代作家评论》，2012 年第 1 期。
④ 张清华：《中国当代文学中的历史叙事——海德堡讲稿》，北京大学出版社 2012 年版，第 80 页。

二、家族史书写之异

对于家族这样一个具有横向和纵向两个发展维度的群体组织而言，家族史一般是以纵向的时间为主要建构维度，然后在一个相对的时间段里添加横向的内容，比如处于同一时期内的若干家族成员的故事，从而令时间维度上的每一个时间段都是充实的。这时就需引进一组关系，即家族与社会环境的联系。对于家族而言，社会环境有两种内涵。其一，由于每一个家族成员同时也是一个社会个体，因而家族成员之间的关系构成社会环境的一项重要内容，那么由家族成员所构成的环境可以称之为家族所要面对的"内环境"；其二，家族成员与家族以外的社会个体之间的关系构成社会环境的另一项重要内容，由此所构成的环境可称之为"外环境"。每一个家族故事都必然与内环境和外环境产生联系，其区别仅在于与哪一种环境联系更加紧密一些。而这也正是深刻考察家族小说创作的一个重要视角。从这个视角出发，我们会发现，福克纳和莫言笔下的家族小说有着极大的区别，福克纳的家族小说注重描述家族的内环境，因而福克纳叙述家族史多采用内向型建构方式，莫言的家族小说更注重描述家族的外环境，所以莫言叙述家族史多采用外向型家族史建构方式。

（一）福克纳：以内向型为主的家族史建构方式

福克纳的家族小说大多是着眼于家族内部环境，即从"内环境"入手描写由于家族成员之间的各种矛盾、冲突而导致的各种故事，描述某些家族成员的思想行为对其他家族成员的生活，乃至于对整个家族命运走向所产生的巨大影响。《喧哗与骚动》《押沙龙，押沙龙》《去吧，摩西》这三部作品是福克纳最具有代表性的作品，也是描写家族内环境最典型的家族小说。《喧哗与骚动》中，康普生先生与自己的妻子互不理解，各自生活在自己的情绪世界里。他们的女儿凯蒂不幸失身，不仅没有得到亲人的抚慰，反而被家人视为家族的污点，不得不离家出走，永不再回。长子昆丁爱上了自己的亲妹妹，同时又因为凯蒂的失身而沉陷于痛苦之中，仿佛受到伤害的是他而不是凯蒂，在沉重的精神枷锁禁锢下，昆丁不堪重负选择投水自尽。次子杰生自私自利，他认为是凯蒂令他失去了体面工作和社会地位，把人生的不顺归罪于凯蒂，不准她回家，还侵吞她寄给女儿的生活费，逼得外甥女小昆丁逃离家庭，父母去世后，杰生还把自己弱智的亲弟弟班吉送到精神病院。这个家庭的内环境简直糟透了，家庭成员之间缺乏关爱、呵护、理解和感同身受，唯一的亮色就是善良的凯蒂，但是凯蒂的失身却令这个冷漠家庭中唯一的光源也失去了照亮家庭的能力，而且她的失身像一股强劲的野风，迅速掀开了覆盖在家庭表面那层虚伪的温情外套，家庭中固有的沉疴痼疾开始慢慢发作，逐渐恶化，并最终走向家族的整体覆灭。康普生家族的故事，大多是在家族"内环境"中发生、发展，这个过程中极少有外环境的参与，虽然凯蒂是在外人的诱导下失身，但是真正导致家族走向消亡的，却是家族内的成员及其相互之间的关系。杰生固然是家族内一个典型的作恶者，但就家族悲剧整体而言，家庭中的多数成员都参与了这出家族覆灭悲剧的演出，他们对于家人的或漠然、或畸恋、或侵犯的态度和做法，令家庭内部充斥着冷漠、埋怨和指责，家庭中的弱者不仅不能得到来自家庭的关爱，反而被排挤、被讥讽甚至被抛弃，比如失身的凯蒂被全家人视作是家族耻辱，弱智的班吉得不到家人细心呵护。伴随着对如此糟糕的家庭"内环境"的描写，康普生家族的历史就在家族成员之间种种关系的相互交织、勾连中逐渐建构起来。我们把这种致力于家族"内环境"的描述、以家族成员内部关系为家族故事叙述动力的家族史建构方法称为"内向型"建构法。

福克纳笔下的家族史很多是以这种"内向型"方式建构起来。《去吧，摩西》中麦卡斯林家族发生的绝大多数故事、几乎所有惨剧都源于老卡洛瑟斯的乱伦和蓄奴行为，家族成员之间关系混乱、冷漠，家族的内环境相当糟糕，家族的覆灭结局无法阻遏。这部小说集中体现了内向型家族史建构法的本质性特点，一是作家始终在内环境内展开叙事，二是家族发生的悲惨或者荒唐事件几乎都是源于家族成员的罪恶行为，三是由悲剧激发的批判矛头都是指向家族内部的罪魁祸首。通过内向型家族史建构方式，作家流露出来的批判的锋芒显然指向家族自身，表现为内向式批判，就像自剜毒瘤一样直指家族内部造成悲剧的根源，显示了作家毫不留情、极为决绝的批判态度。另一部著名的家族小说《押沙龙，押沙龙》也采用了这种内向型家族史建构方法，通过讲述家族创始人萨德本少校犯下的罪孽，从而生动展现了萨德本家族的覆灭过程。

《去吧，摩西》《押沙龙，押沙龙》等作品通常被视作是福克纳最具历史意识的作品，在福克纳的约克纳帕塔法世系小说中最具有代表性，这些作品中的"内向型"家族史建构方式也最能代表福克纳的家族史建构思路。当然，除了这种内向型家族史建构方式之外，福克纳还有一些作品是属于外向型建构方式，比如《沙多里斯》《没有被征服的》这类叙述内容涉及美国南北战争、美西战争乃至第一次世界大战的小说，但这些显然并不是福克纳最具代表性的作品。

"内向型"家族史建构方式因其对家族成员尤其是对家族创始人的批判，从而在小说中提供了一种向内审视的视角和向内追问的思路，这样的内向审视思路在其他作家的家族叙事中并不多见，说明福克纳创作时拥有一种自觉的内省意识，即能够自觉地站在内部的角度来思考家族问题，进而辐射到美国南方的问题。对于一个作家来说，这种内省意识是极为可贵的。而这也正是福克纳与南方传统文学的许多作家之间的本质区别："尽管大多数南方作家历来把旧南方及其贵族家庭的覆没归罪于内战，福克纳小说中没有一个大家族的没落的真正根源是内战。它们的没落无一例外是由于自身的腐败和内部的矛盾。"[1]的确，在面对南方曾遭受的历史重创和现实困境等问题时，福克纳并没有像南方传统文学那样沉浸在虚构的"南方神话"中一味指责北方对于南方的打击和蹂躏，而是主动深

---

① 肖明翰：《大家族的没落——福克纳和巴金家庭小说比较研究》，广西师范大学出版社 1994 年版，第 95 页。

入南方历史，去挖掘南方传统中隐藏的罪恶和顽疾。内省意识赋予福克纳更加开阔的视野和相当可贵的思想深度，他本人成为一个坚决的反种族主义者，同时也因其文学中强烈的反思南方传统、反叛南方传统的精神而成为南方文艺复兴的第一代作家和代表作家。在内省意识的主导下，福克纳的家族小说进而形成一种潜隐的反省主题，即自觉地从家族内部问题、特别是从家族内部成员的思想和行为的角度来反省悲剧发生和延续的原因，挖掘潜藏在家族内部的罪恶根源。譬如《喧哗与骚动》里的昆丁的内心独白和自言自语暴露南方传统社会精神世界坍塌的问题；《押沙龙，押沙龙》里福克纳设置了科德菲尔德小姐这样一个不断指责、揭露萨德本罪恶的人物形象，从而完成家族内部的反省；《去吧，摩西》里通过艾萨克阅读类似于家庭日记一样的家庭圣经小册子来揭秘麦卡斯林家族创始人老麦卡斯林的乱伦之罪，进而揭露种族主义思想和奴隶制的罪恶；《八月之光》里克里斯默斯的外祖母海因斯太太向海托华牧师清楚地讲述丈夫在种族主义思想的支配下所犯下的杀人罪和抛弃罪，她对丈夫的批判性讲述中流露出反思的意味。小说中设置的这些或追问、或批判、或反思的人物角色在小说内部布置了一个反省主题，客观上增加了作品的主题容量，也增强了作品的思想深度。

不过，尽管麦卡斯林家族和萨德本家族的没落与覆灭的原因需要追溯到两位家族创始人，但是若更深入地挖掘导致老卡洛瑟斯和萨德本犯下罪恶的深层思想根源，就会发现支配两个家族创始人罪恶行为的正是当时美国南方盛行的种族主义思想和奴隶制度。在种族主义和奴隶制度的共同作用下，把黑人当作奴隶来役使的行为成为当时南方社会的"血腥传统"之一，黑奴现象是南方普遍存在的现象。在南方浓重的种族主义思想氛围和奴隶制度的盛行态势下，麦卡斯林和萨德本从没有认为自己的行为有何罪恶之处，他们不仅奴役黑人，还将自己的混血子女也当作奴隶来役使，而麦卡斯林甚至把自己的黑奴女儿也作为私有财产占有，犯下乱伦的滔天罪恶。基于种族主义和奴隶制度而犯下的罪恶从没有在南方社会里受到任何惩罚，哪怕是舆论上的指责也从来没有，说明这样的行为在南方是被接受和容忍的。所以麦卡斯林和萨德本的罪恶背后浮现的是南方种族主义和奴隶制度的毒瘤般的存在，作家也在对家族创始人的批判中透露出浓重的南方社会底色："福克纳真正的目的是要通过这个家族黑白后代的不同遭遇来表现从 18 世纪到 20 世纪 40 年代将近 200 年的南方社会和历史，尤其是那里的种族关系和问题。"[1] 从这个意义上来说，小说通过内向型家族史建构方式展开了一场向家族内部进行讨伐的批判，最终完成的是对南方社会以种族主义和奴隶制度为核心的历史痼疾的尖锐批判，具有极为丰富的社会历史容量。

（二）莫言：以外向型为主的家族史建构方式

莫言建构家族史走的是另一条路径。与福克纳的着眼于家族内部问题的内向型书写不同，莫言更关注当一个家族处于整个社会环境中，这个家族是怎样随着社会、时代的变迁而沉浮，他更关注外界的风风雨雨是怎样影响到家族成员的生活，又怎样决定了家族成员的命运，而家族这艘小船在社会的惊涛骇浪上又是怎样起起伏伏，莫言是在描述一个家族与家族外部环境的密切联系中建构起这个家族的历史的，我们把这种方式称为"外向型"家族史建构方式。比如《丰乳肥臀》中上官家的命运就和外界紧密联系在一起。小说一开始，上官家的命运就与外界息息相关，日本人进村杀害了上官父子俩，当家人上官吕氏也因此突发重疾瘫痪，整个家庭的重担落在了上官鲁氏身上。上官家有七个女儿，大女儿来弟和鸟枪队队长沙月亮相好私奔，二女儿招弟与村里的大地主司马库相好私奔，三女儿领弟爱上了外来的难民鸟儿韩，最终因为鸟儿韩被抓壮丁而精神异常变成"鸟仙"，四女儿想弟将自己卖给了妓院，五女儿盼弟和爆炸大队的鲁立人结婚，六女儿嫁给了美国人巴比特，七女儿求弟被卖给了白俄女人，这一家的女儿们除了八女儿玉女之外，无论是通过婚姻还是通过卖身，她们都与外界建立了特定的关系，由此也将这个家族和外界紧密地联系了起来，而且由于大女婿沙月亮投靠了日本人成为汉奸，二女婿司马库领导着一个抗日别动大队，五

---

[1] 陶洁：《福克纳研究》，上海外语教育出版社 2013 年版，第 252 页。

女婿鲁立人又是共产党领导下的爆炸大队的大队长，这三个女婿背后的三股政治力量之间不断地产生冲突和对抗，势力此长彼消，相互颉颃，上官家也因此起起伏伏，这情形就如小说中徐瞎子所描述的那样："日本鬼子时代，有你沙月亮大姐夫得势；国民党时代，有你二姐夫司马库横行；现在是你和鲁立人做官。你们上官家是砍不倒的旗杆翻不了的船啊。将来美国人占了中国，您家还有个洋女婿……"徐瞎子的这番酸溜溜的话语点出了上官家深受外界左右的事实，上官家的命运似乎一直被控制在这三股政治力量中。其实，徐瞎子的话只说出了上官家表面上的风光，还没有说到家族风光背后的问题，因为无论哪一股政治力量统治高密东北乡，上官家都要面临一场洗牌式的政治风波，这个家族经常是表面上风风光光，背地里却是闹剧、悲剧、惨剧轮番上演，即使表面上风平浪静，私下里也是暗流涌动，从未真正平静过。家族的命运也就像汪洋中的小船一样，每个人的命运起伏都由不得自己，鲁立人的独立大队赶走了司马库的部队占据了高密东北乡之后，司马库的双胞胎女儿司马凤和司马凰就在斗地主的批斗会上被无缘无故夺去了生命，哑巴的双胞胎儿子大哑和二哑在上官鲁氏的返乡路上被飞机射出的炮弹夺去性命……上官鲁氏无奈地承受着政治势力的争斗博杀所带来的一切苦难："饥饿、病痛、颠沛流离、痛失自己的儿女，或是自己身遭侮辱和摧残。"①借助于上官鲁氏这个大地母亲般的形象以及外向型建构方式呈现出来的动荡起伏的家族史，"莫言形象地阐释出了20世纪中国主流政治与民间生存之间的侵犯与被侵犯的关系，这是另一种历史的记忆"②。而从更加广泛的层面上看，在这样的乱世中，人没有办法主导自己的命运，生命就像蝼蚁一般卑微，贱如草芥，家族就如大雨中的浮萍，一不小心可能就散了、没了。这就是外向型家族史书写方式最容易滋生的感觉——飘零感，家族如汪洋

① 张清华:《存在之镜与智慧之灯——中国当代小说叙事及美学研究》，福建教育出版社 2010 年版，第 190 页。
② 张清华:《存在之镜与智慧之灯——中国当代小说叙事及美学研究》，福建教育出版社 2010 年版，第 191 页。

中的小船，外环境就如来势凶猛的洪水，毫不留情地将颠簸的局面和倾覆的危险甩给一个家族。这里面暗藏着作家的一种不确定感、漂浮感，甚至还有一些莫名的恐惧感。

即使没有那些乱世中的死于非命，即使没有家族小船倾覆的危险，也并非安逸的局面。小说通过几个女儿来建立家族与外界的联系，尤其是将三股政治力量通过上官家的几个女儿映射到上官家族的沉浮上，其实也就相当于将社会上的三股力量呈现出来，此时上官家族就像是动荡社会的一面镜子，上官家族起起伏伏的命运折射出这个社会上几股政治力量的冲突和较量，而高密东北乡也就俨然成为整个中国社会的一个缩影，东北乡土地上的悲喜剧也就是中国社会不断上演的无数悲喜剧的一个缩影。这是外向型家族史书写方式的必然结果，即通过写家族来完成对社会的书写，家族其实是社会现实的一面忠实的镜子，映照出社会百态。上官家几个女儿的人生走向显示了当时社会上的几种命运走向，由她们所建立起来的家族外环境的政治色彩也给家族成员之间单纯的亲人关系涂抹上了政治色彩，像盼弟对于来弟的蔑视、招弟与盼弟之间的对立，更是折射出社会关系对于家族内部关系的渗透。这反映了外向型家族书写方式的一个重要特点，即家族成员的故事总是与家族外环境相关，家族成员与外环境建立起来的关系往往深刻影响着家族成员的命运，进而深刻影响家族的命运。

莫言的其他几部家族小说如《红高粱家族》《生死疲劳》《食草家族》《檀香刑》等作品也都采用了外向型家族史书写方式。《红高粱家族》中余占鳌的传奇一生都是在社会的大风大浪里度过，他手刃单家父子，设计除掉花脖子，绑架曹梦九的儿子，伏击日本人，加入铁板会，出高粱殡……余占鳌人生的每一次转折性事件都是发生在与外环境建立的种种关系中，而作品也由此"展现出一种混乱的社会生存秩序"①。既然家族的重大事件都是在与外环境的联系中

① 钟志清：《英美评论家评〈红高粱家族〉》，《外国文学动态》，1993 年第 6 期。

文学故乡的多维空间建构

发生，那么探寻家族悲剧、闹剧或者惨剧的原因也都需要向外界去探求。因此，莫言家族小说中家族悲剧或惨剧的原因通常都要追溯到社会和时代，在造成悲剧发生的主、客观原因中，客观原因通常具有更重要的分量，往往是导致悲剧发生的主导性力量。如对于单家父子来说，他们死于非命是因为余占鳌，高密东北乡被日军屠村是因为日军的残暴，司马库的双胞胎女儿被杀死是因为残酷的政治斗争，"我奶奶"九儿被打死在高粱地里也是因为日军的残暴，这些悲剧、惨剧的发生固然有着一定的主观原因，但是首先跃入读者眼帘的原因通常是外环境，即人们通常会认识到外部环境使然才会有悲剧、惨剧的发生。这就是外向型家族史书写方式的另一个特点，由于悲剧是在与外环境的联系中发生的，所以悲剧的原因通常与外环境相关，这时小说就将关注的焦点导引到广阔的外部世界，作品打开的视野是开阔的，所引发的思考也是多维的。

与之相连，当外部世界展现出其残酷性的时候，人物对于悲惨遭遇的反应和表现反而被有力地凸显出来，这就出现了另一种艺术效果，即在展示外部环境残酷性的同时也呈现了人物的主观力量。在莫言的小说里，这种主观力量通常就是人物的反抗精神，并由此形成小说的抗争主题。当丈夫和公公被日军杀害、婆婆突患重疾、家里失去顶梁柱时，上官鲁氏坚强地独自撑起了这个家，她拖儿带女的生活总是被社会变幻莫测的政治形势所左右，但上官鲁氏笃定了养儿育女的原则，不论世事如何变幻她都坚持抚育一群孩子，在外部世界的喧闹与扰攘面前，上官鲁氏的坚韧反而成为一面始终不倒的旗子在乱世中招展，宣示着她决不向命运妥协、投降的反抗精神。孙丙被德军害得家破人亡，于是揭竿而起组织起一支义军对抗德军和政府，即使是面对酷刑他也要将抗争进行到底。外向型建构方式将外部世界的残酷性和命运的难以把握性清晰地呈现出来，就像是在人生大舞台拉上了一面沉重压抑的幕布，然而就在这浓重得让人喘不过气来的背景下人物的抗争宛若一柄划向幕布的利剑，幕布被刺破时尖利的撕裂声唤起人们内心潜藏的反抗意识、生命意识，即使有时抗争不能博得期待中的幸运和平安，这决绝的抗争行为仍如一大片泼向黑色幕布的凌厉色彩，打破幕布笼罩下的绝对黑暗，更是潜在地暗示着光明的希望。莫言通过外向型家族史的建构，有力地烘托出家族史里的抗争主题，给家族史浓重如墨的悲剧底板泼洒上壮美的色彩，带给读者别样的体验和思索。

外向型建构方式下人物总是纠缠在各种外部关系中，这种状况在一定程度上有碍人物向内反观，也牵制了作家向内批判的力量。尽管如此，莫言小说中仍有一些具有向内反观意识、向内批判意味的描写，如《食草家族》里的"我"不断地讥讽四老爷和九老爷的自私自利、中饱私囊、缺乏责任感，"我"就是家族内的批判者、家族问题的揭发者，很有些像《押沙龙，押沙龙》里的科德菲尔德小姐，"我"对于四老爷、九老爷的批判与科德菲尔德小姐对于萨德本的揭露、批判非常相似。但这样的角色在莫言小说并不多见，特别是在对家族创始人的传奇化叙述中，自我批判意识是稀缺的。另外还有《丰乳肥臀》中恋乳癖患者金童也曾经遭到来自姐姐的嘲讽、来自母亲的拒绝和批评。值得注意的是，《红高粱家族》关于余占鳌的"丑陋、狂妄、不自量力、不明世事"[1]的描写虽然常常被那些壮怀激烈、英勇激昂场面所遮蔽，但莫言对这个人物形象的立体化、多面性的刻画本身也就寄寓了作家一定的批评意味，如果全面挖掘家族走向衰落的原因，也不免会总结到余占鳌某些时候的狭隘蒙昧、刚愎自用，而余占鳌的这种表现暴露的正是中国农民普遍存在的"直接的功利性"问题："直接的功利性，使他们有可感可触的目标，并能踏踏实实地为之奋斗，从而发挥他们改造社会、抵御外侮的巨大潜力，但目标的浅近，又使他们最终难以超越自己，最终只能在历史所限定的极其狭小的范围里先演悲剧后演喜剧。"[2]这些地方可以隐约看到鲁迅的国民性批判主题，鲁迅的批判精神在莫言这里无疑是有继承的，虽然莫言没有像鲁迅那样以犀利的解剖刀来剖解中国农民的劣根性，但莫言不回避不掩藏的态度也是非常

---

[1] 张志忠：《莫言论》，北京联合出版公司2012年版，第134页。
[2] 张志忠：《莫言论》，北京联合出版公司2012年版，第134页。

清晰的。其实对于农民劣根性的描写在莫言的小说里并不在少数，比如上官鲁氏的重男轻女思想、虎子父亲的奴才嘴脸与暴君行径、祖母对于儿媳妇的霸凌意识，这样的描写说明在莫言小说里向内批判也是一项重要的内容。不过，在莫言的小说中，导致家族衰落与覆没的直接原因和根本原因仍然是外界关系，决定性因素往往还是来自于家族的外环境。可见，莫言建构家族史并没有采用像福克纳式的建构法，而是采用以外向型为主的建构方式来叙述家族史，中间植入一些内向审视和向内批判的书写来丰富家族史，这条路径显然与福克纳的路径是不一样的。

（三）家族史建构方式不同的深层原因

历史的建构并非历史撰写者随心所欲的结果，同样家族小说的家族史建构也绝非不言自明的创作结果，作家选择以内向型方式还是以外向型方式来建构一段家族史，这并不是作家于无意间做出的偶然决定，表面上似乎两可，实际上却有着两者必择其一的内在必然。福克纳与莫言都是借助于家族小说来反映、呈现一个地区、一个民族的历史，但是福克纳以内向型建构方式来叙述家族史，而莫言却是以外向型建构方式来呈现家族史，两者在家族史建构方式上的截然区别，显示了两位作家在历史情境、文学资源、文化等方面的诸多不同。

首先，福克纳与莫言处于完全不同的历史情境中，两人所面对的社会历史也有着迥然不同的面貌，内战以后美国相对平静的社会状态与中国近代以降百年来的社会动荡混乱分别对两位作家的创作产生了完全不同的影响。

美国历史上唯一的内战持续四年之后于 1865 年以北方军的胜利告终，奴隶制被废除，北方工业经济继续迅猛发展，南方进入重建阶段。南方重建过程中遭到旧南方势力的对抗，而且"奴隶制的被摧毁迫使南方的经济秩序和生产关系从根本上发生变化，各阶级在适应上都是相当困难的"[①]。尽管如此，美国社会尤其是南方社会

---

① 钱满素：《美国文明》，中国社会科学出版社 2001 年版，第 81 页。

仍然保持着总体上的安定，没有战乱和较大的动荡。福克纳出生于1897 年，这时南方的重建早已结束，南方社会更趋于安定，但是南方固有的问题远没有得到根本解决："形形色色的种族观点，对现代主义及其对一个农业社会的侵蚀的敌视，工业化及其对田园理想的腐蚀，对由于非正义和种族仇恨而失去了的南方乐园的自觉意识。"[①] 这些问题像一个个硬骨头还在南方内部艰难地消化着，而这似乎也形成了重建阶段过后很长一段时间内南方社会的一个特点，即表面上风平浪静，内部却是惊涛骇浪。福克纳的小说以其独特的家族史建构折射出南方社会的这一特点。"要理解南方（以及它想要保留的过去的那个边疆社会），福克纳要诉诸原始的反应方式——藏在深宅后院里的那些形式；他将在浸透着童年生活的那些家庭故事中找到这些形式。"[②] 是的，福克纳写"藏在深宅后院里的"那些家族故事，从外面看，家族像一座遗世独立的城堡，断绝与外界的联系，而在家族内部，人与人之间却不断上演着或惊心动魄或沉郁忧伤的各种故事，这就是独特的内向型家族史建构。

与美国内战后的社会安定形成鲜明对比的，是中国近代以降百年来从未停歇的社会动荡与混乱。自鸦片战争以来，中国社会就处于内忧外患交叠、战乱灾害交错的长期动荡之中，鸦片战争、甲午战争、八国联军入侵，外敌屡屡入侵，战争每每失利，内乱频发，国势衰微。民国建立后，两次北伐仍未除尽军阀，加之吏治不清，匪祸不断，而后日寇大举入侵，国家几陷于沦亡险境，抗战胜利后又是三年内战，至共和国成立后社会方才安定下来。莫言1955 年出生时，新中国才成立六年，一切都在刚刚起步状态，战乱和动荡的记忆还在人们脑海中久久停驻未曾淡化，莫言的亲友邻舍们讲述的祖先故事还带着动荡时代里纷乱与不安的气息，当莫言开始书写高密东北乡的家族故事时，他笔下人物的命运都与外部世界紧密相

---

① （美）弗莱德里克·R.卡尔:《福克纳传》(上)，陈永国等译，商务
　　印书馆 2007 年版，第 4 页。
② （美）弗莱德里克·R.卡尔:《福克纳传》(上)，陈永国等译，商务
　　印书馆 2007 年版，第 5 页。

连、丝丝入扣，他笔下的家族更不可能推开乱世的纷纭静默成平湖之上的一叶扁舟，而必然是惊涛骇浪里搏击命运的一艘木船，随时面对外界风浪的捉弄，也随时迎难而上对抗命运的打击，中国社会长达百年之久的沉浮、动荡、混乱都将以清晰的面影镌刻在莫言家族小说中人物跌宕起伏的人生道路上，中国苦难的近现代历史给予莫言家族小说以丰富的叙事素材，也为其家族史外向型建构提供了深刻的历史逻辑。

其次，美国的南方文化与中国的儒家文化之间的深刻区别是造成家族史建构的深层原因。

美国文明的一个核心内容就是崇尚个人主义，"北美一个半世纪的殖民奠定了美国人处世的基本特征，那就是追求个人自由、维护个人权利、强调机会均等，这显然是在当时充足的发展机会与薄弱的政府权力双重作用下养成的性格"[1]。福克纳生活的南方地区发展自给自足的庄园经济，"人们生活在他们自己的天地里，这种生产和生活方式无疑是个人主义的肥沃土壤，其次，南方稀薄的人口分布也促进了个人主义的发展。特别是在南方发展的早期，险恶的环境使人们不得不依靠自己来求得生存"[2]。因此南方社会尤其强调个人主义。此外，美国有组织社群的传统，因为初到北美大陆的人们要想在一个新的、带有原始蛮荒特征的环境中生存下来就需要结成社团，以便相互协助，于是"最强调个人的美国社会也是自由结社最多的社会"[3]，但是，美国社群的权力并不凌驾于个人权力之上，社群既为个人提供一定的帮助，同时又因其松散性而赋予个人相当的自由度，"社群不是个人的取消，而是个人的加强"[4]。个人主义因此得到更加自由发展的空间。在这样的文化中，个人不是纠缠在各种复杂的社会关系中的个体，也不需要在各种交织的

① 钱满素：《美国文明》，中国社会科学出版社 2001 年版，第 399 页。
② 肖明翰：《大家族的没落——福克纳和巴金家庭小说比较研究》，广西师范大学出版社 1994 年版，第 24 页。
③ 钱满素：《一个大众社会的诞生》，花城出版社 2008 年版，第 84 页。
④ 钱满素：《一个大众社会的诞生》，花城出版社 2008 年版，第 86 页。

莫言与当代中国文学创新经验研究

社会关系中去完成其终极的定义，个体就是独立的、不依赖于太多的社会关系去定义的个体。个人主义思想折射到文学中，那就是文学作品描写个人的时候很少直接将人放置在错综复杂的社会关系中去完成，而是在一个相对的小环境中去描述个体的故事，据此我们便可以理解福克纳为什么没有将家族成员放置在错综复杂的外部社会关系中去叙述家族故事、为什么没有将家族放置在广阔而复杂的社会环境去描写家族历史，以及为什么福克纳更注重描写家族的内环境而不是外环境。这也是美国的个人主义思想在文学中的独特反映。

南方地广人稀的自然条件和奉行奴隶制的社会制度造就了南方社会的居住空间是以庄园为主，尤其是白人贵族家庭基本上都是一个家族生活在一个有田、有房、有佣仆的庄园里。这样的居住方式深深地影响了南方的文学，最明显的地方就在于南方出现了"庄园文学"："内战以前的美国南方文学主要是以美化了的庄园生活为中心的庄园浪漫文学。"[1] 并且，这样的南方小说"把南方描绘成充满阳光与欢乐的国度，把庄园吹捧得像伊甸园一样，而庄园主的公馆则'永远漾溢着热情好客的气氛'"[2]。内战结束后，战争的失败反倒刺激一部分南方作家继续塑造南方神话以美化南方，于是"'大庄园公馆'成了'南方独特性的象征'"[3]。但是福克纳对南方有着清醒的认识，仅就经常被传统南方小说神话化、美化的庄园来说，福克纳看到的是庄园里发生的带有"玷污"与"耻辱"性质的事情。在1933 年为《喧哗与骚动》撰写的一篇前言里，福克纳讲述了他写这个作品的艺术构思的最初萌动：他开始写一个小姑娘的故事，小姑娘和她的兄弟们在庄园里小河沟玩，却弄脏了裤子，他们要偷偷

---

① 肖明翰:《大家族的没落——福克纳和巴金家庭小说比较研究》，广西师范大学出版社 1994 年版，第 90 页。
② 肖明翰:《大家族的没落——福克纳和巴金家庭小说比较研究》，广西师范大学出版社 1994 年版，第 91 页。
③ 肖明翰:《大家族的没落——福克纳和巴金家庭小说比较研究》，广西师范大学出版社 1994 年版，第 91 页。

地窥看祖母的葬礼，"于是三兄弟以及黑小子们就可以趁凯蒂爬上树朝窗子里窥看办丧事时仰望她那沾满湿泥的衬裤了，当时大伙儿还不理解那条脏衬裤的象征意味，因为以后拥有勇气的还将是她，她将怀着尊严面对她要引起的耻辱，而这耻辱是昆丁与杰生所无法面对的：一个以自杀来逃避，另一个则以复仇的怒火加以发泄"①，可见，在福克纳的潜意识里，庄园里并非都是浪漫与美好，"玷污"这样一个具有象征意义的情节，不仅仅象征着凯蒂以后的命运，而且也具有象征庄园丑恶一面的意味。庄园里出现的"玷污"所体现的恰恰是庄园的另外一面，此后福克纳在其他作品中所写的庄园里发生的丑恶事情，基本上都可视作这一"玷污"情节的另一种形式的呈现和延续。从社会学角度来看，这种独立的、单体式的居住模式给每个生活在庄园中的家族提供了一个独立的生活空间，加之南方社会自给自足的农业经济因庄园形态的出现而演变成自给自足的庄园经济，这就大大减少了家族成员与外界之间的联系，家族的故事往往也就集中在生活于庄园内部的家族成员之间，而那些在南方白人庄园里并不鲜见的占有女奴现象乃至于乱伦现象，也与庄园的封闭性有着密切的关系。以个人主义为核心价值、以庄园为居住空间的美国南方文化的独特性深深地影响了福克纳家族小说的家族史建构方式，甚至可以说在相当程度上决定了福克纳叙述家族史的时候必然会采用内向型建构方式。

与美国恰恰相反，中国是一个乡土社会，土地将人们固定在一个地方，这里"每个孩子都是在人家眼中看着长大的，在孩子眼里周围的人也是从小就看惯的。这是一个'熟悉'的社会，没有陌生人的社会"②。这样的"熟人"社会里，人们"会得到从心所欲而不逾规矩的自由。这和法律所保障的自由不同。规矩不是法律，规矩

① （美）威廉·福克纳：《福克纳随笔》，李文俊译，上海译文出版社2008年版，第316页。
② 费孝通：《乡土中国 生育制度 乡土重建》，商务印书馆2011年版，第9页。

是'习'出来的礼俗"①。儒家文化将这种"规矩"视为"礼","礼是社会公认合式的行文规范"②，实际上"礼"就是传统文化对于人与人之间关系的定位，说明中国传统文化非常注重人与人之间的关系，并从多重层面和多维关系中厘定人与人的交往联系。当文化非常注重人与人之间关系的时候，"关系"就成为比"人"本身更重要的一个概念，就会出现"乡土社会的人们终其一生都在追求社会认可"③的价值观，并且"人首先不是被看作是一个具有独立价值的个体，而是被看作是一个集体，比如一个家庭或社会的成员。他首先是被放在与他人的关系中去考虑。……毫无疑问，人是自己的社会关系的总和"④。中国社会也因此被称为伦理本位的社会："何为伦理？伦即伦偶之意，就是说：人与人都在相关系中。人一生下来就有与他相关系的人（父母兄弟等），人生将始终在与人相关系中而生活（不能离社会）。"⑤处于这种文化背景下的人们通常会形成认识和评价他人的一种习惯性思维模式，即人总是浮现在社会关系中，人也总是在社会关系中得到说明。如果这种思维模式映射到作家的文学创作活动中，那么作家就会将他笔下的人物总是置于复杂的人物关系中来呈现。正是基于此，莫言家族小说中家族成员的命运总是受外部世界影响比较多，像《喧哗与骚动》《押沙龙，押沙龙》那样仅仅集中于一个家族内部发生的事情来建构家族史，对于莫言来说几乎是不可想象的，因为外向型家族史建构模式其实是中国传统文化辐射于文学创作的结果，对于中国作家而言，写家族小说不可能仅仅局限于家族内部关系来写，外向型家族史建构模式在中国的家族小说中经常出现，几乎成为一种传统。《红楼梦》中的贾府

---

① 费孝通：《乡土中国 生育制度 乡土重建》，商务印书馆 2011 年版，第10 页。
② 费孝通：《乡土中国 生育制度 乡土重建》，商务印书馆 2011 年版，第53 页。
③ 王德福：《乡土中国再认识》，北京大学出版社 2015 年版，第 15 页。
④ 肖明翰：《大家族的没落——福克纳和巴金家庭小说比较研究》，广西师范大学出版社 1994 年版，第 25 页。
⑤ 梁漱溟：《乡村建设理论》，上海人民出版社 2011 年版，第 26 页。

的荣衰与其他几个家族的命运紧紧捆绑在一起，虽然贾府之衰落也有其内在的原因，但是外部世界的深刻影响却是个不争的事实，所谓"一荣俱荣、一损俱损"所描述的就是贾府与外界错综复杂的关系。其他如《家》《白鹿原》《古船》等现当代家族小说也都是从家族成员与外部世界的各种关系来建构家族史，家族就像一艘满载着成员的大船在社会与时代的洪流中颠簸起伏，家族成员的命运就在这颠簸之中呈现出悲悲喜喜的不同色彩。莫言的家族小说虽然具有其独特的艺术性，但在家族史建构方式上无疑还是处于这一大传统之中。

　　居住形态也在一定程度上影响了莫言家族小说的家族史建构模式。中国传统社会作为乡土社会，其"基本聚居形态是自然村落，是一个血缘地缘高度混合的社会空间"①。这与美国南方庄园那样的独立而封闭很不一样，费孝通先生曾指出："美国的乡下大多是一户人家自成一个单位，很少屋檐相接的邻舍。这是他们早年拓殖时代，人少地多的结果，同时也保持了他们个别负责、独来独往的精神。我们中国很少类似的情形。"②在中国，村落这个社会空间"不是封闭和孤立的，通婚圈将其与周围的村庄关联成一个人情交往的空间，集市圈又在不同村庄之间建立起一定程度的经济、社会关联"③，这种聚居形态造成家族与外部世界的密切联系，家族的命运也肯定会受到外界力量的广泛影响，这也就决定了中国的家族小说会采用外向型方式来叙述、建构家族史，从这个角度来看，莫言的家族小说采用外向型家族史建构方式是对中国家族小说某些传统的继承，同时也是对中国社会聚居形态的一种文学反映。

　　福克纳的内向型家族史建构方式造就了其家族小说中的反思主题，而莫言的外向型家族史建构方式则形成了其家族小说中的抗争主题，两种主题的形成除了因为家族史建构方式的不同之外，还与

----

① 王德福：《乡土中国再认识》，北京大学出版社 2015 年版，第 18 页。
② 费孝通：《乡土中国 生育制度 乡土重建》，商务印书馆 2011 年版，第 9 页。
③ 王德福：《乡土中国再认识》，北京大学出版社 2015 年版，第 18 页。

两位作家各自的文学背景有着密切的关系。福克纳是美国南方文艺复兴的代表作家。南方文艺复兴运动的出现，其中一个很重要的原因就是要打破南方传统文学所做的"神话"南方的努力，内战后南方内部始终有一种要美化南方的力量，其心理基础就是只宣扬旧南方的田园、天堂般的美好却无视南方确有的种族主义思想和奴隶制等罪恶。对此，南方有一批作家借自己的创作来呈现一个真实的南方，在这种"真实"里，南方传统社会曾有的那些荣誉、善良、勤奋、耐心等优秀品德被赞美，而南方存在的种族主义思想和奴隶制所犯下的严重罪恶以及南方内部存在的重重矛盾也同样被全部暴露出来："南部能够以 30 年代为背景，通过反思历史以及分析历史的转折点，创造自认为有前景的文学。"[①]而这些南方文学"虽然它们大都表现得咄咄逼人并富有自信，甚至相当明确地仿效早期的现代主义作家或是力求形式上的严谨，但是它们仍然试探性地借鉴纪实文学。它们用众多方式发出疑问：'为什么，到底是为什么上帝要让这种事发生在我们身上？'"[②]南方文艺复兴运动表现出来的这种令人钦佩的反思精神对福克纳无疑也有着重要影响。福克纳原本就是一个内省意识很强的作家，反思精神赋予福克纳更加开阔的视野和相当可贵的思想深度，对南方的热爱也让他成为旧南方的批判者，他通过家族史的内向型建构表达了反思主题，同时他也以家族小说的反思主题汇入南方文艺复兴大潮。

而在中国，五四新文化运动以决绝的态度和摧枯拉朽的力量批判旧文学、倡导新文学，将一种反抗精神作为小说新质灌注于新文学的小说创作中，在《家》里的觉民和觉慧、《四世同堂》里的瑞宣等人物身上，我们都可以感受到一股来自家族内部的反抗力量，可以看到反抗精神闪烁的光芒。而到了二十世纪八十年代，"文革"结束后兴起的伤痕文学、反思文学及至寻根文学，其题面意义的背

① （美）伯科维奇主编，《剑桥美国文学史（第 6 卷）》，张宏杰等译，中央编译出版社 2009 年版，第 264 页。

② （美）伯科维奇主编，《剑桥美国文学史（第 6 卷）》，张宏杰等译，中央编译出版社 2009 年版，第 264—265 页。

后都深潜着一种反抗意识、抗争主题，在二十世纪八十年代涌动的文学大潮中，生命意识的觉醒、自我意识的强化使得抗争的主题自然上升为小说的一股主旋律，为生命摇旗，为命运呐喊，为自我高歌，抗争主题得到极大的丰富，同时也获得了广阔的表现领域。八十年代登上文坛的莫言感知到这股文学的律动，准确地把握住了社会的、时代的、文学的主题，在外向型家族史的建构过程中，不是写人在动荡时代里的沉沦或覆灭，而是高扬生命意识的大旗，写出了人在乱世里的挣扎、奋斗和抗争，以令人血脉偾张的斗争与还击谱写出一台惊心动魄的抗争大戏，既以激昂的文学创作回应了高亢的时代脉搏，又以独特的风格在苍茫大地上伫立为一杆飞扬招展的猎猎红旗。

综上，尽管都是通过叙述、建构家族史来反映作家对于国家、地区、民族历史的独特认识，但福克纳的家族史建构方式是以内向型方式为主，间或穿插外向型方式，莫言的家族史建构方式则是以外向型方式为主，其中又渗透一定的内向型方式。内向型与外向型两种家族史建构方式表面上仅仅是内与外的区别，实际上这种"内向"与"外向"之别却潜藏着两位作家在文化背景、居住形态、时代背景、文学背景等诸多方面的深刻区别。诚然，莫言确实是在福克纳的启发下发现故乡、开掘故乡、塑造文学王国，但是当莫言提笔描画高密东北乡的历史空间的时候，他的国家、他的时代、他的村庄和他的文化背景立刻化为实实在在的建筑材料，充实着高密东北乡的历史空间，使这个文学故乡带着中国传统文化的气息，镌刻着中国历史的年轮和文学的印迹，同时也传达着中华民族的雄浑声音。

三、重新发掘历史：救赎与抗争

福克纳和莫言各自营造的家族的历史空间里充塞着人物的哀叹、怨怼、嘶吼，或者眼泪，那些家族的悲剧、惨剧，不免令人唏嘘，那些凋零的生命、逝去的爱情、消散的希望，更令人叹惋。然而，这两位作家并没有长久地陷于悲哀和感伤之中，他们都曾努力拨开乌云惨雾，在小说中展开正向力量的叙事，试图为家族找到一柄可以吹散迷雾的铁扇，这就是福克纳小说中的救赎现象和莫言小说中的抗争现象。

（一）福克纳小说中的救赎现象

《去吧，摩西》中艾萨克·麦卡斯林在获知了家族往事和祖先的罪行之后，做出了自己的决定。首先他将祖父老麦卡斯林的遗言付诸实施，即按照老麦卡斯林的意思付给托梅的图尔的三个孩子每人一千美元，即有的孩子比如索凤西芭已经出走离开了庄园，艾萨克也还是坚持找到索凤西芭，并把一千美元安排好以便能按时供应给她使用。然后，艾萨克放弃了自己的家产，哪怕妻子为此与他决裂，他也不改初衷，坚持将家产全部交给了洛斯·麦卡斯林，自己则住进了山林，回归自然。艾萨克无疑是以凡人之躯完成着英雄、圣人的事业，他的身上闪烁着奉献、牺牲、怜悯、宽容、克制的高贵光芒，令罪恶深重的麦卡斯林家族历史终于绽现出一点亮色、一点希望。艾萨克的做法其实是践行自己从自然、山姆、大熊老班那里习得的高尚思想，用行动来实现真正的自由和人人平等，让自己成为一个拥有奉献、怜悯、宽容的人，也让自己获得心灵的平静，达到灵魂的高贵。而从他的祖先老麦卡斯林的角度来看，艾萨克的行为又相当于在替祖先赎罪，因为他的做法在很大程度上是围绕着老麦卡斯林所犯下的罪恶来进行的。老麦卡斯林不仅占有了自己的黑奴，还占有了他自己的混血亲生女儿，令她生下了几个孩子，并且仍然让这些子女作为奴隶供自己奴役。老麦卡斯林犯下的罪行不只是奴役黑人，还有乱伦，可谓罪孽深重，他的所有财产都沾染着黑人的血泪，都散发着罪恶气息。所以艾萨克的散财、弃财、回归山林是在为祖先赎罪，有着洗涤罪恶、消弭罪感的深刻意味。

在整个约克纳帕塔法县世系小说里，无论是《喧哗与骚动》中的康普生家族，还是《押沙龙，押沙龙》里的萨德本家族，抑或是《八月之光》里的海因斯家族、海托华家族和伯顿家族，福克纳描写的几个家族都是历史黑暗且前景晦暗。在以内向型方式建构出来的家族史的映照下，家族历史的黑暗大多与其祖先犯下的罪恶相关，同时家族后代又在不断地添加新的罪恶，因而家族的前景也是无比晦暗。这些曾经显赫的大家族逐渐没落，而且因家庭成员一个接一个地死亡、出走、失踪而飘散出家族逐渐消亡的气息，这样的结局却是家族内部成员所导致的，令人唏嘘不已。既然家族的没落与消亡是出自家族内部原因，所以救赎也应是从内部开始，从替祖先赎罪开始，艾萨克付给祖父的混血后代钱财，自己放弃沾染了黑奴血泪的家产，这都是对家族的救赎。当然，艾萨克的行为还包含有救赎人类的意味，因为艾萨克还从山姆、大熊、森林那里逐渐认识到人类霸占土地的罪恶：上帝"让人当他在这个世界上的管理者，以他的名义对世界和世界上的动物享有宗主权，可不是让人和他的后裔一代又一代地对一块块长方形、正方形的土地拥有不可侵犯的权利，而是在谁也不用个人名义的兄弟友爱气氛下，共同完整地经营这个世界"①，所以艾萨克放弃祖产的行为，是对人类的土地私有化行为的救赎，虽然他的救赎"只是一盏照亮美国南方历史的烛光，而不是引导南方人前进的灯塔。但艾萨克表现出的巨大的道德勇气，显示了新世界价值体系重建的可能性"②。由此也可得见，"福克纳并不是彻头彻尾的悲观主义者。他在黑暗中还是为读者提供了亮点。"③

　　家族内部出现的这些罪恶，无论是最初祖先犯下的罪恶，还是后来子孙们叠加其上的罪恶，滋生罪恶的土壤并不是在家族内部，而是控制着旧南方社会的种族主义思想和奴隶制。在种族主义思想的深刻影响下，白人视黑人为劣等人种，视其为被上帝所诅咒、所抛弃的人种，这为白人奴役黑人提供了思想基础；南方有大片的土地，非常适合发展以种植棉花为主的农业，但是白人很少，为了发

① （美）威廉·福克纳：《去吧，摩西》，李文俊译，上海译文出版社2014年版，第221页。
② 刘道全：《救赎：福克纳小说的重要主题》，《国外文学》，1998年第3期。
③ 陶洁：《福克纳研究》，上海外语教育出版社2013年版，第206页。

展农业，白人购买廉价的非洲黑人为其种地，发展的内在需要成为奴隶制在南方兴盛起来的重要原因。于是，种族主义思想与奴隶制完美地结合起来，成为旧南方农业经济发展起来的基础，当然这也导致南方的发展史是建构在黑人的血泪史之上的，南方人的每一笔财富里都沾染着黑人的血，都饱含着奴役黑人的罪恶。这份罪恶与南方的发展相伴始终。因此，当福克纳通过内向型家族史建构将南方家族的罪恶无情地呈现出来的时候，他其实也是在反思整个南方，福克纳是爱南方的，但他也清醒地认识到南方的沉疴痼疾，所以他透过家族的衰微乃至消亡，在暗示他的预见，即倘若种族主义和奴隶制这两大毒瘤不被割除，那么南方将永无重振的可能。而福克纳在《去吧，摩西》里塑造的这个艾萨克·麦卡斯林的救赎行为，既是在通过描写救赎行为来明确说明南方的罪恶所在，表明他自己的态度，同时也是在进一步深化他所寄寓的反思主题，即对于南方的罪恶，仅仅是反思还远远不够，南方人还需要像艾萨克那样采取切实的、具体的行动，也许艾萨克的做法未必具有示范性，未必可以一一效仿、复制，但至少艾萨克的思路却是值得尊敬和推崇的，南方人应该真正地放下种族主义思想，真正地放弃那些抱怨北方、哀叹南方的悲怨之情，正视南方落后的现状，重新回到美国的国家发展进程之中。

通过描写家族里的救赎现象，福克纳在小说中悄悄布置了一条潜在的逻辑链条：内向型方式建构家族史—展示家族内的罪恶行为—叙述救赎行为—深化反思主题。作家采用了内向型方式建构家族史，家族内的罪恶行为才得以展示，于是才有了家族救赎行为，并在救赎行为中深化了反思主题："福克纳几乎从一开始就表现出对同时代人的混乱及价值观念的丧失有强烈的敏感。"[1] 这条逻辑链条深潜于以家族史为历史维度的"约克纳帕塔法县"的历史空间里，既呈现了约克纳帕塔法县的前世今生，也揭示了铸就约克纳帕塔法

① （美）罗伯特·E. 斯皮勒:《美国文学的周期》，王长荣译，上海外语教育出版社 1990 年版，第 230 页。

文学故乡的多维空间建构

县没落图景的深层原因，当然同时也暗示了约克纳帕塔法县的出路所在，所以这个逻辑链条的潜在布置赋予约克纳帕塔法县这一文学王国以相当的厚度，就像福克纳在《去吧，摩西》里所说的："这部编年史是一整个地区的缩影，让它自我相乘再组合起来也就是整个南方了"，是的，麦卡斯林家族的"编年史"是整个"约克纳帕塔法县"的历史，而"约克纳帕塔法县"的历史不就是整个南方的历史吗？甚至于这个地区的编年史还"象征着人类乌托邦式梦想的失败，一个过于理想化的民主文化的衰落与腐败。一个成年期的国家在其国力强盛成就显赫之时有条件可以再现其童年的梦想，深思自己过去重新发现的生活中的基本悲剧"①。而这个逻辑链条不就是在试图为南方、为这个国度指示一条应有的路径吗？认识罪恶、反思罪恶、赎罪，这就是作为南方文艺复兴运动的代表作家福克纳通过他的家族小说所要表达的深刻思想，当然他也因此被视作是"一个反对奴隶制的南方民族主义者"②。

（二）莫言小说中的抗争现象

如果说救赎是福克纳小说中的一抹亮色的话，那么莫言小说中的一抹亮色就是抗争。《红高粱家族》中当余占鳌的队伍在墨水河畔几乎被日军全歼之后，余占鳌带着儿子豆官到县城买子弹，回乡后与日军血战；《丰乳肥臀》里日军杀掉上官鲁氏的公公、丈夫，但是上官鲁氏带着一群孩子在绝境之中顽强求活；《生死疲劳》里西门闹被土改队不分青红皂白地处决，西门闹坚决不接受这个结局，大闹阎王殿，大声喊冤，终于为自己挣得几世重新托生的机会，哪怕只是托生为动物之躯也行；还有《食草家族》里的四大妈、《檀香刑》里的孙丙……这些人面对生活中的挫折、灾难和厄运，不是低头认命，也不是委屈接受，而是坚决对抗、毫不屈服，在他们身上显示出抗争者的伟力、奋斗者的光彩。这就形成了莫言笔下

---

① （美）罗伯特·E.斯皮勒：《美国文学的周期》，王长荣译，上海外语教育出版社1990年版，第233页。

② （美）马尔科姆·考利：《福克纳：约克纳帕塌法的故事》，李文俊编选，《福克纳评论集》，中国社会科学出版社1980年版，第39页。

的抗争现象，即小说中的人物不屈服命运的安排，不服从他人的压制，要做自己的主人。

　　莫言笔下抗争的形式是多样的。有时是慨然赴死，像《红高粱家族》里的罗汉大爷，当他带着一股对日本侵略者的极度痛恨和对汉奸的极度厌恶的情绪劈杀两头蠢驴的时候，他其实已经抱定赴死的决心，决不低头，决不苟活，哪怕后来被日军折磨而死，他也决不求饶，他的身上有一种中华民族千百年来艰苦环境下历练出来的不屈不挠的风骨。有时抗争是以命相搏，当日军以绝对优势屠杀无辜村民甚至火烧全村时，余占鳌在高粱地里阻击日军，与日军展开你死我活的厮杀；当孙丙的老婆孩子被德军虐杀之后，孙丙拉起一支队伍对抗德军和政府。在余占鳌和孙丙眼里，生命固然要紧，但是当面临凶残的敌人时，那就决不会束手就擒任凭欺凌，只有坚决对抗以命相搏。当然，有时抗争也是无声对抗，比如上官鲁氏，面对不能生育的丈夫和逼她生儿子的恶婆婆，上官鲁氏选择"借种"的方式来一个接一个地生孩子，面对风云变幻的政治形势，她坚持抚养一群年幼的孩子，她用无声的忍耐和变通来完成生命的使命、母亲的使命，这是一种无声的对抗，尽管从场面上不像罗汉赴死那样地壮烈，但其承受痛感的绵长与细致却丝毫不亚于罗汉，这位母亲身上辗转回荡着的坚毅、韧性、耐力和宽厚伟大的母爱无疑给我们带来另一种强烈震撼。无论是何种抗争，抗争都是闪烁在莫言小说里的夺目异彩，令人感慨，更令人振奋，它与小说中社会的、命运的浓重黑幕形成强烈的对照，而且常常是社会越黑暗，抗争就越激烈、越悲壮。

　　从莫言描写的这些抗争里，我们可以看到一种来自民间的浑然、质朴的力量。这些抗争者没有什么高深的形而上追求，他们所拥有的是从土地、庄稼、牛、羊等自然界一切生物那里习得的对于生命的珍视，是自强烈的生命意识中生长出来的对于尊严、人格、爱的渴求，所以他们的抗争从最基本的生存权利开始，延伸到繁衍与发展的权利、被尊重的权利、享受快乐的权利。也正是在这种最朴素的生命意识中，"在红高粱般充实的灵魂里"，作者"发掘到了对于今天的男女亟须吸纳的精神元阳"①，还发掘到了"炎黄子孙的无比坚韧、气吞山河的伟大生命潜能"②。抗争现象几乎遍及莫言的每一部家族小说，甚至蔓延到莫言的其他非家族小说中，我们在他的许多短篇小说如《大风》《枯河》《老枪》《白狗秋千架》《拇指铐》等作品中都会看到抗争书写，这些甚至衍生为莫言小说中的抗争主题，即从民间汲取生命力量、精神力量去抗争，从而实现生命的要求，真正保持质朴的自然野性和生命的高贵性。

综上，福克纳和莫言都试图从家族史中重新发掘出一种积极的力量、正向的力量，他们对家族都寄寓了一种美好的愿望，但是由于两人叙述家族史所采用的建构方式有着本质的不同，所以他们在家族中挖掘出来的积极力量也就截然不同。福克纳写出了家族成员的反思意识，并在《去吧，摩西》里描写了来自家族内部的救赎行为，这意味着福克纳将南方彻底改变的希望仍然寄托于南方人自己，寄托于南方人的觉悟，也寄托于南方人的自我变革，而且这种变革不仅仅是外在经济形式的改变，至少应该是南方人像艾萨克那样抛弃祖先所崇奉的种族主义思想和奴隶制，真正做到上帝对于他的子民的期许：自由、平等、博爱、仁慈。莫言则写出了家族成员的反抗精神，尤其是凸显出家族成员各种形式的抗争行为背后闪烁着的生命意识和精神元阳，这说明莫言将民族振兴的希望寄托于人们的反抗精神和生命意识，他呼唤人们长期被压抑的生命意识的觉醒以及由此迸发出的顽强卓绝的反抗精神，去打碎戕害生命、压抑人性的外在力量。令人回味的是，莫言呼唤的反抗精神都表现在家族的祖父母身上，这样就建立起一种隐喻："血性钢骨的祖父母们，是民族民间勤劳勇敢精神的化身，是自在自为的人生与人性的代表，也是最富魅力与活力的生命之象征。"③莫言不是像福克纳那样批判祖先的罪恶，反而是要挖掘出沉潜于历史之中、埋藏于祖先身

---

① 雷达:《游魂的复活——评〈红高粱〉》,《文艺学习》,1986 年第 1 期。

② 雷达:《游魂的复活——评〈红高粱〉》,《文艺学习》,1986 年第 1 期。

③ 季红真:《忧郁的土地,不屈的精魂——莫言散论之一》,《文学评论》,1987 年第 6 期。

上的那种刚强不屈的民族精神、纯粹真挚的人性和生命活力，以充实子孙们被现代文明腐蚀、掏空了的灵魂，铸造我们新时代的民族精神和人性主题。可见，莫言通过家族积极力量的描写所寄托的与福克纳所寄托的完全不同，这种不同意味着莫言所关注的、所凝视的对象正是背负着沉重的历史重负一步步走到今天的中华民族，他思索的是越过艰难岁月走过关山重重的民族该以怎样的风骨和精神力量仡立于当今民族之林，他用笔下的九儿、余占鳌、上官鲁氏等人物的卓绝抗争来作答，用他们身上呈现出来的凝聚着人性力量、充满生命活力、坚毅灵动的精神来描画鲜活有力的民族精神所应该具有的样子。此刻我们或许可以更透彻地理解大地深处的那个"苍凉的声音"："在白马山之阳，墨水河之阴，还有一株纯种的红高粱，你要不惜一切努力找到它。你高举着它去闯荡你的荆棘丛生、虎狼横行的世界，它就是你的护身符，也是我们家族的光荣的图腾和我们高密东北乡传统精神的象征！"①在这个声音里，我们不仅看到了民族精神的来处，更体验到一种有底气的精神自足和文化自信。

第二节　家族人物形象塑造

在家族历史支撑起来的历史空间里，创造历史的是一个个有血有肉的人物，如果说生动、精彩的家族历史故事是一束束照亮历史空间的火把，那么擎着这些火把的，便是那些在家族历史中悄悄浮现、又渐渐隐去的一个个人物，他们充实着文学王国的寥廓空间，用自己的生命来创造着绵长而丰富的历史。福克纳和莫言塑造了诸多丰富、立体的家族人物形象，其中家族创始人形象和家族女性形象给读者留下了深刻印象，而且这两大类人物形象不仅汇聚了两位作家艺术创作上的相同之处，同时也记忆了他们之间一些有趣的不同，值得我们做深入的探究。

①　莫言：《红高粱家族》，上海文艺出版社 2012 年版，第 362 页。

一、家族创始人形象

每一个家族的开创之初通常都有故事，而且这些故事往往都与家族创始人有关。福克纳和莫言的家族书写在这方面有个明显的相同之处，即他们都曾描写过家族创始人，虽然这样的笔墨不是遍及他们的每一部家族小说，但是他们都有若干作品曾写到过家族创始人，比如福克纳在《押沙龙，押沙龙》曾写到萨德本家族的创始人托马斯·萨德本，而在《去吧，摩西》里又曾写到麦卡斯林家族的创始人卡洛瑟斯·麦卡斯林，在《没有被征服的》里面写到沙多里斯家族创始人约翰·沙多里斯。而莫言在《红高粱家族》中塑造了红高粱家族创始人余占鳌和戴凤莲，整个《红高粱家族》就是讲述余占鳌和戴凤莲的故事，在《丰乳肥臀》里莫言塑造了上官家族的创始人上官吕氏和上官鲁氏，《生死疲劳》中作家则详细描绘了西门家族创始人西门闹几番轮回的故事。无论是专门刻画，还是间接写到，这些作品都将笔触伸向家族开创之初的历史烟云里，在那些传达着各种题旨的故事和传闻里，家族创始人的面影在各种传闻和故事里辗转流传，有的眉目明朗如在眼前，有的面庞模糊但轮廓清晰，尽管清晰度有一定的区别，但是这些创始人留下的背影却无一不保留着他们自己独特的风格和气质。

从文学的角度来看，创始人身上必定储存着很多值得挖掘、讲述的故事，因此以家族创始人为核心讲述家族故事，成为家族小说一个较为普遍的写法，很多小说家就是围绕家族创始人的故事来建构家族故事体系的结构。在这个建构过程中，家族创始人的形象渐渐明晰，就像相片的显影纸一样，随着故事的讲述，家族创始人的形象会在故事的发展与流动中渐渐显现出来、清晰起来，而创始人形象也会在一定程度上随着家族故事的讲述呈现出一定的方向性，因为家族创始人形象在相当大程度上映照着作家对于家族历史的认识和评价。所以，此时家族创始人的形象内涵、作家塑造家族创始人的手段往往为读者洞察家族命运、触摸家族史内部脉络开拓一条非常重要的通道和路径。

　　1842 年，福克纳的曾祖父威廉·克拉克·福克纳带着家人来到密西西比河三角洲定居，彼时这个地方"还属未开发的边陲地带"，这位被后人尊称为"老上校"的曾祖父不仅在这里演绎了后来流传久远的传奇人生，而且在这块土地上开创了福克纳家族，他修建铁路、开辟种植园、组建军队、撰写畅销书……这般多姿多彩的人生经历在家族成员和当地居民的讲述和传颂下绽放出迷人的传奇色彩，这位家族开创者的传奇人生深深地吸引着福克纳，他的小说里会出现家族开创者形象，显然与其曾祖父丰富而精彩的人生密切相关。莫言的家族也有着类似的历史起点。莫言的老爷爷（即莫言的曾祖父）因为在城里输了官司，只好带着家口来到当时还是一片大荒地、多是流民和匪寇集聚的高密东北乡定居，凭着少见的勇气、胆识和智慧渐渐地在这个官府鞭长莫及的"三不管"地带扎下根来，还繁衍出一个枝叶繁茂的家族，莫言从小就听到很多关于老爷爷的传奇故事，这是他在小说中写家族创始人形象的一个最初萌芽。可见，福克纳和莫言的家族都有一个百年内迁徙至新地方而促成的开端，而且这个新地方当时都是处于尚未开发的荒凉状态，他们的曾祖父一辈因而兼具家族创始人和荒凉之地开拓者两种身份，无论是从血亲的角度还是从土地的角度，他们都是开创者。况且福克纳和莫言都处于家族第四代的位置，从小听着这些故事长大，而"记忆和转述强化的传奇人物与故事，与其说叙述了一系列的传说故事，不如说描述了这些传说故事的生成过程"[1]，家族创始人的开创故事经过一定的发酵后流传到第四代，不仅保持着初时的鲜活状态，而且更加富有传奇色彩和迷人魅力，这是导致福克纳和莫言都会在小说中写到家族创始人的共同的深层原因。而且，福克纳和莫言都是带着家族开创期的记忆和故事进入家族书写之中的，所以他们的家族书写不仅会写到家族创始人，而且会以他们特殊的笔触将

文学故乡的多维空间建构

---

①　季红真：《现代人的民族民间神话——莫言散论之二》，《当代作家评论》，1988 年第 1 期。

自己家族的传奇记忆灌注在家族创始人形象中，家族创始人形象在某种程度上折射出他们家族的特殊光芒。

福克纳笔下的家族创始人通常都是勇敢、聪明的，他们有坚强的毅力和耐心，对事物拥有敏锐的判断力，同时他们又精明世故，熟谙各种社会规则，善于使用各种手段来积累财富，懂得利用各种社会资源来赢得社会地位，他们用摸爬滚打、饱蘸着屈辱与血泪的人生经历淬炼成他们的勇猛和机智，不仅为家族创造并积累下殷实的财富，而且也为自己树立赫赫功名，就像萨德本百里地一样有名。萨德本家族的创始人托马斯·萨德本曾有过小时候被黑人拒绝进入富白人住宅大门的屈辱经历，他因此发誓一定要出人头地，后来他果然做到这一点，他从非洲运来黑人为他建造庄园，娶了杰弗生镇居民的女儿为自己换取在当地的社会地位，成为当地响当当的人物。《去吧，摩西》里的麦卡斯林也是凭着自己的力量在约克纳帕塔法县立足并积攒下大笔财富和土地。《没有被征服的》里的约翰·沙多里斯上校骁勇善战、聪明过人，他只身筹建军队抗击北佬军的传奇经历，为他在杰弗生镇乃至约克纳帕塔法县赢得了显赫声名。坚毅、聪明、善于集聚财富、赫赫功名是福克纳笔下这几位家族创始人共有的标签，也隐约显示出福克纳曾祖父身上的那些品质和荣耀。福克纳的曾祖父威廉·克拉克·福克纳带着家眷来到密西西比河三角洲时，这个地方还是"未开发的边陲地带"，然而老上校却凭着自己的勇猛和坚毅在这里创造了大量的财富，并且成就了"南方三大传奇：有关家庭出身和个人风采的骑士传奇，有关内战前'黄金时代'的种植园传奇，有关撤掉战后从北方来到南方的投机政客的议院席位的光荣的拯救者传奇"①。与这位家族开创者相反的是，福克纳的父亲默里·福克纳却是个资质平平的失败者，他频繁更换工作，始终找不到自己的方向，因而也"被普遍认为是传奇人物般的祖父和成功兴旺的父亲的一个不成器

---

① （美）戴维·明特：《骚动的一生——福克纳传》，顾连理译，知识出版社 1994 年版，第 4 页。

的子孙"①。在父亲庸碌一生的衬托下，福克纳曾祖父的光芒更加夺目，福克纳非常崇拜他的曾祖父，以自己的名字来自于曾祖父的名字而感到自豪，这种崇拜之情以特别的形式在小说里呈现出来，那就是福克纳对于家族创始人形象的塑造，福克纳显然是将自己对于曾祖父传奇人生所具备的某些他非常认可和肯定的必要素质糅入了家族创始人的形象系统里，在一定程度上，这些家族创始人形象均以老上校为原型。

　　莫言小说塑造的家族创始人形象里也有莫言的曾祖父和祖父的影子，《红高粱家族》中的余占鳌、《生死疲劳》里西门闹、蓝脸都具有坚韧、不屈、勇敢的一面，同时还有智慧的一面，这都是家族开创者应该具备的必要素质。余占鳌一直浪迹于高密东北乡，为了打出綦家老爷子的水银棺材，他拼尽全力、口吐鲜血也要挣回那口气、挣回那个面子；为了对付花脖子以报辱妻之仇，他忍辱负重苦练枪法，最终一举端掉花脖子的老窝并取而代之，勇猛、强悍和坚韧为他粗莽的形象增添了男性的钢铁魅力。《生死疲劳》里的家族开创者西门闹出场时便显露出坚韧不拔的性格，小说开卷第一幕就是西门闹在阎王爷大殿上鸣冤叫屈，他不屈不挠高喊冤枉，终于为自己争取到一个轮回的机会，而在坚韧之外，西门闹还具有勤劳、善良的可贵品质，他靠着自己的勤劳苦做把家业渐渐发展起来，成为西门屯的首富，虽然后来被洪泰岳下令处死后投胎成驴、牛、猪、狗的身体，那份强韧、机智和敏锐的素质依然是西门闹身上最为活跃、醒目的特性。这两位家族创始人身上的优秀品质无疑来自莫言的曾祖父和祖父，莫言的曾祖父生性高傲，心气很高，重病四十多天不吃东西，躺在门口大槐树下，还能"唱京戏，声若洪钟"②，而莫言的祖父是个聪明、能干的庄稼人，田里的活计样样都拿得起来，是一把做活儿的好手，这些素质在西门闹的身上有着明显的投影。

---

① （美）戴维·明特:《骚动的一生——福克纳传》，顾连理译，知识出版社 1994 年版，第 10 页。
② 莫言:《碎语文学》，作家出版社 2012 年版，第 73 页。

这两位作家显然是依据自己家族开创者的许多基本品质和事迹来塑造他们笔下的家族开创者，作为开创者所必须具备的各种诸如勤劳、坚韧、能吃苦、强悍、勇猛、果断等品质在沙多里斯、托马斯·萨德本、西门闹、余占鳌等人身上均有体现，这样的文学再现生动地说明了文学与生活之间的关系。但是，尽管福克纳和莫言笔下的家族开创者之间有着这么多相似之处，可是当我们透过两位作家纷繁的笔墨，仍然能看到福克纳笔下的家族创始人与莫言笔下的家族创始人之间的微妙差异。

（一）福克纳：家族创始人形象的原罪书写

在福克纳的笔下，家族创始人虽然打造了一份可观的家业、开创了一个子孙不少的家族，但是这些创始人给读者的印象却并不是那么令人钦佩。

《押沙龙，押沙龙》里的家族创始人托马斯·萨德本，本人始终没有在小说中以叙述者身份出现过，关于他开创家业的大作为和他后来的一些行为都是通过小说中故事的讲述者如罗莎·科德菲尔德小姐、康普生先生等人来呈现，透过两位叙述者的描述，大概可以推断出一条萨德本的发迹过程：他二十五岁左右来到杰弗生小镇，用不为人知的手段从印第安人那里获得了一块土地，这就是有名的"萨德本百里地"；然后又从不知道是哪个地方运来一车黑人和一位法国建造师，他带着黑人和法国建筑师费时两年在萨德本百里地建造起一座庞大且没有任何女性特征的房屋，接着萨德本成功地娶到杰弗生小镇上一位安分守己、名声清白的小商人科德菲尔德先生的女儿埃伦小姐，从此摆脱了小镇上人们关于他"来历不明"的猜测而变身为杰弗生小镇有头有脸的富有白人。这个发迹过程说明了萨德本具有一些值得称许的品质，如勇敢、执着、精明、能干，白手起家，一步一步地按照既定计划为自己开创出一个新的生活局面。但是，福克纳采用的多角度叙事，却通过两位叙述者各自营造的第一人称限知视角，在塑造家族创始人奋斗者形象的同时又向读者展示了另外的内容。罗莎小姐叙述中的萨德本是这样的："我看到那男人归来——他是邪恶的源泉和来由，害了那么多人却比他们都活得长久——他生了两个孩子，不但让他们相互残杀使自己绝了后，而且也让我们家绝了后。"① 而在康普生先生的叙述中，萨德本是这样的："的确，罗莎小姐判断得再准确不过了：他确实要的是在他的执照、许可证上有那洁白无瑕的妻子与无可指摘的丈人的两个名字，而不是什么来历不明的老婆和来历不明的孩子。"② 这两位叙述者讲述萨德本拿地、盖房、订婚等带有开创意义的作为时毫不客气地带上了他们对于萨德本的否定性评价，他们叙述语言的线条很清晰地勾勒出萨德本在开创家业之外的另外一副令人厌恶甚至招人憎恨的嘴脸：萨德本是一个自私、邪恶、冷酷无情、精于算计的人。这似乎在提供一个事实背景而为后面那个更加残酷的故事做铺垫：在来到杰弗生小镇之前，萨德本曾经与一位有着八分之一黑人血统的女子结合并生下了男孩邦，当发现这个女子具有黑人血统，萨德本无情地抛弃了这对母子。在杰弗生落脚后，萨德本娶了来历清白的白人女子埃伦并生下亨利和朱迪思，两个孩子长大后亨利把在外地上学时认识的邦带回家，朱迪思爱上了邦，甚至发展到谈婚论嫁的程度。萨德本发现邦就是以前他抛弃的那个具有黑人血统的儿子，遂告知亨利，亨利为了阻止朱迪思和邦结婚而在家门口杀掉了邦。亨利从此失踪杳无音信，而朱迪思固守在萨德本百里地空荡荡的大别墅，过着死人一般的孤寂生活。在这个故事中，萨德本不仅要开创一个富人家族，而且由于种族主义思想，他还要娶一个血统清白的白人女性为妻以便保证萨德本家族血统的清白，所以无情地抛弃了邦和他的母亲，这就为这个家族后来发生的不伦之恋埋下伏笔，也就是说家族悲剧的种子是早在萨德本还没到达杰弗生小镇、还没正式结婚之前就已经播种下了，而这个播种者就是萨德本本人。他无情地抛弃邦，是由他所接受的种族主义思想决定的，但通过罗莎小姐和康普生先生的叙述，读者也会发现，悲剧的发生也与

文学故乡的多维空间建构

---

① （美）威廉·福克纳:《押沙龙，押沙龙》，李文俊译，中央编译出版社 2014 年版，第 1 页。

② （美）威廉·福克纳:《押沙龙，押沙龙》，李文俊译，中央编译出版社 2014 年版，第 68 页。

他冷酷自私的本性不无联系，他开创了萨德本家族，可同时也在慢慢孕育这个家族的悲剧，命运的走向有时候看似偶然，其实暗含着某种必然。也正是在这一层意思里，萨德本是他自己的地狱。而罗莎小姐和康普生先生在讲述萨德本家族故事时那种带有明显的批判倾向的叙述语言，也就不仅是在叙述家族史，而且是在有所暗示，即向读者提示萨德本家族覆灭的原因其实应归咎于萨德本本人。在这个过程中，作者没有准备给萨德本安排一个机会让他讲述自己的故事，这个家族创始人始终存在于活着的人的话语中，而没有任何为自己辩驳的机会。这样的安排透露出作家的用意：作家要让家族创始人来背负家族覆灭的罪责。显然，《押沙龙，押沙龙》对家族创始人形象的书写是一种原罪式的塑造，这和莫言小说中的传奇化书写截然不同，福克纳从一开始书写家族创始人时就是一边表现创始人开创家族之伟绩，一边展示创始人的思想和品质中潜藏的问题和缺陷，将家族悲剧命运的原因埋伏在对家族创始人的形象塑造之中，由此造成的艺术效果就是读者并不为开创者的丰功伟绩而感叹，而是更快地深入到悲剧原因的追问之中。

《去吧，摩西》里面的麦卡斯林家族的创始人卡洛瑟斯·麦卡斯林和萨德本在小说里待遇一样，也是始终没有机会亲自讲述故事，他的故事都是通过子孙的讲述、家族圣经的记载和其他人的交谈呈现出来：老卡洛瑟斯凭着坚毅、凶猛、不服输的劲儿开创了家族事业，获得了土地和庄园，但是他令黑人女奴尤妮丝生下了自己的混血女儿托梅，后来又肆意占有了自己的亲生女儿托梅，导致托梅生下了托梅的图尔，在家族中赫然上演了一场乱伦丑剧。不仅如此，托梅的图尔婚后生下的三个有着麦卡斯林家族血统的混血孩子，竟也和托梅的图尔一样仍然是麦卡斯林家的奴隶。家族创始人老卡洛瑟斯开创家业的时候同时也犯下了必将导致家族毁灭的罪恶，后代还来不及追忆和感叹老卡洛瑟斯·麦卡斯林的开创之功，就已经在吞咽老卡洛瑟斯种下的苦果。托梅的图尔的三个孩子知道了自己的来历之后，一个失踪（詹姆斯），永远放弃了自己在这个家族中的身份和财产，一个（索凤西芭）跟着来自北方的黑人到北方过着极度贫困的生活；只有一个儿子路喀斯继承了老卡洛瑟斯的脾性和气质，以不服输的姿态留在了杰弗生，却也必须接受自己的老婆莫莉被白种人、老卡洛瑟斯的女儿一支的后代扎卡里·爱德蒙兹占有的厄运，即使年入老境还为血统里的麦卡斯林家族基因所左右、驱遣而陷入了一种精神错乱之中。老卡洛瑟斯的三个纯种白人孩子中，双胞胎儿子中的一个终身未婚，一个只留下了一个子嗣艾萨克，但是艾萨克终身未育，并在知晓了家族历史之后主动放弃了家产。卡洛瑟斯创下的家业最终被女婿一系爱德蒙兹家族霸占，最终女儿一系的洛斯与儿子一系的女儿再次发生乱伦，家族灭亡。

　　显然，正是卡洛瑟斯这位家族创始人亲手播下了家族衰落的悲剧种子，一面是开创家族事业的丰功伟绩，一面是毁灭家族的罪孽渊薮，一面是坚毅、果敢、凶猛与骄傲，一面是冷峻、粗暴、自私与无情，两个完全对立的人格就这样无缝隙地交织在这个人身上，此后的结果就是出走、乱伦、骨肉相残，与财富一起像一堆无从梳理的乱象同时散乱地堆积在家族一百多年的历史之中，啃啮着这个家族的每一个子孙后代的心灵与生活，他们的人生与快乐无缘，无论富裕与否。甚至带着同一个祖先血统的白人和黑人即使幼时可以亲密无间地生活，稍微懂事之后就要毫无预警地再次重复祖辈不断上演的种族性割裂，无论是源出同宗的血亲关系，还是幼时同吃同住建立而来的亲密无间，终有一天都必须接受种族主义大旗下的割裂，表面上家族是沿着某一个支系向下延伸完成血脉上的延续，可实际上在每一个相对的时间段铺沿而成的家族生活的横断面里，都充满着子孙之间的背弃和撕裂，就像小说所说的："他父辈的古老的诅咒降落到他头上来了"[1]，这古老的诅咒来自老卡洛瑟斯占有印第安人土地的一瞬间，也来自他占有亲生女儿的那一瞬间，并在老卡洛瑟斯的每一个子孙身上不断地释放出它可怕的魔力，子孙后代因此永远不得安宁。毫无疑问，在描写家族创始人的时候，福克纳

----

① （美）威廉·福克纳：《去吧，摩西》，李文俊译，上海译文出版社
2014年版，第93页。

采取的是一种原罪式的书写，既肯定他们创下丰功伟绩所依凭的坚毅性格和值得赞赏的能力，也毫不避讳他们犯下罪恶、埋下家族悲剧种子时所暴露的自私残暴本性和丑陋的种族主义思想。这是一种极富悲怆意味的写法，在这种原罪式书写里，赞扬与揭露同在，激赏与批判并存，折射出的不仅仅是福克纳对于祖辈的复杂心情，还有福克纳对于整个南方的复杂心态：他深爱这块土地，但同时也目睹着——数百年间这里不断上演一幕幕从无到有的开拓大戏的同时也伴生着以背叛、残杀、乱伦、霸凌、侮辱为主题的各种罪恶插曲，对这块土地到底是该爱还是该恨？福克纳自己也无法回答无法理清，他对于家族创始人的原罪式书写倒是清晰地映照出他这种爱与恨与无奈交织一体的复杂心情。而且，这种追责历史式的写法甚至不仅仅是源于对于南方的爱恨交织情感，更是源于一种对人之复杂性、多面性的思索，"他为了探索人的隐私而努力再现过去"[①]。

（二）莫言：家族创始人形象的传奇化书写

同样是描写家族的开创者，莫言走的是另一种路数。在描写家族创始人的时候，除了突出他们的勇敢、坚韧、强悍、果敢之外，莫言还花了很多笔墨去写这些家族创始人在某方面的特殊技能，比如在高密东北乡，余占鳌是抬轿打棺的一把好手，在单家酒庄里仅仅干了两个多月，就练得一手酿酒好活儿，余占鳌不仅能以出甑时做出的"干净利索的活儿，使全体伙计和罗汉大爷从心里佩服"[②]，还能在酿酒工艺上搞技术革新；为报辱妻之仇，余占鳌用几个月时间悄悄地练成了"七点梅花枪"的好枪法。这些小细节描写把余占鳌的聪慧能干直接表现了出来。莫言笔下其他的家族创始人身上也有这样类似的聪慧能干，比如《生死疲劳》中西门闹活着时是一个勤劳、聪明的地主，"靠劳动致富，用智慧发家"[③]，被洪泰岳处死之后得到了轮回的机会，虽然来到阳间时他的身体已经为驴为牛为猪

---

① （美）罗伯特·E.斯皮勒：《美国文学的周期》，王长荣译，上海外语教育出版社1990年版，第233页。
② 莫言：《红高粱家族》，上海文艺出版社2012年版，第139页。
③ 莫言：《生死疲劳》，作家出版社2012年版，第4页。

为狗，可是作为动物的西门闹也还是身形矫健、聪颖敏捷、力大无比，在一群家畜中格外出众。在《秋水》中高密东北乡的开拓者"我爷爷"和"我奶奶"，"男的黑，魁梧，女的白，标致"①，他们在高密东北乡置农具搭窝棚，开荒捕鱼，硬是在这个"方圆数十里，一片大涝洼，荒草没膝，水汪子相连"②、人迹罕至的蛮荒之地顽强地定居了下来，虽然"我爷爷"自嘲"没绝活"，可是黑衣人的嘴巴却暗示了高密东北乡的开拓者"我爷爷"也是身怀绝活："没有绝活，你何必在这莽荡草洼里混世。"③

　　这几位家族创始人身上共有的特点并非简单的偶然与巧合，因为《丰乳肥臀》里的家族创始人上官吕氏即使是位女性，也如余占鳌、西门闹一样怀揣高超技艺。上官家族是从上官吕氏写起的，上官福禄和上官寿喜父子俩虽然都是铁匠，打铁、农活全不在行，这个家全靠了上官吕氏打铁的好手艺和勤俭持家的品质才得以发家，所以上官吕氏是真正的家长、真正的家族创始人。上官吕氏虽然是一介女流，但她膀大腰圆，颇有力量，在这个铁匠家庭，她竟是"打铁的权威"，在东北乡观看上官吕氏打铁成为"村中一个保留节目"：

　　　　上官吕氏，一见白亮的铁，就像大烟鬼刚过足烟瘾一样，精神抖擞，脸发红，眼发亮，往手心里啐几口唾沫，攥住颤悠悠的锤把儿，悠起大铁锤，砸在白色的铁上，声音沉闷，感觉这像砸在橡皮泥上一样。咕咕咚咚地，身体大起大落，气盖山河的架势，是力量与钢铁的较量，女人跟男人的较量，那铁在她的大锤打击下像面条一样变化着，扁了，薄了，青了，纯了，渐渐地成形了。④

---

① 莫言：《白狗秋千架》，上海文艺出版社 2012 年版，第 187 页。
② 莫言：《白狗秋千架》，上海文艺出版社 2012 年版，第 186 页。
③ 莫言：《白狗秋千架》，上海文艺出版社 2012 年版，第 197 页。
④ 莫言：《丰乳肥臀》，作家出版社 2012 年版，第 588 页。

这段精彩的打铁场面把上官吕氏精湛的打铁技术和胜过男人的力量表现得淋漓尽致，虽然她是个女人，但是她打出来的农具都是上乘的铁器："凡是印上了上官家徽章的铁器，如有非正常磨损的损坏，一律包修包换。上官家最著名的产品是镰刀，号称'上官镰'。上官镰乍一看很是笨重，但钢火特好，刃子不卷不崩。刚磨好的'上官镰'可以用来剃头。"[①]这样高质量的活儿都是上官吕氏做出来的，小说里上官吕氏虽然常常虐待那个生不出儿子的儿媳上官鲁氏，但是在写到她的打铁技术的时候莫言却满是溢美之词，足可见作者对上官吕氏好手艺的赞美。

同样是坚毅、勇猛、果敢之人，福克纳笔下的家族创始人无论是托马斯·萨德本、卡洛瑟斯·麦卡斯林，还是约翰·沙多里斯，他们身上并没有像余占鳌等人那样拥有非同一般的技术和绝活，尤其是那些需要动手的农活，福克纳几乎没有提及过。正是在这个地方，我们看到莫言与福克纳之间的一个微妙的区别。

那么，为什么莫言笔下的家族创始人却都具有一定的高超技艺或者绝活呢？文学上的影像，第一次出现是偶然，第二次出现或许还是巧合，第三次、第四次出现那就肯定是别有深意。当莫言笔下的家族创始人们无一例外地都拥有这样那样的过人技术、绝活或手艺的时候，那必然是莫言有意为之。当然，我们可以从莫言的家世里找到原因，比如莫言的爷爷就是当地农活做得很好的有名的农民老把式，"干农活是很能干、非常厉害的，无论是推，还是割，所有农村的技术活，他都干得非常好，非常出色，尤其是割麦子"[②]。由此，或许可以解释为莫言不过是按照爷爷这个原型的样子来塑造家族创始人，所以才会赋予他笔下的家族创始人以技术、绝活这样的过人之处。但是，倘若说余占鳌身上有莫言老爷爷的影子，甚至说西门闹和《秋水》里"我爷爷"身上有莫言的爷爷的影子，这都是可以的，但是上官吕氏的原型呢？显然这个原型并不来自莫言的

① 莫言：《丰乳肥臀》，作家出版社 2012 年版，第 588 页。
② 莫言：《碎语文学》，作家出版社 2012 年版，第 61 页。

爷爷。所以原型说并不能涵盖全部原因。

莫言生活在几千年来始终依存土地的乡土中国，土地是最丰富、最悠久的生产资料，而这里的人们又长期处于机械工业尚未出现的前工业时代，在没有机械化工具帮助的乡土社会里乡村经济的支柱除了土地之外就是人力，这个"人力"包含着两个向度的内容，其中的一个重要向度是人力资源的数量："农作活动是富于季候性的。在农忙时节，在很短的时间中，必须做完某项工作，不能提早，也不能延迟。若是要保证在农忙时节不缺乏劳力，在每一个区域之内，必须储备着大量人口。"[1]男人和女人体能上的差异决定了男人是更能胜任农作活动的成熟劳力，这是乡土社会更注重男人的根本原因。正是基于农业劳动需要依靠男人这样的现实要求，所以男人也成为家族血脉能否延续下去的关键因素，由此生发出只有男人才能延续家族血脉的社会观念。这当然也决定了乡土社会重男轻女的生育意愿，生孩子都希望能生儿子，所以我们看到上官吕氏一直逼儿媳妇上官鲁氏生出一个儿子以继承家业，不仅如此，连受到重男轻女的生育观念迫害的上官鲁氏本人也渴望生出一个儿子，当她真的生下儿子之后，她欣喜若狂，之后的日子里也一直宠溺着这个独苗儿子。同样的生育意愿在莫言诸多作品都有呈现，比如《秋水》里大水围困之时，"我爷爷"面对正难产的老婆，他更关心的是"你能给我生个儿子吗？"[2]但是，当人力资源数量有限的时候，就需要开发出"人力"的第二个向度了，那就是人的技术。倘若一个人在做农活方面是一把好手，这个人就可以当两个人用，这在一定程度上能够弥补人力资源数量上的不足。在这个方面中国农村与美国农村有着明显的差别，费正清早就发现中国农村与美国农村之间的这种区别，他指出美国农村是粗放耕作，而中国农民们——"他被迫依靠他自己一家的劳动力，被迫依靠手工式的精耕

文学故乡的多维空间建构

① 费孝通：《乡土中国 生育制度 乡土重建》，商务印书馆 2011 年版，第 342 页。

② 莫言：《白狗秋千架》，上海文艺出版社 2012 年版，第 189 页。

细作的园艺方法来养活他们。"① 对于"手工式的精耕细作的园艺方法"的依赖与关注形成了乡土社会对于技艺和绝活的追求，乡土社会也因此形成了一套关于人的相应的评价标准，就是看这个人能干与否，就像莫言在谈到农村劳动时所说："农民也有自己的敬业精神……割一手好麦子，刨一手好地，他自己也很骄傲，而且也能赢得周围老百姓的尊重，瞧人家干活像模像样的，干什么是什么。"② 莫言的爷爷就曾以漂亮的割麦子手艺在与外乡人的暗暗较量中成功取胜，几乎每一次比赛他都是第一名，所以他"这种劳动模范，在农村是很受尊重的"③。而那些庄稼活干不好的农民在农村"是很耻辱的"，是要受到鄙视的，莫言对此有亲身体验："我四叔当队长，我说我要割麦子，割得特别慢，麦茬子也留得特别高，而后生产队的会计就不让我干了，说你割的什么麦子，是搞破坏。我四叔就叫我不要割了，到后面去捡麦穗。"④ 其实并不局限于做农活，在生活的其他方面，只要是有着特别高超的技术、过人的手艺，均可博得人们的敬佩，这成为乡土社会一份区别于城市社会的、特别的人物品鉴标准。在农村生活了二十年的莫言无疑是乡村这套人物品鉴标准的亲历者，多年的农村生活经历已经将这套评价标准嵌入莫言的思想中，成为他的一种自觉意识，他会以此为标准来品评他的亲人和邻里故旧，也会以此来淘取他记忆中的故人旧事，所以在很多访谈和散文里，莫言在谈到某一位他印象深刻的亲人故旧的时候，大多会无意中就提到这位亲人故旧的出众之处，像他曾多次讲到他爷爷善于割麦子，还会一手好木活，是个心灵手巧的木匠，等等。当这种集体无意识投射到具体的文学创作时，便很快转化为莫言对于家族创始人形象的想象和期待——莫言笔下的家族创始人无一不是身怀绝活、技艺超群。莫言这位农民之子，深深地浸透在乡土中国

① （美）费正清：《美国与中国》，孙瑞芹等译，商务印书馆1971年版，第25页。
② 莫言：《碎语文学》，作家出版社2012年版，第65页。
③ 莫言：《碎语文学》，作家出版社2012年版，第65页。
④ 莫言：《碎语文学》，作家出版社2012年版，第98页。

的土地及其生成的文化之中，他对于家族创始人的形象塑造清晰地映照出他的中国乡土本色，也将其与书写美国乡村家族的福克纳完全地区别开来，自然这也就凸显出了属于他自己的特色。

莫言对于家族创始人形象的想象和期待是莫言乡土生活记忆的结晶，却在客观上产生了特别的艺术效果。无论是余占鳌、九儿、西门闹还是上官吕氏，他们所拥有的那些过人的本事和技艺，赋予他们耀眼的传奇色彩。余占鳌凭着七点梅花枪的枪法和智慧，孤胆入匪窝一锅端掉连官府都望尘莫及的花脖子一众土匪，这真是精彩的传奇！还有上官吕氏打铁成为乡亲们的固定节目、西门闹以其矫健身姿劈杀两匹狼的故事，这些描写无一不是传奇，令人惊叹不已。其实在中国文学中，传奇早已渐渐地从唐代的一种文学样式发展成为明清以后中国小说中的一种叙事手法、叙事艺术，即在叙事过程对某些平淡的现实情节给予极致化、神奇化、艺术化的文学处理而使之更富有特殊的艺术韵味。从这个角度来看，莫言刻画他笔下的家族创始人时采用的正是中国文学中传奇化书写的路数，这不由得令人想起他自己的一段话："历史在某种意义上就是一堆传奇故事。历史上的人物、事件在民间口头流传的过程，实际上就是一个传奇化的过程。"[1]按照莫言的说法，家族史也应该是"一堆传奇故事"，既然如此，这"一堆传奇故事"自然理应有一个传奇化的开端，所以家族创始人的传奇化塑造所承担的就不仅仅是对一个具体个人的塑造，还承担有对于一个传奇化的家族史的唤醒功能和提示功能，这个家族创始人所蕴含的叙事功能实在是太丰富了！

令人感慨的是，无论是余占鳌的七点梅花枪的枪法，还是西门闹为驴为猪时的矫健身手，还是"我爷爷"深藏的绝活，抑或是上官吕氏的打铁手艺，这些都不是先天拥有的，而是后天练就的，是用无数个流着汗水的日子苦练出来的过人技艺。这似乎在暗

① 莫言：《我的故乡与我的小说》，孔范今、施战军主编，《莫言研究资料》，山东文艺出版社 2006 年版，第 27 页。

示人们，家族创始人并不是因为生了几个孩子留下了一条血脉就可以担任这个角色的，他必须要有坚毅、顽强的性格，并在生活中用他的坚毅和顽强来开辟一条生路，而且坚毅和顽强并不是纸上谈兵的虚幻之物，坚毅和顽强的具体表现就是练就过人的本领、高超的技艺，这样才可能真正开创一个家族，这大概就是莫言心中的"平民英雄"吧。当然也恰恰是在这个角度上，家族创始人用他们的技艺和绝活在家族史上确立了一个很高的起点，后代很难用一段缺乏磨炼、平淡无奇的人生来回应这样高端的起点，自然也难以谈到超越祖先，因此仅仅是家族血脉开始的地方，莫言就如预言者一般预先布下了一个注定要变现的谶语，而他后来要推出"人种退化"的结论似乎也就因此水到渠成。在这个地方，读者完全可以感受到莫言对他笔下的这些家族创始人的某种偏爱——他对他们少有批评，多是赞扬溢美。这一点让人想起中国传统文化中的祖先崇拜思想。"古人认为，人的自身及所有的一切，都衍自祖先一人之身，就如上天造成了万物一样，没有祖先最初的繁衍生息，就不会有眼前的儿孙满堂；没有祖先当年的开辟基业，也就没有现在子孙的安享福利。生命、生活都是祖先给的。"[1] 所以在中国传统文化中一直有祖先崇拜思想，尤其是在中国北方，农业文明下人们对于富有开拓精神、能在恶劣环境下开山劈水生存下来的祖先往往充满着崇拜之情，而莫言对于家族创始人的赞美和钦佩显然带着中国传统文化中祖先崇拜思想的影子。

一个传奇的开端，却迎来一个平淡无奇乃至没落的结局，这个家族的命运无疑要引发读者的思考，而这或许正是作家要达到的目的吧。

如此看来，虽然都是写家族创始人，莫言的传奇化书写与福克纳的原罪式书写可谓天差地别。尽管莫言承认自己受到福克纳的影响，但是至少在这个小的艺术角落里，我们并没有看到莫言受到福克纳影响的痕迹，倒是看到更多的莫言所携带的乡土印迹。剔除两

---

① 冯尔康、阎爱民：《中国宗族》，广东人民出版社 1996 年版，第 3 页。

位作家所面对的祖先原型完全不同这个原因之外，还有一个文化基因的问题，而这或许是最深层最本质的不同。莫言生活在一个靠手工生活的乡土社会里，农活水平和做工的技艺、手艺决定了人们的生活水平进而也影响了乡土社会文化的审美内容，崇尚高超技艺和绝活当之无愧成为乡土文化的审美内容，将技艺和绝活传奇化也自然形成人们的一种审美追求。（从某种意义上来说，也是生活孕育了人们的审美内容和审美追求。）生长于斯的莫言继承了乡土中国的文化审美追求，也必然在他的文学书写中流露他的文化底蕴，就像他的皮肤必然呈现为中国人的黄色皮肤一样，他的家族创始人书写也自然地走向传奇化书写。福克纳生活的美国南方社会，渗透着深厚的基督教文化，基督教文化里的原罪思想也成为美国南方社会文化的一个主要内容，甚至影响着人们的思维方式，西方人偏重理性批判性思维就与此有着深刻的联系，福克纳无疑会受到这种原罪思想和相应的批判性思维方式的熏染，所以他的家族创始人书写采用原罪式书写，也是他接受南方文化浸染的结果。在家族创始人书写方面莫言与福克纳所表现出来的这种微妙的不同折射出两种文化之间的巨大区别。

二、家族女性形象

文学故乡的历史空间里那些闯荡天下、开疆拓土的家族创始人的身影总是引人注目的，家族里的男性形象因为创始人们的表现和存在而获得历史空间里耀眼的坐标。然而，以家族历史为基础的文学故乡历史空间里不可能只有男性，因为家族的繁衍乃至家族历史空间的延伸必须依赖于女性来实现，所以女性形象是创作家族小说的作家们无法回避的文学形象，擅长写家族小说的福克纳和莫言都以娴熟的笔法塑造了家族中的女性，分别在约克纳帕塔法县和高密东北乡的历史空间里为她们留下了生动的文学影像。

（一）慈爱女性形象

福克纳家族小说中，女性形象塑造大致可以分为两类，一类是富白人家庭里的白人女性形象，一类是富白人家庭里的黑人佣妇形象。其中黑人佣妇形象应该是福克纳寄托情感最多的一类女性形象——她们是大家族里为白人主人辛苦操劳的黑人女性，虽然身为奴隶，但是她们却让人感到温暖，比如《喧哗与骚动》里的迪尔西、《去吧，摩西》里的莫莉、《没有被征服的》里的路维利亚，这些黑人大妈都是身体健壮、心地善良、吃苦耐劳、坚韧博爱的女性，她们毫无保留地爱着家里的每一个人，包括她们抚育着的白人孩子，她们将博大、宽厚的母爱施与身边的每一个人，《去吧，摩西》里的莫莉、《喧哗与骚动》里的迪尔西就是这类女性的典型。此外，对待自己的白人主人她们非常忠诚，不管世事如何变迁，她们始终守候着白人主人。《没有被征服的》里南北战争期间，黑人受到北方军的鼓动纷纷离开白人主人，成群结队地离开南方前往北方生活，但是路维利亚不为所动，她坚持守护着巴耶德·沙多里斯和他的外婆罗莎小姐，哪怕是后来巴耶德和他外婆为避战乱离开庄园，路维利亚还是依然坚守在庄园里。有时候她们身上表现出来的忍辱负重的品质也令人惊讶，即使受到侮辱和损害，她们也能沉默地忍受和接受不好的命运。《去吧，摩西》里莫莉大婶被丈夫路喀斯的白人亲戚扎卡里·爱德蒙兹占有，她平静地接受这一遭遇，并且还将扎卡里的失去母亲的幼儿洛斯·爱德蒙兹视若己出、精心抚养着，直到把洛斯·爱德蒙兹养育成人后又自觉地将他当作自己的主人那样去听从他的命令。福克纳几乎是将这些黑人佣妇们当作圣母一样去塑造，只不过她们是黑人女性，且处在奴隶地位。这些黑人女性和她们的白种女主人一样也经历着时代的变迁，也目睹了一个家族的由盛而衰，但是她们并没有像贵族家庭的白人女性那样被下沉的历史旋涡带入到死寂的境地，相反她们倒是在大时代的变迁中以不变的忠诚、善良和宽厚来沉着应对险境和厄运的降临，倒像是屹立于时代洪流之中的一块平稳而坚强的巨石，始终如一地为自己的主人和家人围挡起一块生存绿地。这类黑人女性的原型来自福克纳家里的黑人佣妇卡罗琳·巴尔奶妈："她绝对忠诚，威严，保护男孩子们，坚持他们的道德修养；但有自己的独立性格，做事方式顽固而不可改变……她是个奴隶，没文化，剽悍，有尊严。"①
福克纳是在卡罗琳奶妈的庇护和抚育下长大的，"至少对福克纳来说，
她在许多方面变成了另一个母亲，她不简单是南方无数家庭里常见的
那种奶妈，而是把自己的生命贯穿整个福克纳家族生活中的一个女
人"②。福克纳显然是照着卡罗琳奶妈的样子塑造了那些白人家庭里
忠诚的黑人佣妇，这类形象里寄托着福克纳对于卡罗琳奶妈的赞美
和怀念，后来在《去吧，摩西》出版时，福克纳专门在扉页上注明
这本书"献给大妈卡罗琳·巴尔"，并题词："她生为奴隶，但对我的
家庭忠心耿耿，慷慨大方，从不计较报酬，并在我的童年时代给予
我不可估量的深情与热爱。"可见福克纳对于巴尔奶妈的款款深情。

　　巴尔奶妈这样宽厚、善良、忠诚的女性满足了男性对于母性的
期待，因而得到了福克纳的莫大赞美，事实上，不独福克纳，对于
众多作家来说，母性始终都是被赞美被歌颂的，几乎没有意外。莫
言小说里也通过类似女性形象的塑造表达了对于母性的极大赞美。
《丰乳肥臀》里上官鲁氏忍辱负重、历尽艰难、含辛茹苦养育了
自己的九个子女，还把女儿们的孩子们也默默地接手过来养大成
人，她用自己的一生诠释了母性的全部内涵，展示了母爱的质朴与
深厚。莫言是带着对自己去世的母亲的深深怀念来塑造上官鲁氏
的，这一点莫言与福克纳非常相似，这再次说明母爱是文学永恒的
话题、永恒的赞美对象。在文章《〈丰乳肥臀〉解》里，莫言深情
回顾了母亲悲苦、辛劳、忍辱负重的一生和母亲留在自己记忆里的
那些充满着善良、正直、慈爱意味的生活细节、场景，莫言说："我
决定不写那种零打碎敲的小文章分散和稀释我的感情，我决定写一
篇大文章献给母亲，写一部长篇小说告慰母亲在天之灵。"③莫言带

---

①　（美）弗莱德里克·R.卡尔：《福克纳传》（上），陈永国等译，商务
　　印书馆2007年版，第59页。

②　（美）弗莱德里克·R.卡尔：《福克纳传》（上），陈永国等译，商务
　　印书馆2007年版，第60页。

③　莫言：《〈丰乳肥臀〉解》，孔范今、施战军主编，《莫言研究资料》，
　　山东文艺出版社2006年版，第34页。

着对母亲的挚爱与怀念写出了《丰乳肥臀》这部献给母亲的书。虽然小说的内涵已经远远超过赞美母爱这一主题，但是上官鲁氏形象的特质倒确实汲取了莫言母亲坚韧、善良、慈爱、正直等诸多美好品质，成为一个永存于中国文学长河里散发着母性光辉的伟大形象。

福克纳和莫言的家族小说里都出现了善良、质朴、宽厚、独具母性光芒的女性形象，每一个家族里总有一个具有牺牲精神的女性在默默地支撑着，这充分说明了怀着母性仁爱精神的女性对于家族的不可或缺的作用，同时也显示了母亲形象在家族小说中不可忽略的文学意义。这两位作家所写的慈母型女性形象有个共同点，即她们身上都有一种超越外在文化的伟大母性，即她们付出、施予的母爱不接受任何政治、种族、阶层等外在文化理念的规约与束缚，《去吧，摩西》里的莫莉大婶不理会丈夫的抗议和白眼，也不在意种族主义社会下黑人受到的歧视待遇，坚持抚养白人主人扎卡里·爱德蒙兹的一出生就失去母亲的孩子洛斯，即使扎卡里曾经将莫莉视为财产一般地肆意占有她，即便扎卡里也没有命令她抚养，她都没有放弃失去了母亲的洛斯。《丰乳肥臀》里上官鲁氏替她的女儿们养育孩子，不管这个孩子的父亲是地主、土匪头子，还是共产党，也不管这个孩子是否与她有血缘关系，她都一视同仁全力抚养。在这两部出自不同时代、来自不同文化区域的文学名著里，两个处境完全不同的女性做出了同样的选择，她们都将养育孩子视作是母亲的天职，甚至是牺牲自己的安逸也要将孩子抚养成人，她们无视任何来自种族、政治、阶层的规约，也无视血缘的隔膜，只是按照她们的天性去抚养孩子，孩子牵动着她们的喜怒哀乐，她们天性中那温柔的母性释放需求也在抚养孩子的过程中得到满足。但是长期以来这样的母亲形象塑造常常为女性主义者所诟病，女性主义者认为贤妻良母型女性形象是"根据男性利益原则而不是女性自身的利益原则来建构的"①，而文学中这样的女性形象建构反过来又会

① 李玲:《想象女性：男权视角下的女性人物及其命运》，傅光明主编，《女性的心灵地图》，新世纪出版社 2005 年版，第 65 页。

对社会上的女性形成一种引导，从而在现实中按照男性所需要的样子来规范、塑造女性。这种观点有一定的道理，但在铺陈其论述逻辑的时候却对女性自身的生理逻辑有所忽略，即忽视了女性作为雌性动物所独有的母性天性，而这种天性如同其他天性一样也需要释放，所以一见到幼小的孩子女性就想去照顾他（她），一见到处境可怜的人们，女性就会萌生帮助他（她）的自然念头，这些都是母性的自然反应。莫莉大婶和上官鲁氏超越政治、种族、阶层的母爱恰恰是向自己母性的回归，福克纳和莫言正是准确地捕捉到两位女性绽放出的母性光芒，才令这两个形象更具有感染人心的深沉力量。

　　然而，福克纳和莫言笔下的慈母型女性形象并不完全相同。两位作家笔下的慈母型女性都自觉地服膺于自己的文化传统，比如路维利亚、迪尔西大妈和莫莉大婶都自觉地接受自己的黑奴地位，再比如鲁璇儿嫁入上官家之后，因没生出儿子而受到上官家虐待，但她始终没有萌生过离开婆家、拒绝成为生育机器的念头。这说明她们虽然是文化传统某些负面内容的受害人，但同时她们本人已汇入传统，并成为传统的一部分。但是，鲁璇儿不同于一般的传统女性，她有坚强、泼辣的一面。当文化传统无情地戕害自己的时候，莫言笔下的上官鲁氏不再是默默忍受，而是寻找出路——为了生下儿子，上官鲁氏不断地找不同的男人借种以便生下一个儿子。这种行为严重违背封建社会的女子贞洁观，是对封建思想体系中女子三纲五常伦理规范的蔑视，然而上官鲁氏为了给自己、给已经出生的女儿们寻找一条活路，她不断到处借种，清楚地知道自己在做什么，并把这种行为视作是对上官家残忍暴虐行为的一种痛快的报复。她挑战曾经严密困缚着她思想意识的文化传统，也在挑战中树立起强烈的反抗意识，尽管她始终没有离开上官家，但是潜在的反抗已经在进行，并且不断升级，最终在上官吕氏试图加害八妹的时候，她奋起击杀吕氏，彻底地结束了上官家制造的人生噩梦。这种渐趋强烈的反抗意识和逐渐升级的反抗行为，让读者在黯淡、压抑、沉重的氛围里终于看到希望的火花，也恰恰是这一点难能可贵的反抗意识后来发展成对社会重压的不屈服和反抗，乃至对命运的不屈服和反抗。上官鲁氏的抗争与她的泼辣性格息息相关，后来"她的女儿们也继承了她的自行其是、刚烈、强悍的性格"①。然而，这样的反抗意识、反抗行为和泼辣性格在福克纳笔下的慈母型女性形象中是没有的，莫莉大婶即使被扎卡里·爱德蒙兹当作物品一样地霸占了半年之久，她也毫无怨言，她的任劳任怨里看不到一丁点对不公平命运的质疑和不满，这让人在感叹她的忍耐和坚韧之时不免会萌发一丝遗憾，毕竟，无原则、无尊严的忍辱负重是毫无价值、毫无意义的，因为此时人已经沦落为一件物品而不复为人了。

要说反抗，《去吧，摩西》中年老的莫莉大婶倒也曾有过一次反抗，不过这次反抗是向她的丈夫路喀斯宣战。路喀斯六十多岁了竟然还迷上了寻宝，整夜整夜地寻宝甚至耽误了种地，他还要把女儿的男朋友也拉进寻宝队伍中，莫莉大婶乃至全家的生活都因此陷入混乱，于是她向路喀斯提出离婚，不是分居而是真正的离婚，反抗的结果是路喀斯结束寻宝，生活回到原来的轨道中。然而，就莫莉大婶而言，这次反抗并没有改变她的生活状态，反而更加强化了莫莉大婶之前已经形成的形象特质。这与路喀斯寻宝这个别有意味的情节密切相关。路喀斯并不缺钱，银行里还存着艾萨克给他的三千美元，他还经常到麦卡斯林小铺里赊账拿东西，而且他也不准备还这笔账，所以他手头宽裕得很，但他还是执意带着金属探测器去寻宝，寻找这笔传说中麦卡斯林祖辈埋下的钱，甚至为此荒芜了土地，颇有几分精神错乱的感觉。于是，在不缺钱与疯狂寻宝之间就产生了一种令人诧异的不对称感，因为人的行为总得有一个动机，当这个理应支撑行为的动机其实是不成立的或者现状与行为之间无法形成一个自然的逻辑线条，那就会令人产生匪夷所思之感。既然不缺钱，那么对于路喀斯来说，如此疯狂寻找的未必是金银财宝。那他在寻找什么？小说很多地方借卡洛瑟斯·麦卡斯林的叙述

① 樊星：《写出中国普通女性的强悍民风——莫言小说中女性形象的文化意义》，《山东女子学院学报》，2015 年第 2 期。

视角提到，路喀斯虽然是麦卡斯林家族的奴隶，其实他身上流着老卡洛瑟斯四分之一血统，也就是说他是麦卡斯林家族的后裔，而且还是父系一脉的，从卡洛瑟斯·麦卡斯林的角度来看，路喀斯身上遗传老卡洛瑟斯的脾气、性格、个性最多，他"继承了如今又以无比惊人的忠实性复制了老祖宗整整一代人的面貌和思想"，"他比我们所有人加在一起，包括老卡洛瑟斯在内，都更像老卡洛瑟斯"[①]。但是，因为路喀斯的奶奶是黑人，路喀斯的父亲和路喀斯这一代几个孙子都不被承认是麦卡斯林家的后裔，不仅他们的身份不被认可，甚至因为路喀斯的奶奶是黑奴，所以路喀斯也必须继承他祖母、父亲的黑奴身份而继续成为麦卡斯林家族的奴隶。路喀斯的哥哥詹姆斯和姐姐索凤西芭都相继离开了这个令他们尴尬、痛苦的地方，只有路喀斯留了下来。但是留下的显然要接受黑奴的命运，这不仅仅是给麦卡斯林家族干活，还包括路喀斯的老婆可以被麦卡斯林家族的白人继承人扎卡里·爱德蒙兹肆意霸占，路喀斯必须承受这样屈辱的生活。路喀斯曾经咬牙切齿要离开这个罪恶的地方，但最终还是留了下来，据此也可以想象路喀斯的生活不会有真正的改变，而只会延续先前那种无尊严的日子。但路喀斯在生活中刻意在称呼上来维护自己的尊严，比如从不像一个黑奴那样称呼"扎卡里先生"而是称"爱德蒙兹先生"，连洛斯·爱德蒙兹都注意到"路喀斯怎样完全避免用任何称呼叫白人，真可谓煞费心机，时刻警惕，手段又是那么高明与滴水不漏"[②]，从这些地方可以想见，路喀斯"一直努力维持一种男子汉和家长的尊严，我行我素"[③]，他在维护自我尊严方面可谓用尽了心思。作为一个已经获得自由并且不缺钱的人，他要寻找的，或许只是自己的血统，以及与血统紧密联系在一起的尊严、地位、家族承认、社会尊重和应享权利等，也就是

文学故乡的多维空间建构

---

① （美）威廉·福克纳：《去吧，摩西》，李文俊译，上海译文出版社2014年版，第99页。

② （美）威廉·福克纳：《去吧，摩西》，李文俊译，上海译文出版社2014年版，第96页。

③ 陶洁：《福克纳研究》，上海外语教育出版社2013年版，第255页。

作为一个被认可被尊重的人那样生活。血统问题的渊薮在祖先，那就是向祖先问询，但是祖先已经归入尘土，无从问询，于是就在这里，血统、祖先与传说中的那笔祖先埋下的财宝产生了某种难以言明的联系——路喀斯寻宝的行为其实可以理解为他在寻求作为一个人应该享有的尊严、地位、家族承认、社会尊重等等比金钱抽象但又比金钱重要得多的东西。路喀斯寻宝过程中近乎魔怔一样的疯狂，与他在日常生活中"煞费心机，时刻警惕，手段又是那么高明与滴水不漏"地避免称呼白人的做法本质上不都一样吗？其实都是源出一点，形式不同而已。从这点看来，路喀斯寻宝情节其实是一处极富象征意味的描写。

莫莉大婶一生从来逆来顺受，无论是对于主人还是对于丈夫，从未反抗过。然而在路喀斯寻宝这件事上她竟然提出离婚，仅仅因为路喀斯的行为打破了生活原有的状态，莫莉大婶倾尽全力不过是要纠正路喀斯的这个行为，要让他重新回到原有的生活轨道上来。如果我们承认路喀斯寻宝行为的象征意味的话，那就会发现，两人之间的重大差异：路喀斯在寻找一种真正摆脱了奴隶身份、有尊严、被承认、被尊重的生活，而莫莉大婶则是安于奴隶身份的被命令、被要求的生活状态，从她以自由之身、奶妈之功依然称呼洛斯为"老爷"的称谓选择上，就可得见她那种安于被奴役生活的思想意识是何等根深蒂固。这不能不让人感叹，莫莉大婶被南方种族主义文化毒害太深了！"在美国南方，种族问题跟性别问题有着千丝万缕的联系，两者都属于被压迫者，都受到歧视和欺凌。"[1]以莫莉大婶为代表的南方黑人佣妇，既是黑人，又是女人，她们是承载美国南方文化负面内容最多的那个群体，福克纳对莫莉大婶形象的塑造倒是非常符合美国南方文化对待黑女人的要求：要有博大的母爱（母性确实来自女人天性），要任劳任怨，要能接受白人主人施与的一切带有侮辱损害意味的行为，从不反抗，即使偶有反抗也是为了规范想改变奴隶生活状况的丈夫以让其服膺于现有的文化与社会

① 陶洁：《福克纳研究》，上海外语教育出版社 2013 年版，第 222 页。

莫言与当代中国文学创新经验研究

结构。

这或许是福克纳自己本人也没有意识到的，他只是如实地按照他所亲近的卡罗琳奶妈的样子来塑造这些言语不多、带着光和热的黑人女性，却在无意之中透露出美国南方文化中种族歧视与性别歧视交汇之后而形成的那一片浓重的黑暗，对于黑人女性来说，那是无论怎样也穿不透的黑夜。而这样的黑暗，在莫言的小说中已经被上官鲁氏用力撕破了一角，虽然不大，却还是能透显出一抹令人激动的光亮。

有一个不应忽视的现象，这就是两位作家笔下的慈母型女性形象都来自社会底层。两位作家如此一致的设计或许是因为他们参照的原型本就来自社会底层，福克纳笔下的莫莉大婶、迪尔西和路维利亚形象来自他家的黑人佣妇卡罗琳大妈，上官鲁氏的伟大母性则来自莫言的身为农民的母亲，原型来源的相似性决定了他们创作上的相似性。但是这同时也引出了一个问题：为什么在福克纳笔下的慈母型女性形象里没有白人妇女的身影？出身白人贵族家庭的福克纳，在现实生活中接触到不少白人女性，他自己的母亲就是一位非常欣赏她的长子的白人女性，但奇怪的是慈母型女性里却没有白人妇女形象。这或许间接反映出美国南方社会里的家庭结构，黑人佣妇承担了白人家庭里日常家务和照顾孩子饮食起居的繁重工作，而白人女性主要的工作是管理家庭事务。就福克纳而言，黑人佣妇卡罗琳"要严就严、要凶就凶，但富于感情的天性和表达爱情的本领，支撑了她近百年，使她安然度过深重的艰难困苦，也使她能予威廉以温存、爱和娱乐"[1]。福克纳的弟弟杰克一直记得卡罗琳奶妈："奶妈称我们是'我的白人朋友'，这是一个深情和充满敬意的称呼，就像我们称呼她一样。"[2]可见卡罗琳奶妈和福克纳一家人的相处和谐融洽。而福克纳的母亲莫德虽然也非常关注爱护长子威廉，

① （美）戴维·明特：《骚动的一生——福克纳传》，顾连理译，知识出版社1994年版，第15页。

② （美）弗莱德里克·R.卡尔：《福克纳传》（上），陈永国等译，商务印书馆2007年版，第57页。

285

但是她对于自己那位没什么出息的丈夫的强烈不满却深深地影响到儿子："母亲使他完全明白父亲的软弱，又强迫他在那种软弱和她的坚强之间作出选择。因此，在他母亲身上，他看到了过分的坚强。"[①]显然，在福克纳的童年生活中，黑人佣妇扮演的是慈母角色，亲生母亲扮演的反倒是类似于导师之类的角色，尽管福克纳很爱他的母亲，可是这也改变不了两位女性在他生命中已经错位的角色安排，所以出现在他的小说里的慈母型女性总是皮肤黝黑的佣妇，她们卑微却忠诚，是黯淡、阴冷、没落的白人家族里一缕温暖的阳光，用朴实深厚的情意给没落家庭中寂寞的孩子们源源不断地输送着呵护与温情。

（二）坚强女性形象

中外文化在两性问题上的观点大体上是一致的，即人们普遍都认为男性刚强女性柔弱，男性主外女性主内，男性是家庭的顶梁柱，女性是家庭的坚实土地。在这个问题上，福克纳和莫言的认识基本一致。然而，当作为顶梁柱的男性或离开、或死去、或放弃责任之后，家庭中的女性通常就要独自直面生存问题、儿女的抚育问题乃至于整个家庭的存续问题，这是命运向女性抛出的难题，是生活给女性提出的巨大挑战。福克纳和莫言两位作家不约而同地将女性置于这种特殊情境中，让女性独自面对家庭、人生中的艰难困境，比如《没有被征服的》里的罗莎·米勒德小姐（巴耶德的外婆）、德鲁西拉小姐，《押沙龙，押沙龙》里的朱迪思小姐，《八月之光》里的乔安娜小姐等，而在莫言小说里这样的女性形象更多，比如《红高粱家族》里的九儿、《丰乳肥臀》里的上官鲁氏、《生死疲劳》里的迎春、《遥远的亲人》里的八婶、《野骡子》里的"我娘"等，这些女性的生活都曾因各种原因而出现巨大变动、波折、动荡，但她们都坚强地挺了过来，表现出女性坚毅、刚强、韧性的一面，她们汇聚成两位作家笔下的坚强女性形象群体。

---

① （美）戴维·明特：《骚动的一生——福克纳传》，顾连理译，知识出版社1994年版，第21页。

然而，虽然福克纳和莫言都描写坚强女性身上闪现的优秀品质，但是两位作家笔下的坚强女性形象还是有着一些微妙的不同。《没有被征服的》里巴耶德的外婆罗莎·米勒德小姐，当女婿约翰·沙多里斯带着自建的部队与北方军作战的时候，罗莎小姐承担起护佑这个家庭的重任，而且她还想办法从北方军那里弄来金钱去贴补那些穷白人和留在南方因为失去了白人主人而贫困的黑人们，使他们度过了战争期间的艰难时日，这是一个有勇气、能担当、独立的白人淑女，是南方淑女形象里极为少见的一类，"是美国南方通俗小说中常常歌颂的'邦联妇女'式人物，她们属于南方贵族阶层的妇女，既是'家里的天使'又是危难时刻的'家庭支柱'"①。在这位女性身上有福克纳的外婆勒丽亚·巴特勒和母亲莫德的影子。乔安娜的父兄都去世之后，乔安娜并没有离开南方，而是继续留在南方坚持开展她父兄们的解放黑人事业；德鲁西拉则干脆做起了男人做的事情，穿男人衣服、骑马、打仗；朱迪思小姐则承担起养家的职责。这几位坚强的女性在男人缺席家庭的时候，她们干起了男人的活儿：做生意、为黑人奔波、骑马打仗、养家，她们像男人一样撑起了男人缺席的家，让家庭继续正常运转。我们看到，这些女性的坚强里带着典型的男性元素，德鲁西拉穿上了男人的衣服，她的女性特征被掩盖了，乔安娜在衣着上非常不在意，经常"穿着那件整洁宽大的印花便服，这种家用衣服她多得不可胜数"②。不仅乔安娜的女性特征被掩盖了，而且她的女性心理也被深深地掩藏了起来——她有了"双重性"：一个是女人，而"另一个则具有男人的体肤，从遗传和环境中形成的男性思索习惯"，而且当她的情人克里斯默斯与她在一起的时候，甚至感觉"她既没有女性的犹豫徘徊，也没有女性终于委身于人的忸怩羞态。仿佛他是在同另一个男人肉搏抗争，为着一件对双方都不具有实际价值的东西，而他们只是按

---

① 陶洁：《福克纳研究》，上海外语教育出版社 2013 年版，第 227 页。
② （美）威廉·福克纳：《八月之光》，蓝仁哲译，译林出版社 2015 年版，第 163 页。

原则进行搏斗而已"①。显然，乔安娜是特意用模糊性别的外在衣着、男性化的行为方式、生活方式来进行自我强化，至少要在外在形式上通过将生活男性化来给自己传递一种坚强感。

莫言小说中撑起家庭的坚强女性形象也不少，而且成为一个形象系列。比如《红高粱家族》里的九儿、《丰乳肥臀》里的上官鲁氏、《野骡子》里的"我娘"、《祖母的门牙》里的"我母亲"、《冰雪美人》里的孟喜喜的母亲、《老枪》里的大锁妈、《遥远的亲人》里的八婶、《姑妈的宝刀》里的孙家姑妈等，这些女性都是在男人缺席（或者缺位）的家庭里独力支撑着一个家庭，表现出令人钦佩的勇气、坚韧和刚强。值得注意的是，这些女性虽然也身处困境、厄境，但是她们并不像福克纳笔下的坚强女性那样有意无意间弱化自己的女性特征以强化自己的坚强感，而是以女性应有的样子和姿态来承受生活的磨难。单家父子遇难后，九儿安排伙计们把家里重新收拾得干干净净，还以奇思妙想剪出背上生出红梅花的梅花小鹿，表现出女性的细腻与巧思；《丰乳肥臀》里上官鲁氏在精心哺育着几个孩子之余，还忙里偷闲去与情人马洛亚牧师见面；《遥远的亲人》里八婶虽然守了一辈子活寡，独自抚养孩子，在承受了生活几十年的重压之后，"虽然苍老了但依然清清爽爽的"②。粗粝的生活磨蚀了她们的容颜、染白了她们的青丝，却不能剥夺她们内心中作为女性的柔软细腻，对美的追求和纯情、温情，她们没有乔安娜那样的"双重性"，也不像德鲁西拉那样穿上男人的衣服走向男性化，而是依然以女性之躯，女性之特有的细腻、善良和母性来承受灾难和打击。与乔安娜和德鲁西拉相比，她们的坚强不是靠外在形式上的男性化或"双重性"来支撑，而是来自她们内心中的坚强，来自她们从女性特有的柔弱中转化而来的韧性、耐性和抗击打性。

福克纳笔下的坚强女性在外在力量的施压下很容易放下坚强，比如乔安娜在克里斯默斯的面前放下了她的矜持、冷漠和坚强，变

莫言与当代中国文学创新经验研究

---

① （美）威廉·福克纳：《八月之光》，蓝仁哲译，译林出版社2015年版，第165页。

② 莫言：《白狗秋千架》，上海文艺出版社2012年版，第396页。

得像小女人那样多疑猜忌，甚至争风吃醋；德鲁西拉在姨妈等人的坚持游说下终于答应与沙多里斯成婚。莫言笔下的上官鲁氏却是哪怕讨饭、重病、被侵害、被责罚，她都坚持抚育几个孩子，她以宠辱不惊的姿态面对变幻莫测的政治形势，抱定自己的母性情怀毫不动摇，当坚强已经内化为女性的性格，她的反抗和坚持很难在外在力量的干涉下发生什么改变。此外还有八婶、"我娘"、孙家姑妈等，这些女性在坚强之外还有可敬的韧性和耐性，都有一股子"咬定青山不放松"的劲儿。可见，两位作家笔下的坚强女性虽然都是出于生活的形势迫于无奈而表现出坚强，但是福克纳笔下的坚强女性与莫言笔下的坚强女性比较起来，缺乏一点来自内心深处的坚强和韧性，其实质在于她们对自己所做的事情缺乏更深层次的认同、笃定和坚持，所以为了表现坚强，她们需要将自己双性化、男性化，以此来暗示自己坚强，强化自己的坚强感、力量感。而莫言笔下的坚强女性有一种发自肺腑的坚强，因为她们在内心深处认同自己做的事情，无论是养育孩子、重振家业，还是无限期地等待丈夫，她们都笃定不移，折射在她们的行为上就是坚强面对、随机应变，她们无须男性化、双性化，因为坚强有更强大的精神资源。有时，她们甚至还会拿出抗争的姿态，像九儿、上官鲁氏、八婶的人生中都曾发生过不向命运低头的故事，她们身上的反抗精神与她们的坚强、她们的女性特征融合在一起，令她们散发出令人着迷的魅力。

　　两位作家笔下的坚强女性形象的微妙不同无疑透露了两位作家不同的女性观。他们的女性观都来自自己的母亲。福克纳的母亲是一个心气儿很高的女性，出身平民家庭的她凭着自己的努力大学毕业，她瞧不起碌碌无为的丈夫，面对家庭的没落下滑和丈夫的庸庸碌碌，她很无奈，却又无力改变，只能从儿子们那里获得安慰，尤其是长子福克纳。福克纳从母亲那里看到了女性的坚强，但也感受到女性的坚强里暗藏着的某种无奈和无措。福克纳笔下的坚强女性形象虽然坚强，却都透着点借外在形式来为自己的坚强打气的意味，这说明福克纳敏锐地感受到了那种无奈与无措，进而在内心深处对女性的坚强抱有一种怀疑态度。后来福克纳的妻子艾斯特尔在经济上处处依赖福克纳，这也在相当程度上影响着福克纳对女性的认识。当然福克纳的女性观无疑也是带有美国南方社会对于女性的基本观点的痕迹："福克纳的妇女观模糊而矛盾，既有南方人根深蒂固的道德观又有对女性的同情与爱怜。以这样的妇女观来观察描写生活，他塑造的女性形象必定具有多重性和模糊性。"① 这一点同样不可忽视。

与福克纳不同的是，莫言有一个坚强的母亲，她很勤劳，也很能吃苦，可贵的是她的坚强与乐观，莫言曾回忆母亲："在我们这个人口众多的大家庭中，劳作最辛苦的是母亲，饥饿最严重的也是母亲。她一边捶打野菜一边哭泣才符合常理，但她不是哭泣而是歌唱"②，这样一个坚强乐观的女性给孩子的影响是深刻而巨大的："母亲的话虽然腔调不高，但使我陡然获得了一种安全感和对于未来的希望。"③ 母亲给莫言留下的印象最深刻的，是母亲临危不乱、处险无惧的坚强，在谈到《丰乳肥臀》的创作缘起时，莫言说："在生活当中我确实感觉到女人的力量比男人要强大，我指的是精神方面。记得在'文革'期间，我父亲经常因为一件小事就被吓得要死要活，甚至说出很多绝望的话。这个时候我母亲，一个身体非常瘦小的女人，显得特别有主心骨。我母亲说天塌不下来，人既然连死都不怕还怕什么？……我母亲在这个时刻讲能让我父亲腰杆硬起来的话，我当时隐隐约约感觉到女性巨大的力量。"④ 母亲的这份坚强建立起莫言对于女性的认识和由衷的钦佩，形成莫言对于女性之坚强的深刻认同，他从不怀疑女性的坚强，这才会自然而然地形成他小说中那些坚强女性形象，才会有她们发自肺腑的抗争之举。而莫言的女性观里当然也映现着中国传统文化中女性观的影子，莫言笔下的坚强女性形象自然也成为中国文学中那一批闪耀着熠熠光彩的

---

① 陶洁：《福克纳研究》，上海外语教育出版社 2013 年版，第 232 页。
② 莫言：《用耳朵阅读》，作家出版社 2012 年版，第 192 页。
③ 莫言：《用耳朵阅读》，作家出版社 2012 年版，第 192 页。
④ 莫言：《用耳朵阅读》，作家出版社 2012 年版，第 128 页。

女性形象的独具异彩的一部分。

　　当然，福克纳和莫言笔下的家族女性形象不仅仅这两类，其实还有一些富有争议的女性形象，如福克纳笔下的南方淑女形象、莫言笔下的泼辣女人形象，但因为这些女性形象不具有两位作家之间的通约性，故此处不再赘述。慈母型女性形象和坚强女性形象的塑造，已经非常清晰地呈现了福克纳与莫言在女性观方面的深刻区别，两位作家在生活经历、人生体验和文化底蕴之间的差别铸成了他们完全不同的女性塑造之路，这再次印证了文学与生活的深刻联系。

结　语

　　在提到莫言与福克纳的时候，人们脑海里首先跳出来的一个念头就是莫言受到福克纳的深刻影响。的确，莫言确实是受到了福克纳的影响，但是人们通常不会去思考福克纳到底在多大程度上影响了莫言，也常常会忽略莫言自己的创造性，忽略莫言与他的国家、文化、时代之间的深刻联系，进而忽视莫言与福克纳之间的深刻区别。莫言确实受到了福克纳的影响，确实是在福克纳的启示下开始回看自己的家乡，开掘自己的童年记忆、故乡记忆，确实是在福克纳的启发下开始在文学中建构属于自己的文学故乡。但是，当莫言在福克纳的启发下打开了自己的记忆大门、找到自己的文学沃土、确定了自己的创作方向之后，莫言就甩开膀子干自己的事情了，他建构"高密东北乡"这个文学故乡时，所需要的一砖一瓦全都是来自他的故乡、他的记忆、他的国家、他的文化体系和他的时代，他写的是中国的精气神。而这一点，无疑需要在莫言与福克纳的深度比较中呈现出来。

　　莫言和福克纳有着相似的文学创作背景，他们都有着深刻的、与土地相连的童年记忆，都曾是爱听故事的男孩，也都有学业中断的经历，并且都曾饱尝孤独的味道，也都曾因为某种原因而暗生自卑之感，同时也都因家族曾经的传奇故事而热血沸腾。不仅如此，他们都经历了自己国家重要的历史转型期，也都受到文学变革时代文学大潮的影响，并以自己的独特创作汇入这一大潮之中。两位作家在童年记忆和历史文化背景上的诸多相似之处，在福克纳和莫言这两位跨越时空的作家之间建立起一种神奇的联系和沟通，这就是福克纳能够对莫言产生影响、莫言能很快地从福克纳小说中获得启示的深层原因。然而，两人之间的差别才是更大的亮点。

如前所述，在建构文学故乡的地理空间时，福克纳采用了写实性书写来打造约克纳帕塔法县的地理空间，并采用中心辐射式的布局来安排约克纳帕塔法县的布局，体现出严谨和规整，还将家族空间安置在较为封闭的庄园。莫言并没有采用福克纳的写法，而是以浪漫性书写来打造高密东北乡的地理空间，以泛中心化的散点式布局来安排高密东北乡的布局，并把家族空间安置在开放的村庄里，他在布局设计上的随性随意正是承袭了中国传统戏剧追求写意神似的神韵。

　　在文学故乡叙事空间建构方面，虽然两位作家都描写了居住空间和自然空间，但是在描写居住空间时，福克纳重视房屋所体现出来的社会文化、历史的内容，通过写房屋来表现种族主义思想、奴隶制以及南北战争后南方的历史重负，莫言却是重视表现房屋所建立的人与人之间的关系，在描述房屋内的故事的过程中来呈现乡土中国的文化特点。而在描写自然空间时，福克纳笔下的荒野体现自然的野性，勾连起人与自然的关系问题，体现了美国荒野文学传统和荒野审美观念，而莫言笔下的高粱地则演绎着人的野性，着眼于人与人之间的关系，体现了中国传统文化中"天人合一"观念。福克纳将荒野神格化，他笔下的荒野是高于人类的类似于"上帝""神"一样的生命体，由此画出美国文学中的自然；莫言则将高粱地人格化，他笔下的高粱地是与人平行对等的生命体，由此绘出了中国文学中的自然。可见，莫言并没有跟着福克纳的思路走，而是秉持着中国文化的资源来开展文学创作。

　　在文学故乡情感空间的建构方面，福克纳与莫言在夫妻关系、亲子关系的描述上都表现出微妙的不同，体现出两位作家童年记忆和亲情体验方面的区别。福克纳会从个人、家庭、社会三个层面来书写撕裂，莫言则是从家庭、组织、背景等不同角度来表现"责罚"，福克纳笔下的"撕裂"显示了美国社会由来已久的各种痼疾，莫言笔下的"责罚"却是在揭示儒家思想浸润下乡土中国的文化内容及其创伤。福克纳的怀乡之情是爱、忧交加，流露出向后看的历史意识，莫言的怀乡之情则是爱、恨、忧交织，却显示出向前看的历史意识。

在文学故乡历史空间的建构方面，福克纳着眼于家族"内环境"，采用以内向型为主的家族史建构方式来描述家族成员对其他成员的生活、命运乃至对整个家族的命运走向所产生的巨大影响，并因此书写救赎主题。莫言则采用以外向型为主的家族史建构方式，更关注家族外部世界的风吹草动对于家族成员及家族命运的巨大影响，由此在小说中形成抗争主题。福克纳使用原罪式书写塑造家族创始人，莫言则使用传奇式书写塑造家族创始人，同样是塑造家族内的女性形象，莫言笔下的慈母型女性比福克纳笔下的慈母型女性更富有反抗精神，莫言笔下的坚强女性有一种源自内心的坚强，福克纳笔下的坚强女性则是源自外在形式的坚强，显示出两位作家完全不同的女性观。

从文学故乡的地理空间、叙事空间、情感空间和历史空间等几方面来看，莫言的文学创作与福克纳之间尽管有着一些相似之处，但两者之间却有着不少根本性的不同。这些不同之处，有的是以大相径庭、截然不同的方式呈现出来，如建构地理空间时，福克纳用写实性书写，按照家乡的样子如实地描写"约克纳帕塔法县"，莫言却用浪漫性书写，把很多家乡完全没有的地貌安插在"高密东北乡"的地盘上，这一点连莫言自己都曾提到过；还比如庄园和村庄的区别，这也是显而易见的不同。有的却是在大体相同的情况下于某些细小之处展露出细腻、微妙的不同，比如都是写自然空间，福克纳写的荒野与莫言写的高粱地之间就存在微妙而深刻的不同，而且这种不同的背后别有深意，它通过显示两位作家不同的思想观念来呈现出两者不同的文化背景。这些或显或隐的不同之处，昭示着文学的神奇之外，还昭示着福克纳和莫言是两个独立而丰富的创作个体，尽管他们的人生经历和历史文化背景有着某些相似之处，尽管他们在文学建构方面有着某些相似的思路，但是他们却写出了独一无二的文学作品，写出了自己的风格，他们在小说中传达出自己的时代的声音，同时也绘出了自己的文化之根。

今天看来，找出两位作家的文学作品于相同之中表现出来的

不同，对于后学者莫言而言具有更大的意义。作为 2012 年度的诺
贝尔文学奖得主，作为中国第一位获得诺贝尔文学奖的作家，莫言
在获得来自国内外文坛和学界的普遍赞誉的同时，也承受着不少批
评。尤其是当莫言真诚地坦承他的确受到诸如福克纳、马尔克斯、
大江健三郎等外国作家的影响之后，就有人据此在并未深入阅读、
剖析莫言小说的情况下便妄言莫言的文学创作是迎合西方世界的创
作，莫言获得诺贝尔文学奖似乎更是佐证了这些妄言者的观点，他
们的逻辑是因为莫言迎合了西方世界的思想和趣味所以他才获得了
诺贝尔文学奖。那么事实是不是真如这些人所揣测的呢？本文上述
五章的梳理与剖析或可从一个侧面回答那些批评者。福克纳的文学
创作的确给莫言带来极大启发，但是获得启示的莫言并不是沿着福
克纳写"约克纳帕塔法县"的路数来打造"高密东北乡"，也不是
按照福克纳写人的方式来塑造人物，甚至连描写房屋、自然、村庄
等叙事空间，连创伤记忆和怀乡之情等都与福克纳有着本质的不
同。莫言小说呈现的是齐文化、鲁文化相互辉映的小地方，带着中
国文化的精神和气质，带着中国历史与现实交融在一起的记忆、伤
痛、苦难、欢欣、梦想、愿景，何来迎合西方世界的思想和趣味
呢？尤其值得注意的是，莫言虽然学习福克纳、受到福克纳的深刻
影响，但是他同时还受到中国文学的影响和熏陶，他不仅从《聊斋
志异》《水浒传》《西游记》《封神演义》《儒林外史》等经典的古典
文学作品那里汲取丰富的营养，而且从《铸剑》《林家铺子》《日出》
《荷花淀》《李有才板话》《林海雪原》《红岩》《红旗谱》《三家巷》
等优秀的现当代文学作品中获得了各种有益的文学经验。另外他还
积极地向马尔克斯、略萨、科塔萨尔、沃尔夫、海明威、辛格、肖
洛霍夫、川端康成、大江健三郎、三岛由纪夫、水上勉等外国作家
学习、借鉴，可谓博采众家、兼容并包，所以他的小说既有中国传
统文学的文化底色，又有中国现代文学的眼光、胸怀和境界，还有
来自不少外国文学的独特理念和技法，这才铸炼出他世界一流文学
的水准。而且，就在这样的承传与借鉴的过程中，同时还潜存着一
个消融的过程，中国古典文学中的传奇性、魔幻性在相当程度上淡

化了西方文学施予莫言的现代性影响，而革命文学中的农民性、大众性又在一定程度上冲淡了西方文学施予莫言的精英意识的影响，这个消融过程里既有吸收，又有消弭，最终在莫言这里融合出崭新的、独特的文学面貌，变革中的中国文学也因此获得了一份新的文学力量。莫言在文学道路上走过的这条学习、承传、开拓的成长之路、探索之路和超越之路不仅深刻体现了中国的文化自信、大国风范，而且为中国当代文学的进一步发展和变革提供了一份丰厚的历史经验，也提供了一条开阔、有效的思路：博采外国文化之长而不失华夏文化之本色，习用外国文学技法以绘制中国文学之兰心，这种真正体现出中国文学海纳百川之风度、纳采他山石之气度的做法，是中国文学百年来变革与奋进之路的推进剂，也是中国文学在新世纪里进一步实现跨越式发展与变革的重要方法。

参考文献

一、作品类

[1]（美）福克纳:《喧哗与骚动》,李文俊译,上海译文出版社, 1984 年。

[2]（美）福克纳:《福克纳中短篇小说选》,中国文联出版公司, 1985 年。

[3]（美）福克纳:《押沙龙,押沙龙》,李文俊译,中央编译出版 社,2014 年。

[4]（美）福克纳:《八月之光》,蓝仁哲译,译林出版社,2015 年。

[5]（美）福克纳:《圣殿》,陶洁译,上海文艺出版社,2015 年。

[6]（美）福克纳:《我弥留之际》,李文俊译,中央编译出版社, 2014 年。

[7]（美）福克纳:《没有被征服的》,王义国译,北京燕山出版社, 2015 年。

[8]（美）福克纳:《野棕榈》,蓝仁哲译,北京燕山出版社,2016 年。

[9]（美）福克纳:《去吧,摩西》,李文俊译,上海译文出版社, 2014 年。

[10]（美）福克纳:《福克纳作品精粹》,陶洁选编,河北教育出版 社,1995 年。

[11] 莫言:《红高粱家族》,作家出版社,2012 年。

[12] 莫言:《食草家族》,作家出版社,2012 年。

[13] 莫言:《蛙》,作家出版社,2012 年。

[14] 莫言:《欢乐》,上海文艺出版社,2012 年。

[15] 莫言:《红高粱家族》,上海文艺出版社,2012 年。

［16］莫言：《丰乳肥臀》，作家出版社，2012 年。

［17］莫言：《师傅越来越幽默》，上海文艺出版社，2012 年。

［18］莫言：《与大师约会》，上海文艺出版社，2012 年。

［19］莫言：《怀抱鲜花的女人》，上海文艺出版社，2012 年。

［20］莫言：《天堂蒜薹之歌》，上海文艺出版社，2012 年。

［21］莫言：《生死疲劳》，作家出版社，2012 年。

［22］莫言：《檀香刑》，上海文艺出版社，2012 年。

［23］莫言：《四十一炮》，上海文艺出版社，2012 年。

［24］莫言：《白狗秋千架》，作家出版社，2012 年。

［25］莫言：《白狗秋千架》，上海文艺出版社，2012 年。

二、专著类

［1］莫言：《用耳朵阅读》，作家出版社，2012 年。

［2］莫言：《碎语文学》，作家出版社，2012 年。

［3］莫言：《莫言散文新编》，文化艺术出版社，2010 年。

［4］莫言：《莫言散文》，浙江文艺出版社，2000 年。

［5］莫言：《莫言对话新录》，文化艺术出版社，2010 年。

［6］张志忠：《莫言论》，北京联合出版公司，2012 年。

［7］张志忠：《世纪初的漂浮与遮蔽》，北岳文艺出版社，2006 年。

［8］张志忠主编：《新时期以来中国现当代文学研究重要现象评述 1978—2008》，武汉出版社，2009 年。

［9］张志忠、贺立华主编：《莫言：全球视野与本土经验》，山东大学出版社，2014 年。

［10］张志忠主编：《无法遗忘的精神家园》，武汉出版社，2009 年。

［11］张志忠、尹建民主编：《莫言与新时期文学研究》，中国石油大学出版社，2016 年。

［12］樊星：《中国当代文学与美国文学》，中国社会科学出版社，2009 年。

［13］樊星：《世纪末文化思潮史》，华中师范大学出版社，1999 年。

［14］樊星：《当代文学与多维文化》，武汉大学出版社，2005 年。

［15］樊星：《当代文学与国民性研究》，中国社会科学出版社，2012 年。

［16］贺立华：《20 世纪中国文学思想与知识分子人格精神》，山东大学出版社，2005 年。

［17］杨守森、贺立华主编：《莫言研究三十年》（上、下），山东大学出版社，2013 年。

［18］贺立华等：《怪才莫言》，花山文艺出版社，1992 年。

［19］贺仲明：《一种文学与一个阶层：中国新文学与农民关系研究》，人民出版社，2008 年。

［20］孔范今、施战军主编：《莫言研究资料》，山东文艺出版社，2006 年。

［21］叶开：《野性的红高粱——莫言传》，二十一世纪出版社，2013 年。

［22］叶开：《莫言评传》，河南文艺出版社，2008 年。

［23］李文俊编选：《福克纳评论集》，中国社会科学出版社，1980 年。

［24］李文俊编：《福克纳的神话》，上海译文出版社，2008 年。

［25］李文俊：《威廉·福克纳》，人民文学出版社，2010 年。

［26］肖明翰：《大家族的没落——福克纳和巴金家庭小说比较研究》，广西师范大学出版社，1994 年。

［27］肖明翰：《威廉·福克纳研究》，外语教学与研究出版社，1997 年。

［28］陶洁：《福克纳研究》，上海外语教育出版社，2013 年。

［29］费孝通：《乡土中国　生育制度　乡土重建》，商务印书馆，2011 年。

［30］梁思成：《中国建筑史》，百花文艺出版社，1998 年。

［31］林徽因：《林徽因文集·建筑卷》，梁从诫编，百花文艺出版社，1999 年。

［32］童强：《空间哲学》，北京大学出版社，2011 年。

［33］龙迪勇：《空间叙事学》，生活·读书·新知三联书店，2015 年。

［34］包亚明主编:《现代性与空间的生产》,上海教育出版社,2003年。

［35］冯雷:《理解空间:20世纪空间观念的激变》,中央编译出版社,2017年。

［36］启良:《真善之间:中西文化比较答客问》,花城出版社,2003年。

［37］鲁西奇:《中国历史的空间结构》,广西师范大学出版社,2014年。

［38］陈晓明:《中国当代文学主潮》,北京大学出版社,2009年。

［39］葛纪红:《跨越时空的叙事——福克纳小说研究》,江苏大学出版社,2015年。

［40］朱宾忠:《跨越时空的对话——福克纳与莫言比较研究》,武汉大学出版社,2006年。

［41］邓晓芒:《灵之舞——中西人格的表演性》,作家出版社,2016年。

［42］邓晓芒:《中西文化心理比较讲演录》,人民出版社,2013年。

［43］於可训:《中国当代文学概论》,武汉大学出版社,1998年。

［44］於可训:《文学批评理论基础》,北京大学出版社,2014年。

［45］张清华编:《当代文学的世界语境及评价》,北京大学出版社,2015年。

［46］代晓丽:《福克纳小说叙事修辞艺术》,中国社会科学出版社,2014年。

［47］张清华、曹霞编:《看莫言:朋友、专家、同行眼中的诺奖得主》,华中科技大学出版社,2013年。

［48］张清华:《中国当代文学中的历史叙事——海德堡讲稿》,北京大学出版社,2012年。

［49］张清华:《存在之镜与智慧之灯——中国当代小说叙事及美学研究》,福建教育出版社,2010年。

［50］梁漱溟:《乡村建设理论》,上海人民出版社,2011年。

［51］王德福:《乡土中国再认识》,北京大学出版社,2015年。

［52］昌切:《思之思:20世纪中国文艺思潮论》,武汉大学出版社,

1994 年。

［53］昌切：《世纪桥头凝思——文化走势与文学趋向》，湖北人民出版社，2000 年。

［54］钱满素：《美国文明》，中国社会科学出版社，2001 年。

［55］钱满素：《美国文明的基因》，东方出版社，2016 年。

［56］傅修延：《中国叙事学》，北京大学出版社，2015 年。

［57］钱满素：《一个大众社会的诞生》，花城出版社，2008 年。

［58］何顺果：《美国文明三部曲——"制度"创设—经济"合理"—社会"平等"》，人民出版社，2011 年。

［59］杨生茂编：《美国历史学家特纳及其学派》，商务印书馆，1984 年。

［60］孟宪平：《荒野图景与美国文明》，浙江大学出版社，2013 年。

［61］高建新：《诗心妙悟自然——中国山水文学研究》，内蒙古大学出版社，2008 年。

［62］洪治纲：《多元文学的律动：1992—2009》，广东教育出版社，2009 年。

［63］方长安：《对话与 20 世纪中国文学》，湖北人民出版社，2005 年。

［64］吴义勤：《自由与局限：中国当代新生代小说家论》，人民文学出版社，2009 年。

［65］王先霈：《文学文本细读演讲录》，广西师范大学出版社，2006 年。

［66］王庆生：《中国当代文学》，华中师范大学出版社，2001 年。

［67］叶立文：《启蒙视野中的先锋小说》，湖北人民出版社，2007 年。

［68］叶立文：《解构批评的道与谋：中国现当代文学研究论集》，中国社会科学出版社，2012 年。

［69］蒙培元：《心灵超越与境界》，人民出版社，1998 年。

［70］金宏宇：《文本与版本的叠合》，中国社会科学出版社，2013 年。

［71］张崇琛：《中国古代文化史》，甘肃人民出版社，2005 年。

［72］侯外庐主编：《中国历代大同理想》，科学出版社，1959 年。

［73］陈正炎、林其锬：《中国古代大同思想研究》，上海人民出版

文
学
故
乡
的
多
维
空
间
建
构

社，1988 年。

［74］晓苏：《文学写作系统论》，湖北人民出版社，2006 年。

［75］陈国恩：《中国现代文学的观念与方法》，新锐文创，2012 年。

［76］陈国恩：《浪漫主义与 20 世纪中国文学》，安徽教育出版社，
2000 年。

［77］王又平：《新时期文学转型中的小说创作潮流》，华中师范大
学出版社，2001 年。

［78］陈思和：《中国文学中的世界性因素》，复旦大学出版社，
2011 年。

［79］李常磊、王秀梅：《传统与现代的对话——威廉·福克纳创作
艺术研究》，外语教学与研究出版社，2010 年。

［80］李遇春：《权力·主体·话语——20 世纪 40—70 年代中国文
学研究》，华中师范大学出版社，2007 年。

［81］梁晓萍：《明清家族小说的文化与叙事》，南开大学出版社，
2008 年。

［82］冯尔康、阎爱民：《中国宗族》，广东人民出版社，1996 年。

［83］刘再复、林岗：《论中国文化对人的设计》，湖南人民出版社，
1988 年。

［84］李庆：《中国文化中人的观念》，学林出版社，1996 年。

［85］王蕊主编：《齐鲁家族聚落与文化变迁》，齐鲁书社，2008 年。

［86］杨经建：《家族文化与 20 世纪中国家族文学的母题形态》，岳
麓书社，2005 年。

［87］费孝通：《文化的生与死》，上海人民出版社，2009 年。

［88］袁亚愚：《乡村社会学》，四川大学出版社，1990 年。

［89］王欣：《创伤、记忆和历史——美国南方创伤小说研究》，四
川大学出版社，2013 年。

［90］韩增禄、何重义：《建筑·文化·人生》，北京大学出版社，
1997 年。

［91］张志扬：《创伤记忆：中国现代哲学的门槛》，上海三联书店，
1999 年。

［92］夏志清：《中国古典小说导论》，胡益民等译，安徽文艺出版社，1988年。

［93］石昌渝：《中国小说源流论》，生活·读书·新知三联书店，1994年。

［94］马原：《小说密码》，花城出版社，2013年。

［95］蓝凡：《中西戏剧比较论》，学林出版社，2008年。

［96］贺毅主编：《中西文化比较》，冶金工业出版社，2007年。

［97］王贵祥：《在西方的建筑空间：传统中国与中世纪西方建筑的文化阐释》，百花文艺出版社，2006年。

［98］王玉芝：《中西文化精神》，云南大学出版社，2006年。

［99］程虹编：《美国自然文学三十讲》，外语教学与研究出版社，2013年。

［100］程虹：《寻归荒野》，生活·读书·新知三联书店，2001年。

［101］杨江柱：《说小说》，长江文艺出版社，1986年。

［102］王惠：《荒野哲学与山水诗》，学林出版社，2010年。

［103］刘希庆：《顺天而行：先秦秦汉人与自然关系专题研究》，齐鲁书社，2009年。

［104］薛富兴：《山水精神：中国美学史文集》，南开大学出版社，2009年。

［105］王振复：《中国美学史教程》，复旦大学出版社，2004年。

［106］邓颖玲：《二十世纪英美小说的空间诗学研究》，商务印书馆，2018年。

［107］毛信德：《美国小说史纲》，北京出版社，1988年。

［108］李长之：《司马迁之人格与风格》，河北教育出版社，2006年。

［109］邓蜀生：《美国历史与美国人》，人民出版社，1993年。

［110］朱振武：《在心理美学的平面上——威廉·福克纳小说创作论》，学林出版社，2004年。

［111］王江松：《悲剧人性与悲剧人生》，中国社会出版社，2009年。

［112］杨义：《文学地图与文化还原——从叙事学、诗学到诸子学》，北京师范大学出版社，2011年。

［113］赵园:《北京：城与人》，北京大学出版社，2002年。

［114］丹珍草:《差异空间的叙事——文学地理视野下的〈尘埃落定〉》，中国藏学出版社，2014年。

［115］（法）加斯东·巴什拉:《空间的诗学》，张逸婧译，上海译文出版社，2013年。

［116］（美）威廉·福克纳:《福克纳随笔》，李文俊译，上海译文出版社，2008年。

［117］（美）戴维·明特:《骚动的一生——福克纳传》，顾连理译，知识出版社，1994年。

［118］（美）弗莱德里克·R.卡尔:《福克纳传》（上、下），陈永国等译，商务印书馆，2007年。

［119］（美）丹尼尔·J.辛格:《威廉·福克纳:成为一个现代主义者》，王东兴译，黑龙江教育出版社，2016年。

［120］（法）亨利·列斐伏尔:《空间与政治》（第二版），李春译，上海人民出版社，2015年。

［121］（美）哈罗德·布鲁姆:《影响的剖析:文学作为生活方式》，金雯译，译林出版社，2016年。

［122］（美）阿克塞罗德:《美国历史》，马爱华等译，辽宁教育出版社，2000年。

［123］（英）E.M.福斯特:《小说面面观》，冯涛译，上海译文出版社，2016年。

［124］（美）西摩·查特曼:《故事与话语——小说和电影的叙事结构》，徐强译，中国人民大学出版社，2013年。

［125］（美）丹尼尔·J.布尔斯廷:《美国人:建国的经历》，谢延光等译，上海译文出版社，1989年。

［126］（美）罗德里克·弗雷泽·纳什:《荒野与美国思想》，侯文蕙等译，中国环境科学出版社，2012年。

［127］（美）罗德·霍顿、赫伯特·爱德华兹:《美国文学思想背景》，房炜等译，人民文学出版社，1991年。

［128］（美）伯科维奇主编:《剑桥美国文学史（第6卷）》，张宏杰

等译，中央编译出版社，2009 年。

[129]（美）桑德奎斯特：《福克纳：破裂之屋》，隋刚等译，上海外语教育出版社，2013 年。

[130]（美）斯科尔斯、费伦、凯洛格：《叙事的本质》，于雷译，南京大学出版社，2015 年。

[131]（美）H. S. 康马杰：《美国精神》，南木等译，光明日报出版社，1988 年。

[132]（美）费正清：《美国与中国》，孙瑞芹等译，商务印书馆，1971 年。

[133]（美）埃弗里特·M. 罗吉斯、拉伯尔·J. 伯德格：《乡村社会变迁》，王晓毅等译，浙江人民出版社，1988 年。

[134]（美）乔纳森·特纳、勒奥纳德·毕福勒、查尔斯·鲍尔斯：《社会学理论的兴起》，侯钧生等译，天津人民出版社，2006 年。

[135]（美）约瑟夫·弗兰克：《现代小说中的空间形式》，秦林芳编译，北京大学出版社，1991 年。

[136]（德）马克斯·维贝尔：《世界经济通史》，姚曾廙译，上海译文出版社，1981 年。

[137]（德）O. 施本格勒：《西方的没落》，花永年编译，浙江人民出版社，1989 年。

[138]（美）J. L. 斯图尔特：《中国的文化与宗教》，闵甲等译，吉林文史出版社，1991 年。

[139]（美）威勒德·索普：《二十世纪美国文学》，濮阳翔等译，北京师范大学出版社，1984 年。

[140]（美）H. J. 德伯里：《人文地理：文化、社会与空间》，王民等译，北京师范大学出版社，1988 年。

[141]（加）兰·乌斯比：《美国小说五十讲》，肖安溥等译，四川人民出版社，1985 年。

[142]（美）段义孚：《空间与地方——经验的视角》，王志标译，中国人民大学出版社，2017 年。

［143］（美）罗伯特·E.斯皮勒：《美国文学的周期》，王长荣译，
上海外语教育出版社，1990年。

［144］（美）卡斯腾·哈里斯：《建筑的伦理功能》，华夏出版社，
2001年。

［145］（荷）米克·巴尔：《叙述学：叙事理论导论》，北京师范大学
出版社，2015年。

［146］（英）斯蒂芬·加得纳：《人类的居所——房屋的起源和演变》，
汪瑞等译，北京大学出版社，2006年。

［147］（法）米歇尔·福柯：《规训与惩罚——监狱的诞生》，刘北成、
杨远婴译，生活·读书·新知三联书店，2012年。

［148］（美）浦安迪：《中国叙事学》（第2版），北京大学出版社，
2018年。

三、论文类

［1］雷达：《游魂的复活——评〈红高粱〉》，《文艺学习》1986年第
1期。

［2］朱向前：《深情于他那方小小的"邮票"——莫言小说漫评》，
《人民日报》1986年12月8日。

［3］（美）M.托马斯·英奇：《比较研究：莫言与福克纳》，《当代作
家评论》2001年第2期。

［4］李迎丰：《福克纳与莫言：故乡神话的构建与阐释》，《解放军外
国语学院学报》2002年第1期。

［5］张学军：《莫言小说与西方现代主义文学》，《齐鲁学刊》1992
年第4期。

［6］张卫中：《论福克纳与马尔克斯对莫言的影响》，《徐州师范学
院学报》1991年第1期。

［7］朱世达：《福克纳与莫言》，《美国文学研究》1993年第4期。

［8］陈春生：《在灼热的高炉里锻造——略论莫言对福克纳和马尔
克斯的借鉴吸收》，《外国文学研究》1998年第3期。

［9］胡小林:《文学王国的缔造者——莫言与福克纳比较研究》,《枣庄学院学报》2012 年第 6 期。

［10］刘道全:《论福克纳小说的空间形式》,《国外文学》2007 年第 2 期。

［11］刘道全:《救赎:福克纳小说的重要主题》,《国外文学》1998 年第 3 期。

［12］李桂玲:《莫言文学年谱》(上),《东吴学术》2014 年第 1 期。

［13］陈晓明:《乡土中国、现代主义与世界性——对 80 年代以来乡土叙事转向的反思》,《文艺争鸣》2014 年第 7 期。

［14］赵树勤、龙其林:《〈喧哗与骚动〉与中国当代家族小说的故乡叙事》,《外国文学研究》2012 年第 1 期。

［15］杜翠琴:《福克纳与莫言作品中的悲剧女性形象比较研究》,《西北师大学报》(社会科学版)2016 年第 5 期。

［16］刘堃:《福克纳和莫言:狂欢化叙事的构建与阐释》,《求索》2017 年第 8 期。

［17］杨红梅:《福克纳与莫言小说中的时间叙事特征》,《当代文坛》2017 年第 2 期。

［18］罗伯特·W. 罕布林:《国际化的福克纳——兼与苏童、沈从文、莫言、余华创作比较》,李萌羽、杨燕译,《东方论坛》2017 年第 3 期。

［19］尹建民:《莫言的寓言化写作及其对福克纳的接受》,《潍坊学院学报》2015 年第 1 期。

［20］朱凤梅:《认知视角下福克纳与莫言作品篇名隐喻研究》,《江西社会科学》2016 年第 4 期。

［21］綦天柱、胡铁生:《文学疆界中的社会变迁与人的心理结构——以诺贝尔文学奖获得者福克纳和莫言的文学疆界为例》,《社会科学家》2015 年第 8 期。

［22］左金梅、高改革:《美学与政治——莫言的"黑孩"与福克纳的"班吉"对比研究》,《中国海洋大学学报》(社会科学版)2014 年第 1 期。

［23］陶洁:《新中国六十年福克纳研究之考察与分析》,《浙江大学学报》(人文社会科学版)2012年第1期。

［24］蓝仁哲:《福克纳小说文本的象似性——福克纳语言风格辨析》,《外国语》(上海外国语大学学报)2004年第6期。

［25］刘向辉:《莫言与福克纳小说的伦理学对比》,《江西社会科学》2014年第6期。

［26］肖明翰:《福克纳与美国南方》,《四川师范大学学报》(社会科学版)1998年第3期。

［27］程德培:《被记忆缠绕的世界——莫言创作中的童年视角》,《上海文学》1986年第4期。

［28］王炳根:《审视:农民英雄主义》,《文艺争鸣》1987年第4期。

［29］胡河清:《论阿城、莫言对人格美的追求与东方文化传统》,《当代文艺思潮》1987年第5期。

［30］季红真:《忧郁的土地,不屈的精魂——莫言散论之一》,《文学评论》1987年第6期。

［31］张志忠:《莫言的90年代进行曲》,《时代文学》2001年第1期。

［32］张柠:《文学与民间性——莫言小说里的中国经验》,《南方文坛》2001年第6期。

［33］王德威:《千言万语　何若莫言》,《读书》1999年第3期。

［34］李敬泽:《莫言与中国精神》,《小说评论》2003年第1期。

［35］张清华:《选择与回归——论莫言小说的传统艺术精神》,《山东师大学报》(人文社会科学版)1991年第2期。

［36］孟悦:《荒野弃儿的归属——重读〈红高粱家族〉》,《当代作家评论》1990年第3期。

［37］陈晓明:《"在地性"与越界——莫言小说创作的特质和意义》,《当代作家评论》2013年第1期。

［38］樊星:《莫言的"农民意识"论》,《长江学术》2014年第10期。

［39］樊星:《莫言之狂及其文化意味》,《福建论坛(人文社会科学版)》2016年第11期。

［40］樊星:《福克纳与中国新时期乡土小说的转型》,《山东社会科

莫言与当代中国文学创新经验研究

学》2008 年第 7 期。

［41］季红真:《莫言小说与中国叙事传统》,《文学评论》2014 年第
2 期。

［42］程光炜:《小说的读法——莫言的〈白狗秋千架〉》,《文艺争鸣》
2012 年第 8 期。

［43］张清华:《叙述的极限——论莫言》,《当代作家评论》2003 年
第 2 期。

［44］孙郁:《莫言:一个时代的文学突围》,《当代作家评论》2013
年第 1 期。

［45］吴义勤:《原罪与救赎——读莫言长篇小说〈蛙〉》,《南方文坛》
2010 年第 3 期。

［46］贺仲明:《为什么写作? ——论莫言创作的乡村立场及其意
义》,《东岳论丛》2012 年第 12 期。

［47］吴义勤:《有一种叙述叫"莫言叙述"——评长篇小说〈四十一
炮〉》,《文艺报》2003 年 7 月 22 日。

［48］姜德成:《重述、重构与反思:福克纳与莫言的历史书写比较》,
《南京邮电大学学报》(社会科学版) 2016 年第 2 期。

［49］管建明:《福克纳叙事艺术中的时间和空间形式》,《外语教学》
2003 年第 4 期。

［50］高红霞:《福克纳家族小说叙事及其在新时期小说创作中的重
塑》,《兰州大学学报》(社会科学版) 2008 年第 6 期。

［51］张瑞英:《一个"炮孩子"的"世说新语"——论莫言〈四十一
炮〉的荒诞叙事与欲望阐释》,《文学评论》2016 年第 2 期。

［52］温儒敏:《莫言历史叙事的"野史化"与"重口味"——兼说
莫言获诺奖的七大原因》,《中国现代文学研究丛刊》2013 年
第 4 期。

［53］张志忠:《〈我们的荆轲〉:向〈铸剑〉致敬——莫言与鲁迅的
传承关系谈片》,《南方文坛》2017 年第 1 期。

［54］张学军:《反复叙事中的灵魂审判——论莫言〈蛙〉的结构艺
术》,《当代作家评论》2017 年第 1 期。

文学故乡的多维空间建构

［55］张相宽:《从鲁迅和莫言的创作看中国现当代文学的民族化路径》,《宁夏社会科学》2017 年第 1 期。

［56］谢有顺:《感觉的象征世界——〈檀香刑〉之后的莫言小说》,《文学评论》2017 年第 1 期。

［57］周蕾:《莫言在 1985 :"高密东北乡"诞生考》,《小说评论》2017 年第 2 期。

［58］肖明翰:《福克纳笔下的父亲形象》,《当代文坛》1992 年第 3 期。

［59］钟仕伦:《福克纳和沈从文的启示》,《当代文坛》1991 年第 3 期。

［60］金衡山:《福克纳在中国》,《文学自由谈》1992 年第 3 期。

［61］姜波:《福克纳的南方叙事与土地》,《外语与外语教学》2017 年第 2 期。

［62］朱振武:《夏娃的毁灭:福克纳小说创作的女性范式》,《外国文学研究》2003 年第 4 期。

［63］李常磊、王秀梅:《威廉·福克纳作品中的消费主义文化透视》,《外国文学研究》2011 年第 4 期。

图书在版编目（CIP）数据

文学故乡的多维空间建构：福克纳与莫言的故乡书写比较研究 /
陈晓燕著. -- 北京：作家出版社，2021. 11

ISBN 978-7-5212-1583-0

Ⅰ. ①文… Ⅱ. ①陈… Ⅲ. ①福克纳（Faulkner，William 1897—
1962） - 文学研究 ②莫言 - 文学研究 Ⅳ. ①I712.065 ②I206.7

中国版本图书馆 CIP 数据核字（2021）第 218916 号

文学故乡的多维空间建构：福克纳与莫言的故乡书写比较研究

作　　者：陈晓燕
责任编辑：郑建华　李　雯
装帧设计：孙惟静
出版发行：作家出版社有限公司
社　　址：北京农展馆南里10号　　邮　　编：100125
电话传真：86-10-65067186（发行中心及邮购部）
　　　　　 86-10-65004079（总编室）
E-mail:zuojia@zuojia.net.cn
http://www.zuojiachubanshe.com
印　　刷：唐山嘉德印刷有限公司
成品尺寸：152×230
字　　数：291 千
印　　张：20.25
版　　次：2021年11月第1版
印　　次：2021年11月第1次印刷
ISBN　978-7-5212-1583-0
定　　价：88.00元